Puzzle meurtrier

GWEN HUNTER

Puzzle meurtrier

BEST SELLERS

éditionsHarlequin

Cet ouvrage a été publié en langue anglaise
sous le titre :
DEADLY REMEDY

Traduction française de
LOUISE ACHARD

HARLEQUIN®

est une marque déposée du Groupe Harlequin
et Best-Sellers® est une marque déposée d'Harlequin S.A.

Photo de couverture :
Poupée vaudou : © ERIK DREYER / GETTY IMAGES

© 2003, Gwen Hunter. © 2004, Traduction française : Harlequin S.A.
83-85, boulevard Vincent-Auriol, 75013 PARIS — Tél. : 01 42 16 63 63
Service Lectrices — Tél. : 01 45 82 47 47
ISBN 2-280-08638-7 — ISSN 1248-511X

A Joy Robinson
Mon meilleur ami alors,
Mon meilleur ami aujourd'hui,
Mon meilleur ami pour toujours

REMERCIEMENTS

Bien que j'aie puisé mon inspiration et mes informations dans le comté de Chester, en Caroline du Sud, Dawkins et ses habitants, ses services publics, son hôpital et ses patients sont purement fictifs. Je me suis efforcée de rendre les passages médicaux du roman aussi proches que possible de la réalité. Si des erreurs ont pu s'y glisser, c'est à moi qu'il faut les attribuer et non aux personnes d'une compétence indiscutable, dont la liste suit.

Pour les renseignements à caractère médical :

Laurie Milatz ; Susan Prater, technicienne de labo et belle-sœur chérie ; Susan Gibson ; Marc Gorton, kinésithérapeute à Chester, Caroline du Sud ; Robert D. Randall Jr ; Tammy Varnadore ; Tim Minors ; Barry Benfield ; Cindy Nowland ; Jason Adams ; Dan Thompson ; Earl Jenkins ; Eric Lavondas ; et surtout J. Michael Glenn, sans qui ce livre n'aurait jamais été publié à temps.

Et, comme toujours, pour m'avoir aidée à structurer ce livre et à en tirer le meilleur :

Miranda Stecyk, mon éditrice, et Jeff Gerecke, mon agent littéraire, ainsi que le groupe d'écrivains de Caroline du Sud pour leur soutien inconditionnel tout au long de cette aventure. Dawn Cook, Craig Faris, Norman Froscher, Misty Massey, Todd Massey, Virginia Wilcox.

Prologue

Je n'ai jamais fait grand cas des présages et autres messages célestes mais, à en croire miss Essie — beaucoup plus savante que moi en la matière —, cet étrange mercredi du mois d'août en fut jalonné.

Au temps normalement chaud et lourd pour la saison avait succédé un froid humide inhabituel provenant d'un front canadien. Et l'apparition d'un double arc-en-ciel après un violent orage estival, associé aux nuées de corbeaux qui tournoyaient en coassant au-dessus des arbres, était d'assez mauvais augure pour inciter la vieille dame à grommeler entre ses dents et à malmener les casseroles dans sa cuisine.

Comme j'étais passée la voir sur le chemin de l'hôpital, j'essayai de lui rappeler que cet orage était une bénédiction pour la terre et les récoltes qui souffraient de la sécheresse. Mais miss Essie ne voulut rien entendre. Quand je la quittai, elle jetait des regards noirs vers les cieux en s'adressant à Dieu comme s'Il avait commis une erreur quelque part et n'attendait que son avis pour la réparer.

Pour ma part, je me réjouissais, au contraire, de ce rafraîchissement inespéré. Le double arc-en-ciel et les parhélies — sortes de faux soleils qui constellaient l'horizon — offraient un spectacle éblouissant. Ils s'estompèrent durant mon trajet entre la maison de miss Essie et le service des urgences du comté de Dawkins, Caroline du Sud. Et les gros corbeaux perchés sur les plus hautes branches des chênes n'étaient certes pas de funestes messagers de mort et de calamités.

Présages. Augures. Superstitions… Inepties.

Le prisme coloré, dû à la réfraction de la lumière et des taches lumineuses réfléchies par la surface hexagonale d'aiguilles de glace en suspension dans l'atmosphère est un phénomène auquel la science peut apporter une explication simple. Quant aux gros oiseaux noirs, heureux d'avoir survécu à l'orage, ils battaient des ailes en s'appelant d'une branche à l'autre, voilà tout. Certes, les cristaux de glace sont extrêmement rares, au mois d'août — surtout dans le Sud. Et les corbeaux sont, généralement, moins bruyants que cela.

Mais j'avais eu ma dose d'excentricités religieuses, ces derniers temps, après avoir contribué à l'arrestation du père Agneau et à la suppression de son émission télévisée, et je ne voulais plus entendre parler de phénomènes surnaturels et autres absurdités, quels que soient les caprices du temps.

A 18 heures, je me garai sur le parking des médecins de l'hôpital de Dawkins auquel un contrat me liait en qualité de médecin des urgences.

Je sus immédiatement que la nuit ne serait pas de tout repos. Le parking était plein de véhicules parmi lesquels je pus compter trois ambulances locales, deux estafettes du SAMU et un camion de pompiers. De plus, un attroupement commençait à se former.

Une soirée mouvementée dans le patelin, semblait-il. Outre les arcs-en-ciel et autres kaléidoscopes, il y avait du remue-ménage dans l'air. Je me refusai, toutefois, à y voir un présage quelconque. N'est-ce pas l'ignorance qui engendre la superstition ?

1.

Orages et autres calamités.

L'orage provoqua trois incendies de broussailles et maintint les pompiers en alerte, jusqu'à ce que la pluie enraye la propagation du feu. Mais ce n'étaient pas les incendies qui donnaient aux urgences une allure de zone sinistrée. L'accident de car survenu sur la route nationale 77, à une quinzaine de kilomètres de là, avait eu beaucoup plus d'impact. Pour couronner le tout, la foudre était tombée sur l'hôpital, causant quelques dégâts dans le service de chirurgie.

Je passai une demi-heure à soigner des brûlures sans gravité, des petites lésions et des égratignures, afin de permettre au Dr Wallace Chadwick, mon patron, de rentrer chez lui.

Quand la salle d'attente fut vide, je commençai à m'installer pour mon service de nuit. Les muscles du dos encore endoloris par mes dernières mésaventures[1], je ramassai mon sac sous une chaise de la salle de repos, et pris le couloir des services.

En chemin, je fus accostée par Trisha Singletary, l'infirmière chef appelée en renfort au moment critique. Plus petite

1. Allusion aux précédentes aventures du Dr Rhea Lynch dans *Virus sur ordonnance*, du même auteur.

que moi, mignonne et bien roulée, elle avait vraiment le chic pour s'y prendre avec les hommes.

— Tout est rentré dans l'ordre, me dit-elle, mais il fallait voir ce nuage de fumée, docteur Rhea ! Je venais tout juste d'arriver quand la foudre est tombée. Tout le bâtiment a été ébranlé et les plombs ont sauté. Un morceau de plafond s'est effondré dans une salle du service de chirurgie. De l'eau et des feuilles se sont engouffrées par le trou ; inutile de dire qu'il n'y a plus rien de stérile, là-dedans. La fumée a causé des dégâts dans deux salles. Heureusement qu'elles étaient inoccupées, à ce moment-là !

— Y avait-il quelqu'un au bloc ? demandai-je en me dirigeant vers ma chambre de garde.

Ignorant combien de temps l'accalmie allait durer aux urgences, je voulais aller déposer mes affaires pour la nuit et m'assurer qu'il y avait des draps et des serviettes propres.

— Le Dr Haynes aidait Statler pour une ablation de l'appendice sur un gamin de sept ans atteint de dystrophie musculaire. Statler était en train de recoudre quand la foudre est tombée. Lorella Smith… vous la connaissez ?

Je fis non de la tête, jetai mon sac sur le lit, vérifiai la propreté du linge et refermai la porte, satisfaite, avant de reprendre le chemin des urgences.

— C'est une technicienne ORL. Elle dit qu'elle a fait un bond, à ce moment-là, et qu'elle a atterri sur un plateau d'instruments stériles. Statler s'est mis à gueuler. Haynes a trébuché, et il est tombé sur le matériel d'anesthésie. La lumière s'est éteinte pendant une vingtaine de secondes, au moins. Et, par-dessus le marché, Lorella a vu une chauve-souris traverser la salle à tire-d'aile.

— Une chauve-souris ?

Je me promis de ne pas en parler à miss Essie ; l'incident ne manquerait pas d'alimenter ses funestes pressentiments.

12

— Elle dormait sans doute dans les feuilles amassées sous le toit, et la foudre l'a propulsée à l'intérieur. Elle doit se cacher quelque part, à présent. Enfin, le plus important, c'est que le gamin soit tiré d'affaire. Quant au trou dans le plafond, il a été bouché par les employés de l'entretien. La pluie a évité la propagation de l'incendie, mais les pompiers sont venus vérifier qu'il ne restait pas de foyer rampant dans une cloison…

Sur ces entrefaites, un pompier en tenue arriva en sens inverse, son casque sous le bras. Trisha ralentit le pas, lissa sa blouse et bomba légèrement le torse, bien que son tour de poitrine fût largement suffisant pour attirer automatiquement l'attention du pompier. Il ralentit, lui aussi, sourit, et regarda l'infirmière droit dans les yeux.

— Mademoiselle Trish, est-ce que vous viendrez chez Mac Dowries, vendredi soir ? Ils ont embauché un DJ qui décoiffe.

Le regard brillant, il attendit qu'elle accepte son invitation au dancing le plus fréquenté de la région.

— Dites-moi… ce divorce est-il enfin prononcé ? lui demanda-t-elle avec coquetterie.

Trisha était perpétuellement en quête d'un compagnon, mais personne n'ignorait le niveau de ses exigences. Les hommes mariés ne faisaient pas partie de ses fréquentations.

— Depuis lundi dernier. Je suis un homme libre.

Ils poursuivirent leur flirt quelques instants, et Trisha lança finalement :

— Il se peut que je vienne !

Elle rejeta une mèche en arrière d'un geste empreint de sensualité.

— Vous pourrez m'offrir un verre pour fêter l'événement.

Le visage du pompier s'épanouit.

— On sort ensemble, alors ?

— Ma foi, je n'irais pas jusque-là. Mais, si vous attrapiez cette chauve-souris, je pourrais envisager de danser avec vous.

— C'est pas mon boulot, ma jolie. Tenez, à propos de chauve-souris…

Il pointa l'index vers une tache sombre dans un angle du plafond.

Trish tressaillit, et regarda en frissonnant la bestiole perchée là-haut.

— Bon sang, j'ai horreur des chauves-souris ! Quand aurons-nous un service de dératisation pour éliminer toute cette vermine, dans ce trou paumé ?

— Fermez les issues de secours communiquant avec les autres bâtiments, lui conseillai-je. Et tâchez d'ouvrir une fenêtre quelque part pour qu'elle puisse sortir. Soyez prudente : les chauves-souris peuvent transmettre la rage — même si le cas est rarissime.

— Oh, génial ! maugréa Trish. Voilà un homme en tenue de héros, incapable de nous débarrasser d'une toute petite bestiole qui peut provoquer une épidémie !

J'ébauchai un sourire. Le pompier, récemment divorcé, avait laissé passer l'occasion de voler au secours de l'infirmière chef. S'il espérait danser avec elle, vendredi soir, il allait probablement au-devant d'une déception.

Mon bip se mit à sonner, et le 911 s'afficha sur le petit écran.

— Une urgence, Trish.

Je m'éloignai d'elle au pas de course.

— Si les choses se calment, je ferai livrer des pizzas pour tout le monde vers 9 heures. Venez nous retrouver !

14

— D'accord. Appelez-moi par bip, en cas de besoin… Au fait, il y a tout un groupe de nouveaux stagiaires, ce soir. Ça risque d'être un petit peu chaotique…

— Un petit peu chaotique ? répétai-je à mi-voix, en approchant de mon service.

Le scanner des urgences émettait en grésillant une série d'informations codées. On m'envoyait une patiente tétraplégique de seize ans qui souffrait de violents maux de tête, d'oppression respiratoire, et dont la tension était extrêmement élevée. Ces symptômes évoquaient un cas d'hypertension maligne ou de dysréflexie autonome. C'était une situation dangereuse chez un tétraplégique ; elle pouvait aboutir à une hémorragie cérébrale ou un blocage respiratoire mortel.

— D'après l'adresse, il doit s'agir de Venetia Gordon, déclara Anne, l'une des infirmières.

Dans une circonscription de cinquante mille habitants, il était relativement facile au personnel de mémoriser les adresses des patients habituels.

— Elle a un dossier ici ? demandai-je.

— Oui. Elle est venue aux urgences la semaine dernière. Son cathéter permanent avait provoqué une infection urinaire. Elle a été victime d'un accident de la route, il y a six mois, dans le département voisin ; c'est le CHU de Charlotte qui l'a prise en charge. A part l'infection urinaire, nous n'avons pas d'autre renseignement sur son cas.

— Bon. Demandez aux secouristes à quel endroit la colonne vertébrale a été sectionnée.

Je soupirai en les entendant répondre par radio que c'était en C4. Les vertèbres sont numérotées de la base du crâne jusqu'au coccyx, avec les vertèbres cervicales au sommet. Plus le chiffre est bas, plus la paralysie est importante. Une vertèbre brisée en C7 aurait laissé à Venetia la mobilité du haut de son corps. En C4, la situation était extrêmement préoccupante.

J'énumérai à Anne les produits et le matériel dont j'allais avoir besoin, et lui demandai d'appeler immédiatement le kiné respiratoire.

Anne opina sans rien noter. Cette femme, d'apparence anodine, avait une mémoire phénoménale. Sa collaboration aux urgences était d'une valeur inestimable, et je me félicitai tout particulièrement de l'avoir avec moi, ce soir, car Coreen, la jeune infirmière métisse, fraîchement sortie de l'école, ne m'aurait pas apporté un tel secours, à elle seule.

Venetia Gordon arriva sur une civière. Ses membres paralysés donnaient encore l'impression de vigueur dont ils jouissaient six mois plus tôt. Elle respirait vite et peu profondément ; l'échange d'air devait être extrêmement faible. Elle était sous oxygène à cent pour cent, mais son teint blafard, légèrement bleuté, indiquait que ses poumons allaient bientôt cesser de fonctionner.

J'examinai le moniteur fixé au-dessus d'elle, tandis que les brancardiers du Samu poussaient la civière roulante : tension 23/14,5. Fréquence cardiaque : 72. Je me penchai sur elle, tout en avançant avec le groupe en direction de la salle de cardiologie, et observai ses yeux, à la recherche d'un éventuel œdème papillaire des nerfs optiques — qui risquerait de provoquer une cécité irréversible s'il n'était pas soigné à temps. Je ne constatai aucune boursouflure, aucune anomalie de ce côté.

— Quel est son taux de saturation d'oxygène ?

— Quatre-vingt-quatre pour cent, la dernière fois que j'ai regardé le saturomètre, répondit une voix derrière moi.

Le saturomètre est un petit appareil que l'on fixe au doigt du patient pour mesurer à la fois la fréquence cardiaque et le taux d'oxygène dans le sang.

— Gaz artériels, une autre sat et un Catapressan par voie orale, dis-je, répétant les instructions que je venais de donner à Anne, quelques instants auparavant.

Je précisai le dosage des produits, et m'écartai, tandis que les ambulanciers soulevaient la jeune fille pour la placer sur un lit roulant des urgences.

— Combien de temps pour la gazométrie ? demandai-je sans m'adresser à personne en particulier.

Je ne quittai pas des yeux le visage de la patiente qui respirait avec difficulté, une expression de panique dans le regard. Sa peau commençait à se marbrer.

— Beth ? demanda Anne à la technicienne de labo.

— Trois minutes, environ, répondit la jeune femme.

Les gaz du sang me permettraient de connaître le degré de fonctionnement des poumons.

Je me penchai de nouveau sur la patiente, et plaçai mon stéthoscope sur sa poitrine. Si les mouvements d'air étaient faibles, les poumons ne semblaient pas se remplir de liquide. La peau était moite et fraîche — pas fiévreuse. Ce n'était donc pas une pneumonie. Les symptômes évoquaient plutôt un cas d'hypertension toxique. Du moins, jusqu'à présent.

— Faites un ECG dès que vous aurez le résultat de la gazométrie. Elle a de la famille, ici ?

— Je suis sa maman. Almera Gordon.

Tandis que la technicienne effectuait la prise de sang, je me tournai vers cette voix feutrée, et vis une femme d'apparence timide, tout de gris vêtue, avec de gros souliers et une jupe de dame patronnesse, les cheveux rassemblés en un chignon sévère. Tout, en elle, était insignifiant, à l'exception de ses yeux : de grands yeux d'un bleu profond, presque violet, ombrés de longs cils noirs et fournis. En dépit de son attitude réservée, presque effacée, ces yeux-là trahissaient une force cachée, une détermination inébranlable.

— Racontez-moi comment ça a commencé, lui demandai-je.

Mme Gordon consulta sa montre.

— A 18 heures, je l'ai sortie de son bain. L'eau était tiède, et elle n'y est pas restée très longtemps, ajouta-t-elle, anticipant ma question suivante.

En effet, les tétraplégiques ne supportent pas la chaleur prolongée qui peut provoquer toutes sortes de réactions étranges dans leur organisme.

— Je l'ai essuyée, j'ai commencé à lui mettre son pyjama et je l'ai expédiée dans son lit.

— Expédiée ? Vous avez un appareil de levage ?

— Un système sur rails mobiles. Mais je le laisse généralement entre le lit et la salle de bains. C'est plus facile pour lui faire sa toilette.

Je hochai légèrement la tête.

— Sat à quatre-vingt-deux pour cent, docteur. 24,2/14,7 de tension, me dit Anne.

Je consultai ma montre.

— Et les gaz du sang ?

Beth me tendit la feuille de résultats. Le pH de Venetia était de 7.053, son taux de gaz carbonique de 74 et celui d'oxygène de 52. Ce n'était pas bon. Le taux de saturation d'oxygène confirmait celui du saturomètre.

— Continuez, dis-je à Mme Gordon.

— Ma fille respirait péniblement, et elle m'a dit qu'elle avait mal à la tête. J'ai pris sa tension : elle était de 19/12. Ses yeux étaient troubles, comme si elle ne voyait pas très bien. Alors, j'ai appelé le Samu.

— Quand lui avez-vous pris sa tension ?

— A 18 h 20, environ.

— Nous avons reçu l'appel à 18 h 24, docteur, dit un employé du Samu.

18

— La tension continue à monter, annonça Anne.

Je vis la panique envahir les yeux noisette de la jeune fille. Elle se servait de muscles secondaires pour respirer ; ses épaules se soulevaient, et les muscles de son cou et du haut de sa poitrine s'étiraient sous l'effort qu'elle faisait pour inspirer un peu d'air. Ses difficultés respiratoires l'empêchaient de parler, mais je compris son angoisse.

— Venetia, dis-je en me penchant sur elle, avez-vous mal à la tête ?

Elle opina imperceptiblement.

— Avez-vous des troubles de la vue ?

Elle fit encore un petit mouvement affirmatif de la tête.

— Sentez-vous des palpitations dans le cou, à cet endroit-ci ? demandai-je en effleurant sa peau au niveau de la carotide.

Tant bien que mal, Venetia acquiesça de nouveau.

— Je vais faire baisser votre tension pour apaiser vos maux de tête, d'accord ? Et ça devrait aussi améliorer votre respiration.

Elle souleva légèrement les épaules, seul mouvement qui lui était possible.

— Ballonnez-la. Donnez-lui un autre Catapressan. Et préparez une solution de nitrite.

— Le nitrite est prêt, docteur, dit posément Coreen.

Je haussai les sourcils, surprise.

— Merci.

— Et j'ai installé une autre perfusion, ajouta-t-elle en me montrant la main droite de la patiente.

La technicienne vint se placer près de la tête de Venetia, et ajusta étroitement un masque en plastique bleu sur son visage. Elle attacha une poche à oxygène, et entreprit de pomper le gros ballon oblong. Les poumons de la patiente commencèrent à s'emplir d'oxygène pur.

— Comprenez-vous ce que nous sommes en train de faire ? demandai-je à Mme Gordon, sans quitter la jeune fille des yeux.

— Pas vraiment, répondit-elle doucement, avec son accent méridional.

— Les lésions de la moelle épinière posent toujours des problèmes très délicats. L'accident remonte à six mois ?

La femme opina tout en observant sa fille d'un air résolu.

— Ça fera six mois lundi.

— Y a-t-il eu des nerfs sacrés épargnés ?

Comme elle me dévisageait avec perplexité, je lui demandai si Venetia ressentait encore quelque chose.

— Eprouve-t-elle des sensations de chaleur ou de froid ? De douleur, quelque part sur le corps ? Des réactions à la pression ?

— Non. Rien. Ma petite fille ne ressent plus rien, murmura Mme Gordon. Le Dr Danthari, notre médecin, dit qu'elle n'aura plus jamais d'autres sensations. La lésion est en C4 : l'endroit reste très enflé et les dégâts sont plus importants qu'il ne s'y attendait.

Les blessures de la moelle épinière provoquent souvent d'étranges réactions, suivant l'emplacement de la lésion initiale. Même s'il n'y a que sept vertèbres cervicales, nous possédons huit paires de nerfs cervicaux. Des lésions de la colonne vertébrale entraîneront un type de perte sensorielle, tandis que des blessures de la colonne latérale en provoqueront d'autres, selon la paire de nerfs qui sera touchée. J'avais vu, un jour, un patient victime d'une fracture en C7 qui avait perdu l'usage des intrinsèques qui commandent les muscles abducteurs et adducteurs des doigts de la main permettant de saisir un objet en le pinçant. Il était donc capable de plier et de détendre tous les doigts, de serrer le poing, mais pas d'attraper ses clés ou de déplacer ses doigts latéralement.

Il fallait vraiment que je sache quel genre de blessure Venetia avait subie, mais nous n'aurions probablement pas le temps de joindre son neurochirurgien. Je demandai à Anne d'appeler le Dr Danthari, à tout hasard, pour assurer mes arrières. Aussitôt, la jeune femme se précipita vers le téléphone du bureau des infirmières.

— Sa tension est très élevée, et il s'agit peut-être de la pression provoquée par la blessure originelle sur la partie inférieure du cerveau qui contrôle la tension, beaucoup plus haut qu'en C4 ; cela peut aussi être à l'origine de ses difficultés respiratoires.

Mme Gordon se mordit la lèvre inférieure, et ses yeux presque violets s'emplirent de larmes.

— Elle ne veut pas qu'on la place sous ventilation.

Je levai les yeux vers le moniteur. La tension était légèrement redescendue.

— Nous l'éviterons, dans la mesure du possible, dis-je en souriant.

Avec une patiente qui semblait pleinement consciente de tout ce qui se passait, je ne voulais rien négliger. Nous n'avions pas affaire à une personne au cerveau endommagé mais à une jeune femme pleine de vitalité qui avait un avenir devant elle — surtout si la médecine moderne faisait quelques progrès dans les prochaines années.

— Elle a rédigé un testament de vie. Il est dans la voiture.

La voix douce s'était affermie.

Le silence se fit dans la pièce.

Si ses difficultés respiratoires s'aggravaient et si elle n'était pas placée sous ventilateur, Venetia Gordon pouvait succomber à cette crise. Je croisai les bras et jetai un coup d'œil à Anne.

— Pourriez-vous aller chercher ce document pour nous permettre de le photocopier ? demanda l'infirmière, déchiffrant mon regard.

— Oui, bien sûr, répondit Almera.

Elle se pencha et caressa affectueusement les pieds inertes de sa fille avant de s'éloigner.

L'attitude de cette femme effacée se révélait soudain parfaitement incohérente : comment pouvait-elle aimer sa fille et vouloir la laisser mourir ?

— Commencez la perfusion de nitrite, dis-je en consultant de nouveau ma montre. Je veux faire baisser cette tension.

Je me penchai de nouveau sur Venetia, et écoutai sa respiration. Si je ne parvenais pas à stabiliser son état, je serais peut-être obligée d'entamer une bataille juridique pour empêcher la mort d'une jeune fille de seize ans.

Replaçant le stéthoscope autour de mon cou, je quittai la salle et me mis en quête du nom de l'employé administratif d'astreinte, cette nuit-là, déterminée à me battre pour garder l'adolescente en vie.

— Le goutte-à-goutte fonctionne ! lança Coreen par la porte entrouverte.

C'était Rolande Higgenbotham qui était de service de nuit. Rolande était une femme à poigne qui ne manquait pas de bon sens. Je pris Anne à part.

— Quand vous aurez ce testament de vie, envoyez-en une copie par fax à Mme Higgenbotham, et expliquez-lui le problème par téléphone. Il pourrait être nécessaire d'intuber, et cette patiente est mineure. Il faudra peut-être alerter l'assistante sociale ou un juge.

Les services d'assistance sociale ôteraient la garde de la jeune fille à sa mère et s'arrangeraient pour qu'elle bénéficie

22

d'un traitement destiné à lui sauver la vie. Cela ne faisait aucun doute.

Anne acquiesça, la mine perplexe. Quoi que nous fassions pour Venetia, nous allions au-devant de tracas juridiques. Laisser mourir une mineure était tout à fait impensable et, d'autre part, passer outre les clauses d'un testament de vie allait nous plonger en plein cauchemar. Tant du point de vue légal que sur un plan émotionnel, la situation allait être intenable. Mais ma décision était déjà prise, tout le monde le savait — exceptées la principale intéressée et sa mère.

— La tension commence à baisser, dit Coreen, depuis la salle où Venetia Gordon était aux prises avec les atroces maux de tête dus à l'hypertension. 20,4/13,6. Le taux de sat est remonté à 90.

— Elle respire mieux, dit l'anesthésiste. C'est un peu moins difficile de faire entrer l'air.

Il était trop tôt pour crier victoire, mais je me sentis, néanmoins, réconfortée.

En quittant la salle, j'appelai le Dr Haynes, le médecin habituel des Gordon, pour le mettre au courant. Il avait la voix endormie, mais il comprit immédiatement de quelle patiente il s'agissait, écouta attentivement la description des symptômes, et conseilla ensuite l'hospitalisation.

— Mme Gordon refusera, ajouta-t-il. Elle dit toujours non. Mais proposez-lui tout de même. Et rappelez-moi si vous n'arrivez pas à faire baisser la tension. La mère et la fille ont établi un testament de vie devant notaire : un truc assez hermétique.

Il bâilla copieusement, et je sentis mes propres paupières s'alourdir.

— Il faudra faire intervenir les services sociaux pour mettre la gamine sous ventilateur. Je viendrai vous aider à raisonner la mère. Ce ne sera pas une mince affaire.

— Merci. Si je ne vous donne pas de nouvelles, c'est que je l'aurai prise en charge ou renvoyée chez elle.

Je tenais à la main une paire de gants en latex que je fourrai machinalement dans ma poche, avec mon marteau à réflexes, ma petite lampe électrique et toute une collection d'ustensiles médicaux que je trimballais sur moi.

— 19,8/13 de tension, fréquence cardiaque 81, sat 92.

Coreen se tenait sur le pas de la porte, le regard brillant. Somme toute, elle se débrouillait très bien pour une débutante, et elle était encore assez jeune et expérimentée pour s'émerveiller des résultats positifs — ce qui compensait largement ses lacunes.

La mère de Venetia attendait à côté de l'appareil sur lequel Anne photocopiait les documents originaux qui pouvaient mettre un terme à l'existence de sa fille. Elle les reprit et les plia pour les ranger dans son sac. Je regagnai la salle de réanimation, et me plaçai du côté où mon regard pouvait embrasser à la fois la mère et la fille.

Tout en buvant une tasse de café à petites gorgées, je vis Venetia reprendre des couleurs, tandis que sa tension continuait à baisser et son taux de saturation en oxygène à augmenter.

— J'ai un peu moins mal à la tête, dit-elle quand elle put inspirer assez d'air pour parler.

J'opinai avec un sourire.

Pendant toute la durée du traitement, Mme Gordon resta assise, les mains étroitement jointes, les traits crispés, le corps oscillant légèrement, les yeux fixés sur sa fille. Ses lèvres remuaient imperceptiblement, en silence, comme si elle priait. Nul doute qu'elle aimait son enfant ; ce testament de vie était une énigme.

Quarante-cinq minutes après l'arrivée de Venetia aux urgences, je demandai une autre gazométrie artérielle. Les résultats furent assez bons pour me permettre d'arrêter l'oxygène et de lui ôter le masque.

Une demi-heure plus tard, Venetia était en position assise, attachée au lit pour éviter qu'elle ne glisse. Elle riait et racontait des blagues à l'anesthésiste. Sa tension s'était stabilisée. Sa respiration reprenait peu à peu un rythme normal. Les résultats de la gazométrie et du taux de saturation d'oxygène étaient satisfaisants. Nous n'avions plus à craindre de devoir nous battre sur le plan juridique tout en essayant de sauver une vie.

Je remplis deux tasses de café, et conduisis Mme Gordon jusqu'au bureau réservé aux médecins contractuels pendant leurs gardes aux urgences. C'était une pièce exiguë — à peine plus grande qu'un placard —, mais il y avait des chaises, un bureau, et même une gravure accrochée au mur, représentant le fort de Charleston assailli par la tempête.

— Venetia va se rétablir, commençai-je étourdiment.

Je regrettai instantanément mes paroles en voyant le visage de Mme Gordon se contracter douloureusement. Venetia était paralysée. Son rétablissement n'était, hélas, que très relatif. Je repris mon souffle, et poursuivis :

— Vous avez bien réagi en appelant le Samu.

Almera hocha la tête, les traits encore crispés, les larmes au bord des yeux.

— Venetia a été victime d'une crise d'hypertension toxique — ou dysréflexie autonome, lui dis-je. C'est un trouble qui apparaît assez fréquemment chez les patients tétraplégiques ; une simple infection des voies urinaires, par exemple, peut être à l'origine d'une stimulation du système nerveux autonome. A la sortie de son bain, son cathéter a pu être légèrement secoué. Le système nerveux autonome, vous savez ce que c'est ?

Comme Mme Gordon secouait négativement la tête, je lui expliquai :

— C'est la partie du système nerveux qui commande les fonctions automatiques comme la respiration, le pouls et la tension. Chez les tétraplégiques, il peut être affecté par quantité de choses. La tension monte vite et à des niveaux effrayants ; si la crise n'est pas traitée à temps, elle peut provoquer une attaque mortelle. Pour le moment, nous avons stabilisé son état, mais j'ai appelé votre médecin traitant, le Dr Haynes : il recommande l'hospitalisation pour la nuit.

Les traits de Mme Gordon se durcirent, et elle recommença à se tordre machinalement les mains.

— Je n'ai rien contre le Dr Haynes, dit-elle posément. C'est un excellent homme. Mais ma fille a vu assez de médecins comme ça. Aucun ne peut réparer les dégâts. Certains disent qu'elle pourra peut-être récupérer quelques sensations, voire même l'usage de ses bras. Peut-être… Mais elle restera paralysée. Et moi, je ne veux pas la laisser à l'hôpital plus que nécessaire. Sauf si vous me dites qu'elle risque de mourir cette nuit.

Je haussai les épaules, mal à l'aise. Venetia pouvait mourir d'un moment à l'autre. La crise d'hypertension toxique pouvait avoir des effets fulgurants ; un retard de l'ambulance — même inférieur à cinq minutes — pouvait lui être fatal. C'était assez improbable, bien sûr, mais je devais envisager cette éventualité.

Quand je le lui eus dit, Mme Gordon fit de nouveau grise mine.

— En fait, vous essayez de vous protéger comme tous les autres, de peur que je vous fasse un procès. Ce n'est pas vous qui devez vivre avec une gamine de seize ans qui n'a plus aucune autonomie, qui a tout perdu, qui voudrait tellement mourir qu'il est bien difficile de la maintenir en vie.

26

Les larmes qu'elle retenait depuis plus d'une heure se mirent à ruisseler sur ses joues. Je m'interdis de détourner les yeux.

— Ce n'est pas vous qui payez les factures pour la moindre nuit passée à l'hôpital. Ce n'est pas vous que les huissiers harcèlent au téléphone… L'assurance santé de Venetia plafonne à un million de dollars de remboursements, pour une espérance de vie de soixante-douze ans, environ. Je serai ruinée et morte bien avant.

Déconcertée, je regardai un moment dans le vide.

— Vous avez raison, murmurai-je enfin.

Mme Gordon haussa les sourcils. Ses mains, qu'elle pétrissait nerveusement l'une contre l'autre, s'immobilisèrent. Sur le bureau, entre nous, la vapeur montait en volutes au-dessus des tasses de café auxquelles nous n'avions pas touché.

— Ce testament de vie est une idée à elle ? demandai-je soudainement.

— Elle a failli me rendre folle jusqu'à ce que je l'emmène chez le notaire. Ma fille a envie de mourir, docteur. Elle ne supporte pas l'idée de vivre comme ça. C'était la première fois, tout à l'heure, que je la voyais rire, depuis son accident.

Almera Gordon plongea la main dans son sac, en sortit un paquet de Kleenex et se moucha longuement.

Je songeai aux blagues que l'adolescente avait racontées. Etait-ce une réaction de délivrance après l'angoisse extrême de la suffocation ?

J'attendis qu'Almera eut rangé ses mouchoirs avant de reprendre la parole.

— Nous sommes tellement absorbés par la lutte à mener contre la maladie que nous en oublions souvent les questions pragmatiques de durée et de coût, nous autres médecins.

Je plongeai mes yeux dans les siens, rougis par les larmes.

— Je suis désolée, lui dis-je. Je comprends à quel point tout cela vous est pénible, mais nous sommes parfois contraints de sauver la vie des patients malgré eux.

Elle baissa la tête et inspira avec difficulté.

— Madame Gordon…

— Appelez-moi Almera.

Je la remerciai d'un hochement de tête pour cette marque de confiance.

— Et moi, Rhea, répondis-je.

Je me penchai vers elle, au-dessus du bureau.

— Almera, ce genre de complication peut se reproduire n'importe quand. Une fois qu'un patient a été victime d'une hypertension toxique, il est exposé à d'autres accès. La prochaine fois, cela peut survenir si vite que l'ambulance n'arrivera pas à temps pour la sauver.

Je marquai une pause, m'assurant qu'elle avait bien saisi mon propos. Son regard à la fois déterminé et anxieux restait suspendu à mes lèvres.

— Mais rien ne permet de croire que cela se reproduira cette nuit ni même un autre jour, poursuivis-je. Son état est stabilisé, pour l'instant.

— Dans ce cas, je vais la ramener à la maison. J'ai suivi l'ambulance du Samu avec mon estafette.

Almera se leva, le dos très droit, l'air résolu. Je la suivis dans le couloir, abandonnant les cafés fumants sur le bureau.

— Je resterai debout pour veiller sur elle, dit Mme Gordon. Je peux prendre sa tension toutes les demi-heures, si c'est nécessaire.

Elle s'interrompit et leva les yeux sur moi, une expression de défi dans le regard.

— Demain, nous avons rendez-vous avec une guérisseuse qui pratique l'imposition des mains et la prière. Je ne manquerais cela pour rien au monde.

28

Mon cœur se serra malgré moi. J'ouvris la bouche pour lui dire que c'était ridicule, que ces gens-là sont tous des charlatans, des escrocs, pour lui affirmer que, dans quelques années, la médecine serait en mesure d'améliorer la condition des tétraplégiques… Mais je revis les larmes dans les yeux d'Almera et ses mains qu'elle pétrissait inlassablement. Les mots s'étranglèrent dans ma gorge. Pour le moment, la médecine ne pouvait pas grand-chose pour les gens comme Venetia. Et les Gordon avaient besoin d'un espoir auquel s'accrocher.

— Voudriez-vous nous appeler demain matin pour nous dire comment va votre fille ? lui dis-je. Je serai là jusqu'à 7 heures.

— Entendu. Je vous remercie, docteur.

— Rhea, répétai-je.

Mais elle secoua la tête.

— Vous êtes médecin. Et l'un des meilleurs. Vous parlez aux gens.

Sur ces mots, elle entra dans la salle où se trouvait Venetia, et entreprit de l'asseoir dans son fauteuil roulant.

Je restai sous l'auvent du sas des ambulances, tandis que deux infirmiers aidaient Almera à installer sa fille à l'arrière de l'estafette.

Le véhicule gris se découpait sur une traînée de nuages flamboyants. Il était 20 h 30 du soir. Le soleil achevait son déclin, tout au bord de l'horizon. Je levai les yeux vers le ciel. Pas le moindre arc-en-ciel. Le temps froid n'allait pas durer. Demain matin, il ferait de nouveau trente degrés. Ce bref rafraîchissement avait été une bénédiction.

A côté de moi, Coreen regarda le véhicule s'éloigner vers le couchant. Le soleil allumait des reflets roses dans ses boucles brunes.

— Elles fréquentaient la même église que moi, avant. Maintenant, elles ne sortent plus. Elles regardent la messe à la télévision, murmura-t-elle.

L'estafette grise tourna à droite au carrefour suivant, et disparut sur la route.

Un bruit de moteur attira alors notre attention. Il semblait enfler à une vitesse étonnante. Des phares apparurent dans le virage, ceux d'une autre estafette, d'un rouge criard, qui montait la côte à toute allure. J'eus un mauvais pressentiment.

— Ce type va beaucoup trop vite, dit Coreen. Il n'arrivera jamais à…

Elle n'eut pas le temps d'achever sa phrase. Dans un hurlement de pneus, la fourgonnette obliqua brusquement à gauche en face de l'hôpital, dérapa, et parut décoller comme un avion avant de disparaître dans le fossé, de l'autre côté de la route. Il y eut un bruit d'explosion quand elle retomba, percutant un poteau télégraphique qui se brisa sous le choc.

Le tout n'avait duré que quelques secondes. Je me précipitai aussitôt vers le lieu de l'accident.

2.

Psychédélisme et vertiges.

Coreen me suivait en criant qu'il fallait appeler police secours. La porte se referma automatiquement derrière nous, étouffant le son de sa voix. Je courus vers la route, tout en cherchant au fond de ma poche mes gants chirurgicaux. Je sentis au passage mon marteau à réflexes en caoutchouc, un fin garrot en latex et ma petite lampe électrique. J'enfilai les gants, tout en me demandant ce que je pourrais faire sans autre matériel que ces quelques objets auxquels il fallait ajouter le stéthoscope que j'avais gardé autour du cou.

J'entendis le bruit des portes qui se rouvraient, puis des voix indistinctes. Habituée à courir, je distançai aisément l'équipe des urgences, atteignis le lieu du sinistre et m'arrêtai au bord du fossé. J'entendis alors un air de Led Zeppelin auquel se mêlaient des cris de douleur épouvantables.

L'estafette, peinte dans des teintes orangées, avec des motifs psychédéliques des années soixante, était immobile, renversée sur le côté du conducteur, à flanc de colline. Un nuage de vapeur montait du radiateur. Une forte odeur d'essence prenait à la gorge. L'intérieur du véhicule était plongé dans l'obscurité.

Je me laissai glisser le long du talus sur les fesses et les talons. Ma petite lampe roula, et je l'attrapai au passage, tout en sachant qu'elle ne me serait pas d'un grand secours. J'atterris assez brutalement sur le flanc de la fourgonnette, glissai sur la surface métallique avec mes semelles boueuses, et rampai, tant bien que mal, jusqu'à la portière à glissière, largement ouverte.

Plus bas, dans les buissons, un mouvement attira mon attention : quelque chose qui accrochait les derniers rayons du soleil. Mais, quand je tournai la tête de ce côté, je ne vis rien d'autre qu'un morceau de papier collé à un tronc d'arbre.

A l'intérieur du minibus, les cris devenaient plus stridents.

Je dirigeai le mince faisceau de ma lampe vers l'ouverture béante. La base du poteau télégraphique était encastrée dans le châssis du pare-brise. Les hurlements m'aidant à m'orienter, j'aperçus enfin la blessée, coincée entre le poteau brisé et le siège du passager, retenue par sa ceinture de sécurité.

Je sautai à l'intérieur et m'accroupis pour ne pas me cogner à la paroi du véhicule qui se trouvait au-dessus de ma tête. Je ressentis une brève impression de vertige avant de m'adapter à cette position renversée où le côté droit était au-dessus et le gauche, sous mes pieds.

Il y avait deux personnes, à l'avant du véhicule. Le conducteur, un homme à la carrure imposante, était écrasé entre son siège et la base du poteau. Sa tête pendait par la vitre dans une flaque d'essence irisée où se mêlaient du sang et de la matière grise.

Les couleurs de l'essence me rappelèrent le double arc-en-ciel du matin.

— Je ne crois pas aux présages, maugréai-je, la guitare tonitruante de Led Zeppelin couvrant le son de ma voix.

Tandis que je m'approchais du chauffeur, son siège se détacha et tomba ; il n'était, en fait, retenu que par la ceinture de sécurité et le corps inerte de l'homme. Le dos de son T-shirt noir, à présent exposé, portait une inscription en lettres argentées : *Chouchou — Au bonheur des dames et des accros*. Je ne pouvais plus rien pour lui, mais je lui pris tout de même le pouls. Son cœur ne battait plus.

La personne suspendue au siège du passager émit une sorte de gargouillis ; ses cris s'étaient mués en un gémissement irrégulier. Je dirigeai le faisceau de ma lampe sur elle.

A première vue, cette masse sanguinolente était une jeune fille. Il y avait du sang partout : dans ses cheveux crépus, sur sa peau d'un noir grisâtre… J'en étais même aspergée. Elle devait avoir une artère sectionnée, mais, dans la pénombre et le fouillis qui régnait dans le véhicule, il était difficile de distinguer ses blessures.

Entre deux morceaux de Led Zeppelin, un moment de silence me permit d'entendre ses plaintes étouffées et d'autres bruits, à l'arrière de l'estafette. Peut-être y avait-il d'autres victimes, mais je n'avais pas le temps d'aller voir. Tant bien que mal, je levai la main pour protéger mon visage du jet de sang, et me penchai sur la jeune fille. Je découvris alors sa jambe tordue à angle droit, brisée entre le poteau qui avait traversé le pare-brise et la tôle défoncée. Le membre était écrasé et l'artère poplitée, manifestement sectionnée.

Il fallait, de toute urgence, lui couper cette jambe dont elle était déjà, de fait, amputée, et l'emmener au bloc illico. Mais je devais d'abord arrêter l'hémorragie et, en l'occurrence, mon petit garrot en latex ne ferait pas l'affaire. Après une brève interruption, la musique emplit de nouveau l'habitacle.

Chouchou avait une ceinture. Je me penchai, et tirai sur la large bande de cuir. Rien ne vint. Chouchou était un homme corpulent, et je dus m'y prendre à deux mains, en tenant ma lampe entre les dents, pour parvenir à mes fins, au terme de plusieurs secondes d'efforts. Brusquement déséquilibrée, je basculai alors en arrière, et me cognai la tête à la paroi métallique.

— Bon sang, quel merdier ! entendis-je, au-dessus de moi.

Une autre voix, plus hésitante, appela :

— Docteur Lynch ?

— Eclairez-moi, vite ! criai-je, tout en nouant la ceinture en cuir autour de la cuisse de la blessée. Et apportez-moi une série de scalpels, une scie à os, une paire de grosses pinces chirurgicales. Il me faut une infirmière et quelqu'un du Samu, avec une civière et des couvertures. Trouvez-moi aussi le chirurgien orthopédiste de garde : qu'il se pointe dare-dare ! Et puis, arrêtez cette putain de musique…

Je nouai étroitement la ceinture, et tirai d'un coup sec sur les extrémités. Le sang gicla moins abondamment, par saccades. Je serrai encore plus fort, en me servant de tous mes membres comme points d'appui. Le flux se réduisit à un mince filet.

Personne n'était venu me rejoindre dans la camionnette ; j'étais toujours seule. Je me servis de ma lampe de poche pour trouver le lecteur de cassettes —miraculeusement intact — et aller l'éteindre. Ma blouse de médecin toute ensanglantée adhérait à mon corps comme une seconde peau. En l'examinant, je compris la réaction des infirmières qui m'avaient vue, de là-haut. On aurait dit que j'avais pris une douche de sang — comme dans les films de vampires.

Je trouvai l'emplacement de l'autoradio, et appuyai sur le bouton d'arrêt. Le silence retomba autour de moi, ponctué par les râles de la passagère et d'autres gémissements provenant de l'arrière. J'ôtai ma blouse trempée de sang, et la jetai dehors par la portière ouverte au-dessus de moi. Les

34

taches avaient traversé l'étoffe, mais j'offrais tout de même un spectacle moins impressionnant, et pouvais remuer sans me sentir entravée par ce vêtement poisseux.

L'odeur d'essence, de vomissure et de caoutchouc brûlé me donnait la nausée. Je contrôlai le pouls de la blessée. Il était rapide, et ma montre éclaboussée de sang ne me permettait pas de compter avec précision. J'évaluai la fréquence cardiaque à 150 environ. La respiration était aussi très rapide et superficielle. J'examinai la patiente tant bien que mal. Son bras droit, bloqué entre le siège et la porte, formait un angle insolite et était enveloppé dans des sortes de serviettes-éponges couleur brique. Sa main n'était pas visible. Son bras gauche pendait vers Chouchou dans un geste de supplication. Elle avait les pupilles symétriques et réactives. Ses voies respiratoires n'étaient pas obstruées, et elle ne présentait aucune autre blessure apparente.

Elle avait perdu connaissance. Sa tête inerte oscillait dans le vide. Je ne pouvais pas la changer de position, de crainte que la colonne vertébrale n'ait subi un dommage.

En attendant d'avoir plus de matériel, j'avais fait tout mon possible. Je me dirigeai vers l'arrière du véhicule.

Mon faible faisceau de lumière tomba sur un visage blême, maculé de sang, avec des yeux bleus au regard fixe, privé de vie. Un visage d'enfant. Celui d'une petite fille entièrement nue, manchote, et qui souriait.

Le souffle coupé, je me ressaisis en découvrant qu'il s'agissait d'une énorme poupée — une sorte de pantin.

Une fillette à peine plus grande qu'elle la serrait contre son cœur. Elle aussi avait le regard fixe, horrifié, avec de larges pupilles dilatées par la peur.

Pliée en deux, j'avançai, tant bien que mal, dans sa direction, et elle se blottit derrière le siège du fond, tout en répétant :

« Non, non, non, non », comme une litanie, entrecoupée de brèves pauses.

— Non, non, non, non.

— N'aie pas peur.

Je dus franchir une série d'obstacles — une valise ouverte dont le contenu s'échappait comme les boyaux d'un animal éventré, des piles de livres éparpillés, divers paquets de denrées indéfinissables — pour atteindre la banquette arrière.

— Je suis le médecin. Je viens t'aider.

Attentive à ne pas éclairer mes bras couverts de sang, je m'approchai d'elle et m'accroupis dans le coin exigu, entre le siège et la paroi de l'estafette. La porte du fond, qui battait, dispensait une faible lumière venant de l'extérieur.

Je n'essayai pas de lui enlever la poupée ensanglantée, mais touchai doucement son poing fermé. Elle avait la main glacée.

— Je suis le docteur Rhea, lui dis-je. Comment t'appelles-tu ?

— Non, non, non, non.

Respiration entrecoupée.

— Non, non, non, non.

— Peux-tu me dire si tu es blessée ?

— Non, non, non, non… Non, non, non, non.

A la lumière de ma lampe, ses pupilles restaient toujours aussi dilatées. J'encerclai doucement son poignet entre mes doigts, et évaluai sa fréquence cardiaque. Le pouls battait à 60, plutôt lentement. Sa respiration était rapide et peu profonde. Etrange. Etait-elle droguée ?

De plus près, je lui donnai seize ou dix-sept ans. Elle ne saignait pas. Seule la poupée était tachée de sang. En la touchant, je découvris qu'elle était sèche… En fait, ce n'était que de la peinture. La poupée avait été trempée dans

36

une teinture écarlate qui ruisselait sur son corps comme de l'hémoglobine.

Je tentai encore de communiquer tout en promenant les mains sur les membres de la jeune fille, à la recherche d'une éventuelle fracture.

— Je m'appelle Rhea, répétai-je. Je suis médecin. Est-ce que tu comprends ? Comment t'appelles-tu ?

Sur son bras gauche, au niveau du radius, je découvris une difformité provenant d'une fracture récente — ou plus ancienne et mal réparée. J'appuyai dessus sans qu'elle manifeste le moindre signe de douleur. Elle continuait sa litanie : « Non, non, non… » Mais, quand je touchai une sorte de gros hématome qu'elle avait en haut de la jambe, elle tressaillit et tourna vivement la tête vers moi, exhibant de manière agressive une rangée de dents noircies.

Cette contusion à la jambe pouvait provenir d'une fracture du fémur avec une lésion de l'artère ou de la veine fémorale. Dans la position où nous nous trouvions, il m'était difficile de diagnostiquer une éventuelle hémorragie interne.

— Je suis médecin… docteur, tentai-je encore d'expliquer.

La litanie s'interrompit. La jeune fille tourna lentement la tête de mon côté et posa les yeux sur moi.

— Docteur ?

La voix haut perchée était celle d'une fillette, mais l'expression désabusée du regard n'avait absolument rien d'enfantin. Les deux formaient une combinaison déroutante.

— Oui. Docteur.

— Sorcière. Guérisseuse.

— C'est ça, oui, en quelque sorte. Où as-tu mal ?

Elle ferma les yeux, sourit, et parut s'assoupir comme sous l'effet d'un stupéfiant quelconque.

Au-dessus de moi, j'entendis du mouvement, puis une rumeur indistincte. Un mugissement de sirène, d'abord lointain, se rapprocha rapidement.

— Enfin, c'est pas trop tôt ! grommelai-je.

Je me redressai autant que je le pus, et regagnai la portière latérale ouverte au-dessus de ma tête. Une lampe puissante tomba par l'ouverture, et je l'attrapai au vol, un instant aveuglée par le faisceau lumineux.

— Merci ! lançai-je. Il me faut aussi des gants propres.

Les miens, tout ensanglantés, étaient devenus inutilisables.

Le visage brun de Coreen surgit près du mien sous un angle insolite. Elle devait être allongée à plat ventre sur le flanc du véhicule.

— J'en ai apporté plusieurs paires, docteur Lynch. Quelle taille vous faut-il ?

— La plus petite, répondis-je. Et le chirurgien orthopédiste ? Savez-vous où il est ?

— A une bonne demi-heure d'ici. Il fêtait l'anniversaire de sa femme au restaurant, dans le comté de Ford.

Je jetai un coup d'œil sur la jeune fille attachée au siège du passager. Apparemment, elle ne tiendrait pas tout ce temps. Et l'odeur d'essence qui s'accentuait me faisait craindre une éventuelle explosion. J'allais être obligée d'opérer.

Il n'y avait rien de stérile. Pas de lumière. Pas d'anesthésiste. Pas de techniciens pour m'assister. Je me considérais généralement comme un toubib *multifonctions*. « Accueillir, soigner, virer les gens » : telle était la devise aux urgences. Il s'agissait souvent de rafistoler en attendant l'intervention d'un spécialiste. Ce soir, le cas serait différent : j'allais procéder à une amputation à la hussarde.

— J'aurais vraiment besoin de cette scie, dis-je d'une voix rauque.

38

J'ôtai mes gants poisseux et les remplaçai par les autres.

— Trish est en train de la chercher, docteur. Mais il y a eu un incendie, en orthopédie. Il paraît que tout a été déplacé ; elle risque de mettre du temps à la trouver.

Je jurai sans la moindre retenue.

Coreen me regarda avec un sourire en coin.

— Oh, ça, vous en êtes sûrement capable ! répliqua-t-elle. Mais ce n'est pas l'endroit idéal pour ce genre d'activité.

Malgré moi, je m'esclaffai et lui adressai un clin d'œil.

— Merci. Ça fait du bien de rigoler un peu.

— A votre service. Les gens du Samu sont là, avec le matos et la civière.

Coreen réagissait très bien, sans s'affoler, sans céder à la panique. Je me félicitai de l'avoir auprès de moi. Je respirai profondément pour conserver mon sang-froid.

Les faisceaux bleus et rouges des gyrophares balayèrent la route au-dessus de moi. Les sirènes se turent brusquement, et leur mugissement céda la place à un brouhaha de voix et de portières qui claquaient. La cavalerie débarquait. Dommage que Zorro soit allé dîner aussi loin, j'aurais volontiers laissé le boulot de boucherie qui m'attendait au véritable héros de l'histoire : l'orthopédiste, en l'occurrence.

— Salut, toubib. Pas mal, votre nouvelle bagnole ! lança un gars du Samu en pénétrant dans l'habitacle.

C'était Buford Munsey, surnommé Bouly parce qu'il avait toujours eu la boule à zéro. Pour Bouly, il n'y avait jamais rien d'impossible. J'étais contente qu'il soit là.

— J'aime bien le décor, dit-il en jetant un bref regard autour de lui. Avec ce petit fumet délicat… Et votre nouvelle tenue me plaît beaucoup, aussi : modèle hémoglobine ?

— On ne peut rien vous cacher, Bouly ! lui répondis-je, réconfortée par son humour à toute épreuve.

Il se pencha et examina la banquette qui obstruait une bonne partie de l'habitacle.

— Trouvez-moi une disqueuse ! cria-t-il.

Puis il se tourna vers moi et me demanda d'un ton presque mondain :

— Bon, quel est le programme, toubib ?

Je lui exposai rapidement la situation. Quelques secondes plus tard, j'avais des projecteurs et une personne de plus pour m'aider.

Les brancardiers entrèrent par la porte arrière de l'estafette, maintenue ouverte à l'aide d'une cale, et placèrent la jeune fille à la poupée sur une civière. Puis ils l'emportèrent vers une ambulance qui attendait là-haut, sur la route.

Il fallait, maintenant, se repositionner dans cette carcasse exiguë, et délivrer la blessée coincée à l'avant.

On nous fit passer d'énormes pinces coupantes, et la banquette arrière fut aussitôt découpée en morceaux et éjectée par des bras musclés. Du matériel arriva encore. Des couvertures. Je les empilai sur le panneau de la porte latérale qui se trouvait sous nos pieds.

— Je ne vois pas comment la dégager sans l'amputer, déclarai-je. Dites-moi ce que vous en pensez, les gars.

Je m'écartai de la blessée pour laisser les experts me donner leur avis.

— Et s'il est impossible de la dégager, ça signifie que je vais devoir amputer ici, tout de suite. Avec vous en guise d'assistants. Vous auriez donc intérêt à trouver une autre solution, dare-dare.

Grâce aux projecteurs, je pus enrouler les couvertures chaudes autour de la jambe valide, du torse, et jusqu'au cou de la blessée.

Les gars du Samu se remirent au travail. Après avoir détaché Chouchou, ils sortirent le corps sur une civière, puis nous débarrassèrent de son siège qui encombrait l'habitacle, afin de pouvoir apporter le reste du matériel.

La respiration de la jeune blessée s'était accélérée à un rythme inquiétant.

— Docteur, elle a un bras coincé entre le poteau et l'extérieur du véhicule, dit Bouly. Même si vous arrivez à dégager la jambe, le bras restera bloqué. Quant à la jambe, elle n'est pas coincée entre le siège et le tableau de bord mais entre le tableau de bord et le poteau, comme si elle avait traversé le pare-brise sous l'impact de la collision. Même un découpeur d'épaves n'arriverait pas à la désincarcérer assez vite. Regardez !

Je me penchai devant lui et compris ce qu'il voulait dire. Avec ma petite lampe, je n'avais pas pu distinguer ce qui retenait le bas de la jambe. A présent, je comprenais mieux. La malheureuse était vraiment coincée. L'odeur d'essence s'accentuait. La blessée gémit, puis vomit. Bouly lui prit la tête et la soutint par le cou, tout en tournant son visage pour dégager ses voies respiratoires.

J'étais en sueur dans cet espace confiné.

— Procurez-vous un vérin. Voyez s'il est possible de découper le poteau ou les montants de l'estafette afin de la dégager. Je refuse d'amputer deux membres.

— Le vérin arrive, dit Bouly en glissant une minerve autour du cou de la patiente et en insérant une canule dans ses narines.

Le doux sifflement de l'oxygène parvint à mes oreilles.

Le vérin que je réclamais était une sorte d'énorme cric muni de leviers, que l'on pouvait insérer entre des couches de tôle tordue. L'engin pneumatique écartait ensuite les barres comme un pied-de-biche. Des cisailles achèveraient le travail de découpage.

A cet instant, le tonnerre gronda au-dessus de nous.

— Oh, super ! Il ne manquait plus que ça, maugréai-je.

— Voyons, toubib, les conditions de travail, c'est le meilleur du boulot, me fit remarquer Bouly. Mon contrat prévoit une prime pour toute intervention par temps d'orage.

Décidément, ces gars-là avaient une force de caractère étonnante. Dans de telles conditions, c'était une qualité inappréciable.

— Docteur, on peut enlever ce siège pour allonger la blessée sur une civière, si ça vous arrange.

J'examinai la jeune fille étendue sur le bras du siège avant et maintenue par la ceinture de sécurité. Les sièges baquets semblaient neufs, contrairement à la banquette arrière qui devait appartenir à l'équipement d'origine, avec ses pieds tout rouillés simplement enfoncés dans le sol métallique.

— Pourrions-nous simplement renverser le siège en arrière et utiliser la civière comme table de travail ?

Les gars du Samu acquiescèrent, et commencèrent à tout préparer pour moi. Le siège bascula en arrière, et j'eus aussitôt davantage de place.

Ma patiente gémit.

— A un moment donné, j'aurai besoin de vous, les gars, pour tirer sur elle afin de m'aider à séparer l'articulation.

J'inspectai le matériel placé sur la civière appuyée contre ma hanche : une poignée de scalpels jetables dans des enveloppes de papier stérile, des pinces chirurgicales, des compresses de gaze et des gants de latex stérile. Il y avait encore des draps stériles — détail sympathique mais superflu. Quelqu'un avait apporté de la Bétadine et de la physio pour l'irrigation.

— Magnifique ! J'allais, justement, vous en demander.

Bouly avait étalé un drap stérile et disposé les instruments dessus. J'enfilai une paire de gants stériles par-dessus ceux que je portais déjà.

Au-dessous de moi, un autre secouriste, dont le nom m'échappait, avait inséré une grosse aiguille intraveineuse près du coude, dans la veine céphalique. Une poche de liquide était suspendue au montant tordu de la vitre : du lactate de sodium, un produit utilisé couramment dans la plupart des traumatismes.

Je passai la tête par la portière latérale, au-dessus de ma tête.

— Alors, cette scie ? demandai-je à la cantonade.

Coreen avait son portable collé à l'oreille. Elle se retourna et haussa les épaules d'un geste d'impuissance.

— La foudre est tombée en salle de chirurgie orthopédique, dit-elle. C'est une véritable pagaille parce qu'un autre incendie s'est déclaré dans les circuits et qu'il fallu arracher toutes sortes de trucs pour l'endiguer. Trish me dit qu'on ne retrouve plus rien.

Je poussai un soupir, et replongeai la tête à l'intérieur du véhicule. Je commençais à avoir des crampes dans la nuque, à force de me tordre le cou. A l'avant du minibus, je n'avais pas assez de hauteur pour me tenir droite. J'avais la peau poisseuse de sueur et de sang.

Dehors, j'entendis une voix familière, celle de l'inspecteur Mark Stafford, mon petit ami occasionnel. Sa présence me réconforta aussitôt.

— Comment ça va, là-dedans, ma p'tite dame ? cria-t-il à tue-tête.

— Ça va bien, merci, répondis-je sur le même ton. Fiche-moi la paix, maintenant ; tu vois pas que je travaille ?

Je l'entendis rigoler. Sa tête apparut par la portière ouverte, au-dessus de ma tête. En me voyant, il changea instantanément d'expression.

— Rhea ?

Je jetai un coup d'œil sur mes vêtements ensanglantés, et compris qu'il songeait à la dernière fois qu'il m'avait vue ainsi, le jour où il m'avait secourue alors que je venais de recevoir un coup de couteau.

— C'est pas mon sang.

— Ah, bon.

Je relevai la tête. Il avait disparu.

Dehors, quelqu'un lança d'une voix animée :

— Hé, on dirait qu'on va pouvoir dégager ce bras, docteur !

Par l'ouverture qui avait été, autrefois, le pare-brise, j'aperçus une paire de bottes, tout près du visage de ma patiente. Le vertige me reprit. Je fermai un instant les yeux, puis les rouvris.

— Dirigez un projecteur sur le haut du genou, l'autre sur le bas ! ordonnai-je. Sortez plusieurs scalpels des enveloppes, et posez-les sur le drap stérile. Parfait. Maintenant, écoutez-moi bien. Je vais pénétrer par le côté médian. Trouvez-moi l'artère poplitée sectionnée et clampez-la. Trouvez la veine poplitée et clampez-la. Ensuite, vous allez tous tirer sur la patiente pour créer un espace entre les os du bas de la jambe et la tête du fémur, pour que je puisse couper l'articulation où se rejoignent la rotule, le fémur, le péroné et le tibia. Vous la sortirez d'ici dès que ce sera fini. Compris ?

Ils se regardèrent.

— Fastoche, dit Bouly.

— Pas de problème, docteur, ajouta son collègue pour ne pas être en reste.

— On a sa tension ?

— 9,5/6, dit une auxiliaire du Samu.

Elle passa le torse par la fenêtre, côté passager, afin de prendre le pouls de la patiente.

— Pouls faible et ténu, à cent dix, environ. On connecte le moniteur cardiaque, maintenant…

Elle laissa un instant sa phrase en suspens.

— Ça y est. Fréquence cardiaque sinusale. Je place l'écran de manière à ce que vous puissiez le voir, docteur.

— J'ai une perf', dit le secouriste qui se trouvait à mes pieds.

— Ouvrez-la au maximum et, dès que ce sera fait, mettez-en une autre.

— Oui, docteur. C'est parti.

— Vous êtes sûrs de ne pas pouvoir enlever ce poteau assez vite pour m'épargner ça, les gars ? demandai-je une dernière fois.

— Impossible, docteur, répondit la femme. Désolée.

— Pas tant que moi. Débouchez cette Bétadine et versez-en sur le genou, dis-je à Bouly. Plus que ça… Très bien.

Je me penchai, et incisai à l'intérieur du genou de la patiente. Un trait de sang apparut sur la peau.

3.

Jubilation impie.

Un filet de sueur chaude ruisselait régulièrement entre mes omoplates.

— Ouvrez un paquet de compresses et approchez-vous. Vous allez tamponner l'incision pour que je puisse voir ce que je fais.

— Entendu, docteur.

Je regardai Anne, dont le visage se découpait dans l'encadrement tordu de ce qui avait été le pare-brise. Elle portait des gants stériles, et ses vêtements étaient couverts de boue. Un policier, qu'elle avait réquisitionné, tenait entre ses bras tendus un linge sur lequel se trouvaient quelques instruments et produits divers.

Elle déchira un paquet, puis se pencha à l'intérieur de l'estafette, et s'allongea sur le capot pour éponger l'incision avec une compresse de gaze. J'incisai plus profondément. Le sang jaillit et ruissela par-dessus le garrot de fortune fabriqué avec la ceinture de Chouchou.

Procédant par petits coups de bistouri, je découpai un rabat de peau pour recouvrir la plaie. Puis je cherchai plus profondément, et trouvai enfin l'artère poplitée. La patiente gémit et eut un léger soubresaut.

— Merde ! Elle revient à elle, grommela quelqu'un.

— Génial ! dis-je entre mes dents. Absolument génial.

Je clampai l'artère, et le sang cessa complètement de couler. Je ne pouvais pas procéder à une anesthésie sur les lieux d'un accident… Je jetai un coup d'œil sur le moniteur. Le rythme cardiaque continuait à s'accélérer. Impossible de tenir compte de la douleur.

— C'est bon, les enfants, on s'attaque à la veine poplitée.

Je la trouvai aussi, la clampai à son tour, puis m'accordai une pause.

— Et la scie à os ? demandai-je à Anne.

Elle secoua la tête. La pluie commençait à tomber. Des gouttes scintillaient sur ses cheveux et sur tous les objets étalés sur le drap.

J'examinai ma patiente. Elle respirait. Le pouls qui battait à la carotide semblait rapide et ténu, à la lumière des projecteurs. Mais le moniteur indiquait un ralentissement. Elle avait encore perdu connaissance. Je me tournai vers la fenêtre.

— Dites, les enfants, vous n'auriez pas quelque chose qui puisse couper un os ?

Immédiatement, comme si quelqu'un s'attendait à cette requête, une main brandit une scie à métaux par l'ouverture du pare-brise. La lame était sale et légèrement rouillée.

— Vous plaisantez, je suppose ?

— Ce truc peut couper pratiquement n'importe quoi, docteur.

C'était un objet barbare. Je sentis dix paires d'yeux fixés sur moi, tandis que je contemplais la lame.

— Anne, essuyez cette scie et versez de la Bétadine et de la physio sur la lame.

Pendant qu'elle nettoyait l'outil, je me tournai vers les secouristes.

— Allez, les gars. Soulevez et tirez.

Des bras passèrent sous le corps de la patiente. Les hommes s'arc-boutèrent. La jeune fille bougea.

— Plus par là, dis-je en pointant le menton vers la droite.

Je respirai profondément, et me penchai de nouveau sur le champ opératoire.

Les os se séparèrent légèrement, et un petit espace apparut dans l'incision.

— C'est bien. Plus fort.

L'espace s'agrandit. Je me remis à couper.

L'opération semblait interminable. Je commençais à avoir des crampes dans les doigts et dans les biceps. Sans rien dire, je m'arrêtai pour m'assouplir les doigts. Un juron feutré rompit soudain le silence.

— Regardez un peu ça, docteur !

Je jetai un coup d'œil vers la secouriste qui s'employait à dégager la main de la patiente coincée dans la tôle froissée. Les serviettes-éponges n'étaient pas de couleur brique, comme je l'avais cru, mais initialement blanches et imprégnées de sang séché. Les plis raidis du linge recouvraient l'avant-bras de la blessée, un avant-bras sans main.

Le moignon déchiqueté et enflammé avait été grossiè-rement cousu avec du fil noir — certainement pas dans les règles de l'art. Des gouttes de liquide séreux suintaient de la cicatrice.

— Une amputation criminelle ? murmurai-je. Il faut tout de suite signaler ça aux flics.

48

Dehors, j'entendis quelqu'un appeler l'inspecteur Stafford. La voix de Mark me parvint juste avant que je m'isole dans une bulle pour me remettre à la tâche. Impossible de travailler à cet angle-là. J'allais devoir finir au scalpel.

Je jetai la scie à métaux sur le tas de scalpels usagés, et tentai de déplier ma main crispée, contractée par l'effort. Je n'avais jamais aimé la chirurgie orthopédique. Découper les gens me faisait horreur.

— C'est déjà fini, là-dedans ? Si j'avais su, je serais resté chez moi !

Levant les yeux, je vis Bernard Mayfield, le tout nouveau chirurgien orthopédiste de l'hôpital. Il était assez grand pour voir par-dessus les têtes, de l'autre côté du pare-brise, et sa silhouette dégingandée était reconnaissable entre mille. Il se tenait debout sous la pluie battante, les mains dans les poches, un sourire ironique aux lèvres.

— Je ne mets pas autant de pagaille quand j'opère !

— Hé, ne venez pas m'enguirlander ! Si vous étiez resté à la maison devant votre feuilleton préféré, au lieu d'aller dîner au restaurant, vous m'auriez épargné ça, maugréai-je en dépliant enfin ma paume crispée. Et je n'ai même pas utilisé votre matériel.

— Vraiment ? Vous vous servez, pourtant, de mes joujoux de façon si originale !

Quelques mois auparavant, je m'étais, en effet, défendue contre des agresseurs avec des instruments flambant neufs trouvés dans un carton, au fond des salles de chirurgie en pleine réfection où je m'étais réfugiée. En regagnant son service, quelques semaines plus tard, Bernard avait découvert que son précieux matériel avait été confisqué par la police comme pièces à conviction. A ses yeux, c'était pratiquement un crime de lèse-majesté.

— Cette fois-ci, je n'ai touché à rien, lui répétai-je. Mais quand vous verrez l'état de votre bloc, vous regretterez peut-être que je n'aie pas simplement emprunté vos affaires.

Bernard haussa les sourcils. La pluie ruisselait de ses cheveux et s'infiltrait par le col de sa chemise. Il secoua la tête comme un cheval qui s'ébroue.

— La foudre est tombée sur votre service et un incendie s'est déclaré dans les murs. A mon avis, vous allez être obligé d'opérer en salle d'obstétrique. En plus, dans la panique, votre matériel a été éparpillé Dieu sait où. Trish n'a même pas pu me dénicher une scie à os.

Bernard changea de visage. Je lui retournai son sourire narquois, et pris un nouveau scalpel. Mais, avant d'achever l'amputation, je marquai une pause.

— Et vous n'aurez pas que mon sale boulot à reprendre ! Jetez donc un coup d'œil là-dessus, dis-je en lui indiquant du menton le poignet de la jeune fille, maintenant enveloppé dans un épais bandage. Elle a été charcutée de façon abominable. Apparemment, l'auteur de cette amputation n'a jamais envisagé la pose d'une prothèse.

J'élevai le scalpel devant moi, et la lumière des projecteurs se refléta sur la lame aiguisée.

— Comment se fait-il qu'avec vous il y ait toujours des complications de ce genre ? demanda Bernard avec un soupir.

Il se pencha par l'ouverture pour dérouler le pansement.

— C'est le mauvais sort, grommelai-je en m'inclinant de nouveau sur ma patiente. Ces temps-ci, il semble s'acharner sur moi comme la foudre sur un paratonnerre. Tout le monde vous le dira.

J'achevai mon travail de découpe en grognant, dépliai la languette de peau et la rabattis sur le moignon. Puis je me redressai et reculai d'un pas, jetant le scalpel avec les autres instruments usagés. Mes membres étaient couverts d'une couche de sang séché qui craquait au moindre mouvement.

— Emportez-la vite, dis-je en ôtant mes gants de latex.

Secouristes et auxiliaires médicaux s'affairèrent immédiatement autour de moi : ils débarrassèrent le matériel ensanglanté, et détachèrent la ceinture de sécurité qui retenait la patiente au siège qui m'avait servi de table chirurgicale. Puis ils allongèrent la jeune fille sur une civière. Pendant ce temps, Bouly entourait le moignon d'un pansement de fortune.

Je me faufilai parmi les gens du Samu jusqu'à la portière arrière, sortis sous l'averse, et m'enfonçai jusqu'aux chevilles dans une mare de boue et d'essence.

Mark vint me rejoindre, l'air pressé, très « pro » dans son imper de flic.

— Il me faut une déposition, dit-il.

Je le dévisageai un instant sans rien dire, puis écartai les bras comme pour l'inviter à me fouiller. Une douleur fulgurante me vrilla les épaules et le haut du dos. La pluie ruisselait sur mon corps, et les croûtes de sang sur mes bras et mon torse se liquéfiaient peu à peu. Je devais avoir l'air tout droit sortie d'un film de zombies.

— Tu plaisantes, j'imagine ?

Il prit le temps de m'examiner, et resta un moment interdit.

Décidément, les hommes — et plus particulièrement les flics — n'ont aucun sens des priorités.

— Tu pourras me cuisiner plus tard, lui dis-je. Je dois impérativement me laver et changer de vêtements.

Je récupérai ma blouse ensanglantée sur le flanc de l'estafette où je l'avais jetée, et entrepris de gravir le talus glissant pour regagner l'hôpital.

Mark m'emboîta le pas.

— Et après ?

— Après, j'ai des patients à voir. Vers 10 ou 11 heures, j'aurai peut-être quelques instants à t'accorder.

Une rafale de vent balaya la route. Mon cou me faisait horriblement souffrir. M'étais-je froissé un muscle ? Je m'étirai, tout en avançant entre les dépanneuses, les ambulances, les voitures de police, dans les éclairs des gyrophares et le grésillement des radios.

— Tu sais quoi ? me dit soudain Mark. J'ai pris des plats cuisinés chez Sottise.

Sottise était l'unique restaurant raffiné de la ville : un établissement récemment ouvert, tenu par des Français. Connaissant mon faible pour la cuisine française, Mark avait compris comment s'attirer mes faveurs en y commandant régulièrement des plats à emporter absolument succulents.

— Tu es un homme cruel et machiavélique, maugréai-je en essuyant les gouttes de pluie qui roulaient sous mon nez. Mais bon, d'accord. On se retrouve dans vingt minutes dans ma chambre de garde. Je mangerai pendant que tu m'interrogeras.

— Ça va faire jaser.

— Laissons jaser. J'ai une faim de loup.

Mark changea brusquement de sujet, me demandant à brûle-pourpoint :

— C'était moche, là-dedans ?

Le ton assourdi de sa voix me troubla. Je m'arrêtai et renversai légèrement la tête, offrant mon visage à la pluie d'été. J'ai toujours aimé marcher sous la pluie. Courir sous la pluie. M'asseoir sous la pluie. Les gouttes martelaient mon corps, et je savourai, immobile, le plaisir de sentir l'eau ruisseler sur moi, emporter la sueur et le sang de la blessée. Je n'aurais su dire si je pleurais. Avec toute cette eau, ce serait passé inaperçu, de toute façon.

— Oui, répondis-je. Très moche.

52

— J'ai cru devenir dingue en te voyant tout ensanglantée.

— Je sais, dis-je à mi-voix.

— Je n'ai pas pu ôter tout ton sang de mon jean, l'autre fois…

J'écarquillai les yeux et croisai ceux de Mark, dont les prunelles vertes brillaient à travers le rideau de pluie.

— Mon sang ? Pourquoi en avais-tu sur toi ?

— Je t'ai portée jusqu'aux urgences. J'en ai mis partout.

Je ne l'avais jamais su. Inconsciente, je ne m'étais pas rendu compte qu'il s'était occupé de moi, la nuit où j'avais reçu un coup de couteau. L'incident n'était pas de ceux que nous aimions évoquer ensemble.

— Va prendre une douche, dit gentiment Mark en caressant ma joue trempée. Je viendrai te rejoindre après.

Je m'éloignai d'un pas lourd avec mes chaussures qui chuintaient à chaque pas sur le bitume. Le mur, à l'entrée des urgences, était décoré d'un graffiti tout neuf peint à la bombe jaune fluo et manifestement inachevé, comme si l'artiste avait été interrompu dans son ouvrage. Sans m'attarder à l'examiner, je franchis le seuil, gagnai le placard à lingerie le plus proche, et m'enroulai dans un drap propre pour cacher à la vue des patients et de leurs proches le sang dont j'étais couverte. Mais, en marchant, je laissai dans mon sillage une traînée de liquide rougeâtre qui suintait de mes vêtements et de mes chaussures de sport.

Sur le chemin de la salle de traumatologie, je croisai Anne, accoudée au guichet des infirmières ; elle avait les cheveux humides, mais ses vêtements de travail étaient propres.

— Commandez des pizzas pour tout le monde, lui dis-je. Un assortiment pour tous les goûts.

Je tirai de ma poche un billet plein de sang, et le jetai sur le guichet. Anne le regarda d'un air dégoûté, ce qui n'avait rien d'étonnant.

En traumatologie, un essaim d'infirmières impeccables s'affairait autour du lit et d'un appareil de radioscopie mobile. Un grand échalas encore dégoulinant de pluie était penché sur la patiente que je venais d'amputer.

— Ça va aller, Rhea, me dit Bernard en levant la tête. Je m'occupe des deux victimes pendant que vous allez faire un brin de toilette.

— Vous êtes une véritable bénédiction, lui dis-je en battant en retraite.

— C'est exact, en effet. Allez ouste, filez !

Je restai tout habillée sous le jet brûlant de la douche pour dissoudre l'hémoglobine, éliminer les crampes et les contractions dont j'étais percluse. J'aurais aussi aimé évacuer les cris et les gémissements de douleur qui me hantaient — car la jeune fille n'avait pas toujours été inconsciente, au cours de l'opération.

J'avais feint de ne rien entendre mais ce n'était qu'un leurre. Ces plaintes déchirantes résonnaient encore à mes oreilles comme l'anathème jeté au bourreau par le supplicié.

Quand mes larmes jaillirent, je m'abattis contre la paroi de la douche et me laissai glisser dans la cabine, bientôt secouée de sanglots irrépressibles.

Cette explosion d'émotion fut aussi brève que violente. Vite terminée, elle me laissa pantelante, hors d'haleine. Ecroulée sur le carrelage qui empestait le chlore, je renversai la tête en arrière.

J'avais pourtant fait de mon mieux. C'était incontestable. Je devais à tout prix la sortir de là. Les vapeurs d'essence pouvaient provoquer une explosion et ce, malgré la pluie. Elle avait une artère sectionnée. Une jambe disloquée, complètement écrasée. Il fallait la lui enlever. Qui d'autre aurait pu s'en charger ? J'avais vraiment fait tout mon possible pour la sauver. Mais elle avait perdu un membre. Et une main.

Quelqu'un, tout là-haut, devait lui en vouloir.

Je me relevai tant bien que mal et ôtai mes vêtements trempés. Je les jetai en boule dans un coin de la cabine avec mes chaussures, afin de continuer à les rincer tout en me lavant les cheveux. Je pris ensuite la brosse à long manche et me frottai vigoureusement le corps sans prêter attention à mes larmes qui coulaient par intermittence. J'ôtai les dernières croûtes de sang incrustées au creux de mes coudes et de ma gorge. Après de longues minutes d'efforts, je me sentis enfin propre. Je me frictionnai vigoureusement avec une serviette et enfilai des vêtements de travail. Puis je passai dans ma petite chambre de garde et mis une paire de socquettes avant d'aller me donner un coup de peigne devant la glace du lavabo.

De courtes boucles de cheveux bruns me couvraient les oreilles et descendaient sur ma nuque. Yeux noirs, peau mate. Une silhouette trop grande et trop mince pour être qualifiée de « féminine » — du moins, selon les critères de beauté méridionaux.

— J'ai fait de mon mieux, me répétai-je à haute voix.

Mais les larmes me montèrent de nouveau aux yeux. A chaque battement de paupières, je revoyais un scalpel traversant les muscles, une scie coupant les os et les tendons.

— Je n'avais pas le choix.

Et, bien que ce fût la stricte vérité, cette certitude ne me réconfortait pas. Malgré moi, je fondis en larmes, une fois encore.

Des coups légers frappés à la porte m'obligèrent à me ressaisir, et j'essuyai vivement mes yeux du dos de la main. Mark passa la tête par l'entrebâillement et entra sans attendre ma réponse. Il laissa la porte à demi ouverte pour éviter de donner prise aux ragots, bien que le bureau des infirmières fût à l'autre bout du couloir. De toute façon, quiconque l'avait vu se diriger vers ma chambre ne manquerait pas d'émettre une opinion sur ce que nous pouvions y faire ensemble : le Dr Lynch et son petit ami s'envoyaient en l'air au sein même de l'hôpital. Le Dr Lynch et l'inspecteur faisaient des galipettes entre les draps rêches de la chambre de garde. Le Dr Lynch et son flic préféré forniquaient comme des bêtes sur le carrelage en poussant des cris d'extase...

Le fait que nous soyons encore au stade des préliminaires — et même, pour tout dire, du flirt le plus innocent — n'entrerait pas en ligne de compte. Mais, en vérité, je m'en fichais complètement. J'étais trop épuisée et j'avais bien trop faim pour me préoccuper des potins.

Mark m'offrit un délicieux plat de sole aux légumes, assorti d'une sauce succulente. En fait, il me donna littéralement la becquée. Assise sur mon lit, adossée au mur, je le laissai découper les aliments sur la table roulante qu'il avait installée devant moi, et je n'avais rien d'autre à faire qu'ouvrir la bouche. Il gardait ses beaux yeux verts fixés sur moi, et m'observait avec sollicitude.

Le repas terminé, il repoussa la table, jeta récipients et couverts à la poubelle. Puis il me retourna à plat ventre sur le lit et s'installa à califourchon sur mon dos pour me masser les épaules. J'émis un petit grognement de plaisir.

— Ça va mieux ? demanda-t-il.

— C'est le nirvâna. Oh ! là, là, ça fait du bien ! Un peu plus bas. Oui, là. Oh oui, plus fort !

Il s'esclaffa, ce qui n'avait rien d'étonnant.

— Laissons-les jaser. Je m'en fiche.

— Il n'y avait personne au guichet, quand je suis passé, me dit Mark. Ne t'en fais pas. Personne ne sait que je suis là.

— Ah, bon... Plus bas, vers la droite. J'ai eu une crampe épouvantable de ce côté-là, pendant l'opération. Oui, voilà.

L'inspecteur Mark Stafford, du bureau du shérif du comté de Dawkins, avait des mains divines. Je l'en félicitai.

Puis, petit à petit, le massage devint plus doux, plus sensuel. Je sentis le souffle de Mark s'accélérer près de mon oreille. Avec un sourire, je m'abandonnai à ses caresses...

Quand le téléphone sonna, Mark jura. Quant à moi, je me mis à rire, et me dégageai de son étreinte pour répondre.

— Lynch à l'appareil.

— La salle d'attente commence à se remplir, docteur. Et le Dr Mayfield doit retourner en ortho.

— J'arrive, dis-je avant de raccrocher.

— Ouf ! lança Mark avec une grimace qui démentait son propos. Ça commençait à devenir trop intime.

— Carrément équivoque, oui.

Je me levai et fouillai dans mon grand sac à la recherche d'une blouse de rechange. J'avais oublié d'en prendre une. J'allais donc devoir utiliser celle — d'une propreté douteuse — qui restait accrochée derrière la porte du bureau des médecins.

— Je voudrais que tu revoies cette poupée et que tu essaies de me décrire l'intérieur de l'estafette avec la position de chaque occupant au moment où tu y es entrée, me dit Mark. Il faut que je sache comment c'était avant que les secouristes aient tout déplacé.

Je réfléchis un instant.

— Tu en parles comme du lieu d'un crime, dis-je pensivement.

— Nous avons découvert des doses de stupéfiants et de la marijuana cachés dans une paroi du véhicule, et d'autres paquets scotchés sous la banquette arrière. La quantité était suffisante pour entrer dans la catégorie de recel avec sérieuse intention de revente. Il y avait aussi trois revolvers chargés. Chouchou en avait un glissé dans sa ceinture, le coup aurait pu partir quand tu la lui as ôtée.

Je fronçai les sourcils, songeant à l'obscurité qui régnait à l'intérieur de l'estafette, à ce moment-là.

— Charmant, maugréai-je.

— On a aussi découvert plusieurs armes blanches. Quatre, pour le moment, dont un couteau à cran d'arrêt dont la lame était ensanglantée. Il aurait pu servir à couper la main de cette fille. A ce propos, je voudrais ton opinion là-dessus : Mayfield affirme que cette amputation n'est pas l'œuvre d'un professionnel.

En regagnant la salle des urgences, je fis part à Mark de ce que j'avais vu en montant dans le véhicule accidenté. Mais mes souvenirs étaient quelque peu perturbés par l'épisode qui avait suivi.

— J'ai aperçu une forme blanche, lui dis-je enfin. Ça n'a pas cessé de me trotter dans la tête. L'espace d'un éclair, j'ai vu une forme blanche s'éloigner derrière l'estafette au moment où j'arrivais. Un peu plus tard, quand j'ai découvert la fille à l'arrière, j'ai remarqué que la portière du fond était ouverte.

— Et alors ? demanda Mark, manifestement intéressé.

— Alors, il y avait peut-être une quatrième personne dans le véhicule avant mon arrivée. Je pense qu'il — ou elle — est allé se cacher dans les buissons, en contrebas de la route.

Mark soupira.

— Avec toute cette pluie, je ne crois pas qu'il reste des empreintes, mais j'enverrai tout de même quelqu'un jeter un coup d'œil. Merci, Rhea.

Personne ne fit la moindre remarque quand nous passâmes devant le bureau des infirmières ; personne ne leva même le nez. Mais c'était un petit hôpital rural. Tout le monde était au courant de tout. Je pouvais être sûre qu'en moins d'une heure nous allions faire les frais de commérages débridés.

Quand nous arrivâmes aux urgences, Mark me quitta pour aller rédiger son rapport. Je gagnai le bureau des médecins où était accrochée la blouse de rechange. Outre le fait qu'elle était sale, je nageais littéralement dedans — mais ce serait mieux que rien. Je passai la main derrière la porte et ne sentis sous mes doigts que le panneau de bois. La blouse n'était plus là. J'y renonçai donc, et me remis à l'œuvre.

Ma première patiente était la jeune fille découverte à l'arrière de l'estafette. Elle tenait toujours son étrange pantin serré contre sa poitrine. Je les examinai tous les deux du coin de l'œil, tout en parcourant le dossier médical.

Na'Shalome. Tel était le nom qu'elle avait fourni. Je calculai rapidement son âge : vingt-trois ans, à en croire ses allégations. Elle était toute menue, blonde avec des yeux bleus. Ses paramètres vitaux étaient normaux. Elle avait la peau sèche et tiède. Comme on avait déjà effectué un prélèvement d'urine et une prise de sang, je demandai un bilan toxicologique urinaire, un test de dépistage et les analyses de sang les plus courantes. Me souvenant de l'hématome qu'elle avait à la jambe, je m'assurai que Bernard avait prescrit une radio et contrôlé ses résultats qui étaient tous négatifs.

Je m'assis près d'elle sur le lit roulant.

— Je suis le docteur Rhea. Pouvez-vous me dire comment vous vous sentez ?

Les yeux fixés sur le mur du fond, elle serra plus étroitement sa poupée contre elle. C'était une poupée de chiffon d'un mètre quarante environ, badigeonnée de rouge vermillon et entièrement nue. Une sorte de pantin à dix sous confectionné à la hâte. Il lui manquait une jambe, qu'on avait remplacée par une tige d'acier, maintenue en place avec du chatterton et décorée de rubans rouges et de fleurs artificielles. Un tube souple en caoutchouc rouge, attaché en bas de la jambe avec un bouquet de roses en tissu passablement défraîchi, remontait en s'enroulant le long de la tige d'acier, et tenait en place grâce à de la colle.

Un petit rameau peint en rouge et vert tenait lieu de bras gauche ; le droit était remplacé par un curieux assemblage métallique — un cintre déformé entortillé avec du fil de fer, semblait-il. La jambe métallique et les ersatz de bras étaient entrelacés de fleurs séchées et artificielles, de feuilles, de plantes, de perles et de rubans. Les yeux de la poupée étaient du même bleu que ceux de Na'Shalome. J'eus l'impression qu'ils me suivaient du regard quand je m'éloignai du lit et traversai la chambre. C'était une impression étrange, à vous donner la chair de poule.

— A mon avis, c'est une poupée vaudoue, déclara Coreen, derrière moi.

— Je penche plutôt pour une sorte de pantin de mardi gras, dit Anne.

— Un truc de sorcellerie ! lança Coreen.

— Ce qui n'est pas la même chose que le vaudou.

— C'est maléfique. Tu ne le sens pas ? demanda la jeune infirmière.

— C'est un ornement de fête.

— Vaudoue.

— Ou destiné à des orgies, peut-être ?

— Beurk !

— Tu préfères les rituels vaudous ?

La controverse prit fin quand je tendis le dossier de la patiente à Coreen. Les deux infirmières, en tenues d'assistantes de chirurgie, quittèrent la chambre pour vaquer à leurs tâches respectives.

Je jugeai, pour ma part, que la poupée ressemblait aux pantins du carnaval de La Nouvelle-Orléans. Ma mère m'avait souvent fait manquer l'école pour participer aux festivités de mardi gras à Lafayette et à La Nouvelle-Orléans, en Louisiane — d'interminables beuveries avec ses copines et un essaim de fêtards qui leur tournaient autour. Petite, je m'étais réjouie de voir ma mère aussi joyeuse et insouciante. Puis, en grandissant, j'avais refusé de l'accompagner. Ça lui était bien égal, du reste, car, à cette époque, elle avait atteint un tel degré d'alcoolisme qu'elle n'était plus en mesure de se soucier de quoi que ce soit. Ou, plus exactement, elle se souciait infiniment moins de moi que de ses chères bouteilles…

Je passai encore dix minutes à essayer de parler avec Na'Shalome. Je lui répétai que j'étais médecin. Docteur. Finalement, alors que j'étais sur le point de renoncer, le mot « docteur » parut pénétrer son cerveau, et elle tourna vers moi ses prunelles bleues au regard sans vie, aux pupilles étrangement dilatées. Nous n'échangeâmes pas un seul mot. Mais, de toute évidence, elle avait compris que je voulais l'examiner et qu'elle devait, pour cela, se séparer un instant de sa poupée. Doucement, je la lui pris des mains et la posai au pied du lit roulant. Immobile, Na'Shalome me regarda découper ses vêtements.

Je compris immédiatement qu'elle ne laisserait personne d'autre la toucher. En effet, je la sentis se crisper et se recroqueviller quand Anne me rejoignit. A mesure que je découpais ses vêtements, je découvris les raisons de sa réticence.

Son corps portait des traces de fractures, d'os brisés qui ne s'étaient jamais correctement ressoudés. A l'intérieur de ses cuisses, je découvris des marques de brûlures — les cicatrices circulaires des brûlures de cigarette. Elle avait d'autres cicatrices moins nettes sur le ventre et sur les seins. Je savais, cependant, de quoi il s'agissait. Des marques de sévices, de torture, qui n'étaient pas récentes mais indiquaient ce qu'elle avait subi, et sans doute pendant longtemps. J'avais vu bien des cas de ce genre à Chicago, où j'avais effectué mon internat.

Na'Shalome. Sans repos, sans paix… Avait-elle choisi ce prénom pour décrire ce qu'elle ressentait au tréfonds d'elle-même ? Ce qu'avait été sa pauvre vie d'enfant ?

Et l'autre fille — celle qui était, à présent, entre les mains de l'orthopédiste — portait-elle aussi des marques de sévices ? Sa main avait-elle été amputée par la même personne qui avait torturé Na'Shalome ? Des images de fuite me vinrent à l'esprit : deux — ou peut-être trois — jeunes filles courant vers l'autoroute en faisant des signaux de détresse, et Chouchou, vieux hippie chevaleresque, s'arrêtant pour les prendre à bord de son estafette, puis fonçant comme un bolide pour échapper à leurs poursuivants. Des poursuivants qui rôdaient peut-être encore dans les parages, déterminés à récupérer leurs victimes…

Ou bien, un autre scénario… Je n'avais jamais vu le visage de Chouchou… C'était peut-être lui, l'auteur de ces sévices ?

Après avoir lavé Na'Shalome et lui avoir enfilé une chemise de nuit en coton de l'hôpital, je lui rendis sa poupée. Sans me quitter des yeux, elle prit le pantin dans ses bras frêles — des bras de poupée — et le serra contre elle.

En quittant la pièce, je l'entendis fredonner un petit couplet d'une voix à peine audible.

Les mains du Mal mutilent et tuent ;
les mains qui soignent imitent Jésus.

Je jetai un bref coup d'œil derrière moi. Elle répéta sa ritournelle d'une petite voix cristalline, et esquissa un sourire.

Un effrayant sourire en coin, accompagné d'un regard à la fois étincelant et vide, cette vacuité terrible de la mort.

Ce spectacle me souleva le cœur. L'expression *jubilation impie* me vint alors à l'esprit, et j'eus la conviction que Na'Shalome savait ce que je ressentais. Et qu'elle s'en délectait secrètement.

4.

Protocole canin et bave de chien.

Au vu des résultats de son bilan toxicologique, des marques
de sévices et de l'énorme hématome qu'elle avait à la cuisse,
Na'Shalome fut admise à l'hôpital, et je la confiai aux bons
soins du Dr Bokara, ainsi qu'une personne âgée en état critique. Le Dr Bokara, originaire de l'Inde, était une femme
d'une trentaine d'années au grain de peau d'une finesse
incomparable, avec de grands yeux noisette et des cheveux
si noirs qu'ils semblaient animés de reflets bleutés. Elle se
mouvait avec une grâce que je lui enviais, parlait en roulant
les « r », et portait de longues robes soyeuses, légèrement
transparentes, avec un collant sans pied. En un mot, elle était
tout ce que je ne serais jamais : féminine.

Nous nous entendions à merveille, elle et moi. Le jour de
notre rencontre, elle m'avait proposé de l'appeler Boka car
son prénom était impossible à prononcer pour les étrangers.
J'avais, néanmoins, essayé à quelques reprises. Je n'étais
pas mécontente de moi, mais j'avais dû omettre un détail ou
estropier une syllabe car elle s'était esclaffée en me regardant
à travers l'éventail de ses doigts.

Nous avions déjeuné ensemble, un jour, dans un restaurant chinois du quartier. Elle était strictement végétarienne mais ne semblait pas s'offusquer de me voir manger du poulet...

Boka vint examiner les patientes que je lui avais décrites au téléphone, croyant, apparemment, qu'il s'agissait d'une sorte de bizutage de ma part. Elle ausculta un instant la vieille dame qui, soudainement désorientée, était tombée dans l'escalier de sa maison de retraite. Après lui avoir prescrit quelques examens immédiats, Boka entra seule dans la chambre de Na'Shalome.

Quand elle en ressortit, elle avait les traits défaits, l'air consterné.

— Qu'en penses-tu ? lui demandai-je, tandis qu'elle contournait le bureau pour se laisser tomber dans le fauteuil pivotant.

— Ce que j'en pense ? Je crois, hélas, que je ne suis pas en mesure de lui apporter tout ce dont elle aurait besoin. Cette enfant a été traitée avec une barbarie incroyable.

— C'est aussi mon avis, dis-je en croisant les bras sur le guichet des admissions.

J'avais les pieds glacés dans mes chaussons en papier, et j'essayai de réchauffer les orteils de mon pied gauche au creux de mon genou droit.

— Je vais demander à la DASS d'envoyer quelqu'un pour la voir, dit brusquement Boka.

Elle décrocha immédiatement le téléphone, et composa un numéro qu'elle devait connaître par cœur.

— Peu importe l'âge qu'elle prétend avoir. Cette fille n'a certainement pas dix-huit ans. En fait, je lui en donne à peine quinze. Elle aura besoin d'un sérieux soutien pour se remettre de ce qu'elle a subi. Une désintoxication sera peut-être nécessaire également. Elle a au moins trois sortes de stupéfiants dans l'organisme : opiacés, benzo et amphétamines.

Elle se tut, comme pour écouter un message enregistré, puis donna son nom et un numéro de téléphone où la joindre. Sa voix me parut moins suave que d'habitude. Après avoir raccroché, elle se tourna vers moi, le front barré d'un pli soucieux.

— L'orchidectomie et la pénectomie[1] me sembleraient tout indiquées en pareil cas. L'homme qui a commis ces ignominies ne mérite pas moins.

J'esquissai un sourire amusé.

— Préconiserais-tu la castration chirurgicale pour les pédophiles ?

— On trouve encore un certain nombre d'eunuques, en Inde, bien que la castration soit une pratique, désormais, interdite. J'en ai vu un, lors d'un séjour à Delhi avec mon mari. Certes, c'était une créature probablement vouée — contre son gré — au plaisir d'autrui, mais je n'ai pas pu m'empêcher de penser que ce serait là un sort bien mérité pour les hommes qui torturent ou violent les enfants.

Une étincelle brilla soudain dans ses prunelles.

— Mon mari a été horrifié de m'entendre dire ça… mais intrigué, aussi.

Son expression me fit rire.

— S'est-il réjoui de découvrir que sa chère et tendre pouvait aussi griffer et mordre ? S'est-il senti agressé dans sa virilité ?

— Rémi a toujours adoré les chats, répondit Boka d'un air faussement candide en promenant sur sa bouche un ongle carmin.

Nous éclatâmes de rire toutes les deux, puis le visage de Boka s'assombrit de nouveau.

— Ce qu'on a infligé à cette gamine est… inqualifiable.

1. Orchidectomie : ablation des testicules. Pénectomie : ablation du pénis.

Le regard dur, presque hermétique, elle poursuivit :

— Il faudra peut-être procéder à une intervention de chirurgie reconstructrice pour remettre la paroi vaginale en état.

J'eus un mouvement d'horreur.

— J'ai aussi noté un état inflammatoire qui nécessite un examen gynécologique plus approfondi. Michelle Geiger s'en chargera… Il faut châtrer ces monstres, ajouta-t-elle, les yeux étincelants. Et sans anesthésie, en plus !

Pour une femme apparemment si douce et délicate, qui ne mangeait même pas de viande, Boka avait une conception draconienne de la justice. Une conception qui ne me déplaisait pas foncièrement, je dois l'admettre.

Je passai le reste de la nuit avec un cas d'insuffisance respiratoire, cinq victimes d'AVP[1] qui semblaient moins atteintes que décidées à faire payer les assurances, quatre enfants présentant des symptômes viraux et une bande d'excités occupés à poursuivre la malheureuse chauve-souris à l'aide d'une épuisette. La peur instinctive que ce petit animal inspire à l'être humain fit de cet épisode un intermède plutôt comique. Je dormis peu, et me réveillai à 6 heures du matin, juste avant la sonnerie du réveil. J'ouvris les yeux sur des visions de sang qui giclait. J'eus même l'impression de sentir le jet tiède et écœurant m'asperger le visage.

Je m'habillai, enfilai mes chaussures de sport humides qui empestaient l'essence, et allai jeter un coup d'œil sur Na'Shalome et sa compagne d'infortune. La jeune fille amputée, dont les infirmières n'avaient pu obtenir le nom, avait été admise en service d'orthopédie.

1. AVP : accident sur la voie publique.

La petite Marie, comme la surnommaient les infirmières, était allongée sur un matelas, ses moignons maintenus en position surélevée pour éviter la formation d'un œdème. Elle dormait profondément, sans doute sous l'emprise de puissants tranquillisants. J'entrai à pas feutrés et l'examinai un instant. Son teint café au lait indiquait une origine métissée ; elle avait un joli visage aux traits fins qui portait les stigmates de terribles épreuves. Dans la pénombre, je lui donnai une douzaine d'années. Une pauvre enfant blessée, à l'abandon.

L'angoisse de la veille m'étreignit de nouveau en la regardant. Je me demandai si la petite Marie m'en voudrait un jour d'avoir sacrifié sa jambe pour lui sauver la vie. L'animatrice d'une célèbre émission télévisée affirmait que certains infirmes considéraient leur handicap comme une sorte d'atout dans l'existence. Personnellement, je ne voyais pas très bien comment elle parvenait à en persuader les gens. Sans doute étais-je imperméable au charisme de Mme Oprah…

Je m'approchai du lit et soulevai le drap qui recouvrait la fillette. Sa respiration demeura lente, profonde, régulière. Presque paisible. Je relevai délicatement la chemise d'hôpital. Son abdomen était criblé de cicatrices, des brûlures de cigarette circulaires qui descendaient jusqu'au pubis.

Au CHU de Chicago où j'avais effectué mon internat en médecine des urgences, j'avais pu voir les traces des supplices parfois infligés à des prostituées cocaïnomanes. Des supplices que ces femmes acceptaient de subir en échange de leur dose quotidienne de stupéfiants. J'avais également vu des enfants victimes de sévices commis par des adultes. Et, notamment, la torture sexuelle perpétrée avec une cruauté inconcevable, de manière récurrente, sur de longues périodes. Une enfance pétrie de souffrance…

Je redescendis la chemise et remontai le drap sur la petite. Elle était toujours profondément endormie. Je quittai la pièce et passai dans la chambre voisine.

Na'Shalome, pour sa part, était parfaitement éveillée, vibrante d'énergie. Assise dans l'obscurité sur son lit d'hôpital, les genoux remontés sous le menton, elle avait les yeux rivés sur le poste de télévision installé tout en haut du mur. Passionnée par un film d'action, elle claquait des doigts et battait la mesure avec les pieds au rythme trépidant de la musique. Elle était totalement concentrée. La lumière du couloir, qui balaya son lit quand j'entrai, ne détourna même pas son attention. Son étrange poupée juchée sur le valet de nuit, de l'autre côté de la pièce, semblait me suivre des yeux dans la pénombre.

Sur la table réglable installée près du lit, j'aperçus une sorte de bourse en cuir fermée par un cordon et cinq galets bien lisses disposés en forme de croix. Plutôt que des galets, il s'agissait, en fait, de pierres plates aux coins arrondis, gravées d'inscriptions étranges. J'y jetai un bref coup d'œil en m'approchant de la jeune fille.

Quand Na'Shalome remarqua enfin ma présence, je me tenais tout près du lit, observant ses gesticulations convulsives accompagnées de divagations véhémentes — manifestations préliminaires d'un état de manque. En fin d'après-midi, elle se mettrait sans doute à délirer violemment, à déchirer les draps en hurlant, à attaquer le personnel qui serait obligé de l'attacher. Pour le moment, je ne constatai chez elle qu'une rapidité de réflexes excessive. D'un geste vif, elle rafla les pierres posées sur la table et les fit tomber dans la bourse en cuir avant de se tourner vers moi.

Me reconnaissant, elle tordit les lèvres dans une parodie de sourire qui ressemblait plutôt à un rictus. Dans la pénombre, ses dents en piteux état paraissaient toutes noires. Mais ses pupilles étaient de moins en moins dilatées. L'effet des stupéfiants se dissipait-il ? Qu'allions-nous découvrir au-delà des drogues ? Un état psychotique ? Une schizophrénie ?

Na'Shalome reporta son attention sur l'écran.

Sur le point de sortir, je l'entendis fredonner à mi-voix son incantation favorite :

> *La main du Mal mutile et tue ;*
> *la main qui soigne imite Jésus.*

Mais, quand je me retournai, elle hochait la tête en cadence, et claquait des doigts, les yeux rivés sur le poste de télévision. En sortant de sa chambre, je me sentis vaguement déconcertée…

Au moment où je quittais mon service, peu après 7 heures du matin, un employé de la maintenance s'efforçait — sans grand succès — d'effacer les graffitis sur le mur extérieur.

Je choisis un CD, et réglai le son au minimum. Puis je me glissai entre les draps. La chambre aurait eu besoin d'une bonne séance de ménage. Depuis qu'Arlana était en vacances chez une cousine de New York, personne ne s'occupait de la maison. Arlana — l'arrière-petite-fille de miss Essie — était à la fois mon amie, ma décoratrice attitrée et mon intendante. Elle gérait mon existence d'une main de fer, entretenant ma vigilance avec ses réflexions pleines de bon sens. En son absence, j'avais pratiquement régressé à l'état de souillon : une épaisse couche de poussière recouvrait les meubles, des moisissures se formaient sur le carrelage de la salle de bains, le linge sale s'accumulait dans le panier… Bon, Arlana serait de retour dans deux jours : il me restait quarante-huit heures pour nettoyer et désinfecter les lieux.

Je m'y attellerais dès le lendemain.

Quelques heures plus tard, je sortis du lit et enfilai un pantalon de jogging avec un vieux T-shirt. Après avoir mis la cafetière en marche, je m'installai devant mon ordinateur pour effectuer quelques recherches. Sorcellerie. Vaudou. Poupées d'envoûtement. Supplices sexuels. Un assortiment éclectique de musique formait un fond sonore assez adapté au genre d'enquête que je menais : Liz Phair, les Beatles, Santana, Pearl Jam, Counting Crows et Jimmy Hendrix.

Une heure passée en compagnie d'amateurs de spiritisme, de tarots, de sorcellerie, d'alchimie et de vaudou suffit à me persuader que l'espèce humaine est constituée d'individus aisément influençables et manipulables. Et, tout en découvrant avec stupéfaction que bien des formes de sorcellerie sont encore pratiquées de nos jours, je notai qu'il s'agissait généralement d'appâts publicitaires pour des philtres d'amour, des potions magiques destinées à retenir un homme, à se débarrasser d'une rivale. Il y avait aussi des poupées vaudoues dans lesquelles planter des épingles. De véritables enfantillages. Rien de tout cela ne me donnait réellement d'indications sur la poupée-pantin de Na'Shalome.

J'achevais la lecture de mon courrier électronique quand les chiens entrèrent en trombe par le passage confectionné à leur intention au bas de la porte. Au son de la guitare de Jimmy Hendrix, je me roulai avec eux sur la moquette poussiéreuse du salon, et me laissai lécher durant une vingtaine de secondes. Je n'apprécie pas particulièrement la bave de chien, mais les animaux ont besoin de lécher leur maître. C'est une question de protocole, une manière de dire : « Salut, grand chef ! Nous t'aimons. Nous te respectons. Nous obéissons à tes lois, même quand nous les trouvons absurdes. S'il te plaît, garde notre odeur pour pouvoir nous reconnaître quand nous sommes séparés quelque temps ! »

Une fois par jour, donc, à la suite de longues heures d'absence, je les laisse me lécher le menton, puis je les fais rouler sur le dos et je leur gratte le ventre, comme pour répondre : « D'accord. Vous faites toujours partie de ma vie. Je continue à prendre soin de vous. »

J'ai parfois du mal à comprendre les gens ; la logique des chiens me semble beaucoup plus évidente.

Mes deux toutous — la mère et le fils — sont de grands animaux issus de croisements : mélange de labrador et de setter irlandais pour Belle au pelage noir et soyeux, aux yeux bruns pailletés d'or. Je l'ai trouvée dans un cimetière où elle mettait bas sa portée. Elle était, visiblement, abandonnée. Peluche tient pour un tiers de sa mère, un tiers du labrador beige, un tiers du monstre. A moins d'un an, il pèse déjà quarante-deux kilos et continue encore à grandir : labrador géant à pelage blond.

En fait, Peluche appartient maintenant à Marisa, ma meilleure amie qui me manque terriblement. La jeune femme a été gravement blessée au cerveau, l'hiver dernier. Après une longue période végétative, le traitement qui lui était prodigué a commencé à porter ses fruits. Mais sa grossesse constituait une complication supplémentaire.

Après la naissance de ses jumeaux — une fille et un garçon minuscules mais en bonne santé —, Marisa était repartie poursuivre sa réadaptation dans un établissement de la province voisine, me laissant relativement seule dans la région de Dawkins.

C'est un territoire immense, avec une densité de population humaine inférieure à celle des chevaux, vaches et cochons.

Nous n'avons qu'un seul cinéma et deux petites radios locales, mais les églises fleurissent à chaque coin de rue. Les stations de radio publiques les plus proches se trouvent à Charlotte, en Caroline du Nord, à quatre-vingts kilomètres de là.

Jusque-là, la liaison par messagerie Internet m'avait permis de pallier un peu l'absence de ma meilleure amie, mais je commençais tout de même à me sentir bien seule.

— On va courir avant que je ne sombre dans la mélancolie ? proposai-je aux chiens.

Evidemment, ils se mirent à aboyer et à bondir comme des fous. *Courir* est leur mot favori, juste avant *manger* et *croquettes*. Pendant que je passais un short, enfilais des chaussures de jogging propres et fixais mon portable et une gourde à ma ceinture, ils s'échauffèrent en allant et venant au galop entre la porte de devant et celle du fond. Je fis, pour ma part, quelques exercices d'étirement un peu plus tranquilles, afin de détendre mes muscles encore contractés par cette opération dans l'estafette accidentée. J'attachai ensuite la laisse de Peluche et sortis avec mes deux compagnons.

— On va au pré ! dis-je en leur indiquant la direction à suivre.

Ils s'élancèrent à mes côtés. Belle restait parfaitement à ma hauteur sans que j'aie besoin de la tenir en laisse. Peluche, empoté et maladroit, vacillait sur ses pattes aussi grosses que des après-ski.

La pluie avait ramolli la terre, et il était difficile de courir vite. La chaleur humide rendait l'air presque suffocant. En moins de cinq minutes, j'étais en sueur de la tête aux pieds. Mais le grand air me fit du bien, après la tension de la nuit précédente. Et les chiens avaient grand besoin d'une promenade.

Après un trajet de sept kilomètres à travers le pré à vaches et la ferme qui délimitent un côté de mon quartier, je traversai le ruisseau séparant mon terrain de celui de miss Essie, dans l'espoir de me faire inviter à dîner.

Après avoir été la nounou de Marisa, miss Essie tenait maintenant sa maison et préparait les repas. Je la connaissais depuis toujours et la considérais comme une amie.

Comprenant immédiatement où nous allions, Peluche tira sur sa laisse, et je le détachai.

Les deux chiens s'élancèrent en avant. Leurs aboiements avertirent miss Essie de notre arrivée, alors que j'émergeais à peine du petit bois. La vieille dame vint à notre rencontre sur la terrasse, son éternel châle mauve sur les épaules. Je songeai qu'elle devait se sentir bien seule, elle aussi. Après avoir vérifié d'un coup d'œil que je portais bien un soutien-gorge sous mon T-shirt, elle me gratifia d'un hochement de tête approbateur et d'un grand sourire.

— Prenez donc une poignée de basilic mauve en chemin ! me lança-t-elle. J'ai préparé une salade de tomates et du pain maison aux céréales. Vous avez faim ?

— Et comment !

Mon estomac émit un gargouillis éloquent.

— Tenez, cueillez aussi de la bourrache et de la coriandre, dans l'autre rangée, là. Et une jolie laitue… La porte est ouverte ! ajouta-t-elle en regagnant la maison.

Je cueillis les herbes qu'elle m'avait appris à reconnaître. La bourrache était un peu amère à mon goût, mais j'adorais la ciboulette. J'en pris une poignée, ainsi que du romarin, de la marjolaine et du thym. Le parfum qui montait du potager de miss Essie me mit l'eau à la bouche.

Tout en dégustant la salade composée du jardin et le pain tout juste sorti du four, nous entretînmes une conversation à bâtons rompus.

74

— J'ai eu des nouvelles de miss Risa, aujourd'hui. Elle parle de mieux en mieux.

— Quand rentre-t-elle à la maison ?

— Quand ils la laisseront partir, répondit brièvement miss Essie en se levant pour me servir du thé.

Elle s'agitait généralement ainsi quand elle avait quelque chose sur le cœur.

— Ces bébés, ça grandit vite. Elle dit qu'ils font toute leur nuit, maintenant.

La vieille dame manipula le couvercle de la théière et déplaça son assiette d'un quart de tour. J'attendis.

— Ils commencent à rouler sur le dos et à attraper leurs orteils. Il y a bien cette dame que le Dr Cameron a embauchée pour aider ma Risa dans la journée, plus une infirmière qui s'occupe d'eux, la nuit, pour qu'elle puisse dormir...

— Mais vous n'êtes pas auprès d'elle, dis-je doucement.

— Non. C'est vraiment pas juste qu'elle soit seule dans ce centre de réadaptation...

J'étais de son avis mais ce n'était pas le moment de l'avouer.

— Elle sera bientôt là.

Je ne dis pas un mot de la nounou anglaise qui devait bientôt s'occuper des jumeaux. A quoi bon ajouter un souci supplémentaire à sa liste déjà conséquente ?

— Risa sait s'y prendre avec les enfants, poursuivis-je. Ne lui avez-vous pas appris comment faire ?

La vieille dame émit un petit ricanement où la satisfaction le disputait à l'incrédulité. Elle savait bien que j'avais raison. Même si Marisa ne s'exprimait pas encore tout à fait comme avant, son instinct maternel fonctionnait parfaitement. C'était un régal de la voir avec les bébés, à la fois détendue et efficace. Personne n'aurait pu imaginer, en la regardant, que son cerveau était endommagé.

Ne trouvant plus rien à faire, miss Essie alla se rasseoir, tortilla son châle entre ses doigts et gronda Peluche qui abîmait une plante en remuant la queue.

— Qu'est-ce qu'il y a, miss Essie ?

La vieille dame fronça les sourcils et me fustigea du regard.

— Elle m'a dit que vous alliez faire venir cette bonne femme d'Angleterre pour servir de nounou aux enfants. Paraît que vous devez vous occuper d'un visa…

Je détournai les yeux. Si j'avais espéré éviter les sujets délicats, c'était plutôt raté !

— Ces bébés n'ont pas besoin de nounou. J'saurai m'occuper d'eux. Est-ce que j'ai pas élevé leur mère, hein ? Buvez vot' thé.

J'obtempérai et reposai mon verre. Miss Essie s'empressa de le remplir à nouveau. Elle défroissa sa jupe et arrangea son châle sur ses épaules.

— Marisa souhaite seulement ménager votre dos et votre sommeil, miss Essie. Elle sait bien que vous pourriez vous occuper des bébés. Elle veut seulement vous protéger.

Miss Essie ricana encore, le regard étincelant.

— J'suis quand même pas trop vieille pour prendre soin de deux petits enfants. Faire venir cette bonne femme, ça nous attirera que des ennuis !

Elle frappa sa tempe de l'index d'un air entendu.

— Rien que des ennuis, vous verrez.

76

5.

Il faut seulement qu'elle mâche davantage.

Le jeudi soir, je me rendis à l'hôpital. J'eus beau fermer les vitres de la voiture et régler l'air conditionné au maximum, j'avais déjà la peau moite de sueur en arrivant. A 19 heures, il faisait encore plus de trente-cinq degrés.

En chemin, je passai devant le terrain de foot de l'église évangélique de la Libre-Offrande-de-la-Sainte-Montagne-de-Sion. Un immense chapiteau était dressé au milieu du terrain, à la lisière de la ville de Dorsey — DorCity, pour les autochtones. J'aperçus des rangées de chaises, à l'intérieur, et quelques tables nappées de tissu doré. Des caravanes de forains occupaient un angle du pré. Au-delà du parking, apparemment complet, la foule déambulait par petits groupes. Je ne vis ni stands forains ni attractions telles qu'autotamponneuses, manèges ou grande roue. Et pourtant, le spectacle — quel qu'il fût — attirait beaucoup de monde.

En arrivant aux urgences, je pris mes quartiers pour la nuit, et écoutai le rapport de Wallace Chadwick, le médecin dont je prenais le relais. Il n'y avait pas grand-chose à dire :

77

sur les quatre patients qui étaient arrivés aux urgences, trois allaient pouvoir rentrer chez eux avec une prescription. Seul le quatrième serait hospitalisé.

— C'est vraiment calme, dis-je à Wallace.

— Pour le moment ! répliqua-t-il avec un clin d'œil. Moi, je te prédis une longue nuit particulièrement active. Appelle-moi, en cas de besoin.

— Au chapitre des prophéties, miss Essie m'a déjà comblée, tout à l'heure. Ça suffit comme ça.

— Elémentaire, mon cher Watson ! lança Wallace avec son meilleur accent anglais.

Dès qu'il sourit, deux fossettes se creusèrent dans ses joues couleur café au lait.

— L'addition n'est pas très compliquée : trente-cinq à quarante degrés dehors avec un taux d'humidité de quatre-vingt-quinze pour cent, plus les décibels de la musique gospel diffusée par les haut-parleurs, plus une foule compacte massée sous une tente, plus un guérisseur plus ou moins mystique…

Wallace marqua une pause, et hissa son sac à dos sur son épaule solide.

— Egale quoi ? Réfléchissez, mon cher Watson !

Je secouai la tête avec un soupir.

— Deux douzaines de syncopes et quelques infarctus ?

Il était parfois bien difficile de distinguer les premières des seconds, et les examens nécessaires prenaient du temps et coûtaient pas mal d'argent.

— Bravo, Watson ! N'oublie pas non plus les coups de chaleur, les comas éthyliques et autres bêtises du même genre, ainsi que le lot habituel de lésions traumatiques consécutives à des bagarres. Je t'en prédis au moins sept de chaque espèce, dit-il en brandissant un index prophétique.

78

— Hélas, tes calculs doivent être très proches de la réalité, Sherlock, répondis-je. Merci pour le pronostic. Je suis passée devant le chapiteau, en venant, mais je n'ai vu aucune attraction. Ce n'est pas une fête foraine ?

— Tu aurais tort de le regretter : ça t'épargnera les conséquences des nacelles qui se décrochent et des accidents d'auto-tamponneuses. De quoi te plains-tu ? Du reste, une ambulance du Samu se tient prête à proximité du chapiteau.

— Bon. Si j'ai bien compris, je dois m'estimer heureuse.

Wallace, qui était sur le point de sortir, se retourna vers moi.

— Au fait, as-tu admiré la nouvelle œuvre de notre tagueur ?

— J'ai aperçu des graffitis inachevés, hier soir, sur le mur extérieur.

— Eh bien, depuis, il a sévi à l'intérieur. Le couloir du service d'orthopédie a été décoré à la bombe fluo, pendant ton sommeil. Les caractères sont tous inachevés ; ça fait un effet bizarre.

— C'est peut-être un type complètement *stone*.

— A moins que ce ne soit une écriture étrangère ? Sur ce, je te quitte. A demain, Rhea !

Wallace et moi nous relayions sur une période de vingt-quatre heures. Il travaillait généralement de 7 heures du matin à 19 heures, et moi, la nuit. Mais mon contrat allait devenir négociable, et je pourrais peut-être prétendre à des horaires différents. J'espérais que cette nuit n'allait pas être aussi catastrophique que Wallace l'avait prédit.

Les guérisseurs et autres faiseurs de miracles ont toujours joui d'une grande popularité dans les Etats du Sud, surtout auprès des personnes atteintes de maladies réputées incurables. En dépit des efforts des médias pour dénoncer le charlatanisme de ces pratiques, ils continuent à attirer les foules trop crédules. Je me rappelai avoir entendu Mme Gordon dire qu'elle emmènerait sa fille voir un guérisseur. Avait-elle l'intention de venir, ce soir, sous ce chapiteau ? Dans l'état où se trouvait Venetia, la chaleur pouvait avoir sur elle des effets tout à fait néfastes.

Je posai quelques points de suture sur le bras d'un patient, et le renvoyai chez lui, tout en prêtant l'oreille aux annonces entrecoupées de grésillements provenant du standard de la permanence du 15. J'allai ensuite m'asseoir dans la salle de repos avec mon premier café de la soirée. Après avoir entendu quelques bribes de la vie amoureuse de notre infirmière chef, je dus subir les taquineries de Coreen et Anne à propos de l'amputation de la veille.

Deux infirmiers intérimaires, arrivés récemment, passèrent pendant que nous évoquions l'accident.

— Je m'appelle Julio Ramos et ma collègue, Fazelle Scaggs, dit le jeune homme en se servant une tasse de café. Je regrette d'avoir manqué ça. Apparemment, c'était plutôt marrant.

— Marrant ? répétai-je. Vous trouvez ça marrant ?

Tout le monde s'esclaffa.

— Décidément, votre humour est sinistre.

— Avouez que c'est un récit captivant, docteur ! me dit Trish en lorgnant Julio.

C'était un garçon mince et élancé ; son teint mat formait un joli contraste avec ses yeux bleus et ses cheveux blonds. Manifestement, son physique ne laissait pas Trish indifférente. Elle le suivit des yeux quand il s'éloigna dans le couloir, quelques instants plus tard.

— Je ne l'avais pas vu quand les nouveaux intérimaires sont arrivés, hier soir, murmura-t-elle. Dommage !

Sa mine gourmande fit rire ses collègues.

La radio resta silencieuse jusqu'à 8 heures passées, me laissant espérer que j'avais échappé au pire.

Mais, à 20 h 20, je reçus ma première syncope, une femme âgée souffrant d'hypertension. A 21 h 15, j'en avais quatre de plus, principalement en état de déshydratation, d'ébriété et d'exaltation religieuse. Curieusement, une femme arriva ensuite simplement pour expliquer à quelqu'un — n'importe qui mais quelqu'un — qu'elle pouvait marcher sans ressentir aucune douleur, et cela pour la première fois depuis trois ans. Elle exécuta même quelques pas de danse à mon intention. Si ses pupilles n'avaient pas été dilatées et si elle n'avait pas présenté une tension un peu trop faible pour sa corpulence, j'aurais pu croire qu'il s'agissait d'un miracle. Mais, manifestement, elle avait absorbé un stupéfiant quelconque. Je me bornai donc à lui conseiller d'attendre le lendemain matin pour se réjouir, et reçus, en retour, un regard de profond reproche pour mon scepticisme impie.

A 22 heures, ce fut le premier infarctus : un quadragénaire se plaignant d'une douleur thoracique fulgurante. Des CPV (contractions pré-ventriculaires) apparaissaient sur le diagramme du rythme cardiaque. Le labo fit un ECG[1] et une prise de sang. Les infirmières préparèrent le patient à recevoir un activateur thrombolytique destiné à dissoudre les caillots, et appelèrent l'hélicoptère sanitaire de l'armée pour le transporter au service de cardiologie du CHU de Columbia, la capitale de l'Etat. Pendant ce temps, les secouristes me racontèrent ce qui se passait sur le terrain de foot.

Carla, une jeune femme corpulente d'une trentaine d'années qui travaillait pour le SMUR[2], secoua la tête.

— C'est pas la première fois que je vais à ce genre de truc, docteur. Eh bien, j'avais jamais vu ça : je vous jure !

1. ECG : électrocardiogramme.
2. SMUR : équipe médicale mobile du SAMU.

Pas de clowneries, pas de farandoles dans les prés ; rien qu'un grand feu de joie qui brûlait à cinquante mètres du chapiteau et un vieil homme qui déambulait parmi les gens en agitant une sorte d'encensoir, pendant que la guérisseuse récitait des prières ou lisait des passages de la Bible. Et il s'est passé des drôles de choses, je vous assure ! Pourtant, je ne suis pas particulièrement croyante.

Je levai les yeux de l'ordonnance que j'étais en train de rédiger.

— Quel genre de choses ?

Carla jeta un coup d'œil vers Gus, son coéquipier, et il esquissa un sourire.

— Carla a peur que je la convertisse, dit-il. Si ça arrivait, il faudrait qu'elle arrête de picoler et de fréquenter des hommes mariés ! Les guérisons qu'elle a vues ce soir l'obligent à se poser des questions.

Je posai mon dossier, allai contrôler la progression des soins prodigués à l'IM[1], et revins au bureau.

— Des guérisons ? demandai-je encore.

— Vous vous souvenez de ce gars, victime d'un accident de moto, au mois de mars ? Il était passé à travers le pare-brise d'une fourgonnette qui doublait, en sens inverse, dit Gus en s'appuyant au bureau pour remplir les formulaires relatifs à la prestation de l'ambulance.

Je n'étais pas de service, le jour où le motard accidenté était arrivé dans un état lamentable. Mais la violence de la collision avait fait l'objet de bien des commentaires, pendant plusieurs semaines. Pompiers et secouristes avaient mis plusieurs heures à désincarcérer le motard, et le chauffeur du véhicule utilitaire qui avait provoqué l'accident était mort décapité.

— Je me rappelle très bien, en effet.

1. IM : infarctus du myocarde.

— Le gars avait eu une épaule, une hanche et un genou complètement éclatés. La chirurgie reconstructrice avait fait des merveilles, mais, depuis lors, il traînait la patte comme un malheureux. Eh bien, ce soir, il a marché pour la première fois sans boiter.

Gus termina sa phrase en regardant Carla d'un air entendu.

— Et la tante de mon voisin dit que son arthrose a complètement disparu, ajouta Carla d'un ton réticent. Mais ça ne veut pas dire que je vais t'accompagner à la messe ! Inutile de me le demander.

Gus se contenta de sourire mais, pour tout dire, c'était un type qui souriait tout le temps.

— Et puis ? dit-il sans quitter Carla des yeux.

— Eh bien… il y a aussi ce patient que nous avons transporté plusieurs fois, ces derniers temps. Il souffre d'une myasthénie si grave qu'il ne peut même plus cligner des paupières — phase ultime de la maladie. Il est parti de là en clignant de l'œil et en remuant les bras, comme s'il se sentait en pleine forme ! Bon, il va sûrement s'écrouler en arrivant chez lui et passer l'arme à gauche ce week-end. N'empêche qu'il avait vraiment l'air requinqué après cette séance.

— Et tout ça sans parler des trois dernières personnes qui ont reçu une onction. L'une avait un fibromyome, l'autre une maladie de la rétine, dit Gus en dépliant les doigts à mesure qu'il faisait son énumération. Le troisième était sourd. Quand il est passé devant nous, je lui ai demandé s'il entendait mieux. Eh bien, pas un mot ne lui échappait !

— Alors, comment expliquez-vous cet infarctus ? demandai-je en désignant mon dernier patient, à qui l'on allait injecter une dose de rétavase — un activateur de tissu plasminogène, l'unique remède assez puissant pour lui donner une chance de se rétablir. Les guérisseurs n'ont donc rien fait pour lui ?

— Ouais, tiens ! s'exclama Carla. Et ceux-là, alors ?

— Ce sont des ivrognes. Rien à voir. Quant à l'infarctus… la guérisseuse n'a pas prié pour ce patient-là, affirma Gus avec assurance. Il était au tout dernier rang. Il ne s'est jamais approché de l'estrade.

Je secouai la tête.

— En tout cas, on l'envoie dare-dare au CHU le plus proche. Il a besoin de soins intensifs.

— Nous demanderons à la guérisseuse de prier pour lui, tout à l'heure, dit Gus.

— Tu lui demanderas, toi. Moi, je resterai à ma place : tout au fond, répliqua Carla d'un air têtu.

A 23 h 30, l'infarctus était déjà traité au centre de cardiologie de Columbus ; un appel du médecin qui l'avait admis m'apprit que son état commençait à s'améliorer.

J'avais également soigné trois victimes d'AVP, quelques syncopes, et j'avais hospitalisé deux patients pour éliminer toute éventualité de problèmes cardiaques. Tous ces gens avaient participé au rassemblement qui s'était terminé dans un énorme embouteillage et une grande gerbe d'étincelles, car un conducteur ivre avait roulé dans les flammes mourantes du feu de camp. Le personnel eut fort à faire dans mon petit service des urgences quelque peu débordé. Nous n'avions que six chambres et huit lits ; tous étaient occupés par des victimes du grand rassemblement.

Ma dernière patiente venant du chapiteau arriva à 23 h 35. C'était Venetia Gordon, la jeune fille dont j'avais redouté l'arrivée pendant toute la soirée.

Sa mère l'amena dans son véhicule personnel et fit irruption dans le service en appelant au secours. Venetia avait encore de grandes difficultés à respirer.

En quelques secondes, les infirmières amenèrent la jeune fille sur une civière dans la salle de cardiologie. Elles prirent

aussitôt son pouls et sa tension, puis effectuèrent un prélèvement sanguin. Venetia était dans un état à la fois comparable
et nettement différent de celui de la nuit précédente. Son
taux de saturation d'oxygène était bas ; elle avait les lèvres
bleues et le regard affolé, mais sa tension était normale. Ce
n'était pas un cas d'hypertension maligne, et pourtant la
jeune fille suffoquait. Il entrait et sortait très peu d'air de
sa bouche, et je crus entendre un léger sifflement dans sa
respiration laborieuse.

— A-t-elle dit quelque chose ? demandai-je à sa mère.

— Non. Pas un mot depuis que nous avons fait halte au
McDo, après le rassemblement. Je l'ai fait manger — elle
aime bien les hamburgers —, et puis nous avons pris le
chemin du retour. Mais j'ai senti que quelque chose n'allait
pas… Qu'est-ce qui lui arrive, docteur ?

La voix de Mme Gordon trahissait une panique crois-
sante.

— Venetia, dis-je d'une voix forte en me plaçant dans son
champ de vision, est-ce que vous vous étranglez ?

La jeune fille parvint à hocher la tête.

— Avez-vous avalé de travers ? Y a-t-il quelque chose de
coincé dans votre gorge ?

Elle m'adressa encore un signe affirmatif, les yeux démesurément agrandis par l'angoisse.

— Aidez-la ! me supplia sa mère. Faites quelque
chose !

Sans perdre de temps à répondre, je tendis la main vers le
spot réglable pour éclairer le visage de Venetia et l'examiner
de nouveau. Elle n'avait rien dans la bouche ni dans le haut de
l'œsophage. Mais le sifflement semblait s'accentuer. Je sortis
mon stéthoscope et auscultai ses poumons : ils fonctionnaient
normalement. Ce qui lui obstruait la gorge était sans doute
logé entre la bouche et le haut des bronches.

Soudain, le léger sifflement s'arrêta. Les yeux de Venetia roulèrent dans leurs orbites, la panique dilatant l'iris. Ce qui bouchait ses voies aériennes avait dû se déplacer. Mme Gordon, au pied du lit, poussait des cris qui m'obligèrent à me pencher sur la bouche de la jeune fille pour écouter. L'air ne circulait plus du tout.

Prise de sueurs froides, je relevai l'arrière de la civière à la verticale.

— Tenez-la ! ordonnai-je à Coreen.

La jeune infirmière attrapa Venetia par les épaules et fit basculer son corps en avant.

— Qu'est-ce que vous faites ? bredouilla Almera Gordon. Je ne comprends pas…

Laissant retomber le lit à l'horizontale, je passai derrière Venetia et la saisis par la taille, juste à la base de sa cage thoracique. J'enfonçai mes poings dans le creux situé au-dessous du sternum pour effectuer une poussée abdominale. Après trois pressions successives, les poumons expulsèrent enfin de l'air dans un bruit explosif. Anne ouvrit la bouche de la jeune fille et en retira une grosse bouchée de hamburger à peine mâchée.

— Oh ! murmura Almera. Oh, mon Dieu !

Anne jeta le morceau de viande par terre et repositionna la tête de Venetia. L'adolescente inspira bruyamment une goulée d'air, puis projeta la tête en avant et respira profondément à plusieurs reprises. On aurait cru entendre un soufflet de forge. Des larmes inondèrent son visage. Elle eut une sorte de hoquet, puis se mit à tousser et respira enfin normalement.

Je la réinstallai correctement sur la civière et m'écartai, tandis qu'elle reprenait progressivement des couleurs. Mon cœur battait encore à folle allure. J'essuyai mon front du dos du poignet, et rejetai en arrière ma frange trop longue.

— Elle est tirée d'affaire, dis-je en me tournant vers Mme Gordon avec un sourire.

Almera ferma les yeux, le corps parcouru d'un frisson.

— Il faut simplement qu'elle mâche davantage.

— Maman ? dit Venetia d'une voix rauque et mal assurée. Maman ?

Je regardai ma patiente. Elle observait son propre corps, les yeux écarquillés. Ses bras étaient levés au-dessus de ses genoux. Lentement, elle les abaissa, puis les éleva de nouveau.

— Oh ! s'exclama Mme Gordon, les larmes aux yeux. Oh, Seigneur !

Venetia, encore incapable de faire le moindre geste vingt-quatre heures auparavant, tendait, à présent, les bras en l'air.

Un frémissement parcourut mon corps moite. J'eus l'impression qu'une vague immense s'abattait sur moi dans un fracas d'écume. La voix d'Almera Gordon, assourdie, métallique, semblait me parvenir de très loin. Elle rendait grâce au Seigneur.

Après le départ des Gordon, j'allai jeter un coup d'œil sur le vieux plan de la province pour repérer leur adresse. La mère et la fille n'habitaient qu'à trois ou quatre kilomètres de chez moi à vol d'oiseau, de l'autre côté du bois. Je revis l'adolescente lever les bras et les baisser maintes et maintes fois, les yeux émerveillés. J'entendais encore sa mère adresser des louanges à Dieu — un Dieu qui n'avait jamais rien fait pour moi ni pour mes proches. Et cependant…

Bien que Venetia eût encore été incapable de remuer les poignets, elle avait eu des réflexes dans les deux bras quand je l'avais frappée avec mon petit marteau en caoutchouc et que j'avais stimulé différents centres nerveux avec mes pouces. Quand, après lui avoir bandé les yeux, nous avions placé des chiffons chauds, puis froids, sur sa peau, elle avait senti la différence entre les températures. Elle pouvait aussi éprouver de la douleur — au pincement, notamment. Elle nous avait même dit que ses bras lui faisaient mal et qu'elle éprouvait une sorte de fourmillement électrique le long des muscles.

C'était étrange, et je n'aimais pas les choses étranges. Je suis une scientifique ; j'ai besoin de trouver des solutions aux problèmes. Des résultats reproductibles. Parce que c'est ça, la science : obtenir les mêmes résultats pour une action donnée. Comme c'était le cas pour l'infarctus de mon patient. Un caillot obstruait une artère. Nous lui administrions un puissant thrombolytique pour le dissoudre, puis il aurait un cathéter cardiaque, quelques stents pour élargir ses artères et, dans quelques jours, il rentrerait chez lui. Peut-être devrait-il ensuite suivre un traitement ou se faire opérer, mais il se sentirait déjà mieux. Les remèdes auraient produit l'effet escompté et commencé à le guérir : un processus purement scientifique.

Mais, là, j'avais une patiente dont l'état présentait soudain des améliorations totalement inattendues, sans aucune intervention de la science.

— Anne ? Pensez-vous que je pourrais me faire faxer une photocopie du rapport original de l'accident de Venetia ?

— Certainement. Je vais appeler le CHU. Il faudra sans doute une autorisation signée de sa mère, mais ça ne devrait pas poser de problème. Voulez-vous que je m'en occupe ?

— Oui. Et faites-moi parvenir le document aussitôt que vous l'aurez, s'il vous plaît.

— Entendu.

Soudain désœuvrée, l'esprit encombré par des réflexions aussi étranges qu'indésirables, je me dirigeai d'un pas lourd vers les chambres des deux patientes admises la veille : Na'Shalome et la petite Marie.

La porte de Na'Shalome était entrouverte. Une odeur fétide flottait dans la chambre déserte. Une musique tonitruante émanait de la télévision, allumée dans l'obscurité. Je remarquai le lit défait et l'absence de la poupée.

En refermant la porte, j'aperçus une inscription peinte à la bombe sur le battant vernis. Je touchai les lettres qui collaient aux doigts, comme si elles avaient été dessinées récemment. Le tagueur avait encore sévi.

Si Na'Shalome n'avait pas été bloquée dans l'estafette ou étroitement surveillée par des infirmières au moment où le premier graffiti était apparu, j'aurais pu croire que c'était son œuvre.

J'examinai les mots dont la signification m'échappait complètement. Il s'agissait peut-être d'un alphabet cyrillique ou arabe. Les formes m'étaient vaguement familières, comme si je les avais déjà vues, un jour, quelque part.

— Vous avez vu ça ? demandai-je à une infirmière qui passait par là.

— Oui. On a décoré trois portes dans ce couloir, docteur. J'ai appelé l'intendance ; s'ils envoient quelqu'un pendant que la peinture est encore fraîche, ça partira peut-être.

— Vous savez ce que c'est ?

— On dirait ces tatouages japonais que les ados se dessinent sur les bras. Pourquoi ?

— Pour rien. Simple curiosité…

Du japonais ? Ça ne m'était pas venu à l'idée.

Je frappai et entrai dans la chambre voisine, celle de la petite Marie. Elle était également plongée dans l'obscurité, et la même odeur fétide régnait dans la pièce. Une radio ou un lecteur de CD diffusait une musique étrange, plutôt désagréable, avec des instruments aux sons métalliques et légèrement discordants : une sorte de mélodie New Age aux accents lancinants. Une bougie était allumée sur la table roulante, à côté du lit.

Stupéfaite de voir une flamme brûler à l'air libre dans une chambre d'hôpital, je me figeai sur le pas de la porte. Quand ma vue se fut adaptée à l'obscurité, j'aperçus la poupée, installée sur le lit à côté de la patiente.

Na'Shalome, agenouillée à califourchon sur le corps de Marie, fredonnait un petit air de sa voix aigrelette qui dominait les sons de harpe et de cornemuse. Son chant ressemblait vaguement à un cantique déformé — une parodie de cantique, peut-être.

Je pénétrai dans la pièce, et vis alors que les bras de la petite étaient attachés. D'une main, Na'Shalome les tenait en l'air. Un reflet métallique scintilla fugitivement, à proximité.

— Mais qu'est-ce que tu fais là ? Infirmières ! Appelez le vigile ! m'écriai-je.

Vive comme l'éclair, Na'Shalome se tourna vers moi et me jeta un regard foudroyant.

— Sortez ! hurla-t-elle. Sortez d'ici !

90

6.

Cauchemar.

Je dormis profondément le reste de la nuit, et me réveillai entortillée dans les draps rugueux de ma chambre de garde, comme si je m'étais battue avec eux. Il faisait une chaleur étouffante ; la clim' n'était pas assez puissante pour éliminer la chaleur humaine que j'avais générée durant mon cauchemar.

Je m'extirpai péniblement du lit, me débarrassant des draps et de mes vêtements de travail froissés. Debout sous le jet de la douche, je sentis l'eau froide revivifier mon corps fiévreux. Mon rêve me revenait par bribes, par séries d'images successives — uniquement sous-marines. De longues tiges de varech, des amas d'algues sinueuses s'accrochaient à moi, me retenaient prisonnière. Oppressée, je commençais à suffoquer. Puis un courant profond remuait la vase et tout devenait trouble. Le visage de ma mère apparaissait confusément entre deux eaux. Je savais qu'elle était morte. Noyée.

J'ouvris tout grand le robinet d'eau chaude, et le passage d'un extrême à l'autre me fit tressaillir. Mes cauchemars d'enfant avaient toujours été des rêves de noyade.

Ma mère s'était noyée, en effet : au fond d'une bouteille de whisky. Elle s'était suicidée à l'alcool.

Je réglai la température de l'eau, et chassai les souvenirs importuns pour me concentrer sur ce qui s'était passé cette nuit avec Na'Shalome. La jeune fille s'était débattue en vociférant quand on avait arraché la petite Marie à ses griffes pour la ramener de force dans sa chambre. Un vigile était ensuite resté derrière sa porte.

Contrairement à ce que j'avais cru voir, Na'Shalome ne brandissait pas de couteau. Le reflet métallique était celui de la lumière du couloir sur une barre du système de traction orthopédique.

Après ma douche, je me frictionnai avec une serviette, revêtis un jean et un chemisier, puis quittai l'hôpital en adressant, au passage, un petit signe de la main à Wallace. Il contemplait d'un air sombre une nouvelle série de graffitis fluorescents dans le hall des urgences, et je ne tenais pas à engager avec lui une conversation qui risquait de me retarder. Manifestement, mon collègue était furieux de voir son service ainsi défiguré.

Sur le trajet du retour, je ralentis en passant devant le lieu du rassemblement mystique. Les murs de toile du chapiteau étaient descendus, le parking désert semblait avoir été nettoyé ; des volutes de fumée s'élevaient encore des cendres du feu de camp. Tout cela semblait bien inoffensif, voire anodin. Pourtant, Venetia avait remué les bras…

De retour chez moi, j'enfilai ma tenue de jogging et partis courir avec les chiens. Dehors, l'air saturé d'humidité était à peine respirable ; l'eau suintait de chaque feuille, de chaque brin d'herbe trempé de rosée.

Derrière la maison, je trouvai une taupe morte sur le petit perron. Elle n'était pas là, quelques instants auparavant. Je songeai tout de suite à quelque rite barbare, peut-être lié aux superstitions vaudoues, et une flambée de colère monta en moi.

Je m'arrêtai et écartai les chiens pour examiner le cadavre. C'était un gros animal, visiblement égorgé par de petites dents acérées. Je jetai un coup d'œil autour de moi, et aperçus des traces de pattes dans la terre fraîche. Des pattes de chat. Je compris alors d'où venait la taupe. Un rite vaudou ? Certainement pas. Je me sentis un peu ridicule.

— Génial ! Voilà qu'un chat errant se met à nous apporter des cadeaux. Tâchez de ne pas laisser approcher le moindre matou, vous deux. Compris ?

Belle, qui se soulageait tranquillement sous le plus grand chêne du jardin, fit la sourde oreille. Peluche tira sur la laisse en direction des prés où nous étions allés courir, la dernière fois. Mais je l'entraînai d'un autre côté, et longeai le ruisseau d'un pas rapide, à travers bois, vers le quartier où habitaient les Gordon. Je me mis ensuite à courir, sans forcer pour ménager mes muscles encore endoloris. Les chiens gambadaient autour de moi dans les bois qui sentaient déjà la fin de l'été, effrayant les écureuils, attirant l'attention d'un rapace perché sur une branche basse. Toutes sortes d'arbres poussent naturellement dans les contreforts montagneux de la Caroline du Sud : chênes, érables, cèdres et gommiers, merisiers, pacaniers, noyers blancs d'Amérique à l'écorce friable qui s'enroule en copeaux. Ormes et châtaigniers se font rares, tandis que le saule et le bouleau aiment les berges des ruisseaux.

Certes, il y a aussi les éternels indésirables : sumac vénéneux, nuées de moustiques, tiques qui se laissent tomber des arbres et peuvent transmettre d'affreuses maladies, animaux errants éventuellement porteurs de rage, ou bien encore l'agressive moufette. Mais tous ces dangers éventuels ne m'ont jamais empêchée d'adorer courir dans les bois ; je ne me lasse pas de leur fraîcheur, des pépiements d'oiseaux, de l'ombre apaisante des grands arbres.

J'allongeai légèrement ma foulée, le sol ferme résonnant sous mon pas cadencé. A côté de nous, le ruisseau gazouillait comme un enfant joyeux. Les chiens couraient à une allure régulière, la langue pendante.

La sueur perlait sur ma peau, ruisselait entre mes omoplates. Sans ralentir le rythme, j'enlevai ma chemise et la nouai autour de ma taille, par-dessus mon T-shirt.

En atteignant le quartier où devait habiter Venetia, je regardai les panneaux indicateurs afin de m'orienter, puis remis Peluche en laisse, et sifflai pour garder Belle auprès de moi.

C'était un quartier plus récent que le mien ; les maisons dataient, pour la plupart, des années soixante ou soixante-dix. J'en remarquai quelques-unes, de style colonial avec leurs porches de bois festonné, parmi une majorité de pavillons de plain-pied un peu plus ordinaires.

Il n'était pas encore 8 heures du matin, mais la chaleur était déjà étouffante. Notre présence, étrangère au quartier, suscita les aboiements des chiens qui s'avertissaient de notre approche d'une maison à l'autre. Un joli vacarme salua ainsi notre passage, mais personne ne sortit sur le seuil avec une carabine à la main.

Nous croisâmes d'autres promeneurs, quelques cyclistes et joggeurs. Tous me saluèrent poliment, sans s'étonner le moins du monde de me voir arpenter leurs trottoirs avec mes deux molosses.

Je repérai la maison des Gordon grâce à l'estafette grise équipée d'un élévateur hydraulique pour siège roulant, garée dans l'allée. Je ralentis le pas et examinai la façade en brique ocre. La pelouse avait besoin d'être tondue et les buissons, taillés. La maison n'était pas vraiment à l'abandon, mais on voyait bien que personne ne s'en occupait depuis des mois.

Un peu honteuse de ma curiosité, je fis demi-tour avec les chiens, et repartis en sens inverse. Nous regagnâmes la maison sans encombre, et je libérai les chiens deux cents mètres avant le jardin, les laissant courir le long du ruisseau qui serpente au fond du terrain.

Peut-être avaient-ils deviné mes intentions ou senti une odeur de bacon car, au lieu de rentrer chez nous, ils foncèrent comme des fous vers la maison de miss Essie. Je les suivis, en m'assurant que mon short cycliste n'était pas trop court et que je portais un soutien-gorge, miss Essie étant toujours fort pointilleuse sur ces sujets.

Mais ce n'était pas miss Essie qui m'attendait sur la terrasse du fond. C'était Cam. Et je sentis mon cœur tressaillir d'espoir. Marisa était peut-être avec lui.

— Elle est toujours à Raleigh ! cria-t-il, les mains en porte-voix, devinant sans doute mes pensées.

Je refoulai ma déception, et hochai la tête pour lui signaler que j'avais entendu. Appuyé au montant de la porte, il me regarda approcher.

Le Dr Cameron Reston était un homme d'une trentaine d'années, grand et mince, avec des muscles longs que l'on voyait jouer sous sa peau mate. Brun aux yeux noirs, il avait un sourire ravageur et un petit air canaille absolument irrésistible. Nous avions fréquenté la même fac — lui, moi et Marisa — durant nos premières années de médecine. Il avait poursuivi son internat de neurochirurgie au CHU de Duke où il lui restait quelques années de spécialisation à effectuer. Ceinture noire dans divers arts martiaux, Cam Reston était également un danseur hors pair, un confident des plus agréables et un don Juan redoutable. Cet être volage et délicieux, dont toutes les femmes raffolaient, était de surcroît l'un de mes meilleurs amis.

Ses yeux sombres étincelaient quand j'atteignis la terrasse en caillebotis. Il regarda d'un air ravi mon T-shirt plaqué par la sueur et mes membres encore tendus par l'effort. Je le dévisageai d'un air ironique.

— Bon. L'inspection est bientôt terminée ?

— Je ne me lasse jamais de regarder une belle femme.

Je haussai les épaules avec un petit rire narquois. Je n'étais pas laide, je le savais, et j'avais de longues jambes bien galbées. Mais j'étais loin d'être une beauté : ma mère me l'avait assez répété.

— Es-tu venu en avion après une nuit de travail ? lui demandai-je, sachant qu'il se croyait pratiquement invulnérable et prenait trop de risques, comme bon nombre de médecins.

Il esquissa un petit sourire contrit.

— Exact.

Cam pilotait son avion personnel, un petit Cessna dans lequel il faisait parfois l'aller-retour entre la province de Duke et celle de Dawkins, avec Marisa et les jumeaux, quand elle pouvait quitter, pour quelques jours, le centre de réadaptation.

Il me lança une serviette-éponge, et repoussa Peluche qui lui faisait la fête. Je me frictionnai les bras et les jambes, gênée par son regard attentif — mais il ne savait pas regarder une femme autrement, même s'il ne s'agissait que d'une amie.

Je tâchai de prendre un air désinvolte pour masquer mon embarras.

— Que viens-tu faire par ici ?

— Aider Shirl à déménager. Elle aura besoin de bras musclés pour vider le camion qui va arriver d'Atlanta. J'ai décidé d'en profiter pour me reposer un jour ou deux à la campagne.

— Je peux vous donner un coup de main, proposai-je. Quand sera-t-elle là ?

Le Dr Shirley Atkins était l'une de nos amies pour laquelle Cam venait de se découvrir un penchant amoureux, et elle s'installait dans la ville voisine de Charlotte, en Caroline du Nord, après une affectation de deux ans au CDC[1].

— Demain ou après-demain, je pense. En fait, je t'avais enrôlée d'office... On pourrait sortir, aller danser quelque part ?

— Deux cavalières à la fois : ton rêve !

— Tiens, tu me donnes des idées ! répliqua-t-il avec un clin d'œil polisson.

Je lui lançai la serviette humide au visage, et il l'attrapa au vol en m'offrant un sourire éblouissant.

— Miss Essie va nous apporter du bacon, des œufs et des tartines au sirop d'érable sur la table du jardin. Assis, Peluche ! Tu ne pourrais pas dresser cet animal, Rhea ?

— Miam-miam... Je meurs de faim. Quant à cet « animal », ce n'est encore qu'un chiot ; je n'ai pas eu le temps de faire son éducation.

Nous nous installâmes tous les trois sur la terrasse en caillebotis pour prendre le petit déjeuner, et les chiens s'assirent à nos pieds, dans l'espoir de glaner quelques miettes du festin.

La conversation tourna principalement autour de Marisa. Entre deux plaisanteries, Cam nous informa de ses progrès, qui semblaient extrêmement limités.

---

1. CDC : Center for Disease Control : organisme de santé publique américain, basé à Atlanta, qui organise, notamment, la prévention des maladies transmissibles (SIDA, pneumopathies virales, etc.).

— Il ne faut pas attendre grand-chose, avoua-t-il finalement. Avec des dégâts aussi importants au cerveau, nous ne pouvons espérer que de maigres améliorations au cours des années à venir, voire même un état stationnaire.

— Miss Risa n'a sûrement pas encore dit son dernier mot ! affirma opiniâtrement miss Essie, tout en nous versant une deuxième tasse de café. Ses deux bébés vont l'aider à redevenir comme avant, vous verrez !

Cam me regarda du coin de l'œil, d'un air entendu, comme font les médecins entre eux. Les proches des personnes handicapées ont toujours besoin d'entendre des paroles d'espoir et de réconfort. Seulement, Cam et moi, nous étions également très concernés par le sort de Marisa, et il n'est jamais confortable de jouer à la fois ce rôle et celui de médecin.

Cam y parvenait peut-être mieux que moi. En tout cas, il eut le courage de répondre à miss Essie :

— Elle ne retrouvera jamais toutes ses facultés. Nous devons l'accepter.

— Acceptez tout ce que vous voudrez. Moi, j'ai le bon Dieu dans mon camp ! répliqua la vieille dame. Cette famille-là a subi assez de malheurs : c'est pas la peine, en plus, de renoncer à l'espoir. Ma petite Marisa va me revenir comme avant. Vous verrez !

— Il reste encore un peu de café ? demanda Cam.

— Ne changez pas de sujet ! De toute façon, vous avez bu assez de café. Vous devriez aller faire un somme, maintenant. Ne touchez pas à ça ! ajouta-t-elle en donnant un petit coup sur la main qu'il tendait vers la cafetière.

Cam m'adressa un clin d'œil complice, chipa ma tasse presque pleine et en avala le contenu d'un trait.

A cet instant, le téléphone sonna, et miss Essie sortit son appareil portable de la poche de son tablier.

— Vous avez un téléphone mobile, miss Essie ? lançai-je d'un air surpris.

La vieille dame n'était pas réellement à la pointe du progrès ; elle préférait vivre tranquillement à l'ancienne mode. Elle cultivait les légumes de son potager, confectionnait elle-même son pain et faisait la cuisine avec des produits frais. Pour ma part, je n'avais pas vraiment envie que tout cela change. Le jour où miss Essie entrerait dans le XXIe siècle, je serais obligée de prendre davantage de repas au fast-food. C'était là une réflexion purement égoïste, il fallait en convenir.

— Désormais, j'ai une famille de trois personnes à ma charge, dit-elle en laissant sonner le téléphone. Je veux apprendre les trucs qui pourront nous faciliter la vie. Je me suis même inscrite à un stage d'informatique, en ville. Ça devrait m'aider à me débarrasser de cette fameuse nounou anglaise.

De son doigt noueux, elle appuya sur une touche.

— Allô ?

J'eus un sourire attendri.

Marisa avait demandé à Shirley de faire venir sa tante Maud d'Angleterre, à l'automne, pour servir de gouvernante aux enfants : une décision qui ne manquerait pas de bouleverser l'équilibre traditionnel des pouvoirs au sein de la famille Brasswell. Mais la tante Maud, une vieille dame cultivée, parlait couramment plusieurs langues et en lisait encore davantage. Ses fonctions au ministère des Affaires étrangères l'avaient amenée à séjourner un peu partout dans le monde. Se sachant diminuée, Marisa souhaitait faire éduquer ses enfants par une personne d'un bon niveau intellectuel — ce qui ne manquait pas de vexer miss Essie, qui avait veillé sur Marisa et espérait, tout naturellement, se voir confier l'éducation de ses enfants.

— Non, miss Dee Dee, elle n'est pas encore de retour.

Je me redressai brusquement sur ma chaise. Miss Dee Dee, la tante de Marisa, était aussi l'auteur de son agression.

— Elle est toujours au centre de réadaptation… Et ne me parlez pas sur ce ton, vieille chouette ! Je sais que le personnel de cette clinique de Silver Lakes vous laisse téléphoner autant que vous voulez, mais vous êtes toujours aussi marteau.

Je regardai miss Essie d'un air ébahi. De son côté, Cam faillit s'étrangler de rire en buvant mon café.

— Je prie toujours pour vous. Mais vous avez vendu votre âme au diable et glissé sur la mauvaise pente. Et, tant que vous n'vous serez pas repentie devant l'Seigneur, vous serez pas la bienvenue ici, et je vous laisserai pas parler à ma miss Marisa…(Silence)… Non, non, je vais vous dire, moi : c'est plus vous qui payez mes gages. Alors, je vous parle comme je veux et comme vous le méritez… Vous voulez du respect ? Eh bien, faut l'mériter, com' tout l'monde.

Je me mis à rire sous cape. Miss Dee Dee Stowe détenait encore beaucoup de pouvoir dans la province de Dawkins, même depuis sa chambre de Silver Lakes, la luxueuse clinique psychiatrique où elle était internée pour ses crimes envers sa nièce et plusieurs autres personnes. Mais, apparemment, le prestige dont elle jouissait encore auprès de certains n'avait plus aucune prise sur miss Essie.

— Non, vous ne lui parlerez pas non plus. Ouais, elle est là. Mais je vous la passe pas. Je lui demande même pas si elle veut vous parler.

Je secouai la tête. En effet, je n'avais aucune envie de converser avec miss Dee Dee. Je me régalais bien trop en écoutant cette conversation unilatérale. Et puis, miss Dee Dee m'agaçait. Elle avait tenté de me blesser — voire de m'éliminer —, un jour, et elle avait encore l'audace d'exiger qu'on lui parle avec courtoisie !

— Non, je vous donnerai pas le numéro de ma Marisa !

Miss Essie recula sa chaise tout en tenant le téléphone entre l'oreille et l'épaule. Puis elle retira ma tasse des mains de Cam, et se mit à tout charger sur un plateau.

— Je lui dirai de vous raccrocher au nez si vous appelez ! On n'a rien à vous dire !

La scène était réellement comique. Pour la toute première fois, j'entendais miss Dee Dee Stowe — héritière des Stowe de Charleston, riche et célèbre famille d'armateurs —recevoir son dû. Comment ne pas s'en réjouir ?

Cam, qui était tout aussi épaté que moi, salua miss Essie avec le plus grand respect.

— Ne quittez pas, vieille chouette !

Miss Essie appuya sur une touche qui coupait le son, puis s'adressa à Cam :

— Allez raccompagner miss Rhea. J'ai plusieurs choses à dire à miss Dee Dee, et ce n'est pas très joli à entendre. Hop, filez ! Et emmenez-moi ces clébards. Ils vont finir par me faire tomber et, à mon âge, on a les os fragiles. Du balai !

Nous partîmes, et miss Essie se remit aussitôt à fulminer au téléphone. Sa voix s'estompa, tandis qu'elle regagnait la maison avec son plateau.

— Encore une fois, vous ne parlerez pas à ma petite… Vous n'avez plus aucun droit sur les jumeaux, depuis que vous avez attaqué leur mère.

— Cette bonne femme est vraiment stupéfiante, dit Cam. Moi, je n'oserais jamais tenir tête à cette vieille bique. D'ailleurs, je n'ai jamais connu personne qui en soit capable.

— Miss Essie vit dans cette famille depuis si longtemps qu'elle en fait pratiquement partie. C'est même elle qui en

101

a pris les rênes. Figure-toi que Marisa parle maintenant de la maison en disant : « Chez miss Essie » !

Cam hocha la tête. Il était au courant, naturellement.

— Finalement, miss Essie en a peut-être marre de miss Dee Dee.

— Peut-être. Ou peut-être qu'elles sont toutes les deux assez vieilles pour se dire leurs quatre vérités, répondit Cam. Je vais passer quelques jours dans ce patelin, ajouta-t-il, sautant du coq à l'âne. On pourrait aller voir cette nouvelle comédie avec Mel Gibson, et aussi faire un tour dans une boîte de nuit, à Charlotte. Tu n'as pas envie de danser ?

— Je n'ai pas dansé depuis ma rupture avec John.

Pour tout dire, l'idée de sortir avec Cam m'embarrassait un peu.

— John dansait comme s'il avait eu deux jambes de bois. Tandis que moi, c'est une autre affaire !

Cam illustra son propos en esquissant un pas de salsa au milieu du chemin, un bras levé comme s'il tenait une cavalière, ses hanches ondulant avec une grâce sensuelle.

Je l'avais vu danser avec bon nombre de femmes, plus ravissantes les unes que les autres. On aurait pu croire qu'il avait du sang latin dans les veines.

— Il doit y avoir un terme médical pour qualifier sa raideur, dis-je d'un ton docte. Danseur APM, « à prothèses multiples » ?

— Moi, j'opterais plutôt pour le label APDC, « à parapluie dans le cul ».

Je m'esclaffai malgré moi, partagée entre l'amusement et l'amère douceur des souvenirs de ma liaison avec John Micheaux. Certes, John n'était pas d'une grâce inoubliable, mais j'avais rompu nos fiançailles assez récemment pour que le chagrin fût encore frais.

Nous pénétrâmes dans le bois, et les chiens allèrent aussitôt gambader au bord du ruisseau. Au-dessus de nos têtes, dans un grand chêne, un merle lançait des trilles dont les accents moqueurs me rappelèrent les sarcasmes de miss Essie, au téléphone.

— Alors, on va au cinéma ? reprit Cam. Et puis danser un peu ? En tout bien tout honneur, naturellement.

Il coula vers moi un regard candide.

— Tu pourras même régler ta consommation, étant donné que je n'ai pas la moindre chance avec toi.

A la fois soulagée et déçue, je me remis à rire. Cam était un vaurien. Il m'avait répété bien des fois que j'étais son unique amie. Forcément, il avait couché avec toutes les autres...

— A moins que tu n'aies changé d'avis ? susurra-t-il.

— Impossible : je n'ai pas encore accepté. De toute façon, je ne sortirai qu'avec un homme exclusivement monogame.

— Ça n'existe pas. John lui-même a déjà trouvé quelqu'un d'autre.

La nouvelle me fit l'effet d'une douche froide. J'avais vécu trois ans avec John avant d'apprendre — au moment où nous allions nous marier — qu'il comptait accepter une place d'associé dans le cabinet médical des Micheaux. Ce projet, bien différent de celui que nous avions formé ensemble, ne me convenait pas du tout, et j'avais préféré mettre un terme à notre relation.

— Ah, bon ? dis-je d'une petite voix mal assurée.

Cam se figea sur place et me retint par le bras.

— Tu ne le savais pas ?

Nous étions arrivés à l'endroit du gué ; le ruisseau marquait la frontière entre le terrain de Marisa et le mien.

— Oh, Rhea, je suis désolé ! reprit Cam. Je croyais que tu étais au courant.

103

— Eh bien, non.

Je haussai fièrement les épaules et me dégageai d'une secousse.

— Mais ça ne m'étonne pas.

Au lieu de sauter, comme d'habitude, sur l'autre berge, je traversai le cours d'eau en marchant sur les grosses pierres.

— Ça fait plus d'un an que je suis partie, ajoutai-je sans me retourner. Qui est-ce ?

— Tiens…, dit Cam d'un ton soudain distrait. Tu as aussi un chat, maintenant ? Ce n'est plus une maison mais une ménagerie ! Tu deviens une vraie campagnarde, Rhea. Bientôt, il va te falloir un camion.

— Je n'ai pas de chat.

Je m'arrêtai pour l'attendre, et posai une main sur son bras. Nous sommes sensiblement de la même taille, lui et moi. Sur le sol inégal, nous nous trouvions à peu près nez à nez.

— Quelle est l'heureuse élue, Cam ?

Il s'empourpra jusqu'aux oreilles.

— L'une des jumelles Larouche, dit-il en détournant la tête.

Soulagée, je partis d'un grand rire.

— Une Larouche ? Peste ! Laquelle ? Sally ou Boopsie ?

— Betty Boops, répondit Cam avec une grimace comique. Mais personne ne s'aventure plus à utiliser cet ancien sobriquet. Mlle Gabrielle Larouche ne plaisante plus avec ces choses-là.

— Maman Larouche doit se réjouir d'avoir déniché un nouveau médecin pour sa fille ! Bon, celui-là n'est pas neurochirurgien, c'est vrai… Elle t'avait, pourtant, mis le grappin dessus avec un bel enthousiasme. Quel effet cela fait-il d'en être débarrassé ?

— Ouf ! Quelle délivrance !

Nous reprîmes notre chemin en direction de la maison.

— Cette bonne femme avait pris l'habitude de m'appeler à n'importe quelle heure pour m'inviter à passer le week-end ou les vacances avec eux, en famille…

L'annonce de cette liaison entre John et Gabrielle Larouche, alias Betty Boops, me libérait aussi, en définitive. Depuis un an, nous n'avions passé que quelques semaines ensemble à la montagne, John et moi, pour les vacances de Noël. Il était temps de faire mon deuil de notre histoire.

— Mais oui, j'avais bien vu un chat ! s'écria Cam.

Suivant du regard la direction qu'il indiquait, j'aperçus, en effet, un magnifique félin au sommet d'un rocher, sous l'un des chênes de l'allée. La queue enroulée autour de ses pattes, il veillait, les yeux mi-clos, sur le cadavre à demi dévoré de la taupe. Les aboiements furieux de Peluche, qui tournait autour du rocher, semblaient le laisser de marbre. Il avait un superbe pelage angora d'un gris très doux, moucheté de brun.

— J'adore les chats, déclara Cam.

— Parfait. Alors, prends-le.

— Ce chat a peut-être jeté son dévolu sur toi, dit-il en m'agrippant le bras. Regarde, il t'a apporté un cadeau… Peluche ! Non ! Viens ici ! s'écria-t-il.

Le chien répondit par un jappement et revint au galop s'asseoir à ses pieds, tandis que le félin tournait lentement vers nous ses grands yeux dorés.

— Tu n'as jamais eu de chat ? me demanda Cam.

— Non. Et je n'en veux pas.

105

Je me dégageai de nouveau. Nous n'avions pas cessé de nous attraper et de nous repousser comme des gamins de dix ans, tout au long du chemin. C'était un peu ridicule.

— Ecoute, je suis fatiguée. J'ai besoin de faire un bon somme avant de reprendre le boulot.

— Tu n'as qu'à prétendre que tu es malade, et je t'emmène au cinéma.

— Certainement pas ! répliquai-je, horrifiée. Dis donc, quand est-ce que tu as fait ça pour la dernière fois, toi ?

— Quand j'ai eu une grippe carabinée. Seulement, je n'avais pas une jolie femme comme moi pour me tenir compagnie, dit-il avec un clin d'œil suggestif.

— A plus, Cam. Et emmène donc ce chat avec toi. Je n'aime pas les bestioles qui me dévisagent comme ça.

7.

Mais il était guéri !

A mon réveil, en début d'après-midi, je ne me sentais pas dans mon assiette. Les gens qui travaillent la nuit ont souvent l'impression d'être décalés, déconnectés du reste de l'humanité. Ces horaires spéciaux perturbent l'horloge biologique. Je cherchai à me persuader qu'il ne s'agissait que de cela, et non des effets combinés de l'amputation, de l'épisode de Venetia et de la séance de guérison publique, avec la présence de Cam pour couronner le tout.

J'avais besoin de me changer les idées, d'écarter ces petites voix qui me susurrent parfois que je ne vaux rien, que j'attire les ennuis et que je m'intéresse trop aux hommes que je n'intéresse pas.

En regardant par la fenêtre, je songeai un instant à faire un peu de jardinage, mais optai, finalement, pour un second jogging avec mes chiens. Bientôt en nage dans l'air chaud de l'après-midi saturé d'humidité, j'examinai mes sentiments avec un certain recul. Cam Reston était, indéniablement, un charmeur, un séducteur qui pouvait se montrer irrésistible mais qui multipliait les aventures comme d'autres collectionnent les timbres. Je ne voulais pas de lui. Je voulais l'homme d'une seule femme, en admettant que cet oiseau rare existe quelque part.

Au bout de cinq kilomètres, je commençai à me sentir mieux. Les endorphines produisaient leur effet. Je me retrouvai finalement chez Mark où les chiens m'avaient entraînée, alléchés par une bonne odeur de grillades sur le barbecue du jardin.

Belle et Peluche allèrent jouer avec les chiens de Mark, tandis que leurs maîtres, éreintés par leur travail respectif, se restauraient et buvaient du vin tout en regardant le soleil décliner vers l'ouest.

Mark était un homme reposant. Il produisait sur moi un effet apaisant. Il avait des mains fabuleuses qui décontractèrent les muscles de mes épaules, pendant que les steaks cuisaient sur le gril.

Evidemment, personne n'est parfait. Je découvris, ce jour-là, que Mark s'était mis à fumer le cigare. Toutefois, l'odeur n'était pas aussi répugnante que j'aurais pu le craindre, et il m'assura qu'il fumait uniquement dehors, jamais dans la maison — et très rarement, de surcroît. En tant que médecin, je ne pouvais pas lui donner ma bénédiction, bien sûr, mais son repas sentait divinement bon, et il est difficile de blâmer un aussi bon cuisinier quand votre estomac gargouille de façon presque indécente.

Ce petit intermède m'aida à surmonter ma déconvenue du jour. John sortait maintenant avec Betty Boops, une vraie blonde qui faisait du 95 C et ne rêvait que de tenir une maison et d'élever une ribambelle d'enfants. Sans doute était-ce ce qu'il avait toujours voulu, finalement : une femme dépourvue d'ambitions personnelles…

A 18 h 30, il faisait toujours aussi chaud. Je traversai la rue en sens inverse pour aller me doucher et enfiler ma tenue de travail avant de reprendre le chemin de l'hôpital.

Devant le terrain de foot où était dressé le chapiteau, un embouteillage m'obligea à rouler au pas. Un nuage de fumée s'élevait du brasier qui flamboyait au fond du terrain. Les fidèles grouillaient par centaines, formant des attroupements autour du chapiteau largement ouvert sur plusieurs côtés. Un mauvais pressentiment me fit grimacer.

Au service des urgences, je trouvai Ronnie Howells, un jeune diabétique de treize ans, que j'avais vu à plusieurs reprises au cours de l'année. Les résultats de ses derniers examens, prescrits par Wallace, révélaient un taux de sucre dans le sang de 900 — le taux normal étant inférieur à 125.

Le garçon accusait une importante acidose, et son taux d'ammoniaque supérieur à la normale prouvait que l'excès de sucre n'était pas récent. Il était dans un état lamentable : ses reins et ses poumons risquaient d'être bloqués… Avant le départ de Wallace, nous convînmes ensemble d'un traitement.

Mme Howells était là, vêtue d'un pantalon en cuir ultra-moulant. Elle paraissait affolée.

— C'est pas possib' ! répétait-elle d'une voix rauque, l'œil égaré entre ses paupières fardées. C'est pas possib'!

Mais c'était bien réel, hélas !

— Madame Howells, lui dis-je gentiment, racontez-moi ce qui s'est passé.

La malheureuse tourna vers moi un regard éperdu. Elle avait le teint livide, la peau moite. Je la fis asseoir dans la pièce où Ronnie attendait, le corps flasque et inerte. Derrière nous, une infirmière installa une perfusion d'insuline. Un kiné se tenait prêt à intervenir pour ranimer le garçon, le cas échéant.

— Madame Howells ? répétai-je.

Elle cligna des paupières.

— Mais il était guéri ! dit-elle lentement. *Guéri*.

Soudain, je crus comprendre. Je secouai la femme un peu moins doucement que j'aurais dû le faire.

— Dites-moi tout, lui ordonnai-je.

Au bout d'un moment, elle leva les yeux sur moi. Des yeux étranges, à l'iris vert tout éclaboussé de rouge.

— Je l'ai emmené au rassemblement, sous le chapiteau.

Quelque chose se mit à frémir en moi. J'avais vu juste. J'eus brusquement envie de hurler.

— Le pasteur et la guérisseuse lui ont fait une onction à l'huile, tout en priant.

Elle marqua une pause, la mine perplexe.

— J'ai la foi, dit-elle, comme pour m'assurer de sa valeur morale. Il était guéri.

— Et vous avez décidé qu'il n'avait plus besoin d'insuline, conclus-je, écœurée.

— Oui.

Je respirai à fond pour me calmer un peu.

— Madame Howells, il y a deux choses que je tiens à vous dire : la première, c'est qu'à ce jour il est impossible de guérir du genre de diabète dont souffre Ronnie, avec ou sans miracle. Ensuite, si vous vous amusez à priver votre fils de sa dose d'insuline, vous pourriez être tenue pour responsable en cas de décès.

Elle tressaillit sous le choc.

— En cas de décès ?

C'était cruel. Tant pis pour elle. Je l'écartai sans ménagement, et repris mon travail.

— J'ai la foi. J'y croyais, répéta-t-elle derrière moi.

Les infirmières placèrent Ronnie sous perfusion d'insuline pendant que j'appelais Boka, le médecin habituel des Howells. Le Dr Bokara fit hospitaliser le garçon, prescrivit des analyses et promit de venir rapidement. Avec un peu

110

de chance, on parviendrait à sauver le gamin. Et peut-être — peut-être seulement — ne serait-il pas trop tard pour préserver ses fonctions cérébrales.

— Cette femme mériterait le fouet, déclara Boka.

Assises dans mon bureau, quelques heures plus tard, nous discutions ensemble du cas de Ronnie. Le Dr Bokara portait une longue jupe de soie multicolore, et semblait aussi fraîche qu'une rose. Je ne l'avais jamais vue transpirer. Je n'avais même jamais vu son nez briller.

— Ici, on la roulerait plutôt dans le goudron et les plumes ! répliquai-je.

— Tu te rends compte ? Elle a arrêté le traitement de son fils ! C'est invraisemblable !

J'opinai tristement.

— Elle l'a emmené au chapiteau, voir les guérisseurs.

— Absurde ! s'exclama Boka en tambourinant sur la table de ses ongles vernis. Totalement absurde ! Est-ce que tout le monde est aussi débile, dans le Sud ?

Bien qu'originaire du Sud, je ne me formalisai pas.

D'un geste féminin, Boka ramena une mèche rebelle dans la torsade de cheveux roulée sur sa nuque.

— Cet épisode pourrait altérer ses fonctions cérébrales, dit-elle encore d'une voix émue. J'aime beaucoup cet enfant. Il a du talent, tu sais ? Il faut voir ses aquarelles ! Il m'a offert un paysage qui témoigne déjà d'une belle maîtrise des couleurs.

— Tu as alerté les services sociaux ?

— Je n'avais pas le choix. Sa mère a fait preuve d'une négligence inexcusable ; on pourrait même parler de maltraitance. Ronnie a des réflexes hyperréactifs du côté droit ;

l'acidose est toujours là et la glycémie reste supérieure à 400. Je n'aime pas ça du tout.

Le téléphone bourdonna sur mon bureau, et je décrochai. Une syncope et une PAD (personne âgée en difficulté) venaient d'arriver — tous deux en provenance de la Cour des Miracles. Manifestement, la séance battait son plein. Une ambulance nous amenait aussi une insuffisance respiratoire sur fond de BPCO (broncho-pneumopathie chronique obstructive).

— Je vais vous quitter, dit Boka. Mon mari m'attend devant un bon film.

Elle se leva avec une grâce nonchalante, et me précéda dans le couloir.

— Rappelle-moi, en cas de besoin.

Les patients ne se comportaient pas comme ceux de la veille. La différence était subtile, indéfinissable. Ils étaient plus ou moins absents, presque désinvoltes, comme si leur santé ne les concernait pas vraiment. La vieille dame fredonnait des cantiques et souriait aux anges, comme une personne sénile. Et pourtant, d'après sa fille — quinquagénaire —, elle avait l'esprit très vif d'habitude.

L'homme qui avait eu un malaise souffrait de douleurs thoraciques mais ne tarissait pas d'éloges sur la guérisseuse. Bedonnant, velu et presque chauve, il avait des membres étrangement minces pour sa corpulence. Le tracé de son ECG me parut curieux. Je prescrivis une série d'examens cardiaques. Il avait l'air de nager dans la béatitude.

Le cas de BPCO était plus étonnant encore. Les malades atteints de broncho-pneumopathie chronique obstructive ont des poumons durcis par l'abus de nicotine ou l'inhalation prolongée de produits malsains (produits chimiques, fibres de coton…). Ayant perdu leur élasticité, ils restent rigides au lieu de se gonfler avec souplesse à chaque respiration. A la moindre allergie ou infection virale, les poumons de ces patients s'emplissent de liquide, et leur affection chronique constitue un facteur aggravant. Ils ont de plus en plus de mal à respirer. Le dioxyde de carbone s'accumule alors dans leur organisme, endommageant les reins et tout le métabolisme. Ils se mettent, en fait, à suffoquer.

— Je suis le docteur Lynch, dis-je en consultant le dossier. Madame Martha Stone, je présume ?

— C'est ça. J'ai un peu de mal à respirer, docteur.

— Est-ce que vous fumez, Martha ?

— J'ai fumé pendant longtemps : trois paquets par jour. Et je travaillais à la fabrique de coton. J'étais la secrétaire du patron, dit-elle avec fierté. Trente-deux ans de bons et loyaux services.

La suffocation provoque une série bien définie de réactions codées. Au début, la panique s'installe ; le médecin s'attend à des symptômes tels que sueurs froides, respiration brève et superficielle, rythme cardiaque accéléré, pupilles rétrécies, tremblements convulsifs. L'effort fourni par les patients les fait grimacer ; ils ouvrent démesurément la bouche pour absorber un peu d'air, étirant le muscle sterno-cléido-mastoïdien du cou et du haut du torse afin de dilater le thorax au maximum. C'est l'affolement. Puis, quand le CO_2 commence à envahir l'organisme, un phénomène de narcose s'installe, et ils finissent par s'assoupir.

Le technicien du labo me glissa dans la main la feuille de résultat des gaz du sang, pendant que j'examinais la patiente. Mme Stone me souriait, bien que ses lèvres eussent pris une effrayante teinte gris-bleu. Elle avait les pupilles légèrement dilatées. Le taux de saturation d'oxygène était de soixante-dix pour cent et le taux de CO_2, de quatre-vingt-dix-sept. Elle ne s'affolait pas, ne se débattait pas. Elle ne sombrait pas dans l'inconscience. Elle était en train de mourir sous mes yeux en conservant son calme, sa vivacité, sa raison.

Je rédigeai des prescriptions, sachant qu'il allait sans doute falloir intuber sans tarder. Si son taux de CO_2 continuait à monter, Martha devrait être placée sous ventilateur. Elle avait déjà dépassé la limite supportable. Pourtant, j'attendis un peu. Les infirmières et le réanimateur s'empressèrent d'ajouter des perfusions et d'administrer des remèdes destinés à soulager les symptômes de l'insuffisance respiratoire.

Je me rappelai la patiente de la veille — cette femme qui ne souffrait plus de son arthrose pour la première fois depuis une éternité. Elle s'était mise à danser pour me montrer qu'elle en était capable. Elle aussi avait les pupilles légèrement dilatées et une légère hypotension. Administrait-on une drogue quelconque aux gens, sous ce chapiteau ?

Je donnai encore quelques ordres, et me tins à l'écart pour observer la suite. Martha continuait à sourire, l'air béat sous le masque transparent et le tube qui envoyait les remèdes directement dans ses poumons.

Le scanner grésilla de nouveau. Encore un départ de la cour des Miracles ! Un malaise de plus. Je n'aimais pas beaucoup la tournure que prenaient les événements.

J'allai trouver les secouristes qui avaient amené Mme Stone. Appuyés au guichet des admissions, Mick Ethridge et Bouly Munsey remplissaient leur feuille de route. Mick venait de passer ses examens d'ambulancier secouriste ; il travaillait souvent en tandem avec Bouly, un homme laconique et pince-sans-rire d'une trentaine d'années. Je les connaissais tous les deux depuis assez longtemps pour m'apercevoir qu'ils étaient dans leur état normal — ni léthargique ni euphorique. Et leurs pupilles n'étaient pas dilatées.

— Qu'est-ce qui se passe là-bas, les gars ? leur demandai-je en enfilant mes gants de latex.

Bouly secoua la tête.

— Jamais rien vu de pareil.

Mick opina.

— Y a des gens qui se lèvent et qui marchent. Une aveugle qui dit qu'elle voit clair. Et moi, je sais qu'elle était aveugle : je l'ai amenée ici, un soir où elle était tombée. Et, tout à l'heure, elle nous a décrit le chapiteau et les gens qui se trouvaient autour d'elle !

— Ça bat vraiment tous les records, dit Bouly.

— Ils distribuent des drogues aux gens ? Vous avez vu des cachets ? Des boissons ? Quelque chose ?

Ma voix frémissait de colère mal contenue.

Les deux hommes échangèrent un regard indéfinissable.

— Je reçois des patients qui ont les pupilles dilatées, un rythme cardiaque ralenti, une légère hypotension. Vous croyez qu'ils pourraient être drogués ?

— La seule chose que j'ai vue circuler, c'est le vin de la communion. Et les gens y trempent juste les lèvres, dit Bouly.

— J'y ai goûté. C'est affreusement amer mais ça m'a rien fait du tout. Regardez mes yeux : je suis normal.

— Mick, t'as jamais été normal, mon gars ! Depuis le jour de ta naissance...

Je coupai court à la plaisanterie.

— Je vais demander une analyse d'urine pour la patiente qui vient d'arriver. Si le test est positif, vous feriez peut-être bien d'en faire un, vous aussi, Mick.

Il écarquilla les yeux, mais je m'éloignai sans lui laisser le loisir de protester.

J'étais furieuse. Mes patients avaient sûrement été drogués, mais comment le prouver ? Une petite voix en moi se faisait, toutefois, l'avocat du diable, suggérant que les progrès de Venetia Gordon n'étaient pas étrangers à ma colère. Je refusai de l'écouter.

115

Je prescrivis un bilan toxicologique visant six espèces de stupéfiants et de médicaments prohibés à la vente hors prescription. Il y en avait des centaines d'autres qui pouvaient produire des effets tels que ceux que je venais de constater. Pour ceux-là, je devrais m'adresser à un laboratoire spécialisé. Je rédigeai une petite note pour demander que des échantillons d'urine et de sang soient conservés en vue d'analyses ultérieures.

La nouvelle patiente arriva. Elle avait la peau bleue, beaucoup de mal à respirer, l'air un peu affolé. Je demandai qu'on l'installe dans une pièce séparée. En cas de pépin, il me faudrait beaucoup de place pour travailler.

Tandis que les brancardiers se chargeaient d'elle, une ombre furtive attira mon attention. Me retournant, je vis une enfant blonde en chemise d'hôpital qui rasait le mur, légèrement recroquevillée. C'était Na'Shalome qui m'observait de son regard de chat. Elle alla se cacher à l'angle du bureau des infirmières, et s'agrippa au rebord, le dos arrondi, comme pour se protéger d'une avalanche.

Inconsciemment, j'avais trouvé le moyen d'oublier les adolescentes victimes de terribles sévices...

Tout en me demandant comment elle avait pu se libérer de ses liens, en dépit des sédatifs, j'esquissai un sourire. Na'Shalome me sourit à son tour, exhibant ses dents cariées en une sorte de rictus farouche. Je réussis à dissimuler mon malaise et retournai à mes occupations.

Pendant deux heures, j'affrontai les problèmes respiratoires de plusieurs patients. La plupart avaient déjà des poumons en piteux état et, cependant, aucun test n'eut de résultat positif. J'enrageais de plus en plus. Tous les patients qui venaient de la séance de « guérison » publique tinrent à me raconter les miracles tout en suffoquant. Je me retins de leur dire que ces prétendus prodiges étaient responsables de leur état. Cela n'aurait servi à rien et, de toute façon, je n'avais aucune preuve. J'ignorais ce que faisaient ces charlatans sous leur chapiteau, mais ils s'y prenaient de telle façon que les victimes n'y voyaient que du feu.

Vers 23 heures, je profitai d'une brève accalmie pour boire un café et appeler Mark sur son portable. Les soirs où il ne travaillait pas, c'était à peu près l'heure où il se couchait. Si je n'avais pas été aussi furieuse, j'aurais probablement attendu le matin pour l'appeler. Mais je fulminais littéralement.

— A l'eau ? dit-il d'une voix parfaitement éveillée.

— Au vin rouge, de préférence.

Ce jeu stupide durait depuis longtemps entre nous.

— Rouge… à cause du sang ou bien de ton humeur actuelle ?

— De mon humeur. Je suis furax.

— Vraiment ? Toi, pourtant si douce…

— Oh, ça va ! Quelqu'un exerce la médecine sans autorisation, dans ce patelin.

— Qui donc ? demanda Mark, revenant immédiatement à son rôle de flic.

Un téléphone sonna quelque part, et une autre voix répondit. Je compris qu'il était au commissariat, en plein travail, comme moi.

— Les faiseurs de miracles, sur le terrain de foot.

— As-tu des preuves de ce que tu avances ?

Je bus une gorgée de café pour me donner le temps de réfléchir.

— Non, avouai-je enfin. Mais je reçois beaucoup de patients venant de là-bas qui se comportent bizarrement.

— Bizarrement ? C'est un terme médical, ça ?

117

— Ne te moque pas de moi ! Les choses commencent à prendre une tournure qui ne me plaît pas. Ces gens ont les pupilles dilatées, une tension trop faible, et ils ont l'air de flotter dans un état de parfaite béatitude.

— Aïe… des gens heureux, voilà qui semble inquiétant !

Malgré moi, j'esquissai un sourire.

— D'accord, ça peut paraître idiot mais, sérieusement, Mark, je crois qu'il se passe quelque chose de pas très catholique, là-bas…

— Tu es libre samedi soir ?

— Oui. Pourquoi ?

Je pensai aussitôt à Cam, à son invitation et au déménagement de Shirley. J'eus un peu honte à l'idée de les laisser tomber.

— Si nous allions manifester un peu de piété ?

— En faisant un petit tour sur les lieux ?

— Incognito, bien sûr ! chuchota Mark sur le ton de la conspiration.

— C'est-à-dire en civil ? Toi, sans ta panoplie d'inspecteur et moi, sans ma blouse blanche ?

— Exactement, mignonne. Je passe te prendre à 18 h 30. Mets un truc décontracté mais bien péquenaud.

— Je peux trouver ça.

— A plus, alors.

La communication terminée, je bus mon café et me levai pour aller m'en servir un autre.

— Mains qui soignent.

Je fis volte-face et découvris Na'Shalome sur le pas de la porte. Ses pupilles avaient repris une dimension plus normale, mais sa peau était encore blafarde et luisante de sueur. Elle avait des cernes sombres sous les yeux et un épais bandage autour de l'abdomen, visible sous la chemise de nuit. Michelle Geiger, la gynécologue de l'hôpital, avait-elle déjà effectué l'intervention de chirurgie reconstructrice dont Boka m'avait parlé ?

Dans le couloir, une infirmière métisse approchait en poussant un fauteuil roulant. Na'Shalome regarda fixement ma tasse de café. Une grimace de douleur déforma ses traits.

— Les mains du Mal mutilent et tuent, psalmodia-t-elle d'une petite voix à peine audible. Les mains qui soignent imitent Jésus.

Ne sachant trop que dire, vu mon ignorance en matière de religion, je hochai la tête sans conviction.

— Oui, sans doute, murmurai-je.

Elle leva brusquement les yeux sur moi, et toute une palette d'émotions anima tour à tour son regard : surprise, crainte et espoir, peut-être.

— Oui ? répéta-t-elle dans un souffle.

Elle semblait sur le point de s'effondrer. Je l'attrapai au moment où elle vacillait.

— Mains qui soignent, gémit-elle, tandis que je la soutenais d'un seul bras, renversant mon café par terre.

L'infirmière arriva juste à temps pour glisser la chaise roulante sous les jambes de l'adolescente.

— Merci, lui dis-je.

— Il n'y a pas de quoi. Une vraie calamité, cette petite.

Elle attacha la jeune fille au fauteuil, et installa correctement ses pieds.

— Elle se montre capricieuse ? demandai-je.

— Non. Elle ne tient pas en place, c'est tout. Mme Geiger ne sera pas contente que nous l'ayons encore laissée filer : elle va finir par arracher ses agrafes.

— Quand a-t-elle été opérée ?

— Ce matin. L'anesthésiste a dû l'attacher pour qu'elle ne se sauve pas avant d'être endormie. Vous avez une couverture chaude ?

J'allai en chercher une dans l'armoire chauffante, et la lui tendis.

— Ils ont trouvé toutes sortes de cicatrices. Des fibromes, plusieurs kystes dermoïdes. Le Dr Geiger a dit que l'un de ces kystes ressemblait à un globe oculaire, dit l'infirmière en enveloppant Na'Shalome dans la couverture.

— Vraiment ?

Intriguée, je lui emboîtai le pas, tandis qu'elle se dirigeait vers le service de soins postopératoires en poussant le fauteuil de la petite. Les kystes dermoïdes sont des tumeurs bénignes remplies de liquide séreux, qui sécrètent leur propre sang et contiennent l'ADN du patient. Des éléments tels que dents, cheveux — voire même un œil complet — peuvent se former à l'intérieur.

— Oui. En tout cas, le Dr Geiger a pu sauver un ovaire, mais elle a dû enlever tout le reste. Maintenant, la gamine est stérile.

— Quel dommage ! Les services sociaux ont été alertés ?

— Oui, mais elle n'a pas de papiers et elle ne parle pas. D'après nos estimations, elle doit avoir environ dix-sept ans. L'assistante sociale est restée cinq minutes, et puis elle a appelé la police.

L'infirmière leva les yeux au ciel.

— Comme si la gamine allait parler aux flics ! Allez, petite fille, je vais te remettre au lit...

Je regardai l'infirmière pousser sa protégée dont la tête ballottait sur le côté, et les laissai poursuivre leur chemin.

*
**

Je m'accordais une pause quand Mark se pointa aux urgences, vers 0 h 30. Il portait la tenue standard des flics qui font des heures sup' : jean, T-shirt, coupe-vent avec l'insigne de la police au milieu du dos, plus le badge et le revolver à la ceinture. Je haussai les sourcils d'un air interrogateur en le voyant se servir un café au goût de goudron.

— Ce breuvage est encore pire que celui du commissariat, dit-il en s'asseyant à côté de moi.

— C'est vraiment étonnant : il ne mijote sur la plaque que depuis 7 heures du soir. Il devrait être parfait !

— Tu as le temps d'en boire une tasse avec moi en jetant un coup d'œil sur quelque chose ?

— Je peux le trouver.

— Tu as déjà vu un truc de ce genre ? demanda-t-il en me tendant un petit livre. On l'a trouvé dans l'estafette, l'autre soir.

C'était un mince volume relié en cuir souple, agréable au toucher. La couverture — noire d'un côté, blanche de l'autre — ne portait aucun titre, mais une estampe, du côté blanc, représentait un arbre qui poussait dans un cercle formé de trois anneaux, avec des taches vertes dans les creux. Une autre, du côté noir, représentait un arbre mort, comme frappé par la foudre. Il n'y avait ni cercle ni tache de couleur autour de celui-là.

Je caressai la surface lisse et usée du livre, puis l'ouvris du côté blanc et le feuilletai lentement.

C'était un ouvrage étrange. Je n'en avais jamais vu de pareil. La moitié était imprimée en caractères noirs sur papier blanc et l'autre moitié, à l'inverse, était imprimée en blanc sur fond noir. Le livre était composé, en fait, comme s'il en contenait deux, l'un se lisant à l'endroit si on l'ouvrait du côté blanc, l'autre, dans l'autre sens si on l'ouvrait du côté noir. Je le parcourus rapidement, lisant un passage par ci, par là.

C'était comme un grimoire, qui contenait deux sortes de formules magiques.

Du côté blanc, il s'agissait plutôt de sorcellerie par les plantes, de conseils bienveillants, de maximes plus ou moins inspirées des paroles des Evangiles dont j'avais entendu des extraits en accompagnant Marisa à la messe. « Chacun récolte ce qu'il a semé », pouvait-on lire, par exemple, au bas de la première page. Tout cela semblait inoffensif.

L'autre côté me parut nettement plus inquiétant. Le terme de « magie noire » lui convenait parfaitement. Il n'était question que de sacrifices rituels, de vengeance, de meurtre, de pouvoir exercé sur autrui. Les illustrations, dessinées à l'encre rouge sur fond noir, étaient particulièrement sanguinaires. Il y avait là des formules pour empoisonner ses ennemis, les faire périr d'un arrêt cardiaque, leur inoculer les pires maladies, et aussi d'horribles explications sur la manière de tuer les enfants dans leur sommeil sans laisser de traces ou de faire périr le bétail d'un voisin.

Le papier, gras et poisseux, semblait me coller aux doigts. Pourtant, quand je m'arrêtai pour les examiner, je ne vis rien sur la peau.

Je revins aux premières pages du côté noir, à la recherche du nom de l'éditeur ou de l'auteur, mais ne trouvai aucune indication — et pas davantage du côté blanc. Je refermai le livre, le poussai vers Mark et m'essuyai furtivement les mains sur ma blouse avant de reprendre ma tasse de café.

— Pouah ! Je n'ai jamais rien vu de pareil.

— Rends-moi un service. Prends-le et demande à miss Essie ce qu'elle en pense.

— Pas question !

Je bus une gorgée de café et, comme il était encore plus infect que d'habitude, je me levai pour en faire du frais.

— Elle m'écorcherait vive si j'apportais ce truc-là chez elle ! Elle a déjà failli m'arracher les yeux, un jour où j'étais venue chez Marisa avec des cartes de tarot, quand nous étions petites. Miss Essie chasse le démon sous toutes ses formes. Si tu veux qu'elle voie ça, tu le lui montreras toi-même.

Mark soupira.

— Je me doutais bien que tu refuserais. Alors, dis-lui que je vais passer la voir et qu'elle pourra me frapper si ça peut la soulager.

— Pourquoi, miss Essie ?

— Parce qu'elle en sait long là-dessus, répondit-il avec un haussement d'épaules. Elle faisait partie des gens qui nous ont débarrassés du *root*, dans les années soixante.

Debout, tournant le dos à Mark, je réfléchis tout en regardant le liquide brunâtre s'écouler du filtre goutte à goutte. Le root est un terme typiquement sudiste. Il fait référence à une médecine rituelle, pratiquée par des chamans, des sorciers, à des pratiques païennes importées d'Afrique qui se sont, peu à peu, mélangées au christianisme. Certains le confondent avec le vaudou, qui s'apparente, toutefois, davantage à une religion.

Durant mon bref séjour à Charleston, j'avais pu constater quelques effets du root. Un patient était arrivé à l'hôpital en affirmant être victime d'un root — ce qui signifiait qu'on lui avait jeté un sort — et il était mort. Je n'ai jamais pu découvrir pourquoi ni comment. L'autopsie n'avait rien révélé de particulier. Le root avait pu consister en un empoisonnement — de ceux qui ne laissent pas de trace — ou bien encore en une simple superstition. Mais, de quelque manière qu'il se manifestât, le root constituait un danger pour certains. Et il n'était pas nécessaire d'y croire pour en être victime.

J'ignorais que miss Essie avait eu un rapport quelconque avec le root. En tout cas, si la vieille dame avait réussi à en venir à bout, elle devait réellement jouir d'une grande influence.

— Rhea ?

Plongée dans mes pensées, je tressaillis légèrement.

— Hum, oui… tu disais que miss Essie a débarrassé la contrée du root ?

— C'est ma mère qui me l'a raconté. Avec l'aide d'une autre femme, elle a chassé les adeptes du root et le sorcier qui le pratiquait.

Je me retournai vers Mark.

— J'avertirai miss Essie que tu vas passer la voir, mais je te déconseille vivement d'apporter ce livre chez elle… C'est à cause de ce bouquin que tu es encore debout à cette heure-ci ?

— Non. Pas vraiment. Il y a eu un meurtre dans les parages des anciennes filatures Killian. Un truc plutôt étrange, en fait.

— Etrange ?

— Oui. Et même vraiment dingue.

Comme la plupart des flics, Mark s'intéressait tout particulièrement aux crimes les plus « dingues ». Mais, apparemment, il n'avait pas l'intention de m'en dire davantage, et ne cherchai pas à le faire parler car j'avais appris à respecter les limites qu'il s'imposait.

Un patient passa dans le couloir clopin-clopant, laissant une traînée de sang dans son sillage. Mark lui jeta un coup d'œil, puis secoua la tête et repoussa sa chaise.

— A plus tard, miss.

Il partit en laissant sa tasse presque pleine.

Tandis que les infirmières s'occupaient du patient, j'allai me laver les mains à l'eau chaude pour évacuer la désagréable impression laissée par ce livre. Il y avait des choses que je n'avais pas dites à Mark : des souvenirs d'enfance qui me

124

hantaient encore. A un moment donné de sa vie, ma mère avait expérimenté toutes sortes de pratiques occultes. Aucune ne lui avait été bénéfique.

Je dormis beaucoup, cette nuit-là, et ne me rappelai aucun de mes rêves. Je me réveillai à 6 h 50, ragaillardie. L'air était frais, un peu moins humide, et je me sentais d'assez bonne humeur. Mais, en arrivant chez moi, je reçus un choc : j'avais oublié le retour d'Arlana.

En arrêtant mon petit coupé au bout de l'allée, je découvris quatre piles de linge au beau milieu du chemin : une pile composée de draps, une de serviettes, les deux autres de vêtements, blanc et couleur séparés. Par la porte du fond maintenue ouverte, je vis voler une autre serviette. Peluche, qui se roulait joyeusement dans une pile de linge, la reçut sur la tête et se redressa à demi, la langue pendante, la serviette sur une oreille.

Assis sur son rocher favori, le chat semblait s'amuser de toute cette activité. Penaude, je coupai le moteur et sortis discrètement de ma voiture. On entendait le bruit de l'aspirateur dans les profondeurs de la maison. Des effluves d'eau de Javel et de produit nettoyant au pin s'échappaient par la porte du fond.

Belle quitta sa place sous le porche et vint à ma rencontre, la tête basse et la queue entre les pattes. Je m'agenouillai pour ébouriffer son pelage noir et la gratter derrière les oreilles, comme elle aimait. Elle leva sur moi un regard éloquent.

— Arlana est de retour, hein ?

La chienne gémit doucement et me donna un seul coup de langue sur le menton. Peluche se leva à son tour en un mouvement digne d'une superproduction hollywoodienne de karaté, puis trébucha sur un chiffon humide. Il se redressa et posa les pattes sur mes épaules, en me regardant avec l'air de dire : « Tu as vu ce que je peux faire ? »

Je le fis descendre, lui gratouillai la tête et me remis debout.

Redressant les épaules, je pénétrai dans la maison. Le bruit d'aspirateur provenait de la salle de séjour. Sans aller voir Arlana, je passai directement dans ma chambre, enfilai une tenue confortable, pris mes grands sacs pour le linge sale et ressortis sans faire de bruit, tout en me traitant mentalement de froussarde.

Je ramassai le linge, le fourrai dans mes grands sacs et les chargeai dans le coffre du petit coupé avant de reprendre le volant, avec l'intention de passer à la blanchisserie puis d'aller faire quelques courses. Et pourquoi ne pas m'arrêter chez miss Essie, au retour ?

— Froussarde ! Dégonflée ! murmurai-je entre mes dents.

J'arrivai vers 9 heures chez miss Essie, et emportai chez elle le seul sac de provisions dont le contenu craignît la chaleur. Elle avait vu ma voiture passer devant la fenêtre, et me fit signe d'entrer par l'arrière, laissant la porte entrouverte pour moi.

— Bonjour, miss Essie ! lançai-je avec entrain.

Je déposai mes provisions dans le réfrigérateur, à l'exception d'un paquet de myrtilles que je gardai avec moi. Les tartes aux myrtilles de miss Essie étaient un véritable régal ; elle aimait en confectionner et les savourer ensuite avec ses invités, accompagnées d'un peu de glace à la vanille. En matière de goûts culinaires, nous étions vraiment sur la même longueur d'ondes.

126

— Tenez, voilà des myrtilles ! annonçai-je en brandissant mon petit paquet.

Miss Essie, debout devant l'évier, se retourna vers moi et me dévisagea sévèrement.

— Vous n'avez jamais nettoyé cette porcherie où vous vivez depuis qu'Arlana est partie ?

— Euh… Hum…

— Pas de « euh » et de « hum » avec moi, hein ! Elle m'a appelée, vers 6 heures. Elle m'a dit qu'elle était passée vous apporter un petit cadeau qu'elle avait rapporté de New York. Elle a failli s'trouver mal, tellement c'était dégoûtant. Ça puait le chien, là-d'dans. Une horreur, qu'elle a dit. Y avait même du moisi dans la salle de bains.

Miss Essie me prit le paquet des mains et le jeta sur le plan de travail.

— Je sais que vot'mère vous a pas tellement appris comment on doit faire les choses, à cause du p'tit problème qu'elle avait et tout ça. Mais je sais que miss Dee Dee, elle, vous a montré comment faire quand vous avez travaillé chez elle pour payer vos études. Vous savez très bien passer une serpillière et décrasser un lavabo !

— Miss Essie…

— Y a pas de « miss Essie » » qui tienne ! gronda la vieille dame en agitant son index sous mon nez. Ma p'tite Arlana m'a dit que même une truie voudrait pas vivre dans un endroit aussi sale. Vous avez même pas donné un p'tit coup d'chiffon, depuis son départ. Et il paraît que vous avez un chat, maintenant ?

— Pas de chat, m'empressai-je de répondre en espérant, au moins, limiter les dégâts.

— Arlana dit que si. En tout cas, il faut le laisser dehors : il chassera les souris. Le laissez pas rentrer dans la maison, sinon il marcherait sur les tables et les plans de travail. Les gens disent qu'un chat, c'est propre. Mais ils grattent dans leur litière et, après ça, ils montent sur les tables : c'est pas propre du tout, ça ! Ils transportent des microbes partout où ils passent.

Je n'allais certainement pas la contredire. Elle n'avait pas tort. Et ma maison était, effectivement, dans un état lamentable. J'écoutai donc ses reproches sans protester. De toute façon, rien ne pouvait arrêter miss Essie quand elle était en colère.

D'un geste rageur, elle ouvrit le paquet de myrtilles et déposa les fruits dans une passoire pour les rincer.

— J'ai honte pour vous, ma fille.

Elle m'examina d'un œil scrutateur, s'assurant que je portais, au moins, une tenue correcte, et émit une sorte de grognement mi-approbateur.

— Vous avez faim ? me demanda-t-elle en passant les myrtilles sous le robinet.

— Oui, m'dame.

— J'ai du pain au levain qui sort du four et un pot de figues confites que j'ai ouvert hier soir. Derrière vous, précisa-t-elle en désignant du menton la boîte à pain. Vous allez faire des excuses à ma petite Arlana ?

— A profusion, promis-je. Et je la dédommagerai largement.

— Mouais.

Je pris la miche de pain encore chaude et m'installai à table avec un couteau, une planche à découper et le bocal de figues confites.

— Cam est allé bricoler son avion et voler un peu, me dit-elle. Un de ces jours, il va s'écraser, avec cet engin.

Ce changement de sujet prouvait que j'étais pardonnée.

— Cette confiture est délicieuse, miss Essie.

— C'est pas de la confiture, grommela-t-elle. C'est du confit de figues. La confiture, c'est encore autre chose, mais vous, les jeunes, vous voyez pas la différence, bien sûr. Vous prenez n'importe quoi dans les rayons des supermarchés. Moi, j'ai fait cuire mes figues avec des tranches de citron dedans.

— J'adore ça, affirmai-je, la bouche pleine. Dites, miss Essie...

— Hmm ?

— La sorcellerie, vous y connaissez quelque-chose ?

8.

Tu as honte d'être vieille ?

Miss Essie se tourna vivement vers moi, les sourcils froncés.

— Qu'est-ce que vous dites ?

— Vous savez, cette jeune patiente dont je vous ai parlé ? Celle qui a été victime d'un accident, l'autre soir. Elle était complètement droguée, et elle ne quittait pas cette drôle de poupée...

Tandis que je décrivais l'étrange pantin, miss Essie ferma le robinet de l'évier, s'essuya les mains et me rejoignit près du plan de travail. Les yeux rivés sur moi, elle servit le café sans perdre une miette de mon récit, puis se jucha sur un haut tabouret de bar.

— Vous dites qu'elle est peinte, cette poupée ? En rouge sang ?

— Exactement. Et ses membres sont entrelacés de perles et de fleurs séchées.

La vieille dame but une gorgée, ajouta un peu de sucre dans son café, remua et but encore, l'air absorbé.

— Ce rouge, il est plutôt couleur du sang frais ou du sang séché ?

130

— Sang frais. Pure hémoglobine.

Miss Essie opina pensivement. Elle se remit à boire et je l'imitai, appréciant la différence entre son délicieux café et l'horrible breuvage de la salle de repos des urgences.

— Elle vous a rien dit ?

La question me parut insolite.

— Si, bien sûr.

— Quelque chose de bizarre, d'un peu énigmatique, par exemple ?

La petite rengaine de Na'Shalome me revint à l'esprit. Je marquai une pause pour me la rappeler.

— « Les mains du Mal mutilent et tuent ; les mains qui soignent imitent Jésus », ou un truc de ce genre-là.

Miss Essie posa sa tasse sans me quitter des yeux.

— Répétez-moi ça. Exactement comme elle le dit.

J'obtempérai, imitant les curieuses intonations de la jeune fille.

Miss Essie se pencha pour attraper son châle mauve — le plus soyeux, celui qu'elle portait l'été par-dessus sa blouse d'intérieur. Elle le mit soigneusement autour de ses épaules, puis se leva et alla sortir les myrtilles de la passoire. Elle les plaça ensuite sur une feuille de papier absorbant, et revint près de moi, l'air préoccupé.

— Il y a des choses qu'il vaut mieux ne pas trop chercher à comprendre. Des questions de pouvoirs maléfiques, comme celle-ci.

— Je ne vois pas très bien…

— Des envoûtements. Ce qu'elle dit là, c'est une incantation. Pour cette poupée, il y a trois possibilités, mais aucune des trois ne me plaît. Chacune représente un piège. Un danger. Et, dans tous les cas, on reste dans le domaine du mal.

Elle resserra frileusement son châle sur sa poitrine.

— Et c'est tout ce que je peux dire là-dessus.

Je bus mon café en attendant la suite. Miss Essie s'affaira un moment dans la cuisine, remettant un peu d'ordre, sortant les couverts propres du lave-vaisselle.

— Il vaudrait quand même mieux que je sache, vous ne croyez pas ? dis-je doucement, après lui avoir laissé le temps de réfléchir. Si cette gamine m'a jeté un sort…

— A mon avis, c'est pas tout à fait ça.

Miss Essie se redressa, une main posée sur le comptoir, le regard perdu dans le vague.

— Pourquoi donc ?

— A cause de la poupée.

— Mais encore ? Vous avez dit qu'elle pouvait représenter trois choses.

Miss Essie hocha finalement la tête.

— Je vais tout vous dire. Et si cette fille fait quoi que ce soit d'anormal, vous me prévenez. Marché conclu ?

J'avais déjà sérieusement frôlé les limites du secret médical ; je n'en étais plus à un détail près. J'acquiesçai d'un hochement de tête.

— Cette poupée, on dirait que c'est un jouet, reprit miss Essie.

— Comment un jouet peut-il être dangereux ?

— Tout peut être dangereux, suivant ce qu'on en fait.

La remarque était pertinente.

— Si c'est bien un jouet, alors, l'âme de la petite pourrait être en danger. Si c'est aut'chose… son âme est peut-être déjà perdue.

L'air froid soufflé par le climatiseur me fit frissonner.

— Pourquoi donc ?

— Eh bien, si elle ne joue pas, c'est qu'elle est déjà passée à une autre étape. Et elle a pu faire deux choses de cette poupée : soit une manie, c'est une sorte de support pour ses maléfices, un objet pour jeter des sorts sur quelqu'un qui lui a

132

fait du mal ou pour envoûter quelqu'un qu'elle veut dominer. Elle peut aussi en avoir fait un portique.

Miss Essie me tourna le dos, les mains crispées sur ses épaules à travers la soie mauve du châle. Son corps oscillait imperceptiblement, comme sous l'effet de pensées oppressantes.

— Qu'est-ce que c'est qu'un portique ? demandai-je doucement.

La vieille dame parut revenir d'un long voyage. Son regard reprit progressivement contact avec la réalité, et elle redressa les épaules.

— Un portique, c'est une entrée au royaume des esprits. Une sorte de passage entre leur monde et le nôtre.

Je réussis à ne pas m'esclaffer — elle avait l'air trop sérieux pour que je me le permette.

Présages, superstition, magie, balivernes que tout cela, murmurait en moi la petite voix rationnelle de la logique pure.

— Des esprits maléfiques ? Comme ceux qui hantent les possédés ?

— Tous les esprits. Y sont pas tous mauvais. Certains errent seulement sans trouver le repos. Certains n'ont pas encore choisi leur camp, entre enfer et paradis. Certains seraient même plutôt bienveillants. Mais il y en a d'autres…

Elle laissa sa phrase en suspens.

Je bus mon café froid à petites gorgées.

— Je sais que vous n'êtes pas croyante. Pour vous, la vie n'est rien que chair et sang, germes et virus, espèces humaine et animale. Mais il y a des choses que tout ça ne peut pas expliquer, des choses vraiment étranges. Et, à mon avis, cette affaire est l'une de celles-là.

— On est dans le domaine du surnaturel, en somme.

Ce mot-là avait un pouvoir apaisant. N'était-il pas synonyme d'ineptie ?

Miss Essie hocha lentement la tête.

— Comment pouvez-vous croire à la fois en Dieu et au surnaturel ? objectai-je.

— Si l'on croit en Dieu, on croit forcément au surnaturel ! On choisit de vénérer Dieu et de ne pas fourrer son nez dans des affaires qui ne regardent que Lui. Et cette affaire-là, je vous dis qu'elle en fait partie. C'est un truc dangereux. Je vais prier à ce sujet-là. Je prierai aussi pour vous, encore plus que d'habitude, pour que vous perdiez pas votre âme dans l'histoire.

Je savais que miss Essie priait fréquemment pour moi, et je la laissais faire en me disant que si ça ne me faisait pas de bien, ça ne me ferait pas de mal non plus.

— Miss Essie, Mark Stafford a trouvé un livre de magie qu'il voudrait vous montrer. Je lui ai dit de vous l'apporter, que vous y jetteriez un coup d'œil.

La vieille dame opina d'un air absent.

— Vous savez que je ne crois pas à la sorcellerie, ajoutai-je doucement. Ni aux jeteurs de sort ni aux envoûtements.

— Vous êtes médecin, dit-elle d'un air distrait. Les médecins, y croyaient pas non plus aux zombies, jusqu'au jour où quelqu'un a découvert qu'on pouvait fabriquer un zombie en se servant de ce poison sécrété par le poisson-globe. Les médecins, y veulent d'abord savoir *comment* ça marche avant de reconnaître que ça marche. Y a la magie de pacotille comme celle de vot'gamine, là, et puis y a *la magie*.

Miss Essie fixa sur moi ses yeux aussi noirs que des gemmes polies par le temps.

— La magie est un fait, même si elle existe surtout dans l'esprit de celui qui y croit, le reste n'étant qu'herbes, racines

134

et poison pour l'esprit. Epouvante et poison : ce genre de magie-là peut tuer... ou servir de base à un crime.

Frayeur, empoisonnement... Nous parlions soudain de psychologie et de médecine : un langage qui m'était accessible. A ce moment-là, la sorcellerie ne me sembla plus aussi bizarre — abstraction faite des histoires de manies et de portiques.

— Allez, ouste ! Rentrez chez vous, maintenant. Prenez vos commissions dans le frigo et partez.

Miss Essie me chassa d'un petit geste de la main.

— Je m'occupe de Mark Stafford ! lança-t-elle. Vous, vous allez présenter vos excuses à ma petite-fille et l'aider à remettre cette porcherie en état.

Je grommelai quelque chose d'inintelligible.

— Mouais, grognez tant que vous voudrez ! En tout cas, si vous avez un peu de jugeote, vous lui apporterez un cadeau et vous lui donnerez aussi le salaire qu'elle mérite.

— Un cadeau ?

Ça, c'était une idée géniale. Il n'y avait pas de meilleur moyen pour faire amende honorable.

— Quoi, par exemple ?

— Ma petite-fille aime les bijoux. Et aussi ces trucs dorés pour attacher les cheveux, mais ça coûte une vraie fortune. Achetez-lui donc des boucles d'oreilles, de celles qui ont des breloques. Et en or, hein ? Ça lui va bien, l'or.

Elle me chassa de nouveau, et je partis faire un tour en ville du côté de la bijouterie, en espérant que la chaleur ne ferait pas tourner mes yaourts et mon fromage de chèvre.

A la bijouterie-joaillerie de DorCity, je trouvai une paire de boucles d'oreilles en or massif pour Arlana, avec des breloques qui se terminaient par de minuscules saphirs, comme l'avait suggéré miss Essie. Je remarquai aussi de jolies créoles tout à fait à mon goût.

Séduite, j'achetai le tout, et accrochai immédiatement les petites créoles à mes oreilles.

En me regardant dans le miroir, je trouvai l'effet très réussi avec mes cheveux courts, noirs et indomptables. Quand la vendeuse eut terminé le paquet-cadeau destiné à Arlana, j'allai acheter une carte à la papeterie voisine et glissai un billet de cent dollars dans l'enveloppe. Miss Essie serait probablement satisfaite. Sa petite-fille méritait bien cela pour avoir nettoyé ma « porcherie » !

Arlana ne se montra pas trop rancunière. Quand je revins à la maison, elle gesticulait dans un nuage de poussière, un foulard noué sur la tête, tandis que l'aspirateur continuait à vrombir. J'entrepris de ranger mes provisions, malgré les chiens qui passaient et repassaient anxieusement entre mes jambes, menaçant de me faire trébucher. Ils avaient perçu des ondes de colère dans la maison, et ne savaient trop s'il fallait me protéger ou aller se cacher sous le lit.

Arlana avait dix bonnes années de moins que moi, mais c'était elle la personnalité dominante. Pour tout dire, j'avais, tout simplement, une peur bleue de ses reproches.

Après avoir tout rangé, je commençai à gratter le fond des plats entassés dans l'évier quand le flip-flop menaçant d'une paire de tongs se fit entendre dans le couloir. J'imaginai Arlana me fustigeant du regard, les poings sur les hanches. Après quelques secondes d'un épais silence, je jetai mon éponge dans l'eau chaude et me retournai, incapable de supporter davantage cette tension. Son cadeau était posé bien en évidence sur le comptoir qui nous séparait.

Elle regardait fixement la carte qui l'accompagnait, la tête rejetée en arrière, ses petits seins arrogants pointant sous son T-shirt usé.

— Cette baraque est dans un tel état que même les chiens y voudraient pas manger par terre, dit-elle sans même me regarder.

Je ne mouftai pas. Elle avait raison.

Arlana gardait les yeux rivés sur le cadeau.

— C'était déjà dégoûtant, la première fois que j'suis entrée ici. Mais, aujourd'hui, c'est encore pire. Ça s'est pas sali tout seul, quand même !

Je continuai de me taire. Arlana déplaça son poids d'une hanche sur l'autre. Les tongs roses crissèrent sur le carrelage crasseux.

— Comment t'as fait pour accumuler toute cette crasse ? J'suis pas ta bonniche, moi !

— O.K. Je suis une souillon doublée d'une ingrate. Je mérite d'être écorchée vive, découpée en morceaux et grillée en brochettes.

Son visage resta de marbre.

— Je suis désolée, Arlana. J'avais vraiment l'intention de faire un peu de ménage avant ton retour.

Sans changer d'expression, Arlana pointa le menton vers le comptoir.

— Et ça, c'est pour m'amadouer ? Tu crois pouvoir te racheter comme ça ?

— Je l'espère, en tout cas.

Elle eut une petite moue sarcastique, mais la curiosité finit par l'emporter.

— Qu'est-ce qu'y a dans cette boîte ? demanda-t-elle en haussant ses sourcils délicatement arqués.

— Un bijou en or. Plus un billet de cent dollars dans l'enveloppe.

— Mouais, grommela-t-elle à la manière de son aïeule. C'est un peu facile, quand même ! Un cadeau pour se faire pardonner, et hop, le tour est joué ! Moi, je me sens sale, méprisée et pas contente du tout.

— Aurais-je plus de chance en disant que je suis réellement confuse ? Que j'ai été d'une négligence inexcusable et que je ne mérite pas ton amitié ni le soin avec lequel tu t'occupes de mon intérieur ?

— Non, ce serait inutile.

Ce n'était guère encourageant, mais Belle, sous la table, cessa de gémir et commença à remuer la queue. Me fiant à son instinct, je poursuivis dans cette voie.

— Bon, alors, je ne le dirai pas.

Arlana essaya de garder son sérieux mais ne put réprimer un sourire. J'eus enfin droit à un petit coup d'œil oblique.

— Quatorze carats ?

— Avec des breloques ornées de véritables saphirs. Ça m'a coûté une petite fortune.

— Tu vas m'aider à finir le ménage ?

— Je commence tout de suite. J'ai déjà porté le linge à la blanchisserie.

— Tu n'as qu'à terminer la vaisselle, nettoyer l'intérieur des placards à l'eau de Javel et passer une serpillière dans la cuisine. Ce chat s'est promené un peu partout.

— Je n'ai pas de chat ! répliquai-je avec une pointe d'exaspération.

— Eh bien, c'est lui qui t'a !

Elle désigna la table d'un mouvement de la tête. Le bel animal angora était allongé dessus, la coupe à fruits entre ses grosses pattes de devant. Et mes chiens ne semblaient même pas prendre ombrage de cette intrusion.

— Je n'aime pas les félins, dis-je d'un ton bourru.

Le chat me dévisagea d'un regard limpide, et bâilla avec effronterie.

138

— Il a déposé un rat mort sur le palier. Ça veut dire qu'il a pris possession des lieux. Il est chez lui, maintenant. Il ne te reste plus qu'à le baptiser.

Tout en parlant, Arlana se décida à faire un pas vers le comptoir, et daigna enfin ouvrir l'enveloppe. Elle en sortit la carte et la parcourut en détournant légèrement le visage.

— Allez, ouste ! dis-je au chat, en agitant le chiffon dans sa direction.

Ma tentative se solda par un échec. Le chat daigna à peine remuer le bout de la queue, tandis que les touffes de poils, au bout de ses oreilles, bougeaient imperceptiblement.

— Sympa, la carte, dit Arlana en fourrant le billet dans la poche de son short. Moi, j'ai déjà trouvé un nom pour cet animal : Selicia Stone parce que c'est une femelle, qu'elle est tout ébouriffée, comme ma copine Selicia, et qu'elle est grise et mouchetée comme une pierre.

Je m'approchai de la chatte qui se remit à bâiller.

— Elle est à toi. Tu ferais mieux de lui acheter un panier et de quoi manger, dit Arlana en sortant l'écrin du paquet-cadeau.

— Mais enfin, comment a-t-elle fait pour entrer ?

La chatte renifla ma main une fraction de seconde, puis se laissa caresser en fermant les yeux. L'instant d'après, elle se mettait à ronronner comme une chaudière. Sa fourrure était d'une douceur remarquable.

— Elle est rentrée avec les chiens par le vantail mobile en bas de la porte du fond. On dirait que Belle a sympathisé avec elle. Peluche lui aboie dessus, de temps en temps, mais je le fais taire... Ohhh !

Un véritable sourire éclaira enfin le visage d'Arlana. Elle tourna la tête vers moi et porta les boucles à ses oreilles.

— Oh, qu'elles sont jolies ! J'achèterai des verres de contact assortis à ma robe bleue, et ça fera un effet géant !

Je lui rendis son sourire.

— N'empêche que c'est une vraie porcherie, ici ! répétat-elle en reprenant son air grincheux.

En guise de réponse, j'imitai le grognement d'un porc, et Arlana s'esclaffa. Elle rangea les boucles dans l'écrin, s'approcha de moi et me serra affectueusement dans ses bras, ce qui me surprit car elle n'était pas du genre démonstratif. Moi non plus, du reste. Mais je l'embrassai quand même sur la joue.

— Je suis contente que tu sois de retour, dis-je quand elle se fut écartée.

— Moi aussi. New York est une ville encore très triste, très meurtrie. Et puis, moi, je ne supporte pas la pollution. Les gens doivent avoir des poumons aussi noirs que du charbon, là-bas.

— Tu commences à avoir une idée de ce que tu veux faire dans la vie ?

— On ne s'est pas parlé plus de cinq minutes et tu m'embêtes déjà avec mes études ! J'entre à l'école d'infirmières dans quinze jours.

Je secouai la tête en soupirant.

— Et arrête de me tarabuster pour que je devienne décoratrice ! Au bout de quatre ans d'études, un décorateur se fait pas plus de vingt mille par an, tandis qu'une infirmière, au bout de deux ans, elle gagne déjà cinquante mille. Je pourrai toujours faire de la décoration à mes moments perdus.

Elle avait raison. En fait, Arlana était beaucoup plus lucide que moi en ce qui concernait la vie et les décisions essentielles.

— D'accord. As-tu besoin d'une garantie pour obtenir un prêt ?

140

— D'accord ? Et c'est tout ? Ça fait six mois que tu essaies de me décourager d'être infirmière, et là, tu trouves rien d'autre à dire ?

Je la regardai par-dessus mon épaule.

— Je sais reconnaître mes torts.

— Ma foi, tant mieux.

Elle partit dans le couloir en faisant claquer ses semelles, tandis que je m'efforçais de gratter les casseroles. La chatte sauta sur le plan de travail à côté de moi, et trempa le bout d'une patte dans la mousse, faisant voler des bulles. Je m'essuyai les mains, et la fis rouler sur le dos. Sous le ventre, son pelage était d'une nuance plus claire.

— Arlana ! appelai-je.

— Qu'est-ce qu'il y a ?

— Ta Selicia, il va falloir l'appeler Steven !

La jeune femme vint jeter un coup d'œil dans la cuisine, l'air mécontent.

— J'espère que non. Si c'est un matou, il va asperger toute la maison pour marquer son territoire.

— Même s'il est châtré ?

— Dans ce cas, peut-être pas… Steven, alors ? Comme le mari de Marisa ?

— Non ! m'exclamai-je spontanément.

Je n'avais pas songé au Dr Steven Brasswell, dont ma meilleure amie serait bientôt l'ex-femme.

Le chat prit une position moins docile, et se remit à jouer avec la mousse.

— Il vaut mieux trouver autre chose, alors !

— A ta place, je l'appellerais plutôt Stoney, dit Arlana.

Elle pointa un doigt menaçant vers le chat assis sur le plan de travail.

— Stoney, si tu commences à marquer ton territoire ici, je te coupe ce qui te reste de ta virilité.

Sur ces mots, elle disparut de nouveau.

Comme s'il avait compris, Stoney sauta par terre et se dirigea tranquillement vers le bol des chiens. Il lapa longuement l'eau à petits coups de langue rose, sous le regard circonspect de ma chienne.

Voilà : j'avais un chat, à présent ! Il ne manquait plus que ça… La queue en panache, Stoney entreprit d'explorer son nouveau domaine.

Il était presque 18 heures quand Arlana m'annonça que la maison était redevenue à peu près habitable. Elle m'apporta un tube de crème pour hydrater mes mains abîmées, et me tendit un petit paquet enrubanné. Puis elle se laissa choir sur le canapé du salon pour me regarder.

— Qu'est-ce que c'est que ça ?

J'approchai la bergère du canapé et m'y installai, tandis qu'Arlana sirotait un Coca. Je me rappelai alors que miss Essie, à un moment donné, m'avait parlé d'un cadeau qu'Arlana m'aurait apporté.

— Mamie Essie dit que tu ne fêtes jamais ton anniversaire. Moi, je trouve que c'est dommage. La vie, ce n'est pas rien ; il faut la célébrer comme il se doit en se rappelant, chaque année, le jour de sa naissance.

Ma mère n'avait jamais pris la peine de fêter cet événement-là — pas plus qu'aucun autre, au demeurant. Aussi m'étais-je accoutumée à passer mon anniversaire sous silence. J'avais tout de même reçu des cadeaux, à cette occasion, quand j'étais avec John. Avant notre rupture, il m'avait offert les boucles d'oreilles en émeraudes et perles assorties à ma bague de fiançailles — l'un des bijoux de son aïeule — et un superbe télescope. J'avais rendu les bijoux mais gardé le télescope, un appareil datant du siècle dernier, qui décorait maintenant le rebord de la fenêtre, dans ma cuisine.

Emue, j'ouvris délicatement l'emballage et découvris un écrin plat en velours gris pâle. A l'intérieur, une broche en forme de lion brillait sur un coussinet de satin. C'était un bijou fantaisie au dessin délicat, façonné avec goût.

Je sentis les larmes me monter aux yeux.

— Ton homme, tu lui as dit que c'était bientôt ton anniversaire ?

— Non, répondis-je avec fermeté.

Il était inutile de chercher à convaincre Arlana que Mark n'était pas « mon homme ». Elle avait décidé que nous étions destinés l'un à l'autre, et rien ni personne ne pourrait l'en dissuader.

— Tu as honte d'être vieille ?

Je ricanai à travers mes larmes, et m'essuyai le nez du dos de la main.

— Pas du tout, répondis-je en accrochant la broche à mon T-shirt. En fait, je ne suis vieille que pour une gamine de ton âge.

Ce fut son tour de ricaner.

— Je ne suis pas prête à m'engager dans une nouvelle relation, ajoutai-je. Pendant un certain temps, nous ne nous sommes même plus parlé, Mark et moi.

— Parce qu'il était jaloux de John, répliqua Arlana. Mais, maintenant, il a repris espoir. Tu pourrais quand même lui dire que c'est bientôt ton anniversaire !

Je haussai les épaules, gênée.

— J'ai trouvé un joli tableau pour mettre au-dessus de ta cheminée, m'annonça la jeune femme, tout à trac..

— Laisse-moi d'abord régler quelques factures, lui dis-je, ravie de changer de sujet.

— Il te plaira.

— Là n'est pas la question. Ce que tu choisis me plaît toujours. Mais je n'ai vraiment plus un rond.

— Le mois prochain ?

Stoney sauta sur mes genoux et y enfonça ses pattes de devant.

— Aïe ! Ecoute, Stoney, il va falloir qu'on ait une conversation sérieuse, tous les deux. Je ne veux pas d'un animal sanguinaire dans cette maison.

— Ce chat a jeté son dévolu sur toi. Tu ferais mieux de l'accepter sans poser de conditions. A mon avis, il va aussi squatter ton lit et, dans une semaine, vous dormirez ensemble !

J'eus le pressentiment qu'Arlana avait raison. Mais, avec ce gros matou qui ronronnait comme un poêle sur mes genoux, sa fourrure tiède contre mes doigts, cela m'était égal, en définitive.

9.

Je ne savais pas que tu pouvais faire paysanne.

Ses yeux verts cachés derrière des lunettes noires, Mark vint me chercher le samedi soir à 18 h 30, comme promis, pour m'emmener à la cour des Miracles. Je le vis arriver dans l'allée au volant du vieux camion bringuebalant de la ferme des Stafford. Le bruit puissant et régulier du moteur laissait, cependant, deviner que l'état de la carrosserie pouvait être trompeur.

Je grimpai dans la cabine dépourvue de clim, laissai choir à mes pieds ma sacoche de médecin, et posai le coude sur la vitre ouverte.

— Chouette camion !

— Chouettes fringues !

— Merci, mon bon monsieur.

— Je ne savais pas que tu pouvais faire paysanne, dit-il en jetant un coup d'œil sur mes santiags grises, mon jean soigneusement repassé et ma chemise à carreaux sans manches, avec la broche en forme de lion accrochée au revers.

Il était vêtu dans le même style avec, en plus, des lunettes noires qui cachaient ses yeux verts. Je remarquai la bosse que formait une flasque de gnole dans la poche de sa chemise.

— Et moi, j'ignorais que ce camion pouvait rouler !
lançai-je avec hauteur.

— Il roule très bien.

Mark appuya sur l'accélérateur, et le moteur vrombit
sans à-coup.

— Oui, il roule vraiment bien, répéta-t-il en introduisant
dans sa bouche un cure-dent qu'il se mit à mâchonner.

Il ne lui manquait plus qu'un drapeau sudiste à l'arrière
de son véhicule !

— Super, le cure-dents ! C'est le détail qui tue.

Mark sourit d'un air ravi, et fit demi-tour au bout de
mon allée.

— Qui a repassé ton jean ? me demanda-t-il.

— La blanchisseuse.

— Pour ta gouverne, sache que les péquenauds n'apportent
pas leur linge à la blanchisserie, dit Mark en s'engageant
dans l'avenue principale. A la limite, ils vont à la laverie.

— Je me suis habillée en riche fermière, pas en péque-
naude fauchée. D'ailleurs, je suis tout à fait dans le ton.
C'est Arlana qui me l'a dit.

La chaleur ne faiblissait pas. La garniture en vinyle du
siège me faisait transpirer à travers le jean, et je sentais sous
mon bras le métal brûlant de la portière.

Dans la touffeur de l'air immobile, nous avancions maintenant au pas dans la file de véhicules — vieilles jeeps et
camionnettes, pour la plupart — qui s'était formée à l'entrée du parking. Les haut-parleurs placés près du chapiteau
diffusaient une musique d'orgue tonitruante.

— Bon, dit Mark après un long silence. Si Arlana le
dit…

146

Une fois garés, nous nous fondîmes dans la foule qui sortait du parking. Nous ne déparions pas, lui avec son Stetson à la main, sa flasque d'eau-de-vie et son cure-dent, moi avec mon jean repassé de paysanne endimanchée. C'était agréable de se promener ensemble, même sans se tenir par la main. Trop réservés pour les démonstrations en public, nous nous sentions, cependant, très proches l'un de l'autre, en cette fin de journée torride.

Nous nous étions perdus de vue ces derniers temps — autant de mon fait que du sien —, et commencions tout juste à nous retrouver.

Quelques mois plus tôt, Mark avait tué un homme pour me sauver la vie. Si j'avais eu confiance en lui, si je lui avais fait part de mes doutes et de mes soupçons, peut-être aurait-il pu arrêter l'individu à temps. Cet épisode dramatique nous avait éloignés l'un de l'autre. Pour la première fois, cette distance impalpable semblait abolie.

La fumée du feu de camp nous enveloppait d'effluves richement aromatisés. Autour de nous, les gens marchaient, couraient, s'interpellaient ; l'ambiance évoquait celle des grandes foires paysannes de jadis. Je remarquai une autorisation spéciale d'allumer un feu, affichée sur une toile du chapiteau. Sympa.

Du coin de l'œil, je vis Mark fourrager dans la poche où se trouvait sa fiole de gnole.

— Si tu mets une seule goutte de ce truc-là dans ta bouche, lui dis-je d'un air détaché tandis que nous marchions, tu pourras dire adieu à tout espoir de m'embrasser en me quittant.

— Un homme averti en vaut deux, répondit-il, dissimulant un petit sourire dans sa moustache.

Avant d'aller m'asseoir, je fis un détour du côté de l'ambulance garée à proximité du brasier. Les portières étaient grandes ouvertes, et les secouristes bavardaient, un peu plus loin, dans des fauteuils pliants, à l'ombre d'un grand arbre.

Evan Yarborough nous salua d'un signe de tête en nous voyant approcher.

— Salut, toubib ! Salut, Mark ! Je vous avais pas reconnus, en civil. La dernière fois qu'on s'est vus, docteur Rhea, vous étiez plongée jusqu'au cou dans l'hémoglobine, à l'arrière d'une bagnole accidentée.

— C'est vous et Bouly qui m'avez aidée, ce jour-là ?

— Ouais. On en parle encore, dit-il en hochant la tête. Vous avez fait du bon boulot, m'dame.

— Vous aussi, les gars. Mais je me demande comment vous faites pour ne pas craquer, à force de désincarcérer des blessés et des macchabées.

Evan haussa les épaules. C'était un solide gaillard d'une quarantaine d'années, taillé pour soulever des poids, avec des mains aussi larges que des battoirs.

— Ça m'embête pas trop tant que c'est pas un gosse que les parents n'ont pas pris la peine d'attacher sur son siège. Là, j'enrage, surtout quand le conducteur n'a pas une égratignure.

— Ouais. Faut que je le retienne pour qu'il torde pas le cou à ce genre d'abruti… Salut, doc !

Je me retournai, et vis Mick Ethridge qui apportait du Coca et des biscuits à grignoter. Il tendit une bouteille et un sachet à son coéquipier.

— 'Soir, inspecteur. Je plaisante, bien sûr. Aucun membre du Samu ne se permettrait un geste agressif, même mérité, sur le lieu d'un accident.

— Evidemment, répondit Mark en faisant passer son cure-dent d'une mâchoire à l'autre. C'est comme les flics.

Aucun d'entre nous n'aurait recours à la violence gratuite au cours d'une arrestation.

— C'est ça, dit Mick, une lueur de malice dans le regard. C'est kif-kif.

Je levai les yeux au ciel.

— Nous sommes venus voir ce qui se passe dans ces rassemblements, commençai-je. Qu'est-ce que vous…

Comme si je venais de dire quelque chose d'horrible, Mick et Evan se redressèrent d'un même élan sur leur siège. Mais ils regardaient quelque chose derrière moi. Je me retournai pour voir ce qui se passait.

Une femme arrivait du parking en courant.

— Au secours ! Aidez-moi ! criait-elle, hors d'haleine.

Les hommes se précipitèrent vers elle. Je m'élançai derrière eux, tandis qu'Evan faisait démarrer l'ambulance.

— Pour l'incognito, on repassera ! lança Mark, derrière moi.

Guidés par la femme et les cris des badauds, nous arrivâmes près d'un homme étendu sur le dos. La tête rejetée en arrière, il labourait le sol de ses mains. Les veines de son cou étaient dilatées, et son visage écarlate virait au bleu. Il ne respirait pas.

Mick s'accroupit promptement et se pencha sur lui pour voir si quelque chose obstruait ses voies aériennes. Je m'approchai à mon tour, et arrachai sa chemise, déchirant l'étoffe et faisant sauter les boutons. Le pouls, à sa gorge, battait fort et vite — j'évaluai la fréquence cardiaque à 180, environ.

— Rien, dit Mick. Pas d'obstruction, pas de bruit respiratoire.

Un attroupement s'était formé autour de nous. La femme courait dans tous les sens, et criait toujours.

Mark arriva à son tour avec ma sacoche qu'il était allé chercher dans le camion. Je l'ouvris et lançai à Mick le brassard pour mesurer la tension. Munie de mon stéthoscope, j'entrepris d'ausculter l'homme.

J'entendis l'ambulance s'arrêter derrière nous, j'entendis Mark crier aux badauds de s'écarter, mais je n'entendis aucun bruit de respiration provenant de la cage thoracique de la victime, rien que les battements désordonnés de son cœur.

Mick avait raison : pas un filet d'air n'entrait ni ne sortait de ses poumons.

J'arrachai les écouteurs de mes oreilles.

— On n'entend rien, en effet.

Je palpai rapidement la gorge de l'homme. Les veines et les tissus semblaient être enflés. La peau devenait froide et moite, le teint de plus en plus violacé. Le pouls s'emballait.

Evan équipa le patient d'un masque et d'une poche ambulatoire, et se mit à pomper le ballon d'oxygène. L'air s'échappa par les bords du masque avec de petits bruits d'éructations. Les voies aériennes ne fonctionnaient plus du tout.

— Combien, la tension ? demandai-je, tout en effectuant des pressions abdominales afin d'évacuer d'éventuels éléments d'obstruction.

Rien ne remonta, pas une miette de pain, pas un souffle d'air.

— 28/12, répondit Mick.

Je fis mon diagnostic avec le peu d'éléments dont je disposais.

— Il me faut un nécessaire d'intubation, une perf de cortisone et d'adrénaline, et de l'oxygène.

— Oui, Doc. Vous voulez aussi de l'adrénaline dans l'endotrach ?

— Pourquoi pas ? répondis-je, tandis qu'Evan me lançait le nécessaire.

150

Je déchirai le papier et sortis la lame du laryngoscope. Puis je fis signe à Mick de placer le malade sur la civière pour me permettre de travailler sous un meilleur angle. Les ambulanciers du Samu le soulevèrent, pendant qu'une unité de police arrivait sur les lieux et écartait les badauds.

— Tirez-le en dehors ! criai-je.

Les ambulanciers comprirent aussitôt, et tirèrent le patient tout au bout de la civière, de manière à ce que sa tête pendît dans le vide.

Evan installa une perfusion dans son bras, tandis que Mick se préparait à m'assister.

— Prêt à comprimer ?

Il s'agissait, cette fois, d'appuyer sur le cartilage cricoïde de la gorge.

— Prêt ! dit Mick en se positionnant de manière à pouvoir s'allonger en travers de l'homme pour le maintenir, en cas de besoin.

Il n'est jamais facile d'intuber un patient qui n'est pas endormi, mais je n'avais pas le choix. Un cerveau privé d'oxygène pendant quatre minutes subit des dégâts irréversibles. Il devait en être à deux minutes, environ. L'homme avait viré au gris. Il s'agitait de façon désordonnée. Je renversai encore un peu sa tête, plaçai la lame — qui avait à peu près la forme d'un chausse-pied — à l'angle voulu, et l'insérai dans la bouche.

— Maintenant ! dis-je en l'enfonçant ensuite dans la gorge.

Mick appuya à l'extérieur de la gorge de l'homme pour maintenir la lame en place. Le patient rua de tous ses membres, la lame déclenchant des réflexes instinctifs dans sa gorge obstruée par le gonflement.

« C'est bel et bien un choc anaphylactique », me dis-je tout en cherchant les muscles jumeaux qui confèrent aux humains l'usage de la parole.

— Plus fort ! dis-je à Mick.

Je trouvai les cordes vocales, et enfonçai entièrement la lame du laryngoscope. Je tendis l'autre main à l'aveuglette, et quelqu'un y plaça le tube endotrachéal en plastique.

— Enduisez-le de lubrifiant ! ordonnai-je.

Mick ouvrit un sachet, puis étala son contenu dessus. Je me penchai de nouveau, et insérai le tube dans le petit espace créé par le laryngoscope, jusqu'aux bronches du patient. Même avec le lubrifiant, je sentis les tissus se déchirer au passage du tube. Cependant, tout semblait se dérouler correctement, et je maintins le tube en place, le temps d'ôter la lame.

Privé d'oxygène, le patient avait sombré dans l'inconscience et ne se débattait plus.

— Envoyez l'oxygène !

Mick enfonça la poche ambulatoire au bout du tube, la relia par un tuyau souple à la bouteille qui se trouvait dans l'ambulance, et ouvrit le manodétendeur. On entendit l'oxygène pur siffler dans le tuyau, et Mick pompa deux fois, coup sur coup.

— La perf est en place. Sérum physiologique, dit Evan.

— Cortisone.

— C'est parti.

— Dans une minute, vous enverrez l'adrénaline.

— J'en ai préparé aussi pour l'endotrach, dit Mick.

— Un instant !

Je plaçai le stéthoscope sur le torse de l'homme, vers la gauche. Le cœur battait correctement. Deux bruits de respiration complète. Puis deux autres. Passant ensuite du

152

côté droit, j'entendis encore deux bruits de respiration, et deux de plus.

— Le tube est bien placé. Envoyez l'adrénaline… Sat ?

Mick plaça le saturomètre sur l'un des doigts du patient pour mesurer le niveau de saturation d'oxygène dans le sang.

La femme, qu'un infirmier maintenait à l'écart, réussit à se dégager et s'élança sur l'homme étendu en criant, d'une voix entrecoupée de sanglots :

— Belvin ! Belvin ! Oh, mon Dieu, Belvin !

— Sat à 83 et ça continue de grimper. 85…

— Super ! criai-je. Emmenez-le aux urgences. Vous avez fait du bon boulot, les gars.

La femme fila comme une flèche vers sa voiture, tandis que Mick et Evan soulevaient la civière et installaient le malade à l'arrière de l'ambulance.

— Vous aussi, docteur. Il fallait faire vite, hein ? dit Evan.

— Oh…

Une idée me vint soudain à l'esprit, et je levai les yeux sur Mick, déjà assis dans l'ambulance, près du patient.

— J'aurais peut-être dû commencer par vous demander si vous aviez besoin d'aide ! lui dis-je. Y a-t-il un protocole à respecter, en pareil cas ?

— Un protocole ? répéta Evan. S'il y en a un, je dirais que c'est « celui qui peut le fait ». N'hésitez jamais à nous donner un coup de main, toubib.

Evan ferma les portes, prit le volant et démarra aussitôt. La femme de Bevin les suivit en voiture, toujours aussi affolée.

Puis l'attroupement se dispersa, et nous nous retrouvâmes, Mark et moi, au milieu du terrain poussiéreux qui servait de parking à la manifestation. J'étais en nage, et mes vêtements avaient l'air passablement défraîchis.

Mark prit ma sacoche noire pour aller la déposer dans son camion. En revenant, il esquissa un sourire.

— Tu fais de plus en plus paysanne, ma grande ! Ça doit être la poussière sur tes genoux… Tout à fait authentique.

— Merci bien !

La séance se déroula de façon assez étonnante. Je m'attendais à une exhibition mélodramatique, avec accompagnement de guitares et instruments de percussion, cris, larmes et battements de coulpe dans l'assistance. Ce fut beaucoup plus sobre, en réalité.

Les effluves aromatisés du brasier qui brûlait au-dehors parvenaient jusqu'au chapiteau, augmentant la chaleur ambiante. Les haut-parleurs diffusaient une musique enregistrée à l'avance, et je reconnus *L'Hymne à la joie*, de Beethoven. Personne ne dansait dans les allées, personne ne se roulait dans la poussière, personne ne se frappait la poitrine. Un vieillard maigre et sec, tout voûté, déambulait sous le chapiteau en agitant un fagot de brindilles au bout incandescent. L'odeur dominante était celle du romarin, assez puissante pour évincer les autres.

— Invoquons le nom du Seigneur, psalmodiait tranquillement le vieillard.

Sur son passage, les gens faisaient silence.

— Invoquons le nom du Seigneur.

Sa voix rauque restait mesurée, sans aucun effet dramatique.

— Seigneur, entends notre prière, dit doucement une femme, non loin de nous.

La foule répéta en chœur les deux phrases — celle du vieillard et celle de la femme —, couvrant le son de la musique.

Nous nous assîmes tout au fond. Je regardai autour de moi, examinant l'assistance. Etait-ce une congrégation quelconque ? Les gens n'étaient pas endimanchés comme pour une messe ; la plupart portaient des tenues d'été légères, shorts, bermudas ou robes à bretelles. Il y avait là une bonne proportion de personnes obèses, mais peut-être était-ce une simple tranche représentative de la population américaine ? Des hommes ne s'étaient pas rasés depuis un certain temps. On remarquait beaucoup d'infirmes et de malades en tout genre : en fauteuils roulants, appuyés sur des béquilles ou munis de petites bouteilles d'oxygène. Tous chantaient avec le vieil homme : « Seigneur, entends notre prière », le visage empreint d'espoir ou d'appréhension, comme dans l'attente d'une dernière chance de guérison et de bonheur.

Le vieil homme — il devait avoir moins de soixante ans mais en paraissait dix de plus — revint se mêler à la foule. Il tenait maintenant un grand bol à la main, et portait une besace accrochée à l'épaule. Apparemment, il distribuait à boire et à manger. Chacun son tour, les gens buvaient à la même coupe, et grimaçaient en avalant, comme si le breuvage était amer.

— Est-ce une sorte de communion ? chuchotai-je à l'oreille de Mark.

— Ça ressemble beaucoup à ça, répondit-il sur le même ton.

L'homme s'approchait, et les paroles qu'il murmurait à chacun devenaient de plus en plus distinctes.

— Voici le corps et le sang du Christ. Mangez et buvez. Voici le corps et le sang du Christ. Loué soit le nom du Seigneur.

155

Les microbes qui s'accumulaient sur ce ciboire devaient suffire à provoquer une épidémie. Si quelqu'un souffrait d'une hépatite virale, elle allait se répandre dans toute la contrée.

Le vieil homme passa à côté de nous sans nous proposer son pain et son vin. Nous ne songeâmes pas à nous en plaindre. Personne n'avait l'air de se régaler.

Soudain, une rafale de vent attisa le feu, et un nuage de fumée s'engouffra sous le chapiteau. Je reconnus encore l'odeur du romarin, mêlée à une pointe d'origan... et de basilic, peut-être. Je remarquai aussi une note plus épicée, plus boisée, qui évoquait le mescal et le noyer blanc. Le mélange était agréable, et je me demandai quel arôme aurait la viande si Mark cuisait ses steaks là-dessus.

Soudain, je devinai ce qui avait pu provoquer le choc anaphylactique. Certaines personnes sont gravement allergiques au romarin ou à d'autres plantes aromatiques. Le fait d'en respirer peut suffire à provoquer des réactions du genre de celle à laquelle nous venions d'assister. Je fis part à Mark de ma théorie, et il huma l'air avec un hochement de tête. La plupart des policiers possèdent quelques notions de médecine d'urgence dispensées par des cours de secourisme. Il comprit à quoi je faisais allusion.

Le pré où était dressé le chapiteau formait une légère déclivité, et l'estrade — une sorte d'autel, peut-être — se trouvait du côté le plus haut. Ainsi, on avait une vue dominante sur l'entrée du chapiteau où une petite alcôve en toile brune semblait se gonfler sous les rafales de vent.

Je respirai profondément l'air imprégné de fumée odorante, et me sentis singulièrement contente de me trouver au sein de cette assemblée, avec Mark.

Le vieil homme revint de notre côté. Je fus surprise de voir Mark se frayer un chemin jusqu'à lui et demander à boire et à manger. De retour près de moi, il recracha le vin de la communion à l'intérieur de sa flasque qui était vide.

— Pas mal, dis-je avec un hochement de tête appréciateur.

— Pouah, tu parles ! C'est dégueulasse, dit-il avec une horrible grimace.

Je jetai un coup d'œil sur le vin, un liquide brunâtre et épais qui ressemblait un peu à du vin chaud mais dont l'odeur était astringente.

— Hum, y a quelque chose là-dedans. J'ai jamais bu du vin aussi âcre, maugréa Mark.

— C'est des plantes, dit une femme à côté de nous.

Son sourire révéla de longues dents jaunes toutes déchaussées.

— Yahvé a ordonné aux Israélites de consommer des herbes amères pour se rappeler l'époque de leur esclavage.

Elle hocha la tête avec emphase, et fit claquer sa langue, comme si ce goût lui plaisait.

Des herbes ? Utilisées comme drogues ? L'échantillon prélevé par Mark ne serait peut-être pas suffisant pour dépister tous les additifs contenus dans le breuvage. S'il avait pu en prendre une gorgée, pourquoi n'en ferais-je pas autant ?

Tandis que Mark rebouchait sa fiole, je m'avançai à mon tour, pris le morceau de pain blanc que me tendait le vieil homme, et le mangeai. Il n'avait aucun goût particulier. Me penchant sur la coupe commune, je remplis ma bouche de vin, et réprimai un haut-le-cœur. Le ciboire était presque vide, il ne restait que la lie, épaisse et âcre, écœurante. Je m'écartai vivement afin de dissimuler ma réaction. Horrifiée, je revins vers Mark et levai sur lui des yeux remplis de larmes en désignant la petite flasque qu'il avait rangée dans sa poche.

— Désolé, me dit-il, l'œil pétillant de malice. Elle est pleine.

Je ne pouvais pas cracher et j'étais incapable d'avaler. L'amertume du breuvage me donnait la nausée.

— Et je n'ai même pas de mouchoir, ajouta-t-il d'un ton faussement apitoyé.

Il mentait certainement, le traître ! Pas un gars de la campagne ne sort sans un paquet de mouchoirs pour essuyer son front moite quand il va à la pêche ou aux champignons. Sur le point de vomir, je crachai le liquide au creux de ma main, et la secouai ensuite derrière moi, sur la terre battue. Dégoûtée, je tournai la tête contre mon épaule pour me cacher, et m'essuyai la langue sur le dos de la main. L'horrible goût me fit frissonner, malgré la chaleur. Derrière moi, j'entendis Mark rire doucement.

Je lui revaudrais ça, d'une manière ou d'une autre. Regagnant ma place, je lui fis signe qu'il allait me le payer. Il se contenta de rigoler dans sa moustache.

L'assistance se tut. Quelque part, du côté du parking, une cloche se mit à carillonner. Les rideaux, à l'entrée du chapiteau, s'écartèrent alors, et une jeune femme apparut, grande et frêle comme un roseau, vêtue d'une longue robe dont l'étoffe légère flottait dans la brise du soir.

La cloche se tut. Le silence se fit. Chacun semblait retenir son souffle. La blonde éthérée leva les mains et haussa légèrement le menton.

— Il est impossible de guérir le corps — de guérir réellement le corps — tant que l'âme n'est pas guérie. « Seigneur, dis seulement une parole, et mon âme sera guérie ! » Ensemble, invoquons le Seigneur, dit-elle d'une voix douce, qu'il était pourtant impossible de ne pas entendre.

158

Il n'y avait pas d'excès dans son comportement, pas d'emphase dans sa manière de s'exprimer — contrairement aux prédicateurs des chaînes de télévision religieuses.

— C'est elle, la guérisseuse ? demandai-je à Mark d'un ton incrédule.

Notre voisine se pencha de nouveau vers nous, le visage rayonnant, comme en extase.

— C'est Dara Devinna Faith. Elle fait de vrais miracles. J'ai vu des guérisons. Je les ai vues de mes propres yeux.

Tout en prononçant ces mots, elle tomba à genoux, comme tirée par une force invisible.

Quand je relevai les yeux, un jeune couple dont la femme portait un tout petit bébé avança dans l'allée centrale et s'agenouilla sur un prie-dieu que je n'avais pas encore remarqué. Dara Devinna s'approcha et posa les mains sur eux, tout en remuant les lèvres en silence, les yeux fermés levés vers le ciel. Puis elle prit quelque chose à côté d'elle et le plaça sur l'enfant, sans cesser de prier.

Puis le trio se leva et quitta le chapiteau. Personne ne se roula par terre. Personne ne poussa de cris. Personne ne dit rien.

Une partie de l'assistance se mit à genoux, et un chant s'éleva, peu à peu, de la foule. Je reconnus un cantique dont mon amie Marisa me rebattait les oreilles chaque matin, dans notre chambre du campus, et qui m'agaçait particulièrement, le dimanche, quand je voulais faire la grasse matinée.

Une douzaine de personnes se succédèrent sur le prie-dieu, et reçurent une imposition des mains, tandis que la foule égrenait paisiblement des cantiques.

J'aurais dû me sentir mal à l'aise, totalement déplacée dans cette assemblée de croyants. J'étais, pourtant, singulièrement sereine, détendue, comme apaisée par la ferveur tranquille de cette foule qui chantait. Plus d'une heure s'écoula ainsi, sans que je visse passer le temps.

A un moment donné, une certaine agitation, sur le côté gauche, attira mon attention. Quelqu'un poussait un fauteuil roulant vers l'autel, et je reconnus Venetia Gordon. Brusquement tirée de ma torpeur béate, je fis quelques pas dans sa direction, de façon presque machinale.

— Vous connaissez tous Venetia, dit Dara Devinna de sa voix mélodieuse.

La foule acquiesça dans un murmure.

— Vous avez tous constaté les merveilles que la prière opère sur elle, grâce à la miséricorde divine. Prions ensemble pour que son état continue de s'améliorer.

Je me frayai un chemin dans l'allée encombrée pour mieux voir ce qui se passait. Dara Devinna fit le même geste sur la jeune fille que sur ceux qui l'avaient précédée. Cette fois, je pus voir que la guérisseuse distillait une goutte de liquide sur le front de Venetia, l'étalait en forme de croix, puis appliquait la main sur l'endroit ainsi défini, tout en priant. Etait-ce une sorte d'onction à l'huile sainte ?

Tandis que j'observais la scène, Venetia leva les deux bras et saisit les mains de la jeune femme. Les orteils de son pied gauche bougèrent, sa jambe droite avança, et son pied glissa du rebord du fauteuil roulant. Le membre pendait, inerte, mais ses mains étreignaient bel et bien celles de Dara Devinna Faith et ne les lâchaient pas.

Un frémissement parcourut la foule. Un filet de sueur ruissela entre mes omoplates. Je regardai la scène, figée sur place.

Si la magie noire utilisait l'épouvante et le poison, que se passait-il ici ? A quels artifices la religion avait-elle recours ?

160

Almera Gordon fit pivoter le fauteuil [...]
chapiteau et disparut avec sa fille. La foule [...]
un nouveau cantique.

Je fis volte-face, et partis en direction du parking.

Je ne croyais pas aux miracles. Ça allait à l'encontre de
toutes mes convictions, de tout ce que j'avais appris.

Mais Venetia Gordon était en train de guérir.

10.

Comme le feu dans l'herbe sèche.

Mark s'arrêta derrière ma maison, coupa le moteur du camion et me prit la main. Assis dans l'obscurité de cette chaude nuit d'été, nous savourâmes un long moment le silence. Ce fut lui qui le rompit le premier.

— Je suis allé voir miss Essie, aujourd'hui, à propos du livre.

Il parlait d'un ton hésitant, comme s'il n'avait pas tellement envie d'aborder le sujet mais se sentait tenu de le faire.

— Elle m'a dit que c'était de la sorcellerie de la pire espèce.

Je hochai lentement la tête. Ça, je l'avais déjà deviné.

— Je pense que ces deux filles étaient victimes de pratiques sacrificielles. La magie noire a recours à toutes sortes de rituels, me dit Mark.

— Et puis ? lui demandai-je à mi-voix, sentant qu'il avait du mal à aller plus loin.

— Et puis, je ne t'avais encore rien dit parce que l'enquête n'était pas assez avancée, mais on a découvert des traces de pas, dans les bois, qui partaient du lieu de l'accident. Une chaussure d'homme, pointure quarante-trois. L'un des éventuels responsables de ces supplices pourrait avoir pris la fuite.

Je soupirai tristement, et secouai la tête.

— Viens. Raccompagne-moi jusqu'à ma porte, dis-je en dégageant ma main pour ouvrir la portière.

Nous gagnâmes ensemble le perron, et j'entrouvris la porte d'entrée pour déposer ma sacoche dans le couloir. Je n'avais laissé aucune lumière allumée, ni dehors ni dans la maison. Les chiens vinrent nous renifler les jambes et nous accueillirent nonchalamment sous le porche, dans la pénombre. Le bruissement des feuilles, sous la brise légère qui effleurait le sommet des grands arbres, rythmait le silence nocturne.

Debout près de l'entrée, Mark me prit de nouveau la main. Un rossignol chantait dans les bois, et je renversai la tête vers le ciel, uniquement visible dans les trouées de feuillage qui le découpaient en taches de velours sombre. Belle passait et repassait entre nos jambes, quémandant notre attention. Mark se pencha pour donner une friandise aux deux chiens ; il avait toujours quelque chose pour eux dans sa poche.

Je sentis ensuite sa main libre glisser le long de mon dos jusqu'à ma nuque. Il enfouit les doigts dans mes cheveux décoiffés, et inclina son visage vers le mien. Son haleine tiède, la douceur de ses lèvres me firent vaciller. Je passai un bras autour de sa taille et me blottis contre lui. C'était la première fois depuis une éternité que nous nous embrassions.

Mark était plus grand que moi — fait assez remarquable, car je dépasse de plusieurs centimètres la taille moyenne d'un homme. Il prit ma tête entre ses mains et la renversa davantage pour approfondir son baiser.

Au bout d'un long moment, il s'écarta légèrement. Ses dents blanches brillaient dans l'obscurité.

— Bonne nuit, ma paysanne, dit-il en caressant ma joue de sa moustache.

— Bonne nuit, cow-boy.

— Un soir, tu m'inviteras à entrer, murmura-t-il encore.

Du bout des doigts, il fit bouger la créole toute neuve accrochée à mon oreille gauche.

Il ne m'avait pas demandé s'il pouvait entrer. Il ne l'avait pas fait depuis de longs mois — depuis le jour où il avait tué l'individu qui menaçait de m'égorger. Manifestement, c'était lui qui n'était pas prêt. Pas encore.

— Est-ce que les filles de la campagne font ce genre de choses ? demandai-je.

— Il paraît que oui. Au fait, je te trouve bien belle, ce soir, dit-il avant de s'éloigner.

La nuit se referma brutalement sur moi, et la solitude m'étreignit de ses griffes acérées. Soudain oppressée, j'eus envie de rappeler Mark. Je m'appuyai au montant de la porte pour me ressaisir.

Dans la nuit, je vis sa silhouette contourner le camion et disparaître à l'intérieur. Il démarra dans le noir et n'alluma ses phares qu'après le virage. Belle et Peluche le pourchassèrent jusqu'au bout de l'allée, et revinrent s'installer sur le perron. Je m'assis à côté d'eux. La brise nocturne était apaisante. J'entendis le camion ralentir et s'engager dans l'allée, de l'autre côté de la rue. Mark ne reviendrait pas. S'il était revenu, je l'aurais certainement fait entrer.

J'appuyai ma tête contre le mur, près de la porte, et m'imprégnai du silence ponctué de chants d'oiseaux, de frôlements d'ailes. Peu à peu, mon sentiment de solitude s'estompa. Ce n'était pas une impression d'abandon, en définitive. Je m'étirai, et allongeai les jambes devant moi, détendue, et provisoirement épargnée par les insectes. Je me sentais bien, assise dans la nuit avec mes chiens qui montaient la garde.

— Pourquoi ne lui as-tu pas proposé d'entrer ?

164

Belle se redressa brusquement. Peluche se mit à aboyer et s'élança en direction des bois, d'où provenait la voix. Inexplicablement, je n'avais pas eu peur, et demeurai parfaitement immobile. Une tache blanche émergea de l'obscurité. Belle émit un grognement sourd avant de reconnaître l'odeur.

— Tu te caches souvent dans le noir en attendant que les femmes rentrent chez elles ? demandai-je.

— Tu me prends pour un désaxé, ma parole ! Couché, le chien !

Cam passa des ténèbres du bois à la pénombre de la clairière, au bord de l'allée. C'était son T-shirt blanc que j'avais aperçu, un instant auparavant.

— Si Mark t'avait vu là, il aurait sorti son fusil.

— Si Mark avait regardé autre chose que toi, il m'aurait sûrement vu. Tu m'avais bien vu, toi !

— Pas du tout, à vrai dire.

Pourtant, je n'étais pas vraiment surprise de le trouver là. Je n'aurais pas su dire pourquoi.

— Joyeux anniversaire. Même si ce n'est que dans quarante-huit heures et vingt-cinq minutes.

Il approcha d'un pas souple, silencieux comme un prédateur nocturne. Cheveux noirs, œil de braise... Il émanait de lui une sorte d'incandescence.

Je sentis son regard rivé sur moi. Lentement, il s'assit à mon côté sur le petit perron, frôlant mon bras au passage.

— Quelle belle nuit ! dit-il encore.

— Oui.

Je levai les yeux vers le grand arbre, au-dessus de nos têtes, profondément consciente de mon ambivalence, de ma solitude.

— Je reviens d'une séance de mysticisme au cours de laquelle j'ai vu quelqu'un guérir une tétraplégique.

— Sans blague ?

Le ton de la question était limpide : cela ne l'intéressait pas le moins du monde.

— Pourquoi n'as-tu pas invité Mark à entrer chez toi ? répéta-t-il.

Je me demandai ce qu'il avait pu voir et entendre, de l'endroit où il était posté.

— Il n'est pas vraiment prêt, répondis-je.

— *Mark* n'est pas prêt ? C'est *lui* qui n'est pas prêt ?

Je m'esclaffai, et Belle leva le museau vers moi. Je caressai ses oreilles soyeuses, et elle posa la tête en travers de mes jambes.

— Bon. Disons que nous ne sommes prêts ni l'un ni l'autre.

— Je meurs de faim. Tu aurais de quoi faire un sandwich ?

— Je dois avoir des petits pains, des tranches de dinde et du fromage.

— Hum, avec toi, il vaut mieux regarder la date de péremption, si mes souvenirs sont bons…

Je me levai, et nous entrâmes dans la maison.

— Je te laisse faire, lui dis-je.

Pendant qu'il ouvrait le réfrigérateur, j'allai mettre de la musique dans ma chambre, où se trouvait la chaîne stéréo. Je choisis un mélange éclectique — Patti Smith, Tanya Tucker et Harry James —, évitant à la fois les rythmes sensuels et les airs romantiques. Cam n'avait vraiment pas besoin d'encouragements, ce soir. Et moi, je ne savais pas trop ce dont j'avais besoin.

Quand je revins dans la cuisine, Cam avait préparé deux sandwichs et ouvert une bouteille de chardonnay. Nous trinquâmes dans les verres en cristal de mes fiançailles rompues.

— Sympa, ta musique, dit-il avec une grimace. Très tendance.

— Comment va Shirl ? demandai-je.

Autant jouer cartes sur table.

— Elle a emménagé. Son nouveau logement lui plaît. Arlana l'aide à le décorer. Elles étaient en grande discussion quand je suis parti.

La moitié de son sandwich disparut en une seule bouchée.

— Shirl a emménagé aujourd'hui ?

Je posai mon verre sur la table. J'avais promis de l'aider. Ce devait être l'occasion de faire la fête, de s'amuser après le travail.

— Ouais, dit Cam sans me regarder. Et ensuite, elle m'a plaqué. Sans état d'âme.

Il termina son mini-sandwich et en prit un autre.

— Ah, bon ?

A présent, je comprenais mieux. Cela expliquait son comportement, et ce qu'il était venu faire chez moi, ce soir.

— Elle t'a laissé tomber ?

— Comme une vieille chaussette. Il n'y a que deux femmes qui m'aient plaqué dans toute ma vie, tu sais ?

— Vraiment ? murmurai-je.

En fait, je le savais parfaitement. Les femmes ne quittaient pas Cameron Reston. Les femmes adoraient Cam : son allure nonchalante, son charme canaille et son sourire craquant opéraient des ravages dans la gent féminine. Cam passait d'une femme à l'autre comme le feu court dans l'herbe sèche ; il ne rompait avec personne mais allait simplement voir ailleurs à la première occasion.

— Raconte-moi.

Il termina son petit pain et croisa enfin mon regard.

— On est sortis ensemble pendant trois mois. J'allais la voir en avion, le week-end, quand j'étais libre. Elle m'a rejoint deux fois en voiture. Elle est... différente des autres, tu vois ?

J'opinai sans rien dire. Shirley Atkins, sujet britannique de Sa Majesté, récemment naturalisée américaine, savait très précisément qui elle était et ce qu'elle voulait dans l'existence. Elle ne laisserait certainement pas un séducteur bouleverser sa vie sentimentale. Sans doute ce cher Cam avait-il commencé à donner des signes d'instabilité, et il s'était fait proprement éjecter.

— Shirley n'est pas le genre de nana immature que tu choisis habituellement. C'est une vraie femme.

— Oh, ça oui ! Et elle ne se laisse pas faire.

Il esquissa une grimace. Difficile de déchiffrer ses changements d'humeur.

— Bois ton verre. Je vais changer cette horrible musique.

— Je croyais que tu la trouvais sympa.

— Impossible de danser là-dessus ! Et nous avons envie de danser, dit-il, depuis ma chambre.

— Je ne veux pas danser.

Il n'en était pas question. Cam avait besoin de parler de Shirl, et je me sentais trop esseulée pour prendre le risque de me rapprocher de lui. La musique s'arrêta net.

— Tu danses bien ! lança-t-il. Je t'ai vue danser avec John, pour vos fiançailles.

Une mélodie syncopée remplaça la voix éraillée de Patti Smith. Je ne me rappelai pas avoir acheté ce disque-là. Je m'assis précipitamment derrière la table. Il ne m'aurait pas ainsi...

Le volume du son augmenta, et Cam me rejoignit. Il m'ôta mon verre des mains et saisit mes poignets pour me faire lever. Je secouai la tête et résistai, me laissant peser de tout mon poids sur la chaise.

Cam rejeta ses cheveux noirs en arrière et s'esclaffa.

— Allez, viens danser ! dit-il, une lueur malicieuse dans ses yeux de braise.

— Non, pas question !

— Oh, si ! rétorqua-t-il sans lâcher mes poignets.

Il m'attira contre lui en m'enlaçant.

— Tu sais bien que tu en as envie. Danse avec moi !

Il esquissa un pas de rumba, ondulant des hanches contre moi. Ses yeux sombres plongèrent dans les miens, pleins de chaleur et de tendres promesses. Je sentis ma résistance faiblir, mes muscles s'assouplir au contact de son corps. Il lâcha mes poignets et glissa ses mains au creux de mes reins. Je posai un bras sur son épaule et entourai sa taille de l'autre.

Portés par le rythme sensuel de la rumba, nous évoluâmes en cadence, virevoltant aux quatre coins de la pièce. Cam me tenait étroitement serrée contre lui, le visage incliné sur le mien. Je sentis bientôt mon cœur battre à une allure folle, plus rapide que celle de la musique.

L'air s'arrêta sur une note fougueuse. Cam me fit tourbillonner dans ses bras et me plaqua, de dos, contre sa poitrine. Son souffle tiède caressait ma nuque. Il garda les mains croisées, bien à plat, juste en dessous de mes seins.

Inexplicablement, les larmes me montèrent aux yeux. Je ne pouvais pas continuer.

Dans le silence qui suivit, je me dégageai et le repoussai fermement. Sinon, j'aurais certainement voulu aller plus loin et, tôt ou tard, il m'aurait fait souffrir.

Ses yeux retinrent mon regard captif dans leur aura fiévreuse, mais je reculai délibérément, les mains levées entre nous pour le tenir à distance.

Je le laissai dans la cuisine et allai éteindre la chaîne. Je m'empressai de revenir avant qu'il lui prît la fantaisie de me suivre. Il était hors de question de passer ne fût-ce qu'une minute, seule avec lui dans ma chambre. L'indécision et le sentiment de solitude forment une dangereuse combinaison.

Il me tendit mon verre. Je secouai la tête.

— Non ?

— Non. Ce ne serait pas bon. Ni pour toi ni pour moi, Cam, répondis-je, sachant qu'il était question de tout autre chose que de vin et de danse.

— Tu m'as laissé pleurer sur ton épaule quand Marisa a épousé Steven Brasswell.

— Et maintenant je devrais t'inviter dans mon lit sous prétexte que Shirl t'a plaqué ? Ce n'est pas ma faute si les seules femmes intelligentes que tu as fréquentées se sont lassées de toi.

— Aïe !

Il se mit à rire doucement, inclinant sur le côté sa jolie tête d'incorrigible garnement. Ce garçon-là était vraiment trop dangereux pour mon équilibre psychique, tout particulièrement ce soir, sans que je fusse capable de m'expliquer, au juste, pourquoi.

— Rentre chez toi, Cam. Ou plutôt chez miss Essie : elle te fera une tisane et elle te bordera dans ton lit.

— Tu ne veux pas venir le faire toi-même ?

— Si tu étais blessé ailleurs que dans ton amour-propre, je pourrais peut-être l'envisager. Mais ta fierté guérira sans mon aide.

Je déverrouillai la porte et l'ouvris largement. Le souvenir de ses mains sur mon ventre, puis des mains rugueuses de Mark contre ma joue me donna soudain envie de pleurer.

170

— Je me sens prêt à fréquenter une femme intelligente, désormais. Je vais m'assagir… J'ai pris conscience que ma meilleure amie pourrait devenir la femme de ma vie.

Je réprimai un cri d'agacement.

— Peut-être que ta libido est en pleine effervescence et que tu as envie de baiser. Mais ce ne sera pas avec moi, Cam, dis-je en le poussant sur le perron. Rentre chez toi. Reprends ton avion et retourne à Duke.

— Impossible, dit-il, tandis que j'essayais de refermer la porte entre nous. Le Cessna est en réparation pour deux jours, et je suis bloqué ici. Me voilà seul avec miss Essie ! Aie pitié de moi, Rhea !

Je réussis à lui claquer la porte au nez, mais je m'arrangeai pour qu'il m'entende d'abord rire aux éclats.

11.

Presque irrésistible.

Je dormis à poings fermés, cette nuit-là, et ne fis que des rêves agréables. Sans être un as de l'introspection, je compris pourquoi j'avais bien fait de repousser Cam et de ne pas aller trop loin avec Mark. En fait, je ne me sentais pas capable de prendre ça à la légère — ni avec l'un ni avec l'autre. C'était donc une réaction purement égoïste. Je privilégiais ma tranquillité d'esprit.

Le dimanche, aux premières lueurs de l'aube, je me retournai à plat ventre, écartai le chat de l'oreiller et composai de mémoire le numéro de Shirley. A la quatrième sonnerie, j'entendis la voix métallique de sa messagerie automatique.

— C'est Rhea. Rappelle-moi, dis-je simplement.

Je raccrochai et enfouis mon visage dans l'oreiller. Je n'avais pas envie de passer par un répondeur pour interroger Shirl à propos de Cam.

Dans la pénombre, tandis que Stoney se promenait tranquillement sur mon dos et que les chiens ronflaient à mes pieds, je revis Venetia Gordon devant l'estrade, sous le chapiteau. Je la revis bouger, remuer ses membres totalement paralysés

172

quelques jours auparavant. Je revis la guérisseuse pratiquer l'imposition des mains en priant pour elle.

Marisa croyait au pouvoir de la foi. Qu'adviendrait-il si je l'emmenais voir Dara Devinna Faith ? Cette femme pouvait-elle vraiment faire des miracles ? C'était une idée aberrante, mais elle me trottait dans la tête, en dépit de toute logique.

Je me remis lentement sur le dos. Le chat suivit mon mouvement de rotation et tourna un moment sur mon ventre avant de s'installer. Puis il se mit à ronronner tout en me regardant, les yeux mi-clos.

— Je n'ai pas besoin de réconfort, lui dis-je.

Ce petit mensonge n'était qu'un péché véniel. Stoney bâilla largement, découvrant sa langue rose et deux rangées de petites dents pointues.

Je le fis descendre du lit, en sortis à mon tour et effectuai une série d'élongations en guise d'échauffement avant ma course matinale. Belle et Peluche s'étirèrent un instant, puis s'élancèrent en aboyant vers la porte, impatients, tandis que j'accrochais une gourde d'eau et mon téléphone portable à ma ceinture. Ensemble, nous quittâmes la maison, Peluche en laisse et maladroit sur ses grosses pattes ; Belle, libre à mes côtés. Le soleil commençait son ascension au levant quand nous nous mîmes à courir en direction des prés.

La sérénité dont je me sentis imprégnée pendant que je courais me confirma que j'avais fait le bon choix, cette nuit-là. Cam était presque irrésistible — presque, seulement. Et j'aurais commis une erreur en cédant à ses avances.

Moi qui n'avais pas de famille, j'accordais une importance capitale à l'amitié. Le fait de coucher avec Cam aurait détruit quelques-uns de ces liens et compromis ma relation avec Mark.

Je me rappelai la sensation que j'avais éprouvée quand Mark m'avait pris la main pour me raccompagner jusqu'à ma porte. Une main ferme, chaude, réconfortante, fiable — autant de qualités que Cameron n'avait pas.

J'ignorai délibérément la petite voix insidieuse qui m'incitait à reconnaître la nature de mes sentiments envers Mark, et me concentrai sur ma foulée. Mark n'était pas prêt, lui non plus. J'avais bien fait de m'abstenir. Avec l'un comme avec l'autre.

J'arrivai en avance à l'hôpital, et allai faire le point avec l'équipe des urgences. Wallace, qui avait effectué une garde de vingt-quatre heures d'affilée, dormait encore. Il n'y avait pas de nouveaux patients, et j'avais du temps devant moi. J'en profitai pour aller faire un tour au service de médecine et jeter un coup d'œil sur les patients que j'avais fait admettre. Le dimanche, l'endroit était plus calme que d'ordinaire. Infirmières et techniciens semblaient moins stressés ; ils prenaient le temps de bavarder entre eux ou avec les patients. Je saluai les gens que je rencontrai, et m'aperçus que je connaissais, maintenant, le nom de chacun.

Le sol avait été ciré pendant la nuit, et tout était luisant de propreté. Cependant, d'étranges graffitis peints à la bombe fluo décoraient encore l'entrée de plusieurs couloirs. Le tagueur continuait à sévir. Cette fois, il serait difficile d'effacer ses œuvres car la peinture avait eu le temps de sécher.

Quand j'ouvris la porte de la chambre de Na'Shalome, l'odeur faillit me faire tomber à la renverse. C'était une odeur fétide de viande pourrie, une puanteur insupportable qui vous prenait immédiatement à la gorge. Si Na'Shalome sentait aussi

174

mauvais, cela pouvait faire craindre quelque complication chirurgicale. J'entrai précipitamment dans la pièce.

Alors que la plupart des patients étaient réveillés, avaient déjà terminé leur toilette et commençaient leurs traitements, Na'Shalome dormait profondément, la bouche ouverte, sa poupée installée près d'elle sur le lit. Je touchai la jeune fille, et constatai qu'elle respirait correctement ; sa peau était tiède et moite. Je me penchai pour sentir son haleine, puis son corps, de la tête aux pieds. L'odeur était plus forte ici que sur le seuil, mais je ne pus en découvrir exactement la source. C'était une véritable énigme, et je me promis d'en parler à Boka ou aux infirmières.

Je passai ensuite dans la chambre suivante. La petite Marie, dont personne ne connaissait encore le véritable nom, tourna la tête vers moi dès que j'entrai. Je tirai une chaise et m'assis près d'elle. Je vis qu'elle avait le teint terreux et que ses cheveux crépus auraient eu besoin d'un shampoing et d'un bon coup de peigne.

— Bonjour. Je suis le docteur Rhea, lui dis-je doucement. Comment te sens-tu, aujourd'hui ?

Elle resta muette, les yeux écarquillés dans son visage sombre.

— Je suis médecin, insistai-je. C'est moi qui t'ai sortie de l'estafette quand tu as eu un accident. Tu te souviens de l'accident ?

J'omis de préciser que c'était moi qui lui avais coupé la jambe.

Elle ne répondit rien, et continua à m'observer de son regard vide, inexpressif. Je songeai aux cicatrices qu'on avait découvertes sur son corps, et me dis qu'elle avait dû se retrancher du monde pour être capable d'endurer la souffrance.

— Ecoute, si tu as besoin de quelque chose, appelle-moi. D'accord ? Tu demandes le Dr Rhea.

Je me penchai vers elle pour lui toucher la main.

— Non ! cria-t-elle en faisant un bond en arrière.

Il y avait enfin une émotion dans ses yeux. Mais, au lieu du réconfort que j'espérais y trouver, c'était une frayeur instinctive, irraisonnée. Visiblement épouvantée, elle se recroquevilla dans l'angle du lit, le plus loin possible, le dos collé contre les barreaux, en poussant des petits gémissements craintifs.

Je retirai ma main, me levai et quittai la pièce sous le regard étrange de la petite.

Il était presque 7 heures — l'heure de prendre mon service —, mais je fis encore un détour par la chambre de Ronnie Howells.

La pièce était plongée dans la pénombre, et je distinguai le corps du garçon endormi sous un drap léger. Mme Howells, assise dans un angle, ne quittait pas son fils des yeux. Je découvris aussi une silhouette inattendue, penchée sur le patient : celle de la femme que j'avais vue, la veille. Elle était maintenant vêtue d'un T-shirt et d'un jean, et elle avait relevé ses cheveux blonds en chignon sur la nuque. Dara Devinna Faith.

Les mains posées sur l'abdomen du garçon, les yeux fermés, elle remuait doucement les lèvres. Je l'entendis chuchoter une prière. Sans cesser de prier, elle ouvrit un petit flacon qu'elle tenait au creux de la main, et versa une goutte de son contenu sur son pouce. Puis elle dessina un signe de croix sur le front de Ronnie.

Réprimant un mouvement d'humeur, je battis en retraite dans le couloir et tirai la porte. Que faisait-elle là ? Qui avait laissé entrer ce charlatan ? Puis, l'image de Venetia levant les bras et agitant les orteils me revint encore une fois. Ma colère s'évanouit, cédant la place à une émotion nouvelle que

176

je ne souhaitais pas analyser davantage. J'entendis la voix de Mme Howells s'élever dans la chambre.

— Je ne l'ai pas emmené chez le médecin. C'est moi qui lui ai fait ça. Tout est ma faute ! criait-elle d'une voix altérée par le remords.

— Que disent les médecins ? demanda Dara Devinna.

— Ils ne savent pas encore. Le sucre est revenu à un taux normal, mais Ronnie a une faiblesse d'un côté, je crois. Ils disent qu'il pourrait rester...

Un sanglot s'étrangla dans sa gorge.

— Que son cerveau pourrait avoir subi... des dégâts irrémédiables. Et ça, c'est à cause de moi.

— Le pardon comme la guérison sont entre les mains du Seigneur. Je vais prier pour vous...

Je perçus — ou devinai — le chuchotement qui suivit. Au bout de quelques instants, Mme Howells cessa de sangloter, et sa respiration devint moins pénible.

— Merci, murmura-t-elle. Nous devrions rentrer à la maison, aujourd'hui, mais pourrons-nous revenir à la séance de guérison ? J'aimerais tant que vous essayiez de faire encore quelque chose pour lui.

— Naturellement ! Mais, cette fois, n'arrêtez pas l'insuline, répondit Dara Devinna. En suivant correctement ce traitement, votre Ronnie devrait aller mieux. Le Seigneur entendra votre prière. Priez constamment.

Des pas s'approchèrent de la porte, et je consultai rapidement ma montre. 6 h 55... La porte s'ouvrit, et Dara Devinna leva les yeux sur moi, souriante, comme si elle s'attendait à me trouver là.

— Bonjour, docteur Lynch, me dit-elle. Merci d'avoir sauvé la vie de Belvin Stewart, hier soir.

Surprise qu'elle connût mon nom, je la dévisageai d'un air interdit.

— La vie de qui ? demandai-je stupidement.

Elle posa une main sur mon bras et m'indiqua la direction de la cafétéria, au bout du couloir. Elle marchait avec grâce, d'un pas aérien, comme si elle avait été danseuse à un moment donné de sa vie.

— Belvin. Il a été victime d'un choc anaphylactique.

Je revis soudain l'homme allongé dans la poussière, incapable de respirer. Je n'avais pas retenu son nom.

— Oh, je me suis contentée de faire mon travail ! dis-je précipitamment. Comment va-t-il ?

— Très bien. Grâce à vous. Il est allergique à toutes sortes de choses. Et sans doute à l'une des plantes qui brûlaient sur le feu de camp, hier soir.

Elle secoua la tête.

— J'ai fait quelques recherches, ce matin. J'ignorais que beaucoup d'herbes peuvent provoquer de graves réactions allergiques. Nous devrons être plus prudents, à l'avenir.

Dara Devinna me sourit, exhibant des dents blanches assez mal rangées. Elle était d'une minceur presque préoccupante. Je me demandai si elle se nourrissait mal ou si elle pratiquait le jeûne — à moins que ce ne fût la même chose. La pratique religieuse exigeait-elle une privation régulière de nourriture ?

— C'est mon père qui s'occupe du brasier et des bâtonnets aromatiques, ainsi que de l'organisation des rassemblements. Nous avons eu une petite discussion concernant l'usage du romarin.

Elle me regarda du coin de l'œil.

— Il était un peu réticent. Selon lui, le romarin est une plante médicinale très efficace. Mais il finira par m'écouter… Voulez-vous boire un café ?

— Certainement. Je souhaitais justement vous parler. Voyez-vous, Dara Devinna…

178

— Appelez-moi Dara. Le reste n'est qu'un pseudonyme à caractère mystique, inventé par mon père. Il a le sens de la mise en scène…

— Dara, alors. Moi, je m'appelle Rhea. Je voulais vous poser quelques questions au sujet du garçon que vous venez de voir : Ronnie Howells.

— Vous vous demandez pourquoi sa mère a interrompu le traitement à l'insuline ? dit-elle avec un soupir, tout en pénétrant dans la cafétéria. Ecoutez, je conseille systématiquement aux gens qui viennent vers moi de consulter un médecin pour confirmation des résultats obtenus ; comme le Seigneur recommandait aux malades guéris d'aller se purifier au temple. Mais certains ne m'écoutent pas…

— Attendez… Vous leur dites d'aller voir un médecin ? Vous ?

Dara me tendit une tasse jetable et en prit une pour elle. Tout en parlant, elle se servit de l'eau chaude et plongea un sachet de thé dedans. J'optai pour un café crème.

— Je le demande à tous. Je ne suis pas Jésus-Christ, et beaucoup de gens doivent avoir recours à la médecine pour guérir. Jusqu'à l'aboutissement des recherches sur les cellules souches, des maladies comme le diabète nécessiteront un suivi médical constant… Effectivement, ajouta Dara en me regardant avec le plus grand sérieux, j'ai dit à Mme Howells d'emmener son fils chez le médecin, mais elle ne l'a pas fait. A présent, nous avons affaire au diabète du fils et au remords de la mère — une véritable maladie de l'âme.

Impressionnée malgré moi, je fronçai les sourcils.

— Qui vous a parlé de la recherche sur les cellules souches ?

— Oh, j'ai toujours rêvé de devenir médecin, me confia-t-elle avec un sourire timide. Alors, je lis le maximum d'articles sur mon sujet favori, bien sûr. Les liens entre la maladie et l'état psychique — l'âme, si vous préférez —m'intéressent tout particulièrement.

Tout en parlant, elle remuait lentement le sachet de thé dans sa tasse.

— Et le fait que la recherche sur les cellules souches se pratique sur des embryons humains ne vous dérange pas ?

— A mon avis, il s'agit d'un meurtre : ça ne fait aucun doute, répondit-elle, tandis que nous regagnions le couloir. Mais si ces embryons doivent être détruits par la maladie, de toute façon, pourquoi ne pas les utiliser à bon escient ?

C'était une réponse logique et tout à fait pragmatique, mais elle me parut, toutefois, assez peu compatible avec la foi religieuse. Intriguée, je me fis l'avocat du diable.

— A quel moment la vie commence-t-elle, alors ? Autrement dit, si nous pouvons congeler des embryons, cela signifie-t-il qu'ils ne sont pas encore vivants ?

— Une personne dont le cerveau est atteint et qui continue à vivre dans un état végétatif est-elle privée d'âme ? A-t-elle cessé d'exister ? Les tribunaux disent que c'est un être humain et vivant. L'être humain est protégé par la loi et doté d'une âme. S'il existe la moindre éventualité que l'embryon ait une âme, ne doit-il pas être protégé par la loi ?

Je haussai les épaules. Le concept de vie en termes religieux ne m'intéressait pas particulièrement. Je ne souhaitais pas m'engager dans un débat sur l'existence de l'âme. Je ne parlais que de l'aspect médical de la question.

— L'approche médicale et l'approche religieuse ne font qu'un, reprit Dara, comme si je m'étais exprimée tout haut. Si la vie commence lors de la conception et si l'être humain se trouve au sommet de la création divine, alors, l'être humain possède une âme dès la conception.

— *Si...* et seulement *si* ! rétorquai-je.

— Effectivement.

Dara hocha lentement la tête.

— C'est un véritable dilemme, n'est-ce pas ? Vous voulez que les femmes disposent entièrement de leur corps et que personne ne puisse décider pour elles de leur sort, mais ce désir peut se trouver en conflit avec la question à la fois médicale et spirituelle du moment où commence la vie.

J'évitai de répondre. Le débat aurait pu durer des heures, et il me parut préférable de changer de sujet.

— Avez-vous des notions de sorcellerie ? demandai-je à la jeune femme.

Dara s'immobilisa au milieu du couloir, et son sourire se figea. Ses yeux gris s'arrondirent et perdirent leur éclat malicieux.

— Il y a bien des variétés de sorcellerie. Certaines formes obéissent à des intentions louables, mais ceux qui la pratiquent, même par altruisme, suivent, néanmoins, un chemin semé d'embûches.

Elle inclina la tête et se remit à marcher, l'air préoccupé, sans prendre la peine de rattacher une mèche qui s'échappait de son chignon.

— Et puis, il y a la magie noire, les rites destinés à nuire. Les forces du mal ne sont pas toujours contrôlables, et ceux qui veulent les utiliser sont parfois pris dans un engrenage qui les dépasse.

Cela ressemblait beaucoup aux propos que m'avait tenus miss Essie. Comment pouvaient-elles croire, l'une et l'autre, à pareilles sornettes ?

— Avez-vous déjà entendu parler d'une « manie » ? Une sorte de support pour les maléfices ? Ou d'un « portique » ?

La jeune femme blêmit. Elle tourna vers moi un regard effrayé, et ramena la mèche rebelle derrière son oreille.

— Ce sont des choses dangereuses, qui correspondent à des pratiques extrêmement pernicieuses. Seriez-vous, par hasard…

— En aucune façon.

J'esquissai un sourire, m'efforçant d'alléger le ton de la conversation.

— Il ne s'agit pas de moi. Tout ça, à mon avis, n'est qu'un tissu d'inepties.

— Je n'avais pas perçu ce genre d'ondes dans votre aura personnelle, en effet.

Sans trop savoir ce qu'elle entendait par là, je m'enhardis jusqu'à lui confier ma principale préoccupation :

— Nous avons ici une patiente qui ne se sépare pas d'une sorte de poupée assez inquiétante. Une amie m'a dit qu'il pourrait s'agir d'une manie ou d'un « portique ».

Dara releva vivement la tête.

— Montrez-moi cette poupée.

Je tendis la main dans la direction opposée à celle que nous avions prise, et nous rebroussâmes chemin. Mais, bien avant d'avoir atteint la chambre de Na'Shalome, il parut évident que Dara savait déjà où nous allions. Elle se dirigea sans hésiter vers la bonne porte, s'arrêta avant de l'ouvrir, et regarda fixement le battant de bois comme si elle voyait quelque chose à travers.

En levant les mains, elle renversa du thé sur son bras, et je me précipitai pour prendre sa tasse.

Elle fit encore deux pas et plaça les mains bien à plat sur la porte. Une tache rouge s'était formée à l'endroit aspergé par le thé brûlant. Je l'entendis murmurer une prière avec des intonations identiques à celles qu'elle avait eues, un instant auparavant, dans la chambre de Ronnie.

Deux infirmières qui passaient s'arrêtèrent pour regarder.

— Qu'est-ce qu'elle fait ? demanda l'une d'elles.

— Ça me fiche la trouille, dit l'autre. Pas vous, docteur ?

Je secouai la tête et m'écartai légèrement, pas très rassurée non plus, en effet. Ce genre de charabia mystique me mettait plutôt mal à l'aise.

— Je ne sais pas trop, avouai-je.

Dara sortit alors le petit flacon qui se trouvait dans sa poche, en versa le contenu sur la porte et l'étala en forme de croix, avec le pouce. Des traînées d'huile coulèrent le long du battant.

— Ça va râler au service d'entretien, dit l'une des infirmières. Ils avaient déjà les graffitis à enlever...

La guérisseuse remit le flacon dans sa poche et posa encore un instant les paumes sur la porte. Puis, d'un geste vif, elle ouvrit le battant. L'odeur fétide nous atteignit de plein fouet.

La réaction de Na'Shalome fut immédiate et brutale. La gamine sauta du lit en hurlant comme une furie, et se précipita sur Dara, toutes griffes dehors. Dans la pénombre, je ne vis, en fait, qu'une forme confuse, rapide comme l'éclair.

Je fourrai les tasses dans les mains d'une infirmière et me jetai entre les deux femmes. Avec l'aide de l'autre infirmière, je réussis à maîtriser Na'Shalome. Ensemble, nous la ramenâmes à son lit. Une troisième infirmière, arrivée en renfort, nous aida à l'attacher au matelas à l'aide du drap roulé en torsade.

La jeune fille se débattait comme un diable. Je vis qu'elle avait de nouveau les pupilles dilatées.

Je m'écartai du lit, tout essoufflée. Il fallait espérer que les points de suture avaient tenu bon et qu'aucune cicatrice ne s'était rouverte.

La puanteur insoutenable me donna un haut-le-cœur. D'où provenait donc cette odeur fétide ?

Une infirmière jeta la poupée-pantin à plat ventre sur le lit. Une autre apporta un second drap pour ligoter plus solidement Na'Shalome. C'est alors que j'entendis les mots qu'elle avait hurlés tout à l'heure et qu'elle chuchotait maintenant, comme un écho, les yeux rivés sur la porte.

— Les mains. Les mains. Les mains. Les mains. Trouvé les mains. J'ai trouvé, j'ai trouvé, j'ai trouvé, j'ai trouvé…

Quand je regardai autour de moi, Dara avait disparu. Nos deux tasses, abandonnées par terre, fumaient encore.

Na'Shalome n'était plus ma patiente et je n'avais, en principe, aucun droit de consulter son dossier. Je m'autorisai, cependant, une entorse au règlement en allant jeter un coup d'œil sur les classeurs rangés dans le bureau des infirmières. Je découvris ainsi que Boka avait demandé que sa chambre soit désinfectée, et qu'elle avait prescrit à la jeune fille une prise de sang et des hémocultures. Mais ce n'était pas ce que je cherchais… Je feuilletai nerveusement les pages du dossier, et trouvai enfin.

Une consultation psychiatrique, prescrite par Boka, avait eu lieu la veille. Mais les conclusions du spécialiste n'avaient pas encore été portées au dossier. Je n'avais donc aucune confirmation de ce que je soupçonnais, au vu de l'incident qui venait de se produire.

Dépitée, je quittai le service pour rejoindre les urgences et la longue journée de travail qui m'attendait.

12.

Un petit sourire énigmatique aux lèvres.

Le temps passa à toute allure. Je consacrai plusieurs heures à un patient qui était tombé de son tracteur et s'était sectionné le bras gauche. Les accidents dus aux engins agricoles, les personnes écrasées dans une foule ou par un train sont les pires cauchemars des médecins urgentistes. C'était ma troisième victime d'accident agricole depuis que je travaillais dans ce petit hôpital rural. Le premier avait été, en partie, écrasé par un camion de foin. Le second avait eu la main happée par une moissonneuse-batteuse ; il avait eu la chance de ne pas être entièrement broyé par la machine.

Mon patient actuel était tombé du tracteur, et la lame qui fauchait l'herbe lui avait tailladé le bras. Avant d'atteindre la route la plus proche et d'être secouru par une automobiliste, il avait perdu une grande quantité de sang. Heureusement, la conductrice du premier camion qui passait avait pris des cours de secourisme, et savait stopper une hémorragie. Elle avait fait un garrot au-dessous de l'aisselle, enveloppé le blessé dans des couvertures et demandé à son fils de quatorze ans de prendre le volant jusqu'à l'hôpital pendant qu'elle veillait sur l'agriculteur. Personne n'avait dénoncé l'adolescent pour

185

conduite illégale. Dans les communautés rurales, un garçon de quatorze ans conduisait probablement des engins agricoles de plusieurs tonnes depuis l'âge de sept ans. Rouler en camion sur une petite route de campagne déserte ne faisait pas une grande différence pour lui.

Nous mîmes plusieurs heures à stabiliser l'état du blessé. L'hélicoptère du Samu l'emmena ensuite au CHU de Charlotte, car il y avait une petite chance pour que la microchirurgie pût sauver son bras.

Tout en m'efforçant de faire remonter sa tension et de remplacer le sang qu'il avait perdu, je ne cessai de penser à la petite Marie, l'adolescente que j'avais dû amputer. Pourtant, même en imaginant que les auxiliaires du Samu eussent réussi à la délivrer, sa jambe aurait été perdue, cela ne faisait aucun doute. Le membre était beaucoup plus gravement sectionné que celui que je soignais actuellement.

J'effectuais une garde de vingt-quatre heures, et nous avions un nombre important de patients, avec une forte proportion de cas critiques — une hémorragie gastro-intestinale chez un malade dont l'ulcère duodénal s'était brusquement aggravé, l'agriculteur blessé, un garçon de treize ans couvert de brûlures au second degré sur près de la moitié du corps, plus trois infarctus. Tout cela intercalé entre les AVP, syncopes, infections urinaires et autres affections couramment prises en charge aux urgences. Je fis admettre l'un des infarctus, prescrivis des cathéters cardiaques aux deux autres, expédiai l'agriculteur et le grand brûlé par hélicoptère dans des établissements spécialisés, et rédigeai bon nombre de prescriptions et d'arrêts de travail. Tout ceci entre 7 heures du matin et 7 heures du soir, heure à laquelle les infirmières de nuit venaient prendre la relève.

Je constatai avec plaisir que j'allais effectuer ma garde de nuit avec Ashley Davenport, mon infirmière préférée, assistée de Coreen, la petite nouvelle qui avait rapidement fait ses preuves. Ashley était née Chadwick, et appartenait donc — comme Wallace, mon chef — à une très ancienne famille de la région, réputée pour sa mixité raciale. C'était une petite femme aux cheveux blond cendré, à la silhouette pulpeuse, dont j'appréciais l'humour pince-sans-rire. Nous eûmes le temps de déguster un dîner préparé par la grand-mère d'Ashley, un véritable cordon-bleu : rôti de bœuf garni de petits légumes du jardin. Nous venions juste de terminer quand la frénésie du soir commença.

— Canton de Dawkins, ici l'unité 351, vous m'entendez ?

L'appel émanait de la radio du SMUR.

Ashley jeta un coup d'œil derrière elle en prenant le micro.

— L'unité 351 est postée au chapiteau, me dit-elle.

Elle lâcha le bouton du micro.

— 351, j'écoute.

— Dawkins, nous avons une femme de soixante-deux ans avec BPCO et IR. Tension 20,5/14, fréquence cardiaque, 130. Perf de sérum et oxygène à quatre litres. Signal 45. Dawkins, notez que la patiente a cessé de prendre son traitement. Je répète : la patiente a cessé d'elle-même son traitement. Médicaments sur place. Positionnement, quatre minutes.

Cela signifiait que la patiente était atteinte d'une affection chronique broncho-pulmonaire. Elle souffrait actuellement de difficultés respiratoires et d'hypertension parce qu'elle avait interrompu son traitement et substitué l'alcool aux médicaments. Du moins avait-elle ses remèdes sur elle, ce qui me permettrait de gagner du temps.

— Bien reçu, unité 351. Ici, 414. Terminé.

Ashley soupira.

— C'est pas génial, tout ça ? Un syndrome de détresse respiratoire ?

— Ouais. Il va probablement falloir ventiler.

Cette femme fut le premier cas d'une longue série.

Au terme de mes douze premières heures, j'étais déjà épuisée ; j'aurais eu grand besoin de prendre une douche et de me changer. Mais je me contentai de boire un café bien serré, tandis qu'une nouvelle ambulance se présentait.

— Dawkins, on a un garçon de treize ans avec un diabète traité à l'insuline et signal zéro-trois. Tension 17/8,8, fréquence cardiaque, 130 et taux de sucre, 143.

Je m'approchai pour prendre le micro.

— Grand ou petit mal ? demandai-je.

— Grand.

— Ativan sur place ?

— Négatif. On a du Valium.

— Poids estimé ? demandai-je en sortant mon ouvrage de référence pour chercher le dosage exact.

— Environ quarante-huit kilos…

Je précisai le dosage.

— Vous avez ses antécédents ?

— Pas de diagnostic antérieur. Début d'activité épileptique inédite.

— Compris.

Je fis un signe à l'auxiliaire médical, et l'écoutai terminer la conversation.

— Ashley, il faut préparer une perf de Dilantin pour un garçon d'environ quarante-huit kilos.

— Tout de suite, docteur.

— Il va peut-être falloir intuber. Appelez la kiné respiratoire et la surveillante de garde dès que nous aurons le nom du patient, pour la prise en charge.

— Entendu.

188

Cinq minutes plus tard, l'ambulance s'arrêtait devant le sas, et les brancardiers amenaient le garçon sur une civière. C'était Ronnie Howells. Son corps était rigide et secoué de spasmes incontrôlables.

Mme Howells, complètement affolée, s'accrochait aux barreaux de la civière. De l'autre côté, Dara Devinna accompagnait le cortège en priant, une main posée sur le garçon, l'autre brandie en l'air.

Je réprimai un mouvement d'humeur. Prêtres ou pasteurs de toutes confessions accompagnent parfois leurs ouailles à l'hôpital afin de prier pour leur rétablissement. Cela peut procurer un certain réconfort aux patients ainsi qu'à leur famille, et le règlement ne l'interdit pas dans la mesure où ces interventions ne gênent personne. Mais, en l'occurrence, Dara ne semblait pas étrangère aux incidents qui se multipliaient, et sa présence me contrariait tout particulièrement. Mais je dominai de mon mieux mon exaspération, et me remis à la tâche.

Persuadée que la congrégation ne se privait pas du recours à certaines herbes pour droguer les gens, je redoublai de prudence dans mon traitement. Je demandai une prise de sang et une analyse d'urine, et fis effectuer un bilan toxicologique avant d'administrer des remèdes plus puissants que le Valium. Ignorant quelle était l'origine de cette crise convulsive, je préférais m'en tenir, pour l'instant, au Valium et au Dilantin.

Le front et la poitrine de Ronnie portaient des traces d'onction à l'huile sainte. Les yeux totalement révulsés, le garçon se raidissait de tout son corps, l'écume aux lèvres, et un filet d'huile coulait de son front vers l'une de ses oreilles. J'avais déjà été confrontée à ce genre de pratique, lors de mon internat au CHU de Chicago. Les médecins apprenaient à être réceptifs aux croyances religieuses des patients. D'ordinaire,

189

je n'y voyais aucun inconvénient mais, aujourd'hui, ces manifestations de piété teintées de superstition alimentaient mon irritation.

Afin de m'occuper, je me mêlai au petit groupe d'auxiliaires médicaux qui s'affairait autour de Ronnie, et installai moi-même la perf de Dilantin. L'activité restait généralement le meilleur moyen de désamorcer ma colère.

Une demi-heure plus tard, les convulsions s'étaient atténuées et l'état de Ronnie était stabilisé. Mme Howells et Dara avaient murmuré des prières en se tenant mutuellement les mains, dans un coin de la pièce. Je m'efforçai de les ignorer, mais leurs chuchotements incessants m'empêchaient de me concentrer correctement. Je fus soulagée quand Dara quitta enfin les urgences pour aller retrouver ses ouailles au chapiteau itinérant.

Dans l'heure qui suivit, nous reçûmes trois patients présentant des symptômes analogues, crise convulsive de type épileptique, qui n'avaient jamais connu ce genre d'épisode auparavant. Tous avaient assisté quotidiennement aux séances de guérison sous le chapiteau. Je leur prescrivis des bilans toxicologiques, essayant de déterminer ce qu'ils avaient pu ingérer, respirer ou toucher.

Nous réussîmes à stabiliser l'état des quatre patients. Après leur prise en charge, je testai tout un éventail de remèdes sur les adultes et, bien que le résultat ne fût pas probant, j'estimai avoir suffisamment de données pour avancer que les organisateurs de ces séances faisaient circuler des herbes ou des plantes toxiques dans l'assistance. Je me demandai aussi si la gorgée de vin que Mark avait recueillie dans sa flasque avait fourni quelques indications.

Je finis par trouver un moment pour appeler mon inspecteur préféré et le mettre au courant des événements.

190

— Allô ? dit-il d'un ton guilleret, en décrochant à la première sonnerie.

— Ma foi, cette voix enjouée me remonterait presque le moral, si nous avions un peu moins de problèmes aux urgences.

— Qu'est-ce qui se passe ?

Je décrivis à Mark les phénomènes auxquels nous étions confrontés, et lui expliquai ce qui me faisait croire que les méthodes des guérisseurs itinérants étaient probablement en cause.

— Est-ce qu'on ne pourrait pas interdire ces manifestations ? demandai-je. Au motif qu'elles peuvent représenter un danger pour la santé publique, par exemple.

— J'ai fait quelques recherches à ce sujet. Il y a des choses que tu ignores encore à propos de ces « grand-messes » sous chapiteau. Nous allons intervenir. Je te tiens au courant.

— Tu me laisses sur ma faim ! C'est assez cruel de ta part, dis-je en riant.

— En amour comme à la guerre, tous les coups sont permis, mignonne. A plus.

Tandis qu'un déclic me signalait qu'il avait raccroché, je me demandais dans quelle catégorie il plaçait nos rapports : l'amour ou la guerre ?

A 11 heures du soir, quand les urgences commencèrent à se vider, j'étais dans un état lamentable. D'ordinaire, les gardes longues et pénibles sont entrecoupées de périodes d'inactivité qui les rendent un peu plus supportables. Mais, ce soir, j'avais sérieusement besoin d'un moment de détente.

Munie d'une canette de Coca, je proposai à Trish de m'accompagner et allai rejoindre les fumeurs dehors, dans la nuit chaude et humide.

Je m'assis sur une table de pique-nique, et m'étirai, assouplissant mes muscles endoloris.

Autour de nous, la nouvelle technicienne radio, le technicien de labo, deux kinés respiratoires et Julio Ramos, le nouvel infirmier intérimaire, bavardaient à bâtons rompus tout en emplissant leurs poumons de nicotine.

— Trish, vous ne fumez pas ? demanda Julio.

— Jamais de la vie ! répondit-elle en fustigeant du regard les fumeurs impénitents. Ma seule faiblesse, ce sont les hommes. Mais je ne sors jamais avec un fumeur.

— Nous ne figurons pas sur sa liste de mâles fréquentables, dit Kendrew, le technicien de labo. Pas plus que les types qui chassent, qui pêchent, qui boivent, qui bossent trop ou qui vont à la messe.

— Elle veut pas non plus de libertins, de bagarreurs, de gars sans cervelle, ajouta la technicienne radio. Trish est une fille plutôt difficile.

— A mon avis, elle n'a pas tort, dit Julio.

L'infirmière chef le gratifia d'un sourire.

— A propos d'hommes, vous avez bien dansé, vendredi soir ? demandai-je à Trish.

Comme elle haussait les sourcils, j'ajoutai :

— Vous savez bien : le beau pompier qui voulait vous emmener chez Mac Dowries, après le boulot ?

— Ah !

Elle esquissa un sourire gourmand.

— Un danseur hors pair, celui-là !

— Tu t'es donc déniché un nouveau soupirant, Trish ? demanda Kendrew.

— C'est sur la bonne voie, en tout cas. Il ne manque pas de qualités.

— Et ce militaire qui te faisait la cour ? C'était un assez beau parti.

— L'armée l'a envoyé au Moyen-Orient.

— Tu n'es pas sortie avec un flic, après ça ?

— Teddy ? Oh lui… Il a pris pension chez sa maman, il s'est mis à aller à la pêche tous les matins, et il m'a appris qu'il avait un fils. Cumul de handicaps.

— Tu ne trouveras jamais l'homme idéal, ma belle !

— Pour me caser ? Je ne suis pas encore assez vieille, assez laide ou assez blasée pour me rabattre sur un gars scotché à sa maman.

— Aïe ! dit la technicienne radio en écrasant son mégot. Ça, c'est radical.

— Tiens, voilà de la compagnie, dit Kendrew en désignant l'entrée du parking.

En effet, une estafette grise se garait devant les urgences. Je reconnus le véhicule des Gordon, et me levai pour aller les rejoindre. Almera conduisait trop lentement pour qu'il y ait des raisons de s'inquiéter.

En me voyant, elle descendit de voiture, un sourire énigmatique aux lèvres.

— J'espérais que vous seriez de garde ce soir, docteur Lynch. J'ai quelque chose à vous montrer.

Je me tins à l'écart, bientôt rejointe par Trish et l'un des kinésithérapeutes.

Mme Gordon ouvrit la porte arrière de l'estafette, et appuya sur le bouton qui actionnait l'élévateur du fauteuil roulant. Venetia émergea lentement de la pénombre, accompagnée par le bourdonnement de l'engin qui la posa sur l'asphalte. Elle avait l'air aux anges, et je remarquai aussitôt ses mains agrippées aux bras du fauteuil.

— Ne restons pas dehors : cette chaleur ne lui fait aucun bien, dit Almera.

Elle détourna rapidement la tête et alla ouvrir la porte à sa fille. Intrigués, nous les suivîmes à l'intérieur.

Dans le hall, Venetia fit pivoter son fauteuil et regarda sa mère en riant, l'air épanoui. Almera Gordon la saisit sous les bras et la souleva. Et Venetia se mit debout.

Le souffle coupé, je contemplai la scène, les yeux rivés sur les deux femmes. Dans un silence total, devant le petit groupe pétrifié qui les regardait, Almera recula légèrement en tenant les mains de sa fille. Venetia avança lentement le pied gauche sans le décoller du sol. Son pied droit rejoignit l'autre en traînant. La respiration haletante, elle fournit un effort intense pour avancer encore la jambe gauche, la tête penchée en avant, les yeux fixés sur ses pieds.

Venetia Gordon marchait ! Elle fit deux pas de plus, et ses jambes commencèrent à flageoler.

— Soutenez-la ! dit Almera.

Des bras se tendirent instantanément.

— Vous avez vu ça ?

— Mais comment est-ce possible ?

— Remettez-la dans son fauteuil ! dit Julio.

— Elle a marché !

— A trois, on soulève !

Ils la réinstallèrent sur son siège.

Je m'écartai du groupe sans quitter la jeune fille des yeux.

— C'est un miracle, voilà ce que c'est. Un vrai miracle, dit Almera. Ma fille marche de nouveau. Ce sont les prières de cette guérisseuse qui ont fait ça.

— Quelle guérisseuse ? demanda Julio.

Quelqu'un entreprit de lui raconter ce qui se passait chaque soir sous le chapiteau, depuis le début de la semaine. D'autres employés, intrigués par cette agitation, s'approchèrent. Un attroupement se forma autour du fauteuil roulant.

J'en profitai pour m'éclipser discrètement.

Je n'y comprenais vraiment rien. Je ne croyais pas aux miracles. Pourtant... et si je me trompais ? Mais quel était le secret pour accéder à ce genre de guérison ? La foi ? Une ignorance aveugle ?

Songeant au dossier que j'avais réclamé par fax, je pris le couloir où se trouvaient les boîtes aux lettres des médecins.

La poignée résista sous ma main. La porte était fermée à clé. Contrariée, je me retins pour ne pas cribler le montant de coups de pied. Je ne croyais pas aux miracles, nom de nom ! Et je n'allais pas me mettre à y croire. Je ravalai ma colère, mon sentiment d'échec, mon désarroi, et respirai profondément pour me calmer.

J'allai demander à un gardien de m'ouvrir la porte, puis je pris la pile de papiers entassés dans ma boîte et me rendis dans ma chambre de garde.

Tout en marchant, je feuilletai mon courrier et trouvai l'enveloppe contenant une copie du dossier de Venetia Gordon, établi juste après l'accident. Je fermai la porte derrière moi, étalai les documents sur mon lit, et m'y pelotonnai. J'avais de quoi m'occuper un bon moment.

Une heure plus tard, j'avais compris ce qui était arrivé à Venetia Gordon. Il suffisait de tout lire, du rapport initial des auxiliaires du Samu jusqu'au dernier examen effectué par l'infirmière, lors du transfert de la jeune fille en hélicoptère au CHU de Charlotte. Si Venetia n'était pas debout, lors de l'arrivée des secours sur le lieu de l'accident, ses membres supérieurs et inférieurs fonctionnaient encore et conservaient un minimum de sensation. Mais son état avait rapidement évolué vers la paralysie.

L'équipe du Samu avait observé toutes les précautions d'usage, calant dans un caisson, avec des sacs de sable et une minerve, la victime attachée et enveloppée dans des couvertures chaudes. Mais, à son arrivée à l'hôpital, Venetia avait perdu toutes ses fonctions motrices et toute sensation aux extrémités.

Le commentaire du radiologue, d'après un rachis de profil, faisait état d'« un élargissement très net et inhabituel des apophyses vertébrales en C4 et C5 indiquant probablement une lésion des ligaments à ce niveau avec instabilité en C4 et C5 ». Les résultats du scanner (SCAT scan) faisaient apparaître « une tuméfaction des tissus mous dans la zone des vertèbres C4 et C5 mais pas de fracture ». Le dernier diagnostic avant intervention chirurgicale était une IRM du rachis montrant la présence d'« un œdème de la moelle épinière » et d'« une lésion des tissus au niveau des ligaments interrachidiens postérieurs ».

Je posai les documents et appuyai ma tête contre le mur, regardant le plafond sans le voir. Venetia souffrait d'un syndrome de la moelle épinière. Il n'y avait pas de fracture — raison pour laquelle ses muscles moteurs fonctionnaient encore, sur le lieu de l'accident — mais une hyperextension ou une hyperflexion du cou qui se répercutait sur la colonne vertébrale, provoquant une tuméfaction. Mais le quatrième segment de la colonne vertébrale, au niveau des cervicales, n'était pas sectionné.

Avant son opération, Venetia était atteinte d'une tétraplégie totale, la zone du sacrum étant épargnée. Elle pouvait faire la différence entre douleur sourde ou aiguë dans la région péri-anale, périnéale, et dans d'autres zones des extrémités inférieures. Elle souffrait d'une paralysie musculaire intense, et aucun fonctionnement musculaire ne subsistait.

J'étais bien consciente que la présence d'une différenciation entre douleur sourde et aiguë autorisait, pour le moins, un bon pronostic de guérison fonctionnelle. Un petit nombre de patients — deux à cinq pour cent, environ — pouvaient espérer un rétablissement total, mais la majeure partie d'entre eux ne récupérait généralement qu'une démarche traînante de handicapé moteur, et conservait une paralysie des extré-mités supérieures.

Je n'avais pas assisté à un miracle. Il y avait une explication médicale à cette guérison spectaculaire. Cette découverte aurait dû me rassurer, me tranquilliser. J'avais la preuve que toutes ces bondieuseries n'étaient que du charlatanisme ; mon petit univers médical gardait toute sa logique et sa suprématie. Pourquoi n'en éprouvais-je pas plus de satisfaction ? Avais-je secrètement espéré que Marisa pourrait recouvrer toutes ses fonctions cérébrales, grâce aux prières de la guérisseuse ?

Je repris le dossier, et le parcourus de nouveau. Il n'y avait pas d'erreur possible. Je m'aperçus, cependant, que le rapport définitif du neurochirurgien, le Dr Danthari, était introuvable.

Afin de n'omettre aucun détail, j'appelai le service de garde du neurochirurgien qui avait opéré Venetia à Charlotte, à la suite de son accident. Une femme à la voix assoupie dirigea mon appel sur le répondeur personnel du médecin. Vaguement embarrassée, je déclinai mon identité, racontai ce que j'avais vu, et demandai au Dr Danthari de me rappeler. Peut-être étais-je un peu ridicule, mais je ne voulais négliger aucune piste dans l'intérêt de Marisa.

Terrassée par la fatigue, je sombrai ensuite dans le som-meil, les documents serrés contre mon cœur.

Au bout de deux ou trois minutes, me sembla-t-il, un léger déclic me tira de ma léthargie, et je rouvris lentement les yeux. Mon regard se dirigea machinalement vers le mur d'en face, et je me redressai d'un bond, effarée. Le miroir qui surmontait mon lavabo était décoré de graffitis rouge sang. Je reconnus les motifs maintenant familiers de notre artiste tagueur. Mes doigts se crispèrent sur les pages que je serrais contre moi.

J'étais certaine de ne pas avoir vu l'inscription en entrant. Avais-je dormi assez profondément pour que quelqu'un ait pu pénétrer dans la pièce sans me réveiller ?

Je jetai un coup d'œil sur ma montre. Je n'étais certainement pas restée assoupie plus de deux ou trois minutes. Dix, au grand maximum… Le graffiti était peut-être déjà là, tout à l'heure, à mon arrivée. Absorbée par le dossier de Venetia, je ne l'avais sans doute pas remarqué. Mais d'où provenait ce déclic que j'avais entendu en me réveillant ? Du battant qui se refermait ?

L'air semblait relativement frais, comme si la porte avait été récemment ouverte. Quelqu'un venait-il de sortir de ma chambre ?

Je regardai attentivement autour de moi. A première vue, on n'avait touché à rien. L'inconnu(e) qui avait décoré le miroir ne se trouvait plus dans la pièce.

Je quittai mon lit pour aller examiner l'inscription de plus près. Le motif comprenait cinq caractères d'un alphabet inconnu, qui semblaient tous inachevés. Ce que j'avais d'abord pris pour de la peinture était, en fait, du rouge à lèvres écarlate — une teinte que je n'utilisais pas.

Je frissonnai malgré moi. La disposition des caractères me parut vaguement familière. Où avais-je déjà vu cette forme de croix, trois lettres en haut, trois en bas, avec une inscription transversale ?

Soudain, la mémoire me revint : c'était sur une table de nuit, dans la pénombre d'une chambre d'hôpital.

Dans la chambre de Na'Shalome.

J'appelai le service de médecine. Ce fut une infirmière de l'agence d'intérim, Mlle Scaggs, qui me répondit. Je lui demandai si Na'Shalome était dans son lit et si elle ne se promenait pas dans les couloirs. L'infirmière m'assura que l'adolescente dormait et qu'elle n'avait pas quitté sa chambre. Un peu moins sûre de moi, je la remerciai et raccrochai, les yeux rivés sur la croix rouge sang.

J'avais déjà songé à imputer ces graffitis à Na'Shalome, avant de réfuter l'idée à cause de son état. Peut-être aurais-je dû me fier à mon intuition initiale ? Je humai l'air de la pièce sans y déceler aucune trace de l'odeur fétide que j'associais à la jeune fille. Pourtant, je ne voyais pas qui d'autre aurait pu dessiner ça. C'était impossible à prouver, mais j'étais presque sûre de mon fait.

Perplexe, j'allai ouvrir la porte et jetai un coup d'œil dans le couloir. Personne. Je refermai et tirai une chaise contre le battant. Si quelqu'un essayait d'entrer, le bruit me réveillerait…

Ma garde se poursuivit sans événement nouveau. Il n'arrivait plus aucun patient aux urgences, comme si la dose de malheurs qui peut survenir en vingt-quatre heures était épuisée.

13.

Me laissant sur ma faim.

Le réveil sonna à 6 h 30. Je m'extirpai péniblement du lit, m'affalai sous la douche et laissai l'eau chaude assouplir mon corps engourdi. Je m'étais endormie tout habillée, avec mes vêtements sales, entortillée dans les draps, mes chaussures aux pieds, prête à fuir en cas de danger. Quelle idée stupide ! Je devenais parano.

Pendant que je me séchais, mon portable se mit à sonner, et je fouillai dans mon grand sac pour le récupérer. Le bruit de fond du commissariat m'indiqua que c'était Mark.

— A l'eau… en attendant mon lait matinal. Tu ne dors donc jamais ?

— Pas plus que toi, répondit-il en bâillant.

— Justement, je n'ai pas dormi plus de trois heures, cette nuit.

— J'ai des infos sur les guérisseurs. Que dirais-tu d'un petit déjeuner en tête à tête ?

— Allons plutôt courir. Tu pourras me raconter ça en chemin.

— Et ton dos, alors ? J'ai pas envie de me traîner.

La provocation me fit aussitôt réagir.

200

— Te traîner ? Mon dos va très bien, merci. Rendez-vous au bord du ruisseau dans une heure.

J'étais en avance à notre rendez-vous. J'avais eu le temps de m'assouplir et de m'échauffer un peu quand Mark arriva au pas de course, l'œil pétillant. Il n'avait vraiment pas l'air d'un homme qui vient de passer une nuit blanche à éclaircir une affaire. Quant à moi, j'avais une mine de déterrée. Un point pour lui.

Une rivalité étrange nous avait toujours opposés l'un à l'autre — détail que je n'avais jamais pris la peine d'analyser.

— Tu es prête ? me demanda-t-il, tandis que je mettais Peluche en laisse.

En guise de réponse, je m'enfonçai dans le bois, le long du ruisseau. Belle s'assura que Mark nous suivait, tandis que Peluche, tout excité, enroulait sa laisse autour de mes jambes.

Nous commençâmes lentement. Mark vint se placer à ma droite, adaptant sa foulée à la mienne.

— Alors, dis-moi ce que tu as appris, lui demandai-je.

— Ta guérisseuse sillonne les routes depuis plus de six mois en faisant halte dans des patelins du Sud-Ouest comme DorCity. Elle y passe quelques jours, met l'effervescence dans la contrée, puis déménage quand les gens commencent à avoir des problèmes de santé. Nous avons établi un mandat d'arrêt à son encontre. La séance de ce soir n'aura pas lieu. Le chapiteau sera sous scellés. Avec un peu de chance, nous découvrirons ce qui tue les gens.

— Ce qui tue les gens ?

— Dans trois ou quatre villes de Géorgie, il y a eu des décès consécutifs au passage des Faith : des attaques, complications neurologiques ou respiratoires. Je n'ai pas encore le résultat de l'analyse du vin, mais nos oiseaux risquent de s'envoler avant qu'il me parvienne. Nous allons donc agir dès ce soir.

— Il y a eu des autopsies ?

— Le GBI doit m'en faxer des copies.

— Pardon ?

— Le Bureau d'investigation de Géorgie. Ils possèdent l'un des meilleurs réseaux d'enquêtes criminelles du sud des Etats-Unis.

— Mais ils n'ont pas mis la main sur les Faith !

Mark opina d'un air guilleret. Il était toujours ravi de récupérer les morceaux quand il y avait eu de la casse ailleurs, surtout à la PJ.

Nous quittâmes le chemin qui longeait le ruisseau pour bifurquer en direction des prés qui marquaient la limite nord du quartier. J'accélérai le pas, et Mark, qui avait parlé plus que moi, dut se taire pour maintenir la cadence. Un point pour moi.

— Bon, mes nouvelles à moi sont un peu moins sensationnelles, mais je t'en fais part tout de même. Tu te souviens de l'accident de la semaine dernière, près de l'hôpital ?

Mark grommela une réponse inintelligible. Encore un point à mon avantage. J'allongeai légèrement la foulée, bien que nous fussions déjà en sueur, tous les deux. Quand il me regarda d'un air étonné, je répondis par un large sourire. Il leva les yeux au ciel et accéléra à son tour. Mais, de toute évidence, il était essoufflé.

— Trop de caféine pendant la nuit, peut-être ? avançai-je d'un ton suave.

— Sûrement. Ça ne peut pas être le manque de sommeil ni le surmenage ni le meurtre qui a été commis cette nuit.

— Un meurtre ?

— On a trouvé un type tué à coups de couteau dans un coin à pêcheurs de la rivière Prosperity. Le brigadier Mac Murphy a aperçu une lueur, depuis la route. Il a littéralement trébuché sur le cadavre. On a envoyé le macchabée à Newberry pour une autopsie. Sur le scanner, ça n'a pas fait un pli.

— Je n'étais pas au courant. C'était moche ?

— Très moche. Et c'est le second en une semaine. Le commissaire envisage d'appeler la police fédérale en renfort.

Manifestement, il n'avait pas l'intention de me donner plus de détails sur une affaire en cours.

Soudain, mes pensées prirent un tour qui ne me plaisait guère.

— Mark…

Je m'interrompis. Il n'allait sûrement pas me répondre, mais je tentai quand même le coup.

— Tu ne crois pas qu'il pourrait y avoir un lien entre ces meurtres et les agissements des guérisseurs itinérants, n'est-ce pas ?

Il m'observa du coin de l'œil, et ralentit le pas pour rendre la conversation moins pénible.

— L'idée vient seulement de te traverser l'esprit ? Pour une fille intelligente, ce n'est pas très rapide !

Je choisis d'ignorer l'insulte au profit de l'information.

— Le GBI vous a donc dit qu'il y avait eu des meurtres lors du passage des Faith en Géorgie ?

Mark esquissa une grimace.

— Pas exactement.

— Ce qui signifie ?

Je soulevai une branche qui nous barrait le passage, et arrivai dans le pré qui s'étendait presque à perte de vue. Il faisait tellement chaud que l'herbe semblait craquer sous nos pieds. Un peu plus loin, la carcasse rouillée d'un vieux tracteur commençait à être envahie par les herbes folles. L'image, pittoresque, était digne de figurer sur un calendrier rural.

— Les meurtres, c'est un fait nouveau, me confia Mark.

— Autrement dit, on ne peut établir aucun lien.

— Non. Mais ce serait quand même rigolo que ton affaire et la mienne finissent par se recouper !

« Rigolo ! » Quel adjectif pour des meurtres !

Il faut que les flics soient des gens malsains, pensai-je en regardant Mark de travers. Je décidai, cependant, de lui livrer à mon tour quelques informations — nettement moins croustillantes, évidemment.

— La fille qui était dans l'estafette accidentée, celle que je n'ai pas eu besoin d'amputer et qui dit s'appeler Na'Shalome, je crois qu'elle dessine des graffitis dans tout l'hôpital.

— J'ai entendu parler de ça. Les lettres appartiennent à un autre alphabet que le nôtre, n'est-ce pas ?

— Exact. Personne n'a jamais vu le tagueur à l'œuvre, comme s'il savait où se trouvent les caméras de surveillance. A mon avis, ce doit être la gamine. Et je crois qu'elle est entrée dans ma chambre, hier soir. Il y avait des graffitis sur mon miroir, dessinés avec du rouge à lèvres.

— Couleur sang ?

Je hochai la tête.

— C'était peut-être intentionnel.

— Tu prends des précautions ?

Sans doute voulait-il savoir si je fermais ma porte à clé, si je gardais mon portable à portée de main en dormant — tout

204

ce que j'oubliais toujours de faire, précisément. J'omis d'indiquer que la visite avait probablement eu lieu pendant mon sommeil, alors que ma porte n'était pas verrouillée.

— Je n'avais pas regardé le miroir, en entrant. Je ne sais pas à quel moment il a été décoré… Je mettrai un nouveau verrou sur la porte, ce soir… Ah ! J'ai copié le motif des graffitis pour le montrer à miss Essie. Elle saura peut-être ce que ça signifie.

— Bonne idée, dit Mark.

Essoufflés d'avoir parlé en courant, nous poursuivîmes ensuite notre chemin en silence. La chaleur, déjà accablante à cette heure matinale, augmentait de seconde en seconde. Les oiseaux se taisaient ; les écureuils restaient prostrés dans les arbres, au lieu de venir taquiner les chiens. C'était une terrible matinée du mois d'août.

C'était aussi la veille de mon anniversaire. Je n'y fis pas la moindre allusion, naturellement.

Nos vêtements trempés nous collaient à la peau quand nous arrivâmes chez moi. Les chiens cherchèrent immédiatement un peu de fraîcheur, tandis que Mark m'adressait un grand sourire, analogue à celui dont je l'avais gratifié, quelques instants auparavant.

Son air conquérant aurait dû m'avertir qu'il mijotait quelque chose. Pourtant, quand il m'attira contre lui et m'embrassa, je fus prise au dépourvu. La chaleur devint torride. Nos bras, nos bouches ruisselaient littéralement. Mark sentait la savonnette, le café et une odeur de transpiration légèrement musquée, à la fois saine et troublante — typiquement masculine. Je sentis mon corps s'embraser, et lui rendis son baiser avec un abandon qui nous surprit autant l'un que l'autre.

Il s'écarta enfin, riant sous cape, les yeux étincelants comme des éclats de jade. Aussi soudainement qu'il m'avait prise dans ses bras, il rompit notre étreinte et s'éloigna sur un petit signe de la main — me laissant sur ma faim. Nul doute qu'il en était conscient.

Un point pour lui. Etions-nous, désormais, à égalité ?

Et puis, quelle importance, après tout ?

J'entrai dans la maison et restai dix minutes sous la douche froide. Pas une seule fois, l'image de Cameron Reston ne me vint à l'esprit.

Je repris mon travail de bonne heure, appelée en renfort à la suite d'une fusillade dans l'un des vieux villages ouvriers. C'était une bourgade pauvre qui subsistait, naguère, grâce aux revenus des Filatures Cooper, aujourd'hui à l'abandon. Attisé par la chaleur et l'ennui, l'antagonisme des familles Mac Donald et Rainey avait culminé dans une explosion de fureur. L'histoire, je l'appris ensuite de la bouche d'un flic goguenard : Arkon Rainey faisait des galipettes avec Marlene, la nouvelle maîtresse de Hoover-Dub Mac Donald. Il l'avait mise enceinte et contaminée avec un herpès génital des plus contagieux. A l'aube, Hoover-Dub, après une nuit passée à noyer son chagrin dans l'alcool, se rendit au domicile de la famille adverse pour demander à la mère Rainey de le laisser s'expliquer avec son rival.

Comme l'imposante créature repoussait sa requête, Hoover-Dub passa outre et alla tirer Arkon d'un profond sommeil. Pour sa peine, il reçut trois balles dans le corps. L'une alla se loger dans la colonne vertébrale, provoquant une paralysie permanente des membres inférieurs.

L'hélico du Samu l'emmena au CHU de Charlotte, laissant sa famille et ses proches ruminer leur peine à grand renfort de bière, en se plaignant de l'iniquité de la vie en général et des forces de l'ordre en particulier.

Au milieu de l'après-midi, alors que la température atteignait quarante-cinq degrés à l'ombre, la rancœur des Mac Donald frisait l'ébullition. Ils se rassemblèrent au coin de la rue pour convenir des mesures à prendre contre l'homme que la police n'avait pas arrêté.

Une vingtaine de personnes munies d'armes à feu débarquèrent donc chez les Rainey, exigeant que le coupable se montrât et endossât à la fois la responsabilité de la grossesse et celle de l'agression. Devant le refus catégorique de l'intéressé, les Mac Donald ouvrirent le feu et criblèrent de plomb la maison des Rainey.

Personne ne fut grièvement blessé, mais il y eut assez de dégâts pour mobiliser tout un bataillon de médecins, chirurgiens, infirmiers et auxiliaires médicaux. Les blessés furent recousus ou opérés, puis renvoyés dans leurs pénates. Ceux qui avaient été épargnés se retrouvèrent derrière les barreaux — les Rayney d'un côté, les Mac Donald de l'autre.

A 7 heures du soir, je m'octroyai enfin une pause café dans la salle de repos. Je n'avais pas eu de nouvelles de Mark. Les patients que nous avions reçus, ces derniers jours, à la suite des séances de guérison, souffraient de crises convulsives de plus en plus rapprochées. Ne sachant pas, au juste, à quoi les attribuer, j'étais impatiente de savoir ce que la police avait pu découvrir sur le lieu des rassemblements.

A 7 h 25, le téléphone sonna. C'était Mark.

— Urgences, docteur Lynch à l'appareil.

— Ils sont partis.

— Les guérisseurs ?

— Ils ont plié bagage et pris le large. Il ne reste pas le moindre pilier de tente. Rien.

J'entendis un bruit sourd, comme un coup de poing sur une table, ou sur un volant.

Aussi désappointée que lui, je secouai la tête.

— Nous avons demandé des bilans toxicologiques, et les premiers résultats ne donnent rien, maugréai-je. On en saura plus dans un jour ou deux. D'ici là, certains patients seront peut-être décédés. Il faut absolument savoir ce qui leur a été administré.

— Tu crois peut-être que je n'y ai pas pensé ? lança Mark en haussant le ton.

Je fermai les yeux et tâchai de dominer mon propre sentiment d'échec. Il était inutile de se lamenter.

— Désolée, dis-je avec un soupir. Mais certains de nos patients sont en piteux état, et nous risquons de ne jamais connaître l'origine de leurs problèmes.

— Tôt ou tard, les Faith réapparaîtront quelque part. Ils ramassent un assez joli pécule en faisant la quête, après chaque séance. Nous avons envoyé un rapport au NCIC pour que tout le monde soit alerté. Seulement…

Il laissa sa phrase en suspens, et je m'apprêtais à l'interroger quand un vigile passa en courant. Son récepteur radio faisait un bruit d'enfer.

— Je te quitte, dis-je à Mark. J'ai l'impression qu'il y a du grabuge.

— A plus.

Je coupai la communication et gagnai précipitamment le bureau des infirmières où se trouvait rassemblé le personnel de nuit.

— Que se passe-t-il ? lançai-je.

— Demandez-le-lui, répondit Anne en pointant le menton vers Boka qui traversait le hall des urgences au pas de course.

— Boka ? appelai-je.

— Si tu veux te rendre utile, suis-moi.

J'adressai un haussement d'épaules aux infirmières, et lui emboîtai le pas.

— Bipez-moi en cas de besoin ! lançai-je à mon équipe.

Je rattrapai Boka à la porte du service de radiologie, et réglai mon pas sur le sien.

— Qu'est-ce qu'il y a ?

— La folle que tu as fait admettre est en train de tuer sa copine.

— Tu ne connais toujours pas leur identité ?

— Absolument pas. Elles ne font aucun effort pour coopérer, et les services sociaux ne peuvent pas les incarcérer sans raison.

— Un placement en famille d'accueil n'est pas tout à fait analogue à la prison.

Je me faisais l'avocat du diable. La fusillade avait dû me perturber.

— Va donc le leur dire ! Si tu trouves quelqu'un à qui parler.

Des hurlements et les cris des infirmières résonnaient dans le service de médecine.

J'entrai avec Boka dans la chambre de la petite Marie.

La pièce était brillamment éclairée et remplie d'infirmières. Je distinguai aussi deux agents de sécurité à travers la fumée des nombreuses bougies qu'on avait dû souffler récemment. L'odeur fétide que j'associais à Na'Shalome dominait les effluves de cire brûlée, évoquant la puanteur d'un charnier. La petite métisse gisait au milieu du lit, le regard vide, sous un drap ensanglanté. De sa main unique, elle serrait le drap avec une telle intensité que le sang ne circulait plus dans ses doigts, à en juger par leur couleur grisâtre. La poupée badigeonnée de rouge était attachée au pied du lit, face à Marie. Elle était éclaboussée de vrai sang humain.

Je songeai à ce qu'avait dit miss Essie à propos des drogues et de leur utilisation par ceux qui pratiquent la magie noire. J'avançai dans la chambre, passant devant Boka.

Na'Shalome était recroquevillée au pied du lit, genoux dénudés remontés sous le menton, sa chemise d'hôpital maculée de sang bouchonnée entre ses jambes.

Boka ordonna au personnel superflu d'évacuer la pièce, de ramener Na'Shalome dans sa chambre, de l'attacher au lit et de lui administrer des calmants.

Tandis que la pièce se vidait et que Boka commençait à chercher d'où provenait le sang répandu, j'examinai la poupée.

Il émanait d'elle une puanteur infecte. Me penchant pour l'inspecter de plus près, je réprimai un haut-le-cœur. Tout individu ayant survécu aux études de médecine et à l'autopsie des cadavres a, pourtant, l'odorat particulièrement endurci.

La poupée était ligotée aux barreaux du lit par du ruban rouge entortillé, avec des nœuds si serrés qu'on ne pourrait les défaire sans les couper. Je me servis d'une paire de ciseaux chirurgicaux, et réussis à venir à bout du premier ruban après quelques secondes d'efforts. La poupée tomba sur le côté, et un morceau de carton se détacha, entraînant le reste du dispositif. Quelque chose roula sur le drap. Je m'approchai pour voir ce que c'était, et le sang se figea brusquement dans mes veines.

— Boka ? appelai-je sans me déplacer.

— Oui ? Quoi ?

Occupée à ausculter Marie, elle ne tourna pas la tête.

— Boka, jette un coup d'œil là-dessus. Est-ce bien ce que je pense ?

Je pris un crayon dans ma poche, et poussai la chose sur le lit afin que nous puissions la voir sous tous les angles.

La délicate jeune femme se pencha près de moi, son parfum fleuri formant un contraste rafraîchissant avec l'odeur putride.

— On dirait… de la viande.

Mais sa voix avait changé, et je sus qu'elle pensait la même chose que moi.

— De la chair humaine, précisai-je à mi-voix.

— Oui. Peut-être.

— Et crois-tu que ces marques aient été faites par des ciseaux ? dis-je en indiquant l'endroit concerné avec le crayon.

Boka hocha la tête, muette d'horreur.

Je me redressai et m'approchai de la petite, calée contre des oreillers à la tête du lit, le regard toujours fixe, comme privé de vie. Sans demander la permission, je lui écartai largement les mâchoires, me servant de mes mains comme d'un étau. Sa langue avait été coupée. Près de moi, Boka laissa échapper un cri étranglé.

J'inspectai la main de Marie. Elle n'avait pas de sang sur les doigts. Elle ne s'était pas automutilée.

— Na'Shalome. C'est elle qui a fait ça, murmura Boka.

Je hochai lentement la tête. Boka tressaillit violemment, cognant la poupée du coude. Quelque chose d'autre tomba du ventre de la poupée : un objet placé dans un sachet en plastique.

— Rhea ?

— Oui, je vois.

J'enfilai les gants de latex qui se trouvaient dans ma poche, et m'emparai du sachet. A l'intérieur, nous trouvâmes une main humaine en état de décomposition avancée. Les asticots grouillaient à la surface. Boka porta la main à sa bouche et prononça un mot dans sa langue maternelle. Je n'avais pas besoin d'interprète pour savoir que c'était un juron.

A l'autre bout du lit, une infirmière contemplait la scène, bouche bée. Je n'avais pas même remarqué sa présence.

— Appelez vite le commissariat et demandez l'inspecteur Mark Stafford. Dites-lui que le Dr Lynch a besoin de lui immédiatement. Informez-le — lui, et personne d'autre — de ce qui s'est passé. J'insiste sur la confidentialité totale que vous devez observer. Cette affaire relève du secret médical le plus absolu. Est-ce bien compris ? Je ne veux pas que l'histoire se répande dans tout l'hôpital.

La jeune femme referma la bouche et opina.

— Oui, docteur. Je vais appeler l'inspecteur. Et je ne dirai rien aux autres.

— C'est valable pour vous aussi, dis-je à l'aide-soignante qui se tenait sur le pas de la porte.

Elle acquiesça d'un hochement de tête, mais je ne la crus pas. Dawkins était un petit hôpital de province, et l'histoire avait de quoi alimenter les potins pendant un certain temps. Peut-être pourrais-je, tout au plus, éviter que la presse locale s'en emparât… La vie privée des patients mérite d'être un peu mieux préservée, et ces deux filles, déjà si maltraitées par le sort, risquaient d'être livrées en pâture à la curiosité publique.

Je ne savais trop que faire de la langue et de la main putride. Devais-je les considérer comme des pièces à conviction ? Je retournai le sachet plusieurs fois pour vérifier que la main correspondait bien à celle qui manquait à la petite. Cela me semblait évident.

— C'est donc Na'Shalome qui lui a coupé la main et la langue, murmura Boka.

— Oui, dis-je avec un soupir. Et la petite, apparemment, l'a laissée faire.

A ces mots, la victime battit des paupières. Une larme glissa sur sa joue, puis le long de son joli visage.

Mark arriva, flanqué des experts de la brigade criminelle, alors que Boka achevait de photographier la poupée, la main et la langue, pour étayer notre compte rendu. Le règlement administratif oblige les médecins à informer la hiérarchie de tout événement insolite, en joignant le maximum de pièces justificatives. Une pellicule entière fut consacrée à ces clichés destinés au rapport de Boka, au mien et au dossier des deux patientes. Tous les documents devaient être fournis en double exemplaire, sans la moindre omission. D'autant plus que la langue avait été coupée à l'intérieur de l'établissement.

Pour sa sécurité, la petite victime allait être transférée dans un autre hôpital et placée sous protection particulière. Son état nécessitait une intervention de chirurgie buccale très délicate. Nous plaçâmes sa langue dans des linges stériles imbibés de sérum physiologique, conservés dans un petit bac de glace, dans l'espoir qu'elle pourrait être remise en place. La main, irréparable, serait expédiée au laboratoire de la PJ qui effectuerait un test ADN pour vérifier si elle appartenait bien à Marie et évaluer la date de l'amputation.

Mark et ses hommes ne traînèrent pas. Il avait peu de temps pour mener son enquête. L'hélicoptère du Samu venait chercher Marie.

La directrice fut appelée pour le constat. A cette heure-là, les bureaux administratifs étaient fermés, et Rolande

Higgenbotham arriva en tenue de jardinage maculée de terre. Je la croisai dans un couloir en regagnant les urgences. Elle ne tarderait certainement pas à me convoquer, puisque c'était moi qui avais découvert la langue et la main dissimulées dans la poupée.

Aux alentours de minuit, Mark plaça Na'Shalome en état d'arrestation et confisqua la poupée pantin. La jeune fille, assommée par les tranquillisants, ne risquait pas de s'en apercevoir.

En perquisitionnant dans les chambres des filles, Mark trouva la bourse en cuir souple que j'avais aperçue un jour, et la confisqua également. Avant de partir, il fit un crochet par les urgences pour me la montrer.

— C'est ce que tu avais vu dans la chambre de Na'Shalome ?

Il arborait le masque et le ton impersonnels de l'inspecteur en action.

— Oui, répondis-je. Il s'agit bien de cette pochette, avec les pierres qu'elle contenait. Où l'as-tu trouvée ?

— Sous le matelas.

— Une cachette remarquable.

— C'est aussi mon avis. Je suis surpris que nous l'ayons découverte, dit-il d'un ton pince-sans-rire.

— Qu'est-ce que c'est ? demandai-je en désignant les galets graisseux et polis par un usage constant.

— Des runes.

— Pardon ?

— Des runes, répéta Mark. Des pierres gravées de caractères d'origine scandinave, parmi les plus anciens au monde. Dans l'Antiquité, on trouvait aussi des versions germaniques et celtes. On leur prêtait des vertus magiques. Les graffitis qui ont fleuri sur les murs de l'hôpital reproduisent ces caractères. Plusieurs infirmières m'ont dit que Na'Shalome

214

ne pouvait pas en être l'auteur car certains sont apparus au moment de son opération ou pendant qu'elle se trouvait sous l'effet des sédatifs. Mais, à mon avis, elles ont dû se tromper sur les horaires. C'était forcément elle.

Il me montra un bidon de peinture jaune, également placé dans une poche transparente réservée aux pièces à conviction, qui portait des traces de poudre pour la détection des empreintes digitales. Un troisième sac contenait une paire de ciseaux chirurgicaux ensanglantés.

— Sous le matelas ?

— Bingo.

— Quelle maligne, cette fille ! Comment as-tu découvert l'histoire des runes ?

— A l'école militaire de Citadel, je m'étais inscrit à un cours d'histoire facultatif. J'y ai appris que Christophe Colomb n'avait pas été, peu s'en faut, le premier Européen à fouler le sol américain. En 1898, un fermier du Minnesota a trouvé une pierre enfouie avec une inscription runique. La traduction du texte a permis de savoir qu'en 1392, une trentaine de Suédois et de Norvégiens étaient arrivés là et n'avaient jamais pu repartir.

Mark haussa les épaules.

— J'ai trouvé ça intéressant, conclut-il.

— Donc, quand je t'ai montré l'inscription du miroir, que j'avais recopiée, tu savais ce que c'était et tu ne m'as rien dit ?

Je ne pouvais pas le croire. Mark n'aurait pas résisté au plaisir d'étaler sa culture, marquant ainsi un point dans la compétition que nous nous livrions constamment.

Il esquissa un sourire.

— Je n'y ai pas pensé tout de suite. Il me semblait avoir déjà vu ça quelque part. Mais, quand j'ai trouvé ces pierres, j'ai fait faire des recherches sur Internet, et on m'a dit qu'elles portaient des inscriptions runiques. C'est à ce moment-là que tout ça m'est revenu.

— Magie noire. Runes. Main et langue amputées. Il faut venir ici pour voir ça.

Mark eut un sourire sarcastique.

— Génial, non ? On n'est vraiment bien qu'au pays !

216

14.

Malédiction des runes et herbe aux poules.

Je ne me sentais pas dans mon assiette en quittant l'hôpital, et je refusai de mettre cela sur le compte du manque de sommeil ou des bizarreries dont je venais d'être témoin. Je refusai aussi de m'appesantir sur cette solitude qui semblait me coller à la peau. Marisa me manquait — ça, je ne pouvais pas le nier. Au lieu de m'adonner, une fois de plus, au jogging, je pris une douche, enfilai un bermuda et un T-shirt, puis me rendis chez ma voisine en compagnie de mes chiens, avec les clichés de la veille et quelques documents dans ma poche.

Cam ne vint pas m'accueillir sur le seuil quand je frappai, bien qu'il eût, manifestement, pris son petit déjeuner ici, à en juger par les deux bols et les deux assiettes qui séchaient au bord de l'évier. Après m'avoir ouvert, miss Essie posa une corbeille de muffins aux myrtilles sur la table, et désigna la machine à café.

— Remettez-moi ces clébards dehors ! Ils se sont encore roulés dans quelque chose. Servez-vous du café et asseyez-vous.

Elle se laissa choir dans un fauteuil, pendant que je faisais sortir Belle et Peluche. Je remarquai que la vieille dame avait repris quelques kilos. Elle avait maigri, ces derniers mois, et je me réjouis de la voir s'arrondir un peu. Sans doute recommençait-elle à manger.

— Joyeux anniversaire ! me dit-elle.

Je haussai les épaules, mal à l'aise. Pour moi, c'était juste un mardi comme les autres. Miss Essie changea de sujet.

— Ce Cameron, dit-elle en fixant sur moi son regard pénétrant, il a déjà filé à l'aéroport. Il m'a l'air bien pressé de partir travailler. Vous sauriez pas pourquoi, par hasard ?

Je bus une gorgée de café en dissimulant un sourire.

De son côté, miss Essie ricana, me laissant comprendre qu'elle n'était pas dupe.

— Dites-moi tout, mon petit. J'ai encore un jour ou deux à passer en tête à tête avec ce garçon.

— Shirley l'a plaqué, répondis-je, la tasse à hauteur de ma bouche.

— Ça, je le sais. Arlana m'a téléphoné pour me raconter toute la scène.

Elle esquissa un sourire entendu.

— Après ça, il est allé vous voir. Il est pas resté trop longtemps, et il était pas bien fier en rentrant. En fait, il tenait pas en place.

— Il voulait que je l'aide à noyer son chagrin.

— Dans l'alcool ou au lit ?

— Pas dans l'alcool.

Miss Essie avança subrepticement la main et écarta ma tasse pour mieux voir mon visage.

— Vous l'avez envoyé promener ?

Je hochai la tête.

— Très bien. Ce garçon ne fera que des misères à la pov'
femme qui tombera amoureuse de lui. Et vous êtes bien un
peu amoureuse de lui, pas vrai ?

— Nous sommes amis, miss Essie. Rien de plus.

Je posai ma tasse sur la table, mais la gardai au creux
des mains.

Elle ricana de nouveau.

— Ce garçon, il a que deux amies au monde qui sont
des femmes. Vous et moi. Moi, je lui fais à manger et je lui
donne des conseils quand les choses tournent pas tout à fait
comme il veut. Vous, il vous place sur un piédestal et il vous
admire. Si vous mettez cet homme dans vot'lit, vous vous
brisez l'cœur, et le sien aussi, parc'qu'il verra que vous êtes
comme les autres.

Je pris un muffin et l'ouvris en deux. Les myrtilles étaient
fraîches, la pâte moelleuse et bleutée comme je l'aime.
Pourtant, quand j'en goûtai un, je le trouvai bien fade.

— J'ai pris la bonne décision. Cam est seulement mon
ami.

— Et Mark ?

Je sentis mes joues s'empourprer.

— Je n'ai encore rien décidé.

Ma réponse parut l'amuser.

— Alors, qu'est-ce que vous ferez avec Cam quand vous
allez le revoir ?

— Je l'emmènerai au cinéma.

Je regardai la vieille dame en réprimant un sourire.

— Pour lui rappeler qu'on est amis, ajoutai-je.

Elle approuva d'un hochement de tête.

— Bon. Qu'est-ce que vous aviez d'autre à m'dire ?

Soulagée de ne pas avoir à m'étendre davantage sur mes
dilemmes sentimentaux, je sortis les Polaroid de ma poche
et les étalai sur la table.

— Vous vous souvenez de la poupée dont je vous ai parlé ? La voilà.

Miss Essie déplaça les photos du bout des doigts.

— Qu'en pensez-vous ? lui demandai-je.

— C'est pas un jouet. Elle a servi à autre chose.

Elle désigna les taches de vrai sang humain, à peine visibles sur la peinture rouge.

— Elle a servi à des choses sanglantes. Un sacrifice ?

— En quelque sorte.

Je lui racontai les événements de la veille — le supplice infligé à la petite Marie et ma découverte de la main coupée.

— Aucun cercle par terre ou sur le lit ?

— Un cercle ?

— Dessiné à la craie ou avec du sel.

— Non. En tout cas, je n'ai rien remarqué.

— Ça vous aurait sûrement pas échappé. Il faut que ça soit assez épais pour former une ligne continue, comme disent les sorcières. Et, s'il y a pas de cercle...

Miss Essie soupira.

— Je dirai que cette fille est sûrement une autodidacte qui a la haine.

— Une autodidacte ? répétai-je, surprise par un langage aussi recherché dans la bouche de miss Essie.

— Elle fait pas partie d'une assemblée de sorcières, et elle a été formée par personne. Elle a peut-être écouté aux portes ou trouvé des livres de magie...

La vieille dame haussa les épaules.

— Elle a pu se prendre au jeu, petit à petit.

Je sortis la copie du graffiti que j'avais trouvé sur le miroir de ma chambre de garde.

— Et ça ? Mark dit que ça ressemble à des runes, mais je ne sais pas le déchiffrer.

Miss Essie repoussa sa chaise et se leva, emportant sa tasse.

— Venez. On va chercher.

Dans le bureau qui avait été celui du Dr Brasswell, l'ex-mari de Marisa, miss Essie alla s'asseoir devant un écran d'ordinateur et déplaça la souris sur la table. L'écran s'éclaira lentement. Une icône apparut dans l'angle inférieur gauche. Elle cliqua dessus, et la page du serveur prit forme.

— Miss Essie ? Quand avez-vous appris à vous servir d'un ordinateur ?

— J'ai commencé quand miss Marisa s'est mise à parler de cette Anglaise qu'elle veut embaucher comme nounou. Avant, j'avais jamais eu besoin de ces trucs-là. J'ai suivi une formation accélérée, en ville. Pour le courrier électronique, ça va à peu près, mais y a encore des choses que je maîtrise pas très bien.

Quand le moteur de recherches fut affiché, elle tapa le mot « runes », puis déplaça le curseur dans la liste des sites. Il ne lui fallut pas longtemps pour trouver une page présentant les caractères runiques et leurs interprétations. Elle les inscrivit au fur et à mesure sur un morceau de papier.

Mes cinq runes étaient disposées en forme de croix, les trois premières formant une ligne verticale barrée à l'horizontale par les deux autres, de part et d'autre du caractère central. D'après les explications fournies par Internet, la position ne semblait pas en modifier le sens. De quelque manière qu'on les plaçât, ils représentaient une malédiction. J'avais Uruz, Thurisaz, Wunjo, Hagalaz et Perthro, tous tracés à l'envers — la tête en bas —, ce qui me promettait faiblesse, convoitise, maladie, obsession, violence, mensonge, haine, malveillance, chagrin, démence, délire, souffrances, confusion, dépendance.

— Ma foi, c'est pas réjouissant, tout ça ? murmurai-je.

Miss Essie fronça les sourcils.

— Ce n'est pas vraiment une carte de vœux ! ajoutai-je, essayant de dédramatiser. Et toutes ces douceurs ne riment même pas. Comment l'auteur espère-t-il se faire publier s'il ne sait même pas écrire en vers ?

Décidément, il n'y avait rien à faire pour dérider miss Essie. Avec un soupir, elle déconnecta l'ordinateur.

— J'aimerais bien que vous preniez pas ça à la légère, dit-elle gravement. Quelqu'un essaie de vous causer du tort.

— Ça me contrarie, miss Essie. Mais je ne crois pas à toutes ces sornettes, vous le savez. Je suis incapable de les prendre au sérieux.

— Je prie pour vous, mon enfant : chaque matin et chaque soir.

— Et je vous en remercie, du fond du cœur.

Quand la vieille dame se leva, je la pris dans mes bras.

— Vous n'imaginez pas le bien que ça me fait de savoir que vous m'aimez. Et, de toute façon, votre Dieu est plus fort que tous ces maléfices, n'est-ce pas ?

— Oui, bien sûr que oui ! Mais il ne faut pas être stupide.

— Je ferai attention, miss Essie.

Elle se dégagea d'un air bourru.

— Retournons dans la cuisine. Le café est en train de refroidir, et y a rien de plus mauvais que le café froid.

— Si. Le café de l'hôpital.

— C'est vrai, admit-elle. Qu'allez-vous encore demander à une vieille femme dont vous n'écouterez probablement pas les conseils ?

— Je voudrais savoir s'il existe des plantes qui peuvent avoir un effet hallucinogène ou psychotrope.

— Un effet comparable à celui du LSD ou de l'ecstasy ?

— Exactement.

222

Nous nous réinstallâmes autour de la table, et je versai du café dans nos tasses vides.

— Il y a ces champignons, les psilocybes.

— D'accord. Et quoi d'autre ?

— Une bonne cinquantaine de plantes, si vous les préparez comme il faut.

J'ouvris de grands yeux.

— Une cinquantaine ?

— Et même une centaine, si vous comptez celles qui font de l'effet sur le corps plutôt que sur l'esprit. La plupart sont pas interdites ; on peut les acheter comme on veut. J'en ai même dans mon potager, ajouta-t-elle d'assez mauvaise grâce.

— Vous ? Vous cultivez de la drogue dans votre jardin ?

— Je cuisine avec une variété de sauge que les Indiens utilisaient pour avoir des visions. Et c'est qu'un exemple. Presque toutes les fleurs et les herbes ont des vertus médicinales si vous savez vous en servir. Le dosage est souvent difficile, et la préparation peut tout changer.

Remarquant ses yeux mi-clos, je me demandai si elle essayait de me mettre en garde… ou de me cacher quelque chose.

— Et ces plantes… peuvent-elles agir, disons, sur le cœur et la circulation du sang aussi ?

— Evidemment !

Miss Essie me gratifia de son petit ricanement méprisant, comme pour souligner mon ignorance dans certains domaines.

— Vous avez jamais entendu parler de la digitale ? C'est une fleur. La médecine s'en sert depuis des siècles pour les problèmes cardiaques.

Elle redressa la tête avec brusquerie, et je craignis de m'être aventurée dans un domaine qui lui tenait particulièrement à cœur, comme la religion, la cuisine ou la manière d'élever les enfants.

Je hochai la tête avec conviction.

— Je sais que la plupart des médicaments sont synthétisés à partir de plantes, miss Essie, dis-je prudemment.

— Exactement. Où vous croyez que tous ces médecins trouvent leurs remèdes ? Dans des petites fioles toutes prêtes, avec des étiquettes dessus, peut-être ? Mais non : ils les prennent dans les plantes. L'aspirine, les anticoagulants, toutes sortes de trucs viennent des plantes. L'héroïne, c'est du pavot, la cocaïne est extraite des plants de coca, et la marijuana… c'est de l'herbe ! L'homme en a fait des drogues mais, dans la nature, elles peuvent aussi soigner. Et si votre FDA[1] à la noix avait un peu plus de jugeote, il permettrait qu'on en donne aux mourants dans les hôpitaux… Et venez pas me parler du chanvre indien, que les gens du FDA ont classé dans les produits dangereux, alors que c'est même pas une plante médicinale !

J'évitai de rétorquer que le FDA n'était pas à moi et qu'il ne me serait jamais venu à l'idée d'interroger miss Essie sur le chanvre indien. Moi qui n'avais jamais su tenir ma langue, je faisais des progrès. Mais, en l'occurrence, j'avais l'impression d'avancer en terrain miné.

Après un instant de réflexion, je me bornai à poser la question la plus neutre possible.

— Pourriez-vous me faire une liste de ces plantes ?

Miss Essie opina.

— J'en ai déjà une. Je vais la mettre à jour pour vous. Est-ce que vous voulez aussi les poisons ? Y en a dans la plupart des jardins, vous savez ?

1. FDA : Food and Drug Administration : organisme américain chargé de tester l'innocuité des aliments, médicaments et additifs alimentaires en vue de leur autorisation à la consommation.

— Je veux bien. Merci, miss Essie, dis-je en me levant. Je pourrai passer cet après-midi pour prendre la liste ?

— Je vous l'enverrai par e-mail, répondit-elle assez sèchement.

J'oubliais qu'elle savait se servir d'un ordinateur… Songeant aux mauvais présages, aux malédictions des runes et à la nounou que j'avais contribué à trouver pour les enfants de Marisa, je quittai prudemment les lieux, après avoir donné à miss Essie mon adresse électronique.

Dehors, la chaleur moite, écrasante, m'enveloppa comme un bain de vapeur. Et l'odeur puissante des herbes encore humides de rosée me donna le vertige.

Je me demandai si les plates-bandes soigneusement entretenues du potager contenaient beaucoup de plantes dangereuses, et quel usage en faisait miss Essie.

Les chiens, allongés à l'ombre d'un arbre, se bornèrent à remuer la queue en attendant que j'arrive à leur hauteur. Je levai les yeux et regardai les feuilles avec circonspection. Je commençais à voir du poison partout.

Il faisait trop chaud pour aller courir. Sitôt arrivés, les chiens s'écroulèrent dans le couloir. Pour ma part, j'ôtai mes chaussures et décidai de m'octroyer un petit somme réparateur.

Je me sentais un peu désorientée, comme si je venais de découvrir à propos de miss Essie quelque chose qui ne m'avait jamais traversé l'esprit. J'essayai d'y réfléchir, une fois allongée sur mon lit, mais le sommeil s'empara de moi sans m'en laisser le temps.

Je me réveillai trois heures plus tard, beaucoup plus alerte. Après m'être rafraîchie sous la douche, j'allumai mon ordinateur pour consulter mes messages. Le premier que je vis venait de miss Essie. Son courrier s'intitulait « mainverte777 ». A ma connaissance, miss Essie n'avait pas soixante-dix-sept ans. J'en déduisis que ce nombre avait une connotation religieuse. Sa liste alphabétique et détaillée était impressionnante ; elle y avait ajouté l'adresse d'un site Internet qu'elle me conseillait de visiter.

J'entamai la lecture de la liste.

« Aconit : sédatif.

Adonis : stimulant cardiaque, comme la digitale. Personnellement, je ne l'aime pas.

Ancolie : narcotique. Ce truc-là est dangereux. Les adeptes du root s'en servent souvent. Une plante magnifique.

Arnica : à utiliser en teinture, contre les contusions.

Aster : en onction ou badigeonnage, aide au réveil d'un évanouissement. La fleur est jolie.

Bdellium : utilisé dans les rituels de certaines tribus arabes. J'en ai jamais eu.

Belladone : herbe médicinale qui peut être un poison. On l'appelle aussi l'« herbe à sorcières ».

Cèdre : il peut être toxique, mais le bois sent très bon et éloigne les mites.

Cerisier sauvage (ou merisier) : sédatif. Excellent bois pour les meubles. Vous en avez un dans votre jardin.

Ciguë : poison violent, qui attaque les centres nerveux. On peut s'en servir comme insecticide.

Digitale (ou gant de Notre-Dame) : celle-là, vous la connaissez. J'en ai plusieurs plates-bandes.

Douce-amère : un excellent dépuratif. Je m'en sers en décoction.

Ephèdre vert : stimulant du système nerveux central. Peut être dangereux à forte dose, mais bon en infusion.

Eucalyptus : j'en garde toujours des feuilles dans un pot, contre la toux.

Fo-ti : un truc asiatique. J'ai réussi à en faire pousser dans mon jardin. Bon pour l'hypertension.

Forsythia : pas mal d'usages en médecine. Nous en avons toutes les deux chez nous.

Gardénia : contre l'insomnie et l'hypertension. Les miens ont un parfum délicieux !

Genêt à balais : contre les battements irréguliers du cœur. Peut causer des paralysies de la respiration.

Ipéca : les racines donnent des vomissements.

Jusquiame noire (l'herbe aux poules) : à fortes doses, elle donne des convulsions. Très diluée, elle les calme. »

J'interrompis ma lecture en découvrant que le message comportait encore deux pages. Je n'en étais arrivée qu'au « J », mais j'avais déjà là quelques plantes pouvant provoquer des convulsions ou autres problèmes. L'herbe aux poules. Qu'est-ce que c'était que ce truc-là ?

Je recopiai l'adresse du site Internet concernant les plantes, et entrepris de chercher les noms en latin. Cela risquait de m'occuper un bon moment.

La journée me parut interminable, et je finis par la clore en prenant ma voiture pour aller rendre visite à Cam sur le petit aérodrome local qui se composait, en fait, d'une piste unique et de quelques hangars passablement délabrés. Je n'aurais pas été très rassurée de m'envoler dans l'un des appareils qui se trouvaient là.

Je garai ma petite décapotable beige, passai de l'habitacle climatisé aux quarante-huit degrés de l'air extérieur, et trouvai Cam qui transpirait comme un mécano à l'ombre d'un hangar. Un short en jean, qui avait dû être jadis un pantalon, descendait assez bas sur ses hanches ; une jambe, nettement plus courte que l'autre, laissait apercevoir la poche intérieure qui pendait sous les franges irrégulières tenant lieu d'ourlet. Il avait une jambe posée sur un étai — position ayant pour effet de tendre l'étoffe du jean sur ses fesses.

Torse nu, la peau luisante et hâlée, il n'avait pas une once de graisse sur le corps. Une bouteille de bière était posée à côté de lui, sous le capot du Cessna.

En entendant mes pas, il leva les yeux et me regarda approcher.

— Belle journée, n'est-ce pas ? dis-je de mon ton le plus mondain.

A cet égard, j'avais été à bonne école avec miss Dee Dee, la tante de Marisa, qui nous avait enseigné naguère les règles du savoir-vivre.

Avant de répondre, Cam se dégagea et prit sa bouteille de bière. Renversant la tête, il but à longs traits, puis lança la bouteille dans une caisse, à proximité. A en juger par le bruit qu'elle fit à l'atterrissage, ce n'était pas la première qu'il y jetait.

— Qu'est-ce que tu veux ?

— T'inviter au cinéma.

Cam me dévisagea un instant. Je discernai les effets de la bière dans son regard. Puis il baissa les yeux et les promena sur moi d'une manière tout à fait éloquente.

— Et si j'ai envie d'aller chez toi, après ?

228

Ses yeux remontèrent vers mon visage, et un sourire qui avait brisé bien des cœurs se dessina sur sa bouche. Sa voix se fit caressante, enjôleuse.

— Si j'essaie de me faire inviter dans ton lit ?

Je hochai la tête, comme pour réfléchir au sujet.

— Je te flanque un coup de pied bien placé qui te donnera une jolie voix de demoiselle pendant huit jours, lui répondis-je posément.

Cam s'esclaffa, et son expression amoureuse céda la place à quelque chose qui ressemblait à du soulagement. Il s'essuya le visage, et opina à son tour.

— Comme ça, je sais à quoi m'en tenir. On reste amis ?

— Toujours.

— Quelle heure ?

— La séance commence à 19 h 15.

— Je passerai te prendre.

— A tout à l'heure.

Je regagnai ma petite voiture. Ses contours semblaient onduler sous l'effet de la chaleur humide, et cela me fit penser au sex-appeal que dégageait Cameron Reston.

Je m'installai au volant, mis la clim au maximum et démarrai dans un crissement de pneus, comme si j'avais le feu aux trousses. Ce qui, du reste, n'était peut-être pas totalement faux.

A 7 heures du soir, j'avais mené à bien deux projets. Premièrement, je m'étais constitué une longue liste de plantes ayant un effet sur les fonctions respiratoires et cardiaques ou pouvant provoquer des convulsions. Un document parallèle énumérait les plantes dotées d'effets psychotropes. Au total, j'avais rassemblé environ deux cents noms de plantes. Il en existait probablement des milliers, parfaitement disponibles, en toute légalité. En principe, l'usage de ces plantes pour soigner des affections bénignes ne pouvait pas faire grand mal. Je craignais, toutefois, que, associées à d'autres herbes ou à des produits pharmaceutiques prescrits pour des maladies plus graves, elles pussent provoquer des dégâts dont je mesurais encore mal la portée.

Il ne s'agissait, pourtant, que de fleurs, de racines ou de feuilles communément répandues. N'importe qui pouvait aller cueillir dans un jardin un assortiment d'herbes extrêmement dangereux pour la santé, et il était impossible d'en réserver l'usage aux naturopathes, herboristes ou homéopathes. L'être humain fait partie intégrante de la nature, et doit apprendre à s'en accommoder.

Mais les résultats de mes recherches aggravèrent mes inquiétudes concernant certains de mes patients.

En second lieu, je me félicitai de m'être réconciliée avec Cam dont l'amitié m'était précieuse.

Il se présenta chez moi à l'heure dite, avec un somptueux bouquet de roses thé entourées de lys parfumés. La carte qui l'accompagnait était ainsi rédigée : « Je suis un couillon. Je plaide coupable. » L'aveu avait de quoi faire sourire de la part d'un chirurgien spécialiste du cerveau, fréquemment exposé à des poursuites judiciaires.

En prime, j'eus la chance de voir un excellent film pourvu de fusillades mais dans lequel personne ne se trouvait paralysé à vie ou ne se vidait de son sang dans d'interminables agonies. De plus, les dialogues étaient involontairement savoureux, ce qui ne m'empêcha pas de consommer quantité de pop-corn et de Coca, et même un paquet de caramels mous qui collaient aux dents.

Les ennuis ne commencèrent qu'à mon retour à la maison.

15.

Bigrement flatteur.

Cam me déposa dans l'allée en me souhaitant un joyeux anniversaire. Il repartit en faisant vrombir le moteur de sa voiture de location, sans même essayer de m'embrasser pour me dire bonsoir. En gravissant les marches du perron, j'entendis les chiens aboyer furieusement à l'intérieur. Je reconnus les grondements menaçants de Belle et les jappements terrorisés de Peluche.

Les chiens ne venaient pas m'accueillir ? Ce n'était pas normal.

Aussitôt sur le qui-vive, je frissonnai dans la touffeur accablante de cette nuit d'été. Les chiens couraient comme des fous à travers la maison ; leurs aboiements me parvenaient plus ou moins nettement selon qu'ils s'approchaient ou s'éloignaient de l'entrée.

J'entendis Belle se jeter de tout son poids sur le vantail mobile. Le battant ne bougea pas d'un pouce. Il était bloqué par du chatterton soigneusement collé tout autour de l'ouverture pratiquée pour les chiens en bas de la porte.

Sous le vantail bloqué, quelque chose brillait à la faible lueur de la lune. M'approchant, je vis un sac en plastique transparent avec une fermeture à glissière, qui contenait une sorte de petit rouleau pâteux. Je me baissai pour le ramasser, et m'arrêtai juste à temps, consciente de mon erreur. La main tendue en avant, je me figeai sur place, retenant mon souffle.

Je me retournai ensuite, lentement, et scrutai la pénombre. L'éclairage extérieur, à l'angle de la maison, était éteint. Je l'avais pourtant laissé allumé : j'en étais absolument certaine.

Pour aller au cinéma, je n'avais pas pris mon portable. Pivotant sur mes talons, je courus comme une folle jusque chez Mark en priant pour qu'il soit chez lui. Je martelai sa porte à coups de poing, et il vint m'ouvrir, un revolver de gros calibre à la main. Ignorant le flingue, je m'engouffrai dans le couloir en le bousculant au passage.

— Rhea ? Qu'est-ce qui...

— Quelqu'un est venu chez moi. Le passage des chiens est bloqué avec du chatterton, et ils sont enfermés à l'intérieur. Ils sont complètement déchaînés. Et il y a un drôle de truc, dans un sac, sous la porte du fond.

Je respirai une dizaine de fois par à-coups, soudain consciente d'avoir retenu mon souffle pendant un bon moment.

— Un truc dans un sac, mais quoi ? Quel genre de sac ? demanda Mark en enfilant un T-shirt en toute hâte.

Il fourra son portable dans sa poche, et se dirigea vers la porte sans quitter son arme.

— Un sac en plastique transparent. Je n'y ai pas touché.

— La porte d'entrée est fermée à clé ?

— J'ai pas vérifié.

— La clé, demanda-t-il brièvement.

Je la jetai dans sa main tendue.

— Ne bouge pas d'ici.

— Aucun risque : tu parles !

232

Quand il fut parti, je frissonnai de nouveau. Dans l'obscurité du couloir, je regardai à travers le panneau vitré au-dessus de la porte. Je tremblais encore de tous mes membres.

Quelques instants plus tard, j'aperçus le gyrophare d'une voiture de police qui arrivait en silence, sirène éteinte. Un second véhicule s'arrêta, et deux policiers disparurent à l'angle de ma maison.

Quatre minutes s'écoulèrent, puis une fenêtre s'éclaira. Les pièces s'allumèrent ensuite une à une, jusqu'à ce que toute la maison fût illuminée.

Il n'y avait pas eu un seul coup de feu, et pourtant tout danger semblait écarté. Les battements de mon cœur commencèrent à se calmer. Recouvrant un semblant de sang-froid, je traversai la rue et contournai ma maison vers l'arrière. Les chiens, délivrés, sillonnaient le jardin comme des flèches en aboyant encore, mais de joie et d'excitation, cette fois. Ils vinrent me faire la fête, et faillirent me renverser dans leurs démonstrations d'affection.

— Oui, oui, vous êtes de bons gros toutous, murmurai-je en les caressant.

A l'angle extérieur du pavillon, un policier juché sur mon escabeau manipulait l'ampoule de l'applique. Elle s'alluma au moment où j'arrivais à sa hauteur, et il descendit de l'échelle.

Mark m'attendait sur le perron.

— Quelqu'un a dévissé l'ampoule, mais ta porte était fermée à clé, et tu avais laissé la lumière allumée, me dit-il. Il y a du progrès.

Sur ce, il me tourna le dos.

Mais pourquoi me parlait-il sur ce ton ?

— Oh, merci papa ! Je fais des efforts. Mais c'est bien difficile, tu sais, avec toutes ces hormones femelles qui encom-

233

brent mon cerveau… Salut, Jacobson, ajoutai-je à l'intention du policier qui remettait mon escabeau en place.

Flics et toubibs : deux espèces amenées à se côtoyer fréquemment, particulièrement aux urgences.

— Salut, doc ! répondit-il avec un petit signe de tête.

Il se détourna rapidement, puis s'éloigna, comme s'il réprimait à grand-peine un fou rire.

— Quelqu'un pourrait m'expliquer ce qui se passe ?

— A plus, docteur ! dit Jacobson en rejoignant son collègue devant la maison. L'inspecteur s'en chargera. Nous, il faut qu'on retourne au boulot.

Je les entendis rigoler tout bas en regagnant leurs bagnoles. Mais qu'est-ce qu'il y avait donc de si drôle ?

Un miaulement, au-dessus de moi, me fit lever la tête. J'aperçus Stoney, perché sur une branche. Il agitait la queue nerveusement, oubliant son flegme habituel.

— Tu peux descendre, maintenant, gros minou !

En guise de réponse, il se redressa et s'immobilisa en position assise, la queue enroulée autour de ses pattes. Il redescendrait quand il serait décidé.

Mark promenait une lampe électrique sur la porte extérieure. Le faisceau lumineux révéla des caractères peints sur le bois du battant.

— Encore des runes ? grommela-t-il.

Il avait l'air furieux, et je me demandai ce que j'avais bien pu faire pour le mettre en colère. Ah, les hommes ! Comment comprendre ce qui peut leur passer par la tête ?

— Ça y ressemble.

Calant la lampe sous son bras, il ouvrit un bloc-notes et prit un stylo dans sa poche. Je reconnus mon bloc-notes et mon stylo — ceux que j'avais laissés sur le bar de la cuisine, juste à côté du somptueux bouquet de mon ami Cam.

Je ne pus réprimer un sourire. Mark était jaloux.

Il copia le motif des runes, et referma le bloc-notes.

— Jacobson va envoyer des experts pour relever les empreintes sur les lieux, dit-il sans me regarder un instant.

— Et l'objet dans le sac en plastique ?

— Je ne veux pas émettre d'hypothèse. Ils l'ont emporté comme pièce à conviction.

— D'accord. Je comprends que tu ne veuilles pas émettre d'hypothèse, dis-je en m'efforçant de garder mon sérieux.

Mark hocha la tête et poussa la porte avec son — mon — stylo.

— Miss Essie est venue m'apporter des muffins aux myrtilles, reprit-il. Elle m'a parlé des runes que vous avez traduites. Allons voir ce qu'on peut trouver sur Internet.

Je lui emboîtai le pas, et nous passâmes devant le bouquet de fleurs pour aller allumer l'ordinateur dans le coin-bureau du séjour. Apparemment, Mark ne se doutait pas que j'avais deviné ce qui le tracassait. Il aurait été doublement furieux de voir que cette histoire m'amusait. Ça, je pouvais le comprendre.

Sans solliciter mon aide, il tapa sur le clavier l'adresse du site spécialisé dans les caractères magiques. Le laissant faire, j'allai laver mes mains gluantes de pop-corn et de caramel fondu. Belle m'accompagna dans la cuisine, vint renifler mes chevilles, tourna vers Mark un regard interrogateur, et leva de nouveau les yeux sur moi avec un petit gémissement plaintif. Je me penchai sur elle et lui chuchotai à l'oreille que les hommes sont stupides. Ma chienne, qui avait une grande expérience des mâles, s'installa dans son panier et ferma les yeux. Elle m'avait parfaitement comprise. Je constatai, pour ma part, qu'elle puait, comme si elle s'était roulée dans quelque charogne. Miss Essie s'en était déjà plainte, ce matin...

Je regagnai le séjour et m'assis dans le canapé. Mark garda les yeux fixés sur l'écran de l'ordinateur. Au bout d'un instant, il me tendit une feuille avec la nouvelle interprétation.

— Quand les caractères sont renversés, ce sont des « merkstaves » — littéralement, « sombres bâtons ». La signification est l'inverse de celle du caractère quand il est à l'endroit, mais avec une nette aggravation. Tes inscriptions étaient composées de runes inversées.

Cette fois encore, elles étaient disposées en forme de croix avec un caractère commun au centre. Hagalaz, Isa, Mannaz, Laguz, Raidho. Cette malédiction ressemblait étrangement à la première. Mais, en relisant l'interprétation, je m'aperçus que l'accent ne portait pas sur les mêmes choses. La première fois, il s'agissait plutôt d'une menace d'ordre général, qui aurait pu s'adresser à n'importe qui. Cette fois, elle me parut s'adresser plus particulièrement à moi, en termes de « maladie, souffrance, attaques, égocentrisme, intrigues, cécité, artifices, supercherie, mortalité, aveuglement, abandon, rechutes, suicide, désespoir, détresse, désillusion, trépas ».

J'eus le sentiment que quelqu'un me traitait d'égoïste, m'accusant de prendre de mauvaises décisions et de passer à côté d'une chose évidente, ce qui risquait d'entraîner souffrance, maladie, désespoir et trépas — pour moi ou pour autrui. Une malédiction tout à fait adaptée à ma profession de médecin.

Curieusement, je me sentis moins affectée, cette fois-ci. Devais-je attribuer ce détachement à la présence d'un grand gaillard de flic passablement jaloux, portant une arme à feu à la ceinture ?

Sans émettre aucun commentaire, je lui rendis le papier en haussant les épaules.

— Quoi ? C'est tout ? me dit-il d'un air étonné.

Je haussai les sourcils sans répondre.

236

— C'est la deuxième fois que tu reçois des menaces, et tu ne trouves rien à dire ?

Je secouai lentement la tête. Non, je n'avais rien à dire. Mark se retourna en entendant frapper à la porte.

— Passez par-derrière, les gars ! cria-t-il.

Les « gars » étaient trois experts de la brigade criminelle — deux femmes et un homme — équipés d'un matériel sophistiqué et d'émetteurs radio. Ils s'adressèrent à Mark, et me saluèrent d'un signe de tête quand il fit les présentations.

L'une des deux femmes, petite et menue, châtain avec des mèches blondes et de grands yeux verts, m'observa du coin de l'œil, comme on regarde une éventuelle rivale.

Intéressant. Je me demandai si Mark ignorait qu'il avait la cote avec elle ou bien s'il lui avait demandé de venir chez moi, justement parce qu'il le savait.

J'optai pour la première version quand la jeune femme lança d'un ton plein d'espoir :

— Jolies fleurs ! Un amoureux, peut-être ?

— Un copain de fac !

Je remarquai incidemment que les épaules de Mark s'étaient crispées.

Les experts prirent leur temps pour relever des empreintes sur la porte du fond, sur l'éclairage extérieur et sur ma voiture. Je n'avais pas pensé à ma voiture. Quelqu'un aurait-il pu la saboter en mon absence ? Charlie, le seul mâle de l'équipe, qui travaillait aussi dans les services de déminage et me connaissait pour être intervenu dans une récente affaire de menace à la bombe aux urgences de l'hôpital, alla examiner le véhicule, et revint me dire que tout paraissait normal. Il poussa même le zèle jusqu'à prendre mes clés pour aller faire le tour du pâté de maisons, à titre de précaution supplémentaire. Je le soupçonnai d'avoir trouvé une excuse pour conduire ma petite

237

Z3. Les vrombissements du moteur, à chaque changement de vitesse, confirmèrent mon hypothèse.

Dans les zones rurales qui disposent de budgets restreints, les membres de la police et du Samu exercent souvent plusieurs fonctions différentes. Mark avait suivi une formation d'auxiliaire médical, et cumulait les fonctions d'inspecteur dans la brigade criminelle et celle des mœurs. D'autres pouvaient suivre des formations de secouristes et aider les pompiers, tout en travaillant, par ailleurs, au commissariat municipal. Ici, tout le monde se connaissait. A part moi qui étais de Charleston. A moins de me faire adopter par les gens du coin, je pouvais vivre ici pendant trente ans en demeurant une étrangère. De même, je pouvais habiter loin de Charleston pendant le même laps de temps et rester quelqu'un de là-bas. Que je le veuille ou non, j'étais une *Rheaburn, des Rheaburn de Charleston.*

Pendant que je flânais autour de la maison en regardant travailler les experts, Mark resta à l'intérieur pour remplir des formulaires et téléphoner depuis son portable. Il ne m'adressa la parole que pour des questions relatives à l'affaire en cours, et ne posa pas une seule fois les yeux sur le somptueux bouquet qui embaumait toute la pièce.

C'en était presque comique. Si notre petite compétition se poursuivait encore, j'avais certainement perdu des points en me précipitant chez lui comme une mauviette.

Mais c'était son travail de secourir les gens en détresse, et le point n'avait donc pas une très grande valeur. En revanche, le point que je gagnais en le voyant enrager à propos de ce bouquet était inestimable.

C'était aussi bigrement flatteur.

Aux alentours de minuit, Mark et les experts remballèrent leur matériel et prirent congé.

— Je ne crois pas que quelqu'un soit entré, me dit Mark avec brusquerie. Tout était fermé, et ton système d'alarme fonctionne parfaitement. Verrouille tes portes et appelle-moi en cas de besoin.

Sur ces mots, il tourna les talons et disparut dans la nuit.

Il aurait pu me suggérer d'appeler police secours. Au lieu de cela, il me disait de m'adresser à lui... Et il n'avait toujours fait aucune allusion aux fleurs.

Je me préparai pour la nuit sans me départir de mon petit sourire béat.

Je me laissai ensuite choir sur mon grand lit, les bras en croix, les draps repoussés pour mieux profiter de la fraîcheur de l'air conditionné. Les volets étaient ouverts, et la clarté de la lune, à travers le feuillage agité par une brise légère, dessinait sur mon corps des motifs changeants. Je me sentais détendue, léthargique, encore un peu fourbue après cette longue journée. Stoney, qui avait fini par descendre de son perchoir, sauta sur l'oreiller à côté de moi, et tourna un bon moment avant de trouver la position idéale. Les chiens ronflaient dans la cuisine, affalés sur le carrelage qui leur apportait un peu de fraîcheur.

Les yeux ouverts dans l'obscurité, je songeai aux deux hommes entre lesquels mon cœur balançait. Je ne savais pas m'y prendre avec les hommes — je n'avais jamais su. Mon père était mort avant ma naissance, et je n'avais ni frère ni sœur. Mes seuls modèles masculins avaient été le père de Marisa — un personnage froid et distant — et les pochards joviaux qui festoyaient avec ma mère et qu'elle ramenait parfois à la maison.

Je n'avais pas eu de flirt, au lycée, à l'âge où la plupart des filles commencent à *fréquenter,* comme on dit chez nous, dans le Sud. J'étais trop grande, trop maigre, trop empruntée pour intéresser les garçons. Ma mère avait totalement sombré dans l'alcoolisme, à l'époque de mon adolescence, et l'argent de son héritage était épuisé. Nous avions à peine de quoi nous nourrir et nous vêtir. La séduction ne figurait certes pas en tête de mes priorités : il s'agissait d'abord de survivre. Je m'étais donc toujours sentie nettement désavantagée sur le chapitre des relations hommes-femmes.

Et puis, en faculté de médecine, il y avait eu John.

Il appartenait à une longue lignée de médecins, l'une des plus anciennes familles de Charleston, les Micheaux, propriétaires, depuis quatre générations, d'une immense maison coloniale entourée d'un parc somptueux. Outre sa fortune et sa classe innée, John Micheaux possédait un caractère doux et agréable, des qualités humaines incontestables. Nous étions tombés immédiatement, follement et définitivement — pensions-nous — amoureux l'un de l'autre. A présent, John sortait avec Gabrielle Larouche, alias Betty Boops, et je vivais dans une grosse bourgade de Caroline du Sud. J'étais courtisée par un flic et draguée à la hussarde par Cam Reston. Décidément, la vie était parfois bien étrange…

Brusquement, je songeai au sac qu'on avait déposé sur mon perron, au-dessous d'une inscription maléfique, manifestement rédigée à mon intention. Je n'avais pas examiné de près ce sac et son contenu. Mark s'était refusé à émettre une hypothèse à ce sujet, ce qui laissait supposer que ma première impression n'était pas la bonne.

En fait, ce que j'avais vu ressemblait à un doigt humain, nettement tranché. Dépourvu de sang. Mais un doigt épais, masculin peut-être.

C'était bien étrange. Et ma placidité, en l'occurrence, me parut plus étrange encore. Quoi ? Mark était là et tout allait bien ?

L'autonomie dont je me vantais en prenait un sacré coup.

Je me redressai soudain dans mon lit, les yeux grands ouverts. Tâtonnant sur la table de nuit, je trouvai le téléphone et appuyai sur une touche préenregistrée.

— Hôpital de Dawkins, dit la standardiste d'une voix lasse.

— Docteur Lynch à l'appareil. Passez-moi le service de médecine, s'il vous plaît.

Après un bip, quelques déclics et une brève conversation, ma trompeuse placidité s'envola en fumée.

Na'Shalome n'avait pas quitté l'hôpital. Elle dormait à poings fermés dans son lit, assommée par les sédatifs, et un policier était toujours en faction devant sa porte. Il lui était matériellement impossible de venir gribouiller sur ma porte. J'avais donc commis une erreur en lui attribuant les graffitis apparus sur les murs de l'hôpital. Et ce n'était peut-être même pas elle qui était entrée dans ma chambre de garde pour tracer des signes sur mon miroir, pendant mon petit somme. Par conséquent… quelqu'un d'autre me voulait du mal. Mais qui ?

Le mercredi matin, au tout début d'une garde de vingt-quatre heures, je m'isolai dans le cabinet où se trouve le MODIS, système de diagnostic médical informatique interactif qui permet aux médecins des petits établissements de province de faire parvenir des photos numériques, des radios et toutes sortes de documents à leurs confrères des CHU.

J'envoyai à Mark ma liste de plantes susceptibles d'avoir affecté un ou plusieurs de mes patients. Je reçus presque immédiatement une réponse laconique : « Réduis-la à l'essentiel. »

Ben voyons ! Pourquoi n'y avais-je pas pensé plus tôt ?

« Fais analyser ce truc que tu as craché dans ta flasque, et ça m'évitera peut-être de jouer aux devinettes ! » répondis-je.

J'appuyai sur « envoi » et coupai la connexion.

— Idiot de flic !

J'arrivais à peine dans mon service quand mon bip m'avertit que j'avais un appel téléphonique de l'inspecteur Stafford. Avant de le prendre, je me servis un café, y ajoutai un nuage de lait, le remuai et m'assis dans le fauteuil pivotant de la salle de repos. Quand je fus confortablement installée, je décrochai enfin.

— Docteur Lynch à l'appareil. Que puis-je faire pour vous ?

— Si tu étais restée au MODIS, ça m'aurait fait gagner du temps, dit-il sèchement.

— Ah bon ?

— Je croyais que c'était une mauvaise blague, un truc de farces et attrapes, mais je me trompais : c'était un doigt humain.

Notre petit jeu me parut soudain puéril. Je bus une gorgée de café en pensant au sac en plastique et à son contenu, tels que je les avais vus à la lueur de la lune.

— Rhea ?

— Je suis là. Il n'y avait pas de sang ? Ce doigt n'avait pas été amputé récemment ?

— Non. Le médecin légiste de Newberry dit que c'est une opération posthume. On l'a peut-être coupé plusieurs heures après le décès. Rhea, tu te souviens de ce meurtre dont je t'ai parlé, cet homme poignardé découvert au bord de la rivière Prosperity ?

— Oui. Je m'en souviens.

Une sensation de froid m'envahit subitement.

— Il lui manquait quelques morceaux. Le médecin légiste pense que ce doigt est l'un des siens.

Pour faire quelque chose — n'importe quoi —, j'allai me servir un autre café.

— Je vois, répondis-je d'une voix calme et posée, en décalage total avec la terreur qui montait en moi.

— Fais très attention à toi ! me dit Mark. Je voudrais que nous reparlions de ce que tu as vu en entrant dans l'estafette accidentée.

Il marqua une pause, puis ajouta d'un ton bourru :

— Et je voudrais savoir ce que cet abruti de Cam Reston a bien pu te faire pour se croire obligé de t'envoyer des roses.

Je souris, malgré moi, en regagnant mon siège.

— Lirais-tu mon courrier, par hasard ?

— Bon sang, Rhea ! Oui ! Je suis un couillon. Je plaide coupable.

Je riais franchement, cette fois, et décidai de lui dire la vérité.

— Bon. Juste pour qu'il n'y ait aucun malentendu entre nous…

— Il n'y a aucun malentendu.

— Shirley l'a plaqué.

— Shirley est une fille avisée. Et c'est pour ça qu'il t'envoie des fleurs ?

243

— Il est venu pleurer sur mon épaule et, en passant, il a essayé de me draguer.

— D'accord. Il a, finalement, vu ce qu'il avait sous les yeux. Il n'est donc pas aussi idiot que ça ! Pour un don Juan de sa trempe, il a mis le temps, tout de même… Et après ?

— Eh bien, je lui ai dit que, s'il recommençait, il recevrait un coup de pied bien placé qui lui donnerait une jolie voix de pucelle pendant des semaines. Ou quelque chose dans ce goût-là.

— Bravo ! Au fait, il y a un gars du FBI qui est en route pour te voir. Tu le connais : il vient de Columbia. Amuse-toi bien !

Un déclic me signala la fin de la conversation.

Je souriais en raccrochant. Et je souriais toujours quand l'agent fédéral arriva, escorté par un vigile de l'hôpital.

— Agent spécial Jim Ramsay ! dis-je en reconnaissant l'un des membres de l'équipe qui était déjà intervenue chez nous, dans une affaire de bioterrorisme.

C'était un grand blond au front un peu dégarni, à l'allure pondérée. Il n'avait pas encore quarante ans mais semblait avoir pris du galon à la suite de cette affaire.

— Bonjour, docteur Rheane Rheaburn Lynch ! rétorqua-t-il, l'œil pétillant.

Il croisa tranquillement les mains sur son abdomen.

— Des Rheaburn de Charleston, si ma mémoire est bonne.

— Elle est excellente, en effet.

— Comment va votre aïeule, Mme Rheaburn mère ?

Aïe ! Il n'allait pas être tendre. C'était le genre de type qui sourit en torturant les gens.

— Je ne saurais vous le dire, monsieur Ramsay. Comme la lecture de mon dossier a dû vous l'apprendre, je n'ai jamais eu l'honneur de la rencontrer.

Ma mère avait été la brebis galeuse du clan. Son mariage, considéré par les siens comme une mésalliance, lui aurait peut-être été pardonné si elle n'avait accouché cinq mois après la noce et sombré dans l'alcoolisme dès la mort de mon père. J'étais l'enfant du péché, l'indésirable de la famille.

— Dommage pour cette vieille chouette !

Je haussai les sourcils.

— Vous savez manier la carotte et le bâton, n'est-ce pas ?

— Il faut tirer parti de ce que l'on a, docteur.

Il avait plutôt l'air amusé. Rien ne m'empêchait d'entrer dans son jeu.

— Cet entretien est-il enregistré ? Dans l'affirmative, je devrai vous demander de débrancher le magnétophone.

— Voyez-vous un inconvénient à ce que vos propos soient enregistrés, chère madame ?

— La réponse est oui. Nous sommes à l'hôpital. Vous pourriez enregistrer, sans le vouloir, des renseignements confidentiels concernant les patients. La loi nous oblige à respecter le secret médical : vous ne l'ignorez sans doute pas.

Ramsay me considéra d'un air amusé.

— Je n'enregistre pas cet entretien.

— Ayez l'obligeance de me le prouver.

— Emma Simmons est une garce.

Je m'esclaffai malgré moi. Emma Simmons était la supérieure hiérarchique de Jim Ramsay.

— Ça me suffira.

— Je m'en doutais. Pourriez-vous me dire, sans porter atteinte au principe de confidentialité, ce que vous savez à propos des troubles dont souffrent les patients qui ont assisté aux séances mystiques de guérison ?

245

— Avec plaisir. Et, si vous connaissez un moyen d'accélérer l'analyse de certains échantillons prélevés par l'inspecteur Stafford, lors d'une de ces assemblées, je vous en serais très reconnaissante. Cela pourrait m'aider à soigner les victimes.

— Je vais voir s'il est possible de mettre la pression sur les gars de la PJ, dit-il avec une évidente jubilation.

La PJ, le FBI et la police locale entretenaient une sorte de rivalité constante qui pouvait provoquer des ralentissements dans la résolution des affaires. Il arrivait aussi qu'elle permît d'accélérer les choses. En l'occurrence, j'espérais que l'intervention des agents fédéraux jouerait en notre faveur.

Dans un langage accessible, je dis à Ramsay tout ce que je savais, supposais ou redoutais concernant l'état des patients en question et leurs crises convulsives. Je ne pouvais pas lui fournir de précisions sur l'évolution de ces patients depuis leur admission, puisque d'autres médecins les avaient pris en charge. Je lui parlai, en revanche, de ma liste de plantes, et promis de la lui faire parvenir par e-mail avant midi.

Nous prîmes ensuite un café ensemble, tout en bavardant de choses et d'autres. J'avais le sentiment qu'il cherchait à gagner ma sympathie uniquement parce que notre relation pourrait lui être utile, un jour. Lors de notre dernière rencontre, nous étions restés, l'un et l'autre, sur nos gardes. Cette fois, je m'employai à le mettre à l'aise. Qui sait : moi aussi, je pourrais avoir besoin, un jour, d'une relation amicale au FBI ?

Nos tasses étaient presque vides quand le haut-parleur, au-dessus de nous, fit retentir une annonce :

— Code 99 en médical. Code 99 en médical.

Un patient était en détresse. Je me levai et partis en courant, après avoir adressé à Ramsay un petit signe de tête. Il m'emboîta le pas.

— Qu'est-ce qui se passe ?

— Arrêt cardiaque ou respiratoire. A moins que quelqu'un ait actionné un bouton par erreur… Pourquoi me suivez-vous ? Vous n'avez pas des trucs d'agent secret à faire ?

— Vous confondez avec la CIA. En fait, j'ai quartier libre pendant une heure, en attendant de recevoir le mandat de perquisition pour les dossiers de vos patients. Ça vous ennuie si je vous accompagne ?

— Si je dis oui, ma réponse sera consignée, n'est-ce pas ? Et je serai cataloguée comme « peu coopérative ».

Je ne plaisantais qu'à moitié. J'avais eu toutes les peines du monde à admettre que le FBI avait des fiches sur tout le monde, y compris les gens ordinaires. Et pourtant, c'était une réalité.

Je finis par capituler.

— Bon, venez si vous voulez. Mais pas question d'entrer dans la chambre du malade !

— Secret médical. Je sais, je sais, dit Ramsay, les mains levées.

En approchant de la chambre de Ronnie Howells, je sentis mon cœur se serrer. Toutes les autres portes avaient été fermées ; les infirmières couraient d'un bout à l'autre du couloir, des appareils étaient apportés en renfort — le tout dans un état de panique active et organisée. L'agonie d'un enfant était l'une des choses les plus difficiles à accepter. Je sortis mon stéthoscope de ma poche et entrai dans la pièce.

Il y régnait un désordre bien maîtrisé, et l'espace était compté. Boka se tenait au centre, une blouse blanche sur son sari turquoise, les cheveux noués en torsade sur la nuque. Elle venait de pratiquer une intubation, et un technicien se mit à pomper la poche ambulatoire pour relayer les fonctions respiratoires du garçon. Une perfusion était déjà en place, et les infirmières cherchaient un endroit où en placer une autre. Une technicienne du labo procédait à un groupage sanguin, un radiologue s'apprêtait à prendre un cliché pour contrôler la position du tube, et une infirmière administrait au patient une piqûre intraveineuse d'adrénaline pour essayer de stimuler l'activité cardiaque.

Accroupie dans un coin, la mère de Ronnie sanglotait éperdument. Une infirmière dut pratiquement la porter pour la faire sortir de la chambre.

Ils firent l'impossible pour sauver Ronnie. Pendant une heure, ils essayèrent de le ressusciter, outrepassant les limites de la mort cérébrale comme nous le faisons quand il s'agit d'enfants, dans l'espoir que les facultés de récupération naturelles à cet âge puissent les ramener à la vie.

Debout dans un coin, je regardai Boka tenter un ultime massage cardiaque.

L'asystolie fut déclarée à 10 h 08. Ronnie Howells était décédé.

Je sortis de la chambre et m'adossai un moment au mur du couloir pour me ressaisir. Un peu plus loin, l'agent fédéral Ramsay apportait son mandat de perquisition à l'administration de l'établissement. Sa voix et celle de Mme Higgenbotham, la directrice administrative, me parvinrent à travers une sorte de brouillard. Malgré sa réticence, elle ne pouvait pas lui interdire l'accès aux dossiers. De son côté, Ramsay se montrait relativement compréhensif, pour un gars du FBI.

Mais j'étais incapable de m'intéresser à ce qu'ils se disaient. L'image de Ronnie allongé sur son lit, les bras en croix, le corps truffé de tubes et de perfusions, éclipsait tout autre sujet de préoccupation.

Respirant profondément, je me redressai et regagnai les urgences.

Je découvris Na'Shalome assise par terre contre le bureau des infirmières, ses genoux osseux remontés sous sa chemise

248

d'hôpital. Elle chantait à mi-voix une sorte de mélopée sans paroles — quelques notes lancinantes, infiniment tristes, sur le mode mineur. Les yeux fermés, elle se balançait légèrement d'avant en arrière, blafarde comme une morte.

Je pris le couloir jusqu'à sa chambre, et trouvai le policier de faction qui feuilletait tranquillement un magazine, assis sur un siège pliant, une tasse de café à côté de lui.

J'eus bien du mal à contrôler le ton de ma voix.

— Vous laissez toujours les personnes que vous êtes censé surveiller déambuler seules dans l'hôpital ?

Il tressaillit et leva sur moi un regard surpris.

— Qu'est-ce que vous dites ?

— Je vous demande si vous laissez se balader seuls les gens que vous êtes censé surveiller !

— La petite est dans sa chambre ! répliqua-t-il.

Il n'est jamais prudent de mettre un flic en colère — même (ou surtout) s'il est dans son tort —, mais je ne pus m'en empêcher. Ouvrant la porte à la volée, je fis rebondir le battant contre le mur.

— Où ça ? demandai-je sans regarder à l'intérieur.

Changeant d'expression, il se leva, porta une main à son arme et pénétra dans la pièce. Evidemment, il n'y avait personne.

— Où est-elle ?

— Au bureau des infirmières. Enfin, elle s'y trouvait tout à l'heure.

Sans prendre la peine de me remercier, l'agent piqua un sprint dans le couloir. Je lui emboîtai le pas à une allure plus modérée. Il retrouva, finalement, l'adolescente dans la chambre de Ronnie Howells. Debout au pied du lit, elle se balançait d'avant en arrière en pleurant, les bras serrés autour d'elle.

Au bureau, Boka essayait de réconforter la mère. Il était préférable que je ne me trouve pas à sa place : je n'aurais pas été d'un grand secours pour cette femme qui avait déclenché un processus fatal en privant son fils de son traitement. Certes, le châtiment était disproportionné. Le remords allait probablement la ronger jusqu'à la fin de ses jours. Néanmoins, je n'étais pas sûre que j'aurais trouvé les mots qu'il fallait.

16.

Tant que le FBI payait la note…

La mort de Ronnie me plongea dans un état de prostration dont je n'arrivais pas à me remettre. Je bus du café et m'isolai dans un coin, laissant les infirmières s'occuper des rares patients qui arrivaient. J'oubliai le repas, et restai assise, incapable de réagir.

Je m'étais engagée dans la carrière médicale pour toutes sortes de raisons plus égoïstes les unes que les autres. Je voulais savoir qui j'étais. Je voulais prouver quelque chose à la richissime aïeule qui nous avait reniées, ma mère et moi. Je voulais gagner de l'argent. Je voulais que miss Dee Dee, la tante de Marisa qui avait parrainé mes études, soit fière de moi. Enfin, je voulais pouvoir me dire que j'étais utile à la société, objectif qui m'avait soutenue dans les moments les plus difficiles. Pour cela, j'avais supporté les horaires impossibles, les professeurs surmenés et souvent acariâtres, les maigres rétributions, la honte au moment des échecs.

Je souhaitais également venir en aide à mes semblables, comme certains m'avaient secourue dans l'adversité. Et, de ce fait, chaque fois qu'une guérison était compromise, chaque fois qu'un symptôme ou une complication m'avait échappé, chaque fois qu'un patient omettait de suivre nos conseils, chaque fois que quelqu'un mourait, je ressentais cela comme un échec personnel. Quelle faute ou quelle négligence avais-je commise ? A quel moment aurais-je pu sauver cette vie ? Toutes ces questions m'obsédaient. Et, aujourd'hui, tout particulièrement.

Le cas de Ronnie déclenchait une série de « si seulement » : si seulement j'avais fait ceci ou cela, le patient ne serait peut-être pas mort. Je me plongeais dans des autoaccusations sans fin, avec un raffinement masochiste qui aurait fait le bonheur d'un psychanalyste. Il était inutile de m'adresser la parole, dans ces moments-là, tout le monde le savait.

Vers 16 heures, quelqu'un s'installa en face de moi et jeta quelque chose sur la table. Je soulevai une paupière et aperçus un sac en papier graisseux portant le sigle d'un fast-food, accompagné d'un grand milk-shake. Ouvrant complètement les yeux, je découvris Jim Ramsay, assis dans l'autre fauteuil, en train de déballer son propre hamburger frites.

— Mangez ! ordonna-t-il, tout en ouvrant des sachets de ketchup. Je suis venu faire un tour par ici, et j'ai appris, par les infirmières, que vous cessiez de vous nourrir chaque fois qu'un enfant décédait. C'est parfaitement stupide. Or, vous n'êtes pas quelqu'un de stupide, docteur Lynch. Vous n'avez pas tué cet enfant. Et, de toute façon, personne n'est parfait — pas plus vous que les autres. A présent, mangez ou j'appelle votre patron pour lui dire que vous n'êtes pas en mesure de dispenser des soins, aujourd'hui.

— Il ne vous croira pas, répliquai-je.

— Je lui dirai que vous êtes soûle, que vous n'avez pas dormi depuis trois jours et qu'on ne peut pas se fier à votre jugement.

Ramsay ouvrit soudain de grands yeux, comme s'il lui venait une idée géniale.

252

— Je lui dirai que vous vous comportez comme une femme faible et capricieuse.

Un sourire effleura mes lèvres desséchées.

— Ne laissez pas votre revolver à ma portée ou je vous tire dessus !

— A en croire votre petit ami, vous n'aimez pas les armes à feu.

Il attaqua son hamburger à belles dents, et mon estomac ne tarda pas à émettre des gargouillis éloquents.

— Toute règle a ses exceptions, répondis-je.

— Mangez. J'ai appris que vous aimiez les aliments caloriques.

— C'est écrit sur ma fiche ?

— Non. J'ai demandé aux infirmières.

Je me redressai lentement, et regardai dans le couloir. Mon visage avait la rigidité d'un masque. J'étais peut-être restée prostrée trop longtemps.

Ashley était assise au bureau des infirmières, la tête penchée sur ses papiers. De ma place, je ne voyais que ses cheveux blonds.

— Ash ?

Elle leva la tête, l'air innocent.

— Vous faites des confidences à la police dans mon dos ?

— Jim est un gentil garçon, docteur. Nous avons fait connaissance la dernière fois qu'il est venu. Il a dit qu'il se sentait capable de vous décider à manger, ajouta-t-elle en se levant, la mine combative. Et, s'il échoue, j'appelle ma grand-mère qui préviendra miss Essie. Vous avez avalé, en tout et pour tout, trois litres de café. Trois cafetières pleines !

La jeune femme vint se planter sur le pas de la porte.

— Ça fait une trentaine de tasses, au moins. C'est le meilleur moyen de s'abîmer l'estomac, de faire grimper sa tension et de se détraquer les reins. Vous êtes blafarde et vous avez les mains qui tremblent.

Elle n'avait peut-être pas tort. A quoi bon m'entêter ? Je finis par prendre le sac en papier graisseux, et mangeai une frite. Le goût explosa dans ma bouche, et mes glandes salivaires débordèrent d'allégresse. Mais il n'était pas question de l'avouer.

— Epargnez-moi l'invasion des mamies ! bougonnai-je.

— Vous avez raison, dit Ashley. Il n'y a pas de coalition plus puissante, par ici, que celle des grand-mères !

Je pris une autre frite et la dégustai lentement.

— Vous êtes donc amis, tous les deux ? demandai-je en regardant tour à tour Ramsay et l'infirmière.

L'agent fédéral réprima un sourire, et Ashley rosit légèrement.

— Rien qu'amis ?

La jeune femme hocha vigoureusement la tête.

— Elle apprécie beaucoup la musique classique, dis-je à Ramsay. Vous devriez l'emmener au concert.

Le visage d'Ashley s'empourpra, cette fois.

— Docteur ! Jim a l'âge d'être mon… mon neveu !

Je haussai les épaules avec un petit sourire en coin.

— Excellente idée, dit Ramsay sans se formaliser de mon intervention. Tu es libre, samedi soir, Ashley ?

Elle bégaya un moment, franchement écarlate, puis finit par acquiescer.

— C'est donc un rendez-vous en bonne et due forme, conclut-il.

Au comble de l'embarras, Ash fit brusquement volte-face, et déguerpit sans demander son reste.

— Merci, docteur. Je vous revaudrai ça, me dit Ramsay sans quitter des yeux ce qui restait de son sandwich. Mangez, maintenant. Stafford devrait vous enseigner des trucs antidéprime pour vous aider à faire face aux événements catastrophiques. Du sport, de la sophrologie…

— D'habitude, je vais courir. Aujourd'hui, c'était particulièrement pénible.

Je m'attaquai au hamburger, et cela me fit du bien. Presque autant de bien que de m'immiscer dans la vie d'Ashley Chadwick Davenport.

La jeune femme était veuve, et les hommes à marier n'étaient pas légion dans le coin. En outre, si les infirmières commençaient à se mêler de mes affaires, elles devaient savoir qu'elles s'exposaient à une riposte immédiate.

En définitive, Ramsay n'était pas seulement venu voir Ash et me faire manger. Il était impatient de consulter la liste de plantes que j'avais promis de lui envoyer. Je le conduisis donc au MODIS, et il jeta un coup d'œil par-dessus mon épaule, pendant que j'imprimais la fameuse liste.

— Ce qu'il nous faut, c'est un toxicologue spécialisé dans les herbes et les plantes vénéneuses, dit-il. J'ai, justement, un ami dont c'est le métier. Voudriez-vous lui parler ?

Je ne savais pas trop à quoi je m'engageais — les flics ayant parfois de drôles de fréquentations — , mais j'acceptai, néanmoins.

Trois quarts d'heure plus tard, je conversais au téléphone avec le Dr Noah Ebenezer, un spécialiste bardé de diplômes dans plusieurs domaines. Il parut intrigué par l'état des patients et le fait que des plantes aient pu servir à « provoquer des réactions pharmacologiques et toxémiques néfastes chez des personnes souffrant d'affections chroniques » (sic). Il suggéra que nous prélevions un échantillon des cendres qui restaient sur le site afin de déterminer quelles herbes avaient brûlé sur le brasier. Cette idée ne m'était pas encore venue mais je la jugeai bonne.

Le Dr Ebenezer fournissait parfois des informations au FBI et travaillait de manière régulière sur un projet de recherche concernant l'identification des ingrédients actifs et médicinaux contenus dans les plantes communément répandues. Vivement intéressé par notre problème, il accepta de venir de l'Institut John Hopkins, où il effectuait ses savantes investigations, pour examiner la question et procéder à quelques analyses avec son matériel spécialisé. Tant que le FBI réglait la note, je n'y voyais aucun inconvénient.

Je m'efforçais d'obtenir les avantages réservés au personnel temporaire pour le Dr Ebenezer quand les haut-parleurs annoncèrent à mon intention un « événement exceptionnel ».

Il s'agissait du policier qui montait la garde à la porte de Na'Shalome : il gisait inanimé sur le carrelage.

— Allez chercher une civière aux urgences, et amenez-moi Na'Shalome, demandai-je en me penchant sur l'homme évanoui.

— Elle n'est pas dans sa chambre, docteur, dit Julio Ramos. Je vais alerter la sécurité.

— Appelez aussi la police. Dites-leur qu'une désaxée responsable de plusieurs amputations s'est fait la belle.

Après m'être assurée qu'il respirait, j'examinai sommairement le gardien, promenant mes mains sur son corps, tandis que les infirmières contrôlaient la tension et la fréquence cardiaque. Je ne trouvai ni bosse ni écorchure sur le crâne de l'homme. Il ne semblait pas avoir reçu de coup à la mâchoire. Il n'y avait ni saignement ni blessure visible. La respiration était lente, la fréquence cardiaque — 95 — faible et erratique, la tension assez basse : 11/6,5. Le bruit du cœur était normal, le teint correct, mais la vessie ne fonctionnait plus.

En déplaçant mon poids sur la gauche pour examiner les pupilles sans toucher à la tête — j'ignorais encore si la colonne vertébrale était intacte —, j'aperçus sa tasse de café. C'était un grand gobelet qui avait, manifestement, servi plusieurs fois, à en juger par les cercles bruns qui maculaient l'intérieur à différentes hauteurs.

Je tendis consciencieusement le gobelet à une infirmière dont la blouse portait le sigle d'une agence d'intérim. Je l'avais vue à plusieurs reprises, au cours des derniers jours ; sans me rappeler son nom, je la regardai avec insistance en lui disant :

— Il y a peut-être quelque chose là-dedans. Veillez à ce qu'il ne soit ni vidé ni jeté.

— Compris, docteur, dit-elle en prenant le gobelet avec précaution.

La civière arriva, et nous transportâmes le patient aux urgences pour procéder à un examen approfondi.

Gerald Chambers, trente-deux ans, de race blanche, n'avait aucun antécédent médical particulier. Employé depuis trois ans au centre de détention pour mineurs, marié et père de deux enfants, il n'avait jamais eu non plus de problème d'alcoolisme ou de toxicomanie. Les analyses et les clichés ne fournirent aucune trace de stupéfiants dans son organisme, aucun signe d'infarctus. Le scanner ne révéla pas de fracture du crâne ni d'épanchement sanguin à l'intérieur de la tête. Rien qui indiquât ce qui avait pu lui arriver. Sa tension demeurait basse mais stable ; sa fréquence cardiaque et sa respiration, également.

Nous pratiquâmes les examens au milieu d'une foule de policiers. Apparemment, Gerald était particulièrement populaire parmi ses collègues ; ils assistèrent aux radios, aux scanners et aux analyses, nous aidant à le vêtir et à le dévêtir, à le retourner et à le transporter d'une salle à l'autre. Ils ne restèrent à l'écart qu'une seule fois, quand les infirmières insérèrent un cathéter dans sa vessie.

N'ayant rien découvert de particulier, je songeai à des produits tels que le rupinol, l'ecstasy ou quelque drogue vendue à la sauvette qui n'apparaissait pas sur la liste assez sommaire de notre labo. Je souhaitais faire analyser son sang, son urine et son café par un laboratoire spécialisé. Trois policiers qui n'étaient pas de service se proposèrent aussitôt pour assurer le transport des prélèvements jusqu'à Charlotte.

Nous avions déjà prélevé le sang et l'urine, mais la tasse de café était introuvable — tout comme l'infirmière qui l'avait prise. Décidément, il y avait de quoi se poser des questions.

J'essayai de me rappeler le nom de cette infirmière ou, du moins, son visage. Je ne revis, en fait, que son badge qui se balançait devant moi, avec la bande bleue de l'agence qui nous l'avait envoyée. Après avoir passé en revue toutes les remplaçantes, nous conclûmes qu'il s'agissait de Susan Meadows. Elle avait effectué des heures supplémentaires pour un remplacement urgent avant de regagner son domicile.

Pendant qu'un flic gisait dans le coma et qu'une douzaine de ses collègues trépignaient d'impatience, la surveillante dénicha le numéro de la jeune femme et l'appela chez elle.

Susan affirma que, avant de partir, elle avait transmis les instructions concernant le gobelet à l'infirmière qui avait pris la relève. L'objet était emballé dans un sac en plastique et rangé sur une étagère au-dessus de l'évier du coin-cuisine des infirmières. Mais il n'y avait ni sac en plastique ni tasse de café sur l'étagère, et l'infirmière de relève prétendit qu'on ne lui avait rien dit du tout.

On fouilla les poubelles à la recherche de ce gobelet, sans aucun résultat.

Je remis les prélèvements de sang et d'urine aux collègues de Chambers pour qu'ils les fassent parvenir à Charlotte, tout en me demandant qui avait bien pu subtiliser la tasse.

Après avoir confié Gerald Chambers aux bons soins de son médecin traitant qui se chargerait de l'admission, je retournai à ma besogne habituelle. Cet après-midi là, elle consistait à recoudre une nouvelle fournée de Mac Donalds et de Raineys. Des cousins et autres parents par alliance s'étaient joints à la vendetta, se livrant, cette fois, à une rixe au couteau. Comme d'habitude, ce fut à moi qu'échut le privilège de les remettre sur pied. Ce n'était, certes, pas la première fois. J'avais affaire à une joyeuse bande d'alcooliques bagarreurs, grands amateurs de courses poursuites et d'échangisme débridé. Les choses finissaient généralement par tourner mal, alimentant le folklore local.

Mark Stafford se pointa au moment où je m'employais à réparer les dégâts d'un joli carnage. Je reconnus immédiatement son pas sur le carrelage. Il se planta sur le pas de la porte, bras écartés appuyés aux montants, coupe-vent noué à la taille, muscles tendus sous son T-shirt noir. Son regard se posa sur moi, tandis que j'étais occupée à suturer une plaie particulièrement délicate.

— Chaque fois que je te vois, tu es plongée jusqu'au cou dans l'hémoglobine, me dit-il. Tout à fait mon type de femme. Salut, Wayne. Tu t'es coupé, on dirait ?

— Chuis pas pervers, 'specteur Stafford ; j'ai juste voulu défendre c'qu'est à moi !

— La dernière fois qu'on s'est vus, tu te plaignais de ne rien avoir à toi, Wayne.

— Ben j'ai trouvé un boulot de directeur de nuit à la pompe à essence Gas-and-Go. J'ai loué un mobil-home et je rembourse mes dettes. J'commence à mettre un peu d'ordre dans ma vie.

— Et voilà que tu vas te retrouver en tôle et perdre le boulot et la baraque, tout ça parce que tu n'arrives pas à garder ta braguette fermée.

— C'est cette Marlène qui m'allumait !

— Ouais, je sais. Elles sont toutes après toi comme des chiennes.

— Ça, c'est la pure vérité. J'suis un véritable étalon.

Wayne s'esclaffa, ce qui déstabilisa ma zone de travail.

— Restez tranquille ! lui ordonnai-je. Ecoute, Mark, tu ne pourrais pas attendre que j'aie fini mon boulot pour commencer le tien ?

Mark enfonça les mains dans les poches de son jean en rigolant, et libéra le pas de la porte.

— Ah, les hommes ! grommelai-je entre mes dents.

Après avoir posé mon dernier point de suture et évacué les urgences en remettant les uns aux bons soins de la police, les autres dans le tendre giron familial, je m'effondrai dans un fauteuil de la pièce de repos. Fermant les yeux, je soupirai, les muscles endoloris.

— Un petit massage ? me proposa Mark d'une voix enjôleuse.

— Pour faire jaser ? Ça finirait par arriver aux oreilles de Clarissa, répondis-je sans ouvrir les yeux.

Clarissa, la mère de Mark, veuve d'un riche propriétaire terrien, appartenait à la haute bourgeoisie locale. Elle rêvait d'être grand-mère et semblait me considérer comme un parti tout à fait acceptable pour son fils unique.

— C'est risqué, admit-il. Dis-moi, as-tu les résultats du bilan toxicologique de Chambers ?

— Oui. Ils n'ont rien trouvé — rien qu'ils aient été en mesure de découvrir.

Mark passa lentement une main le long de sa mâchoire, et soupira à son tour.

— Moi, j'ai du nouveau.

Je me redressai dans mon fauteuil, intriguée par le ton de sa voix.

— A quel sujet ?

Il s'assit en face de moi, et poussa la porte du bout du pied.

— Nous avons, finalement, identifié Na'Shalome et la petite Marie.

— Alors ?

— Ce sont des gamines du coin. Famille de quatre enfants. Même père mais mères différentes. L'affaire a défrayé la chronique, il y a quelques années. Un voisin a appelé police secours en disant des animaux faisaient un raffut terrible dans une maison, au bout de sa rue ; une véritable forteresse, fermée à clé, volets clos et barreaux aux fenêtres, jardin clôturé plein de ferraille et de pneus usagés, trois chiens affamés attachés à des chaînes. Le propriétaire des lieux était en taule depuis une semaine pour une agression commise quelque temps auparavant. Le flic envoyé sur place a appelé du renfort en disant que ça n'avait pas l'air d'être des miaulements ou des aboiements. Ils ont enfoncé la porte et découvert les enfants enchaînés, au sous-sol.

Mark s'interrompit, les yeux fixés droit devant lui, sur le mur d'en face. Je reconnus le regard hanté des flics, des militaires, des pompiers quand ils relatent des scènes insoutenables. Les mains croisées sur ses genoux, il resta un moment silencieux.

Incapable de rester immobile, je me levai, fis chauffer de l'eau dans le micro-ondes, et cherchai quelque chose à boire dans le placard.

— Tu veux du thé ? proposai-je.

— Oui, merci, répondit Mark sans tourner la tête. Je n'étais pas par ici, à l'époque. J'ai lu le procès-verbal, aujourd'hui. J'ai vu des photos.

Je préparai le thé pendant qu'il parlait. Il avait bien fait de pousser la porte. Ces choses-là n'ont pas besoin d'être ébruitées.

— Tous les enfants portaient des traces de torture, certaines récentes, d'autres beaucoup plus anciennes. Ils étaient en état de dénutrition, déshydratés et pratiquement à l'état sauvage. Ils avaient toujours vécu là sans jamais être scolarisés ni soignés. La plus jeune parlait à peine ; elle était profondément traumatisée et mentalement attardée.

— La petite Marie, murmurai-je.

— Mattie Duncan, semble-t-il. Na'Shalome s'appelle Carol Duncan. La DDASS a enlevé tous les gosses au père. Placés dans des familles d'accueil, ils ont été soignés et suivis par des psychiatres. J'essaie encore d'avoir accès aux dossiers complets. Apparemment, on les a laissés tous les quatre ensemble jusqu'à ce que les deux plus grands soient scolarisés ailleurs. La compagne du père — accro à la coke, envoyée pour trois mois en cure de désintoxication — a témoigné contre lui pour obtenir une réduction de peine. La détention au pénitencier d'État n'a pas dû être une expérience très sympathique pour le bonhomme.

Mark prononça la dernière phrase avec une satisfaction évidente. Les bourreaux d'enfants sont toujours particulièrement gâtés par leurs codétenus.

— Aujourd'hui, il est atteint du sida, ajouta-t-il. En phase terminale.

Je tendis à Mark une tasse qu'il prit distraitement.

— J'ai parlé à l'assistante sociale qui suivait les enfants, reprit-il. Ils ont fugué il y a un peu plus d'une semaine. Carol — alias Na'Shalome — est une jeune fille gravement déséquilibrée, dangereuse, victime d'hallucinations quand elle ne prend pas ses médicaments, dont la liste est impressionnante. Le psychiatre doit vous envoyer une photocopie de son ordonnance, assortie d'un diagnostic sommaire.

Je hochai la tête et bus quelques gorgées de thé, tandis que Mark agitait son sachet dans l'eau chaude, l'air absent. Je réfléchis à ce qu'il venait de m'apprendre, sachant que les flics se bornent généralement à dire ce qu'ils jugent essentiel. En l'occurrence, il avait omis un détail important.

— Dis-moi, quand leur cher papa doit-il sortir de prison ?

Il leva les yeux sur moi.

— Tu m'as dit qu'il était mourant, repris-je. Vont-ils le renvoyer chez lui ?

Les juges accordent fréquemment une remise de peine exceptionnelle aux prisonniers médicalement condamnés, à condition que leur famille en fasse la demande.

— Il s'est marié pendant qu'il était en prison. En ce moment, il est chez sa femme. Dans l'état où il se trouve, il ne risque pas de commettre d'autres agressions sexuelles.

— Na'Shalome est au courant de ça ?

Mark but enfin son thé et hocha la tête.

— A mon avis, oui. L'assistante sociale pense que les enfants se sont sauvés dans l'intention de le tuer. La personne que tu crois avoir aperçue fugitivement, au moment de l'accident, pourrait être l'un des aînés, et c'est sans doute lui ou elle, car il s'agit d'un garçon et d'une fille, l'auteur des inscriptions sur les murs. La maison où se trouve le père est actuellement sous surveillance permanente.

— Et le doigt coupé ?

Mark me dévisagea, l'air sérieux.

— Certains patients font une fixation sur leur médecin. Une fixation dont l'intensité dépend de leur degré d'instabilité émotionnelle.

Il marqua une pause, et je lui fis signe de poursuivre.

— L'assistante sociale est allée voir la famille d'accueil des deux filles. Il y avait des livres volés sous leur matelas ; des ouvrages sur la sorcellerie, les sacrifices rituels et tout le tintouin. Ces gamins avaient mis au point quelque chose de spécial quand ils ont entamé leur expédition. Leur plan initial ayant échoué, ils ont peut-être décidé de se servir de toi… d'une manière ou d'une autre.

— Tu as éludé la question du doigt.

Mark baissa les yeux sur ses propres doigts entrelacés, et fronça les sourcils.

— La victime a été tuée selon un processus rituel. Plusieurs parties du corps avaient disparu. Ce doigt était bien le sien mais, même avec les empreintes, nous n'avons pas encore réussi à l'identifier.

— Les mains du Mal mutilent et tuent, murmurai-je. Les mains qui soignent imitent Jésus.

— A présent, tu en sais autant que moi.

— Ça m'étonnerait.

— Enfin, presque autant.

Il me coula un regard langoureux.

— Ce massage, qu'est-ce que tu en dis ?

— Plus tard, peut-être, répondis-je en voyant une infirmière passer la tête dans l'entrebâillement de la porte pour me rappeler à mon devoir.

— Je reste à ta disposition.

17.

Violation du secret médical — un crime selon la loi fédérale.

Noah Ebenezer arriva le jeudi matin à 7 heures, alors que je m'apprêtais à quitter l'hôpital. C'était un homme d'une soixantaine d'années au physique impressionnant — deux cents kilos pour un mètre quatre-vingt-quinze, environ. Son costume d'été en lin beige avait dû être confectionné sur mesure, estimai-je à première vue. Il avait un visage avenant et me proposa en souriant de venir prendre mon petit déjeuner avec lui à la brasserie de la gare routière pour que nous discutions de notre affaire.

— Je vois que vous avez déjà trouvé la meilleure adresse de la ville, dis-je en lui serrant la main.

— Mon ami Jim Ramsay m'a mis en contact avec l'inspecteur Stafford — un garçon du pays, tout à fait charmant — qui m'a indiqué les bonnes tables du coin. Avec un métabolisme tel que le mien, on a des exigences particulières, vous comprenez ?

— Mark Stafford est un homme de ressources, concédai-je.

Mon grand sac fourre-tout sur l'épaule, j'adressai un petit signe de la main aux infirmières, et suivis Ebenezer.

A la brasserie de la gare routière, une salle austère avec un grill dans un coin, un bar équipé de hauts tabourets et des nappes en toile cirée à carreaux rouges sur les tables, je commandai deux gaufres et des œufs au bacon. Quant au menu de Noah, il aurait pu nourrir tout un régiment. Mais, au lieu de se jeter sur les plats avec gloutonnerie, il mangea délicatement, par petites bouchées, tout en me fournissant une foule d'explications sur les herbes, les toxines et la manière de tuer les gens avec des plantes de nos jardins. Il gesticulait avec ses couverts en parlant, pointant le couteau pour souligner un détail, agitant la fourchette en guise d'illustration. Ses mouvements vifs et gracieux évoquaient ceux d'un chef d'orchestre dirigeant un concert.

Noah avait roulé pendant six heures dans son estafette équipée comme un laboratoire d'analyse. Il m'expliqua le processus à suivre pour identifier les plantes utilisées par nos guérisseurs itinérants. D'ordinaire, je ne m'intéressais pas particulièrement à ces choses-là mais, en l'occurrence, le ballet des couverts offrait un spectacle fascinant.

Au beau milieu du repas, Cam Reston fit irruption dans la salle, hirsute, l'air grognon, comme si on venait de le tirer du lit.

— Tu diras à ton petit copain que si je dois rester bloqué dans ce foutu patelin, j'aimerais, au moins, pouvoir faire la grasse matinée.

Il s'assit en allongeant les jambes sur la chaise voisine de la mienne, et commanda un grand bol de café chaud sans même regarder la serveuse.

Je haussai les sourcils d'un air étonné.

— Mark Stafford t'a appelé ?

— Tu as un autre petit ami ? Bonjour, dit-il enfin à Noah. Je m'appelle Cam.

— Docteur Reston, je présume ?

— C'est ça. Je vais prendre des œufs, du bacon et…

Levant les yeux, il croisa le regard de Doris, et changea immédiatement d'attitude, comme il le faisait toujours en présence d'une femme, fût-elle aussi décrépite que la gérante de la brasserie.

— Auriez-vous quelques-uns de vos délicieux petits gâteaux, ce matin, Doris ?

— Je vais tout de suite demander à Darnel d'en préparer pour vous, docteur Reston.

— Vous serez un amour. Rien de tel que les douceurs pour vous remonter le moral.

Il se rembrunit de nouveau en se tournant vers moi. Hormis quelques exceptions mémorables, Cam ne me voyait pas réellement comme une femme mais comme un confrère, d'où son comportement à mon égard.

— Bon qu'est-ce que tu veux ? me demanda-t-il. Stafford m'a expliqué toute l'affaire, et je ne comprends toujours pas pourquoi il m'a demandé de venir ici.

— Moi non plus, dis-je en flairant un mauvais tour de la part de Mark, pour se venger du bouquet.

Tout en finissant son pantagruélique repas, Noah Ebenezer me fit part des informations que Jim Ramsay lui avait fournies récemment. L'analyse de l'échantillon de vin, finalement effectuée par le labo de la PJ, avait permis d'identifier un certain nombre d'herbes. Je reconnus les noms latins de l'herbe aux poules (ou jusquiame noire), de l'ancolie, du genêt à balais, de la rue fétide, du pissenlit et de la spigélie. Mucuna et ololiuqui, en revanche, ne figuraient pas dans la liste de miss Essie.

Noah émit des suggestions sur d'éventuelles interactions des plantes contenues dans le vin, susceptibles de provoquer des crises convulsives. Les ingrédients actifs contenus dans les plantes étaient complexes et variés, avec des combinaisons alcaloïdes, des précurseurs stéroïdes et autres substances chimiques pouvant provoquer des réactions auxquelles l'organisme ne sait pas s'adapter. Mais leur dosage était si faible que je me demandai comment ils pouvaient être à l'origine de troubles aussi graves.

— Vous comprendrez qu'avec la technique de spectrophotométrie, nous ne puissions identifier que des substances déjà répertoriées ou dont nous possédons déjà des échantillons, ajouta Noah. Et nous n'avions qu'une très petite quantité de vin à analyser.

— J'ai essayé d'en avoir davantage mais c'était impossible, grommelai-je, songeant au mauvais tour que Mark m'avait joué avec le répugnant breuvage.

— En outre, dit Noah, il faut envisager le fait que le vin ait pu contenir, chaque soir, des herbes différentes.

— Il y avait aussi le feu de camp. L'odeur était âcre et changeante, comme si on y avait ajouté continuellement de nouveaux ingrédients... Et j'allais oublier l'encensoir !

Je soupirai, comprenant que la tâche allait être ardue.

— Avez-vous remarqué des distributeurs d'eau sur les lieux ? me demanda Noah.

— Non, je n'ai pas fait attention. Mais j'ai vu des toilettes démontables. Il y avait donc de l'eau.

— L'inspecteur Stafford affirme que des boissons étaient vendues sur place. Peut-être distribuent-ils leur vin en plus grande quantité ?

Mon sens de l'observation était déficient, en l'occurrence, car je n'avais rien remarqué de tel. Je haussai les épaules d'un geste d'ignorance.

— Je ne vois toujours pas ce que je fais là, maugréa Cam en entamant l'assiette de petits gâteaux spécialement confectionnés à son intention. Je suis neurochirurgien, pas neurologue. J'opère les cerveaux mais je ne sais pas diagnostiquer d'obscures anomalies des fonctions cérébrales. Et si les miennes ne me permettent pas de faire décoller mon avion aujourd'hui, je le ferai rapatrier par la route. Je ne passerai pas un jour de plus dans ce patelin.

— Vraiment ? dit Noah. Pour ma part, je trouve l'endroit charmant, voire bucolique. Je prendrais volontiers ma retraite dans une région comme celle-ci.

Cam leva les yeux au ciel. En fait, ce n'était pas la quiétude des lieux qui l'irritait mais plutôt le fait de ne pouvoir entreprendre aucune conquête. L'expérience devait être nouvelle pour lui. Evidemment, s'il s'attardait encore un jour ou deux, il n'aurait plus que l'embarras du choix parmi les beautés du coin. Trellie, la fille cadette de Doris, était déjà en train de lui faire les yeux doux derrière le bar. Maman avait dû l'appeler à la maison et lui demander de se pointer dare-dare pour que Cam puisse la voir. Un médecin représente toujours un beau parti, et les matrones méridionales sont de redoutables entremetteuses. Trellie était un beau brin de fille en âge de se caser, et Doris ne perdait pas une occasion de la mettre en valeur.

— En fait, plutôt que de rentrer directement chez moi quand j'en aurai terminé, j'irai peut-être faire un tour dans la région pour chercher une maisonnette à acheter, reprit Ebenezer d'un air rêveur. Je pourrais cultiver des plantes médicinales. Le marché existe, vous savez ?

— Bon, c'était sympa, dit Cam en jetant quelques pièces sur la table. J'espère que vous trouverez la maison de vos rêves, docteur. Salut, ma belle !

Sur ce, il disparut en coup de vent, comme il était venu.

Je laissai à Noah les coordonnées de mon agent immobilier, mes numéros de téléphone personnels et mon adresse e-mail en lui recommandant de ne pas hésiter à m'appeler. J'allai ensuite retrouver mes chiens et les emmenai courir avec moi. A mon retour, je pris une paire de ciseaux et coupai ma frange, ainsi que les mèches qui me pendaient dans le cou — sensation insupportable par une chaleur pareille.

Finalement, la fatigue eut raison de moi, et je m'autorisai un bon somme réparateur. Les trois litres de café que j'avais avalés en vingt-quatre heures ne suffirent pas à me tenir éveillée.

Je n'avais que douze heures de repos, et les deux dernières passèrent à toute allure entre miss Essie et Arlana qui avaient apporté de quoi faire un dîner à trois. Arlana essaya de me convaincre d'aller me faire couper les cheveux car, selon elle, j'étais coiffée comme un pétard. Je répliquai que, au moins, mes cheveux ne me gênaient plus.

En fait, je déteste les séances chez le coiffeur ; j'ai mieux à faire dans l'existence que de passer des heures à papoter dans un salon de coiffure, la tête sous un casque. Et puis, je connaissais une secrétaire, dans le bâtiment des soins intensifs, qui avait une formation de coiffeuse et se ferait un plaisir de rattraper ma coupe sauvage, à l'heure du déjeuner.

En attendant, je revis Dara Devinna Faith. Elle était dans un triste état.

— Dawkins, ici équipe 252.

La 252 couvrait la zone située à l'extrémité ouest du district, distante de l'hôpital d'une quarantaine de kilomètres. Cette zone était composée de forêts, de petites routes de campagne et d'habitations isolées. L'équipe pouvait aussi bien nous amener un pêcheur qui s'était planté son hameçon dans le doigt qu'un cultivateur victime d'un accident de tracteur.

Comme il n'y avait personne, je fis signe à l'infirmière que je prenais l'appel.

— Ici Dawkins. Je vous écoute, dis-je en prenant le micro.

— Dawkins, nous sommes en route pour l'hôpital, code trois, avec une jeune femme de vingt-quatre ans en pleine crise convulsive — possibilité de patient OH[1].

Le secouriste criait pour dominer le bruit des sirènes et celui du moteur, mais sa voix restait calme, ce qui était bon signe en code trois — une véritable urgence.

— On a installé une perf de sérum. La tension est de 17/9. Fréquence cardiaque 125 avec tachy. Respiration 18. Température 37.2, sat 96.

— 252, la patiente prend-elle des médicaments contre l'épilepsie ? Dans l'affirmative, les a-t-elle sur elle ?

— On ne sait rien du tout, Dawkins. Un voisin l'a trouvée dans l'allée de son jardin ; elle vient d'arriver dans la région et, selon lui, elle n'a pas de famille. On a trouvé des stupéfiants sur elle. Voulez-vous qu'on lui donne des médicaments ?

— Quelle sorte de stupéfiants ? De la poudre ? Des cachets ?

— Ni l'un ni l'autre. De l'herbe.

1. Patient OH : code employé aux urgences pour désigner un malade en état d'ébriété possible (OH = caractéristique de la formule chimique de l'alcool).

Je me demandai si elle faisait pousser de la marijuana chez elle ou si elle avait pris un panaché de drogues.

— Quand pensez-vous arriver ?

— Dans sept à huit minutes. Mais elle est en crise convulsive constante et sans atténuation.

Devais-je décider de lui administrer un remède anticonvulsif sans savoir, au juste, ce qu'elle avait pris, ou ne rien lui donner du tout, au risque de la laisser mourir d'une overdose ? C'était un vrai dilemme.

— Depuis combien de temps a-t-elle ces convulsions, à votre avis ?

— Le voisin dit qu'il a appelé les secours dès qu'il l'a aperçue, vers 7 h 15. On est arrivés à 7 h 20. Il y a donc vingt-cinq minutes, exactement. Depuis, les convulsions n'ont pas cessé.

Il s'agissait donc d'une crise d'épilepsie caractérisée.

— Vous n'avez pas de Dépakine à bord du véhicule ?

— Non. Nous avons du Valium. 5 milligrammes ?

— Affirmatif ; 5 en IV. Et, si vous ne constatez aucune atténuation dans cinq minutes, renouvelez la dose. Maintenez ses voies respiratoires ouvertes. Surveillez ses paramètres. Si le sat commence à baisser, mettez-la sous oxygène et avertissez-moi. Si le rythme ou la fréquence cardiaque évoluent, tenez-moi au courant.

— Entendu, Dawkins. Unité 252, terminé.

Je me tournai vers les infirmières, contente d'avoir Ashley et Anne — deux vraies pros — pour m'assister, au cas où il faudrait endormir cette patiente et la placer sous ventilation, de manière à stopper les convulsions.

— Préparez-moi une perf de Valium supplémentaire. Faites venir un kiné respiratoire et quelqu'un du labo. Il faudrait aussi une perf de Dilantin.

Après avoir transmis mes ordres, je me tins en retrait pour laisser travailler les infirmières. Je savais, depuis mon internat, qu'un bon médecin doit laisser les infirmières faire leur boulot et même leur demander leur avis dans les situations délicates. Après tout, douze personnes expérimentées valent mieux qu'une.

Huit minutes plus tard, les portes du sas des ambulances s'ouvrirent largement, livrant passage aux auxiliaires médicaux du Samu, unité 252.

Gus et Carla poussaient une civière sur laquelle gisait une frêle jeune femme secouée de soubresauts, les muscles du visage figés dans un spasme convulsif.

— C'est cette guérisseuse qui était en ville, la semaine dernière, annonça Carla. Sat en chute libre : 82, maintenant.

Elle me donna rapidement les derniers paramètres, tout en poussant la civière jusqu'à la salle de réanimation. Elle transféra ensuite la patiente sur un lit roulant des urgences.

— Combien de Valium ? demandai-je.

— Dix.

— Donnez-lui en cinq de plus, dis-je aux infirmières. Gaz du sang, NFS, toute la panoplie. Préparez aussi le ventilateur. Où sont les herbes dont vous m'avez parlé ?

Gus prit un sac en plastique, placé entre les pieds de la patiente, et me le lança.

— Merde alors ! dit Anne. Elle vend de la came et elle fait des sermons ?

J'ouvris le sac et reniflai.

— Ça ne sent pas la came...

Je reniflai encore.

— C'est plutôt une odeur de menthol et de... hum, de sauge et de romarin, peut-être ?

— Des aromates ? dit Anne, tout en appliquant un masque à la jeune femme.

— Pas avec cette odeur de menthol. Mais c'est peut-être une portion de cette mixture qu'ils mettent dans le vin de communion. Ash, appelez la police et demandez à Mark Stafford de nous envoyer Ebenezer, le spécialiste des plantes. Dare-dare ! Dites-lui que nous avons peut-être fait une découverte. Quand il saura le nom de la patiente…

— Je peux le lui donner ?

Effectivement, je venais de demander à une infirmière de violer le secret médical — un crime, au regard de la loi fédérale.

— Oui. Il y a un mandat d'arrêt contre elle.

— J'ai fait la piqûre de Valium, dit Anne en allant décrocher le téléphone mural de la salle de réa.

Vingt minutes plus tard, Dara était placée sous ventilation. Ses convulsions n'avaient pas totalement cessé, mais nous contrôlions la situation. Mark, qui avait obtenu son adresse par l'intermédiaire de l'équipe du Samu, demanda au shérif de faire interpeller le père qui était, lui aussi, sous mandat d'arrêt. Il effectua également un test élémentaire sur notre paquet d'herbes, et constata qu'il ne contenait ni marijuana ni cocaïne.

Cette mixture était à la fois une pièce à conviction et l'éventuelle solution de l'énigme posée par cette série de crises convulsives. Mark et moi souhaitions savoir au plus vite ce dont il s'agissait, faute de quoi nous nous exposerions aux atermoiements de la PJ.

Ebenezer et son estafette magique tombèrent à point nommé pour nous venir en aide.

274

J'avais commandé des pizzas pour dîner avec Mark et les infirmières. Malheureusement, il ne restait plus que six parts quand Noah arriva, vêtu d'une salopette blanche maculée de boue aux genoux, avec des traînées de cendre des cuisses jusqu'à la taille. Dans cette tenue, il me faisait penser à un ballon dirigeable : il évoluait avec une grâce et une légèreté stupéfiantes. Un sourire épanoui sur son visage poupin, il se laissa choir dans un fauteuil, et prit une part de pizza sur la table avant de nous faire part de ses découvertes.

— J'ai ramassé bon nombre de brindilles, de feuilles et de fleurs, parmi les cendres du feu de camp. Au total, j'ai dû rassembler déjà une bonne vingtaine de variétés d'herbes différentes. Certaines sont immédiatement reconnaissables. Pour d'autres, j'aurai besoin d'utiliser mon matériel. Tout à fait passionnant, à mon avis ; je peux commencer à analyser ces échantillons dès ce soir.

Il dégusta consciencieusement sa part de pizza, et s'essuya la bouche avec une serviette en papier.

— J'aimerais pouvoir me brancher sur l'électricité de l'hôpital, reprit-il. J'ai un appareil de chromatographie au gaz, un spectrophotomètre de masse modèle 5100 utilisé pour les analyses biologiques et un spectrophotomètre à cristaux liquides qui vient tout juste d'être commercialisé. C'est l'un des appareils les plus performants, avec un système de données amélioré…

Tout en poursuivant son discours, il attaqua la cinquième portion de pizza. Il semblait comblé par la réunion de ses trois passions : les plantes, la technique et la nourriture.

Les infirmières s'éclipsèrent une à une pendant qu'il parlait. Mark, de son côté, commençait à dodeliner de la tête quand un appel par radio du commissariat le sauva de l'ennui. Ravi de retourner à des occupations plus concrètes, il déguerpit sans demander son reste.

N'ayant rien de particulier à faire, je réussis, pour ma part, à déconnecter complètement. J'avais travaillé dans un labo, durant mes études de médecine, mais la fascination de certains individus pour les détails techniques me dépassait un peu. Laissant Noah pérorer tranquillement, je fis signe à Ashley d'appeler le service de sécurité. Ce n'était pas à moi de choisir l'emplacement où le Dr Ebenezer allait garer son estafette et se brancher sur une source d'électricité.

Dirigé par un vigile, Noah se gara, finalement, à côté du mobile home qui abritait le scanner, et se raccorda par trois câbles électriques à une prise intérieure. Les machines se mirent à ronfler, et l'éclairage s'alluma à l'intérieur du véhicule.

Dans la chaleur accablante de l'après-midi, je sortis pour jeter un coup d'œil sur l'équipement qui se trouvait dans l'estafette. Elle contenait, effectivement, un matériel impressionnant, et il restait assez peu de place pour circuler entre les divers appareils. Mais le gigantesque bonhomme se mouvait dans cet endroit exigu avec une dextérité stupéfiante, choisissant des échantillons d'herbes dans les casiers et les tiroirs qui occupaient le moindre recoin. Après quelques instants, il se tourna vers moi.

— Cher docteur Lynch, me dit-il, je vous suggère d'entrer avec moi ou de fermer cette porte. La climatisation de mon véhicule ne suffira pas à rafraîchir tout le parking.

Je balayai du regard l'intérieur du véhicule sans y découvrir aucun espace libre.

— Oh, pardon !

Je fermai la portière et regagnai l'hôpital, admirant le tact avec lequel il m'avait priée de m'en aller.

J'approchais des urgences quand une ambulance s'arrêta à l'entrée. Au même instant, j'entendis sonner mon bip. Je n'eus pas besoin de regarder l'écran pour mesurer la gravité du problème. Dès que les portières arrière s'ouvrirent, une rigole de sang coula par l'ouverture. Un hurlement atroce me parvint, brusquement interrompu par un borborygme.

— Docteur ! lança Mick Ethridge. C'est moche, ce coup-ci !

Sa blouse était tout éclaboussée de sang.

18.

Refiler les responsabilités, je peux le faire aussi.

J'évaluai d'un coup d'œil l'état du patient. Le jeune homme était attaché au brancard, les vêtements et la peau gluants de sang. Un rictus affreux découvrait ses dents, tandis qu'il se débattait comme un forcené, le regard égaré. Sa tête, en s'agitant, décrivait une courbe anormale. Un pansement ensanglanté recouvert par une bande Velpeau de 15 cm encerclait son torse et son épaule gauche à partir de la base du cou.

Mick appuyait des deux mains sur le pansement à la jointure du cou et de l'épaule. Il ajusta sa position, et le patient cria. Du sang ruisselait régulièrement de l'extrémité du brancard sur les chaussures du secouriste.

Derrière moi, un véhicule de la police municipale arriva en trombe et stoppa dans un crissement de pneus. Mick dut crier à tue-tête pour couvrir le bruit du moteur.

— Fracture ouverte du côté gauche du cou, longue de 15 cm, assez profonde pour y plonger la main !

D'un même élan, Mick et Sam Tooley soulevèrent le brancard, sortirent les roulettes et le posèrent sur le sol.

— Tension 8/4, fréquence cardiaque 160, tachy, respiration 36 ! Physio dans les deux bras, oxygène à trois litres par canule nasale !

Il continuait à appuyer des deux mains sur le cou du patient, maintenant la pression tout en faisant avancer le lit roulant avec les hanches.

— Sang artériel ? lui demandai-je.

— Négatif. Mais je dirais que la jugulaire est au moins entaillée. Clavicule en miettes, avec des fragments d'os partout à l'intérieur. Le tissu musculaire est à nu ; et il a perdu plus de trois litres de sang.

— Qu'est-ce qui lui est arrivé ? criai-je en franchissant la porte du sas derrière eux.

— J'ai vu toute la scène, docteur, dit un agent de police qui les accompagnait au pas de course. Je faisais une ronde. Il était au coin de la rue avec des copains ; une petite nana a surgi de nulle part, complètement à poil, avec une hache à la main. Elle lui en a flanqué un grand coup. Ses copains se sont enfuis comme s'ils avaient le feu aux trousses.

Il s'interrompit, essoufflé et visiblement bouleversé.

— Si je n'avais pas été là, il serait mort, murmura-t-il, réussissant enfin à reprendre son souffle.

Devant nous, le patient continuait à hurler et à se débattre sur le lit roulant, solidement maintenu par les deux brancardiers.

— Une de ses maîtresses ?

— Ses copains disent que non. Une petite blonde toute menue. Une vraie cinglée.

Je suivis la civière dans la salle de trauma.

— Appelez Statler. Je veux deux unités de O négatif, gaz du sang et hémogrammes, dis-je à Ashley. Immédiatement ! Et quatre poches supplémentaires pour la transfusion. Il me faut aussi l'anesthésiste et du renfort !

Statler était le chirurgien d'astreinte. Apparemment, le blessé ne contrôlait plus les mouvements de sa tête. Les muscles et les tendons étaient endommagés, ainsi que la veine jugulaire. Mais elle n'était pas complètement sectionnée, sinon il serait déjà mort.

— Il va falloir le transférer ailleurs, décidai-je. Appelez l'hélico du Samu. Nous n'avons pas les moyens de le tirer d'affaire sur place.

Ashley opina et courut vers le téléphone.

Les secouristes défirent les attaches des courroies et placèrent le jeune homme sur un lit roulant des urgences. Les draps sur lesquels il reposait étaient imbibés de sang écarlate.

— Je veux du sang immédiatement ! lançai-je à la technicienne du labo qui passait la tête par la porte.

La tête disparut, et ce fut Trish qui vint me rejoindre.

— Préparez une autre perf, lui demandai-je.

La jeune femme obtempéra aussitôt.

— Mettez ce lit en Trendelenburg.

Quelqu'un souleva le pied du lit de manière à déplacer le centre de gravité du patient, la tête plus bas que le corps, afin que le sang se maintienne aux endroits nécessaires par l'effet de pesanteur. L'homme émit un grognement sourd car Mick avait accidentellement appuyé sur son larynx. Mick repositionna ses mains, et le patient se mit à geindre régulièrement au lieu de hurler. Cette pression accidentelle avait, d'une manière ou d'une autre, atténué sa douleur. Nos regards se croisèrent.

— Pas de panique, lui dis-je. Nous allons vous soigner.

Il répondit par un gémissement, et humecta ses lèvres desséchées. Le mouvement de sa langue ne me parut pas tout à fait normal.

— Reprenez la tension, pouls et sat.

Personne ne répondit — le personnel était trop affairé — mais je savais qu'ils avaient entendu.

— J'ai eu le temps de bien la voir, cette fille. Elle avait des trucs peints en jaune et rouge sur tout le corps et sur la figure. On aurait dit des lettres. Franchement, j'ai jamais rien vu d'aussi dingue !

Tout en parlant, l'agent s'effondra sur une chaise. Il se pencha en avant, puis se rejeta brusquement en arrière, renversant la tête et gonflant la poitrine pour inspirer une bouffée d'air. Son visage était cramoisi, ses lèvres légèrement grisâtres. Il appliqua une main sur son sternum, comme pour essayer d'apaiser une douleur.

C'était Bobby Ray Shirley, un brave flic du coin, d'une quarantaine d'années avec un sérieux embonpoint et un crâne passablement dégarni. Apparemment, il allait falloir s'occuper également de lui. Tout en surveillant ce qui se passait sur le lit, je pris le poignet de Bobby et lui tâtai le pouls ; il battait à 120, environ, de manière irrégulière —deux battements à la seconde.

Pendant ce temps, les secouristes attachaient le blessé au lit roulant avec des courroies en cuir. Son bras gauche était déjà immobilisé en écharpe contre sa poitrine, et sa tête continuait à ballotter vers la droite. Tandis qu'il s'agitait, j'aperçus le pansement qui lui couvrait le cou. Il était inondé de sang. Le bandage ne suffisait pas à freiner l'hémorragie.

— 6 de tension, docteur ! dit une voix féminine.

On était en train de le perdre.

— Clamps et aspiration ! Ouvrez les perfs au maximum. Appuyez sur le cou, Mick ! Ash, il nous faut du renfort !

Mick replaça les mains sur le pansement du patient, faisant gicler le sang.

— Ils arrivent, dit Ashley en lâchant le téléphone. Statler est en route, lui aussi. Amanda, le sang ?

— Kendrew l'apporte, dit la technicienne de labo. Le voilà. Vous pouvez signer ?

Il faut signer une décharge chaque fois qu'on utilise du sang dont on n'a pas le temps de vérifier la compatibilité. Je griffonnai au bas de la feuille, endossant ainsi la responsabilité de la décision. Si le patient succombait à une réaction au groupe du sang transfusé, j'en subirais seule les conséquences.

Je jetai un coup d'œil sur Bobby Ray, dont l'état semblait s'aggraver.

— J'ai installé une troisième perf, dit Trish, agenouillée près de l'autre patient. Donnez-moi une poche, demanda-t-elle en tendant une main.

Quelqu'un y plaça une unité de sang O négatif. Trish enfonça la poche dans un brassard pour transfuser le patient.

— Placez Bobby Ray sous oxygène et mesurez sa tension ! dis-je à une infirmière qui passait. Faites-lui un ECG. Apportez-moi la bande.

Elle opina et tendit trois seringues sous emballages stériles à une aide-soignante.

Le kiné respiratoire avait fixé un saturomètre à l'index droit du blessé. Je regardai l'écran, qui affichait un taux de quatre-vingt-douze — sans doute parce que l'homme continuait à se débattre en respirant comme un soufflet de forge. En un instant, la sat descendit sous mes yeux à quatre-vingt-dix, et le blessé se mit à frissonner, tandis que la perte de liquide refroidissait son corps.

— Couvertures chaudes, demandai-je à une autre infirmière. Température rectale. Et donnez-moi sa tension. Moniteur cardiaque ?

J'appuyai à la base de l'ongle d'un doigt du patient. Le retour sanguin fut très lent.

— Ça y est, la bande s'imprime, docteur.

Je jetai un coup d'œil sur le moniteur, et vis un rythme sinusal de 150. Au moins, le type avait un cœur et des poumons solides. Mais sa respiration ralentissait régulièrement. Il commençait à suffoquer. Ses yeux prenaient cet aspect vitreux indiquant qu'il allait me claquer entre les mains ou sombrer dans le coma. Le sang qui ruisselait de sa blessure était moins écarlate ; il tirait plutôt sur le rose. L'homme se vidait de son sang à vue d'œil.

— Alors, ces clamps, ça vient ? criai-je.

Voyant que sa tête basculait sur le côté, j'ajoutai :

— Il me faut aussi du fil de soie, si vous en avez sous la main. Mais ne perdez pas de temps à en chercher.

— Quoi ?

— Du fil de soie ou quelque chose d'approchant, pour que j'essaie de ligaturer ses tendons, si j'ai le temps.

Les gestes de l'homme se ralentirent. Une infirmière attrapa sa main valide qu'il agitait dans le vide, et la coinça sous une sangle. Les renforts étaient enfin arrivés. Sur l'écran, le rythme cardiaque ralentissait également, mais il semblait encore normal.

Et puis, tout à coup, le patient perdit connaissance.

Sa respiration se modifiait ; elle faisait un bruit inquiétant. Je m'approchai en jouant des coudes, et posai mon stéthoscope sur sa poitrine ensanglantée. Le son était normal à droite mais pas à gauche. A en juger par l'atténuation des bruits de respiration, le poumon gauche était en train de se remplir de sang.

— On va faire un cliché du rachis cervical et du thorax. Je veux voir si le poumon a été touché. Ça pourrait être un hémopneumothorax. Préparez deux plateaux de thoracotomie. Et nettoyez-moi tout ce sang. Je voudrais voir s'il n'y a pas d'autres blessures.

Une infirmière posa une douzaine de pinces hémostatiques sur un plateau.

Quelqu'un déplia un tablier en papier bleu, et je tendis les bras pour l'enfiler. Un aide-soignant me l'attacha dans le dos. Après quoi j'ouvris un sachet et enfilai des gants stériles — mais il n'y avait pas grand-chose de stérile sur les lieux.

— Masque de protection, dit quelqu'un.

Je laissai l'un des aides-soignants me fixer le masque sur le visage.

— Ouvrez-les, dis-je en désignant les paquets de pinces hémostatiques.

Les mêmes mains déchirèrent les sachets stériles, et posèrent les clamps sur les emballages ouverts.

— Préparez un pansement de rechange, dis-je à Mick. Et soutenez-lui les cervicales, au cas où sa colonne vertébrale serait endommagée. Anne, il va falloir aspirer ! Orientez l'éclairage pour que j'y voie mieux. Et reculez un peu ; il me faut de l'espace.

Tout le monde s'écarta.

— Aspi ?

Anne, vêtue comme moi d'une blouse en papier bleu, agita le tube d'aspiration en plastique pour indiquer qu'elle était prête.

— Bon, Mick, décollez le bandage petit à petit, en commençant devant et en maintenant la pression en dessous. Allez-y !

Il commença à dérouler le bandage, exposant l'énorme blessure. Presque aussitôt, l'emplacement se remplit de sang. Anne appliqua le tube d'aspiration, et la jugulaire apparut un bref instant. Il y avait une vilaine déchirure. Entre deux battements de cœur, je plaçai un clamp au-dessus de la

284

blessure et le fixai solidement. Je clampai ensuite la veine au-dessous de la déchirure.

Je fis un signe à Mick qui continua à dérouler le bandage. Du sang gicla d'une petite artère. J'appuyai dessus d'une main et, de l'autre, la pinçai à l'aide d'un clamp. Anne aspira le sang qui s'était répandu. Le sang artériel avait cessé de couler. A présent, je pouvais travailler. Je pris une profonde inspiration, et j'entendis Anne faire de même. Remarquant une petite veine, je la clampai également. Elle avait été sectionnée par la hache.

J'aperçus l'extrémité sectionnée d'un tendon, et redemandai du catgut ou du fil de soie, bien que ce ne fût pas ma priorité.

— Rien trouvé.

Je fis encore signe à Mick qui déroula le reste du bandage. Le spectacle arracha un juron à quelqu'un, derrière moi. C'était une vilaine blessure. Trouvant un dernier vaisseau endommagé, je le clampai encore et m'écartai.

— A vous ! dis-je à Mick.

Il appliqua un pansement de gaze stérile, et Sam Tooley le recouvrit d'un bandage propre, l'enroulant autour de l'épaule puis sous l'autre bras afin de le maintenir en place.

Je jetai un coup d'œil sur la quantité d'oxygène administrée au patient. Il recevait cent pour cent d'oxygène, et son taux de saturation continuait à chuter.

— Ventilez-le, demandai-je au kiné respiratoire. Il va peut-être falloir une trach. Réfléchissez bien, et dites-moi si quelque chose m'a échappé.

— Entendu.

Une technicienne de labo me plaça une feuille sous les yeux. Les gaz du sang. Lors du prélèvement, le patient respirait si fort et si vite que l'hyperventilation avait provoqué une alcalose respiratoire.

— Refaites-moi une gazométrie dans dix minutes. Hémoglobine et hématocrite ?

— 10,8 et 30,2.

Sans être dans la normale, les chiffres n'étaient pas catastrophiques. Mais je ne pouvais pas les considérer comme des indicateurs fiables de son état actuel. Le prélèvement ayant été effectué quelques minutes plus tôt, le taux d'hémoglobine était probablement descendu, entre-temps. A en juger par la couleur du sang, je l'estimais à cinq, environ. J'ôtai mes gants ensanglantés et les jetai sur le plateau plein d'instruments souillés. Une infirmière qui passait récupéra mon masque.

— Docteur, sa tension est en chute libre.

— Est-ce que toutes les perfs sont au max ?

Sam Tooley s'empressa de vérifier.

— Passez au débit maximum ! lançai-je. On peut même en rajouter une. Et changez les couvertures chaudes. Quelqu'un voit-il quelque chose d'encourageant ?

Je voulais que le sang et les liquides circulent le plus vite possible. Mon patient était en état de choc, et je voulais qu'il ait assez de sang pour supporter une opération.

— Pas avec cette baisse de tension.

— Mettez-lui deux grammes d'Amoxicilline, ordonnai-je, sachant que l'antibiotique était le seul moyen d'éviter une septicémie ultérieure — à condition, bien sûr, qu'il survive à mes soins vigilants.

— Apportez-moi un plateau de perfusion centrale.

Dora Lynn arrivait avec l'appareil mobile, pour prendre les radios ; c'était une technicienne particulièrement efficace.

— Faites un rachis cervical — on ne sait jamais — et un thorax. Je cherche un hémopneumothorax, expliquai-je.

— Aïe ! Vilain, me dit-elle. Qui lui a fait ça ?

— Une fille à poil, d'après un flic qui a tout vu, répondit Mick.

286

Avec l'aide de Dora Lynn, il positionna l'appareil derrière le patient.

— On sait quelque chose à son sujet ? demandai-je. Son nom ? Son âge ?

— Ses copains sont là, dehors, me dit Sam.

— Bon, je vais prendre des clichés, annonça Dora Lynn.

Je sortis et gagnai la salle d'attente. Il y régnait un bruit assourdissant et des relents d'alcool, de tabac et de hasch flottaient dans tous les coins. Un vigile se tenait dans un coin, attentif.

— Y a-t-il des membres de la famille ? lui demandai-je.

— La mère doit arriver d'un moment à l'autre, répondit-il en continuant à surveiller son monde du coin de l'œil.

— Prévenez-moi dès qu'elle sera là.

— Entendu, docteur.

En retournant dans la salle de trauma, je découvris le Dr Statler, l'un des rares chirurgiens généraux du département, qui se tenait sur le pas de la porte, les mains dans les poches de sa blouse. Je lui résumai rapidement la situation.

— J'ai appelé l'hélico des services sanitaires pour qu'on l'emmène ailleurs, conclus-je. Ashley ? A quelle heure doit-il arriver ?

— Ils n'ont pas encore rappelé. Docteur, la tension recommence à baisser.

— La perf dans le bras gauche, dit Statler. Si la veine axillaire est fichue, il y a peut-être un épanchement dans le thorax. Installons une IV fémorale et réduisons cette perf-là. Bonsoir, Ashley. Vous ne devriez pas avoir fini votre service ?

— Je fais des heures sup, docteur.

Je cédai la place au Dr Statler, le laissant prendre la direction des opérations. Statler était un chirurgien de la vieille école, strict, responsable, fier de son expérience, extrêmement guindé mais d'une compétence indiscutable. Hélas, il avait aussi la réputation de jeter par terre les instruments pleins de sang si les choses ne se passaient pas comme il le voulait. J'avais même entendu parler d'un blâme qui lui aurait été adressé pour avoir involontairement blessé une technicienne dans l'un de ces accès de colère. Aussi fus-je très étonnée quand il se tourna vers moi pour me proposer d'installer la perf fémorale pendant qu'il s'occupait d'insérer la sonde d'intubation et le drain thoracique.

— Certainement, dis-je. Ashley ?

— Les deux plateaux sont prêts, annonça-t-elle.

Après être allée me laver les mains, je demandai que le plateau soit installé sur une table réglable, du côté droit. Une infirmière le déballa, et je m'assurai qu'il était bien chargé de tout le matériel nécessaire. J'enfilai une paire de gants stériles, puis commençai à désinfecter la zone de l'aine avec un tampon de Bétadine.

Du coin de l'œil, je vis Statler examiner le cliché du thorax. Il s'approcha ensuite de moi et l'éleva vers la lumière du plafonnier.

— Qu'en pensez-vous ?

Je jetai un coup d'œil sur la radio. A l'emplacement de la clavicule, on ne voyait plus qu'un amas d'os émiettés.

— Je pense qu'il y a de fortes chances pour qu'un éclat d'os ait touché le poumon et qu'un autre se soit logé dans l'axillaire, comme vous l'avez suggéré. Serait-ce le début d'un hémopneumothorax ? demandai-je en désignant la pointe supérieure du poumon. Ici, un épanchement sanguin ? Ici, de l'air ?

— C'est ça. Le cliché des cervicales est bon. Au moins, il n'y aura pas de paralysie. Enlevons-lui la minerve et plaçons les sondes thoraciques. On y va, Ashley ?

— Oui, docteur. Je suis prête. Au fait, l'hélicoptère des services sanitaires est occupé à Charleston. Vous voulez que j'essaie Columbia ?

— Oui, répondit Statler. S'ils ne peuvent pas être là dans une demi-heure, battez le rappel au bloc. Il faudra peut-être opérer ici.

Je levai les yeux sur lui. Il n'était pas question d'émettre la moindre objection en présence du personnel, mais ce patient avait besoin d'une intervention de chirurgie vasculaire. Il avait des muscles et des tendons sectionnés, une jugulaire et un poumon touchés, des fragments d'os incrustés dans les tissus. Le travail allait être délicat et risqué. Statler dut percevoir mon inquiétude car il se tourna vers moi et croisa mon regard.

— En un quart d'heure, je peux rassembler une équipe au bloc. Il faut une demi-heure d'hélico pour aller au CHU de Richland ; ajoutez-y le temps d'examiner et de préparer le blessé. Je ne suis pas sûr que cet homme puisse tenir le coup assez longtemps.

Je hochai vivement la tête.

— C'est vous le chirurgien.

Refiler les responsabilités, je savais le faire aussi. Et je préférais ne pas avoir à prendre moi-même une telle décision.

19.

En essayant de la tuer ?

— Docteur, vous auriez une minute ? C'est l'ECG de Bobby Ray, dit une infirmière en me glissant un diagramme entre les mains.

Un coup d'œil sur le tracé me suffit pour comprendre que le pauvre homme était en piteux état : il présentait un bloc atrio-ventriculaire de premier degré et une sus-élévation des segments ST, ce qui signifiait que l'une des artères alimentant le cœur était bouchée et qu'il y avait des signes d'infarctus.

— Examen cardiaque approfondi. Et apportez de la Streptokynase ! ordonnai-je.

Je me tournai vers Ashley, qui accrochait une autre poche de sang O négatif.

— Toujours pas de nouvelles de l'hélico de Richland ?

— Il y a eu un accident de car. Ils en ont au moins pour une heure. On a fait venir une équipe au bloc.

— Appelez-moi une ambulance du Samu. Il faut emmener Bobby Ray à Richland : il a besoin d'un cathéter cardiaque.

— Il ne manquait plus que ça ! grommela Ashley.

Elle se tourna vers Anne qui assistait Statler avec elle.

— Ça va aller ?

— On va se débrouiller, tous les deux, dit Statler en effectuant une première incision en haut du thorax du patient, sous le bras.

Il inséra un doigt ganté pour évaluer la profondeur de l'ouverture et l'état de la plèvre. Fermant les yeux, il se concentra sur la sensation au contact de l'enveloppe du poumon et de la paroi du thorax. Pour un chirurgien réputé comme caractériel, il avait l'air presque jovial, ce soir.

— Ah ! dit-il avec un soupir. J'y suis.

La technicienne fit un signe de la tête, et ajusta la position du masque et de la poche ambulatoire qui, fixés sur le bas du visage du patient, allaient permettre d'envoyer de l'oxygène dans ses poumons. Pendant que les techniciens s'affairaient, Statler enfonça un tube en plastique rigide dans la poitrine du blessé et le cousit à travers la peau pour le maintenir en place. Il s'écarta légèrement pour permettre à un autre technicien, agenouillé près du lit, de fixer l'extrémité du tube au drain d'aspiration — l'appareil qui allait débarrasser le poumon du sang et du liquide qui l'encombraient.

Quelques instants plus tard, un liquide teinté de sang commençait à s'écouler dans le récipient destiné à le recueillir. De mon côté, j'achevai d'installer la perfusion fémorale et ouvris le débit au maximum.

Statler compta les côtes et palpa le torse de l'homme pour placer le second tube plus bas. Je fis un signe à l'infirmière, et mimai le geste de passer dans la pièce voisine. Anne hocha la tête, m'indiquant qu'elle m'appellerait en cas de besoin. Pour le moment, c'était surtout Bobby Ray qui avait besoin de moi.

— Son taux de sat est un peu bas, dit Statler au kiné respiratoire. Envoyez l'oxygène.

Dans la salle de cardiologie, un agent de police prenait la déposition de Bobby Ray, tandis que deux infirmières et une technicienne de labo s'affairaient autour d'eux. Le patient avait une perf dans chaque bras, une canule d'oxygène dans le nez et une dérivation continue sur le moniteur cardiaque. Son teint était un peu moins pâle, mais il se tenait toujours la poitrine et parlait de façon entrecoupée.

— Elle était peinte en jaune et rouge de la tête aux pieds, disait-il. Jaune brillant et rouge sang. Une petite blonde, avec plein de longues nattes. Moins d'un mètre soixante et pas plus de quarante-cinq kilos. Maigre comme un clou.

— Et les dessins qu'elle avait sur le corps ?

— On aurait dit des lettres. Comme ces trucs écrits en grec sur les murs des campus, tu sais ?

Il étreignit sa poitrine à deux mains.

— Oh, mon Dieu ! Aidez-moi !

— Donnez-lui deux milligrammes de morphine, et augmentez l'oxygène, dis-je assez fort pour inciter l'autre agent à se tourner vers moi.

J'en profitai pour me faufiler entre les deux hommes et éloigner ainsi l'agent de son confrère malade. Je plaçai ensuite mon stéthoscope sur la poitrine de Bobby Ray pour l'ausculter.

— Vous prenez des médicaments, Bobby Ray ? Vous êtes allergique à quelque chose ? demandai-je.

Il secoua la tête.

— Vous avez des problèmes cardiaques ?

— Non. J'ai une santé de fer, docteur.

— Sauf qu'il fume, chique du tabac, boit de la bière et se gave de cochonneries pendant ses heures de service ! dit une voix féminine.

Je me tournai et découvris une femme grande et mince, avec des cheveux d'un roux flamboyant, vêtue d'un jean moulant et d'un petit corsage de soie rouge agrémenté d'une tonne de bijoux en or. Il devait s'agir de l'épouse de Bobby Ray... En tout cas, la dose de maquillage qu'elle avait sur le visage, ce soir, m'aurait suffi pour un an.

— Vous êtes sa femme ? lui demandai-je.

Je préférais poser la question car il m'était déjà arrivé de me tromper, dans des circonstances analogues, et j'avais appris à me montrer circonspecte.

— Oui. Tanya Ray, répondit-elle. C'est une crise cardiaque, hein ?

Je n'avais pas encore annoncé la chose à Bobby Ray, mais je me tournai vers lui en hochant la tête.

— Il semble que vous ayez une crise cardiaque, Bobby. Nous devons vous envoyer à Richland où on vous posera un cathéter.

La flamboyante épouse joua des coudes pour s'approcher du lit, et donna une bonne tape sur le ventre de son mari.

— Je te l'avais bien dit ! Tu ne mènes pas une vie saine. Si tu casses ta pipe, je ne te le pardonnerai jamais : j'ai eu trop de mal à te domestiquer.

— Tu n'as rien de plus à me dire, Bobby Ray ? demanda l'autre policier, hilare.

Il se tenait maintenant au pied du lit, son carnet à spirale à la main.

— Elle criait des trucs bizarres.

Bobby écarquilla les yeux d'un air surpris.

— On dirait que ça va mieux, dit-il. Un tout petit peu mieux.

— C'est la morphine, lui expliquai-je. Nitro ? demandai-je à l'infirmière.

— Trois. Soulagement au troisième.

— Bien. Donnez-lui quatre aspirines, maintenant.

— Qu'est-ce qu'elle disait ? demanda l'agent, poursuivant son interrogatoire.

— Elle disait qu'il est temps de vous en aller, déclarai-je.

— « La main qui soigne », je me souviens de ça. Oui, « la main qui soigne » et qui imite Jésus, ou un truc débile dans ce genre-là.

Je me figeai sous l'effet de la surprise, oubliant le stéthoscope sur la poitrine de Bobby Ray.

— « Les mains du Mal mutilent et tuent. Les mains qui soignent imitent Jésus », récitai-je à mi-voix.

Les deux flics se tournèrent vers moi.

— Les lettres, sur son corps, ce sont des runes. Des symboles magiques.

J'ôtai les écouteurs de mes oreilles et fourrai le stéthoscope dans ma poche.

— Elle se fait appeler Na'Shalome et se prend pour une sorcière. En fait, il s'agit probablement d'un délire psychotique.

— C'est la gamine qui était à l'hôpital ? Celle qui a drogué Chambers pour s'échapper d'ici ? demanda Bobby Ray.

— Certainement. Vous savez qui vous recherchez, maintenant. Mon patient a besoin de repos, dis-je à l'agent, en tournant ostensiblement les yeux vers la porte.

— Oui, madame. Merci beaucoup.

— Il n'y a pas de quoi. Appelez Mark Stafford : il vous donnera le vrai nom de cette fille. Je l'ai oublié mais il le connaît.

— Ah !

Une lueur brilla dans le regard du flic.

— C'est donc vous la petite amie de l'inspecteur Stafford ?

294

Il regarda mes jambes et hocha la tête d'un air approbateur. Je fronçai les sourcils, furibonde. Je n'étais la *petite amie* de personne.

— Enchanté d'avoir fait votre connaissance, docteur.

— Dehors ! lançai-je en pointant le doigt vers la porte.

Il esquissa un sourire et sortit d'un pas guilleret. Puis il se retourna sur le seuil.

— Salut, vieux ! On reviendra te voir demain.

— Arrange-toi pour me filer en douce un paquet de pétun, dit Bobby Ray.

— Tu lui apportes du tabac et je t'écorche vif ! affirma sa tendre moitié.

L'agent secoua la tête.

— Désolé, vieux. Je viendrai te voir, mais sans pétun. Tanya est une femme trop dangereuse.

— Et tu n'as pas intérêt à l'oublier ! dit-elle en rejetant en arrière sa crinière de lionne.

Quand l'ambulance l'emmena, Bobby Ray avait déjà réagi aux médicaments. La Streptokynase est un activateur thrombolytique qui dissout rapidement les caillots, et les antalgiques que nous lui avions administrés avaient, en outre, nettement atténué sa douleur. Il respirait aussi plus facilement, et sa tension était passée de 24,3/18 à 18/10 — chiffres encore élevés mais beaucoup moins préoccupants.

Après le cathéter et une éventuelle intervention chirurgicale, Bobby Ray allait être obligé de modifier son style de vie : régime sans graisses, plus d'alcool ni de tabac, beaucoup de légumes et de fruits, exercice physique régulier. Tanya se chargea de le lui annoncer sans ambages, m'évitant d'avoir à le faire. Une vie sobre et une femme énergique pour le maintenir sur la bonne voie, c'était sans doute le purgatoire pour un brave gars du pays. Il souriait, pourtant, quand les auxiliaires du Samu l'emmenèrent, et il me gratifia d'un petit salut de la main.

Statler opérait toujours, et les infirmières passaient la serpillière. Le personnel du service de nettoyage était parti sans faire un brin de ménage. Dans un petit hôpital comme le nôtre, la besogne des infirmières couvre un éventail très large qui va du changement des draps et autres tâches ménagères à l'installation des perfusions et à l'assistance chirurgicale.

J'examinai les dossiers qui s'étaient entassés au cours des dernières heures, et les classai par ordre de priorité. C'était une soirée relativement tranquille, pour une fois. Il m'était fréquemment arrivé d'avoir une vingtaine de patients en attente pendant que je gérais une crise majeure.

J'examinai deux bambins fiévreux, et les renvoyai avec une ordonnance. Une personne qui souffrait de maux de gorge repartit également avec une ordonnance de pénicilline pour une angine à streptocoques. Je recousis ensuite une vilaine entaille aux bords déchiquetés. J'étais en train de faire un sérum antitétanique quand le haut-parleur annonça une nouvelle crise. Jamais deux sans trois...

— Code 99 en chambre 112. Code 99 en chambre 12...

La chambre 112 était celle de Dara Devinna.

Après avoir rapidement vérifié mes points de suture, j'appelai Anne.

— Faites un pansement !

Je me retournai vers le blessé.

— On vous ôtera les points dans huit jours. Nettoyez régulièrement la blessure et badigeonnez-la avec une pommade antibiotique, lui dis-je avant de m'éloigner au pas de course.

L'employé de la sécurité que je croisai dans le couloir me fit les gros yeux, et j'esquissai un sourire contrit. Normalement,

personne n'avait le droit de courir dans les locaux de l'établissement.

— Ne me dénoncez pas ! suppliai-je.

— Je n'ai rien vu, rien entendu.

Je le remerciai d'un clin d'œil, et m'engouffrai dans la
112.

A l'intérieur, le spectacle était épouvantable. Dara se
cambrait dans un spasme d'une telle violence que je craignis
pour sa colonne vertébrale ; elle aurait sans doute des déchi-
rures musculaires. Sa bouche saignait à l'endroit où elle avait
arraché son tube endotrachéal : elle s'était mordu la langue.
Elle avait les yeux exorbités, le visage déformé par un rictus
horrible. Une odeur de vomi flottait dans la pièce.

Boka, uniquement vêtue d'un collant sans pieds et d'un
soutien-gorge brassière, se tenait vers la tête du lit. Apercevant
des vêtements de soie dans le lavabo, je reconstituai aisément la scène.

Je humai l'air confiné de la chambre. Derrière l'odeur de
vomi, je distinguai des effluves étranges, à la fois âcres et
douceâtres, bien qu'il n'y eût aucune trace de fumée dans
la pièce.

— Faites la piqûre. Tout de suite ! dit Boka.

— Une dose pareille peut lui être fatale, fit observer
l'infirmière.

— C'est noté. Allez-y. Assistance respiratoire ?

— Ici, docteur, répondit quelqu'un, tandis que l'infirmière
qui venait de contester le dosage enfonçait le piston d'une
seringue, vidant le contenu dans une veine de la patiente.

Boka éleva le lit à une hauteur suffisante pour travailler
dans de bonnes conditions, au cas où il faudrait intuber de
nouveau.

Je jetai un coup d'œil sur le document où une infirmière
consignait chacune des actions entreprises, chacun des remèdes

administrés. Dara était sous Dilantin, phénobarbital, Ativan et Valium. Son organisme était truffé de médicaments, et les convulsions ne diminuaient pas. C'était mauvais signe.

— Demandez du renfort, dit Boka à l'assistante. Il me faut une personne pour l'oxygéner, une autre pour maintenir le ventilateur pendant que j'intuberai.

— Je peux faire ça, dis-je en désignant la poche ambulatoire.

— Entendu. Merci, docteur.

Je changeai de place avec l'assistante, et me retrouvai près de Boka, à la tête du lit.

— Jolis sous-vêtements, lui dis-je en prenant le ballon d'oxygène en caoutchouc et en commençant à pomper.

Boka me jeta un coup d'œil en coin.

— Merci. Je crains que mon sari soit fichu.

— J'ai une tenue de travail de rechange dans ma chambre de garde… La crise commence à s'atténuer ?

— On dirait que oui. Enfin !

Boka ramena une mèche rebelle dans sa queue-de-cheval.

— Trish est allée chercher un pantalon et une chemise de travail en chirurgie. Avec ces hanches, je ne pourrais jamais entrer dans un pantalon à votre taille ! Merci quand même.

— Qu'est-ce qui lui arrive, à votre avis ? demandai-je, tandis que les membres de Dara se détendaient puis s'avachissaient, et que son visage semblait presque apaisé.

— J'ai pensé à un épisode fébrile, mais je lui ai fait une PL, ce matin, répondit Boka.

Il s'agissait d'une ponction lombaire, qui consiste à introduire une aiguille dans la colonne vertébrale pour prélever une toute petite quantité de liquide céphalo-rachidien.

— Résultat : LCR clair, protéines dans la fourchette normale. Je pencherais pour une réaction anaphylactique ou un état de manque quelconque.

— Le Dr Ebenezer est ici, annonçai-je.

— Le toxicologue ?

— Lui-même. Sa fourgonnette est installée derrière ce bâtiment, avec des câbles raccordés à l'électricité de l'hôpital. Vous voulez qu'il vienne jeter un coup d'œil ?

Boka fit signe à une aide-soignante qui se tenait à l'écart.

— Dites à un vigile d'inviter le Dr Ebenezer à nous rejoindre ici, pour une consultation.

Quand la jeune femme fut sortie, Boka se retourna vers moi.

— Je crains tout particulièrement que quelqu'un lui ait fait absorber quelque chose. Deux aides-soignants ont vu un homme sortir furtivement de sa chambre. Quand ils sont entrés, il y avait une fumée si épaisse que l'air était presque irrespirable mais aucune flamme nulle part. Je songe à des crises convulsives provoquées par l'injection ou l'ingestion d'une substance quelconque. Son état a nettement empiré, après cette visite. Elle a arraché son tube, ajouta Boka en désignant l'objet ensanglanté, sur le sol. Les vigiles ont inspecté les alentours et appelé la police, mais ils n'ont rien trouvé. J'ai mis de côté de l'urine prélevée avant l'administration de Valium, pour la faire analyser.

Les dernières manifestations de la crise convulsive cessèrent brusquement. Les muscles vertébraux se décrispèrent, et Dara retomba sur le matelas.

— Il y a longtemps que la PL a été effectuée ? demandai-je, sachant qu'une crise convulsive consécutive à une ponction pouvait entraîner des complications.

— Pas assez longtemps à mon goût. S'il y a des fuites de liquide, nous verrons ça plus tard. Je dois d'abord réussir à la calmer et à stabiliser son état.

Tout en parlant, Boka enfila des vêtements de travail dépareillés. Personne n'avait paru remarquer sa tenue précédente. Le fait de travailler dans un environnement médical n'est, certes, pas sans incidence sur les notions de pudeur.

La porte s'ouvrit, et l'aide-soignante qui était partie à la recherche du Dr Ebenezer réapparut, suivie de Noah. Il esquissa un sourire en reconnaissant la jeune femme étendue sur le lit. Avant que j'aie pu prononcer un mot, il leva la main pour m'intimer le silence, et huma consciencieusement l'air de la pièce, comme un chef cuisinier essayant de déterminer l'origine d'un fumet. Enfin, il me fit signe que je pouvais parler.

— Convulsions d'étiologie indéterminée, aggravées après le passage d'un inconnu et l'apparition de fumée dans la chambre, expliquai-je. Administration de Valium à un dosage maximum.

Je me tournai vers Dara.

— Et voici le résultat.

— Intéressant, dit Noah. Merveilleusement intéressant.

J'eus envie de protester, mais sa réflexion n'était pas illogique. Dara avait une réaction insolite depuis que la crise s'était apaisée. La plupart des patients en phase post-critique sont léthargiques, incapables d'accommoder. Ils ne contrôlent plus les réflexes de miction, de défécation et de déglutition. Leur pouls est faible, lent, et ils présentent souvent des signes de difficultés motrices, avec un ralentissement des réactions aux stimuli.

Dara commençait à battre des paupières, à remuer les doigts. Elle repoussa son masque et la poche à oxygène. Elle déglutissait sans difficulté notable, et sa respiration était normale. Elle ne semblait éprouver aucun effet secondaire consécutif à l'administration massive de Valium. N'importe quel patient, dans son cas, se serait trouvé dans un état quasi comateux. Certains auraient même été paralysés, et nous aurions dû les placer sous ventilation.

Dara avait l'air en pleine forme.

Noah contourna discrètement le personnel médical, et sortit une petite lampe torche de sa poche pour tester les réflexes visuels de la jeune femme. Dara repoussa la lampe en clignant des yeux, visiblement agacée. Noah n'insista pas et, après avoir remis la lampe dans sa poche, il ouvrit de force la bouche de la patiente.

— A mon avis, ça va faire mal, dit-il en voyant la langue de Dara. Elle a été sauvagement mordue. Il va falloir recouvrir ça d'un petit rabat de chair et faire quelques points de suture pour l'empêcher de saigner. Il serait peut-être utile de l'attacher, pendant qu'elle est encore sous l'effet du Valium.

— Non, dit Dara d'une voix légèrement pâteuse, en repoussant le praticien.

Ignorant ses protestations, Noah sortit un marteau à réflexes, et entreprit d'évaluer son temps de réaction des deux côtés, tout le long du corps, jusqu'à la plante des pieds. Ce faisant, il examina sa peau, à la recherche d'éventuelles traces d'injection dans les veines et à la base des ongles.

Personnellement, tout me semblait normal. Ce qui, justement, était extrêmement surprenant après une crise comme celle à laquelle je venais d'assister.

— Recousons d'abord sa langue, dit Boka. Et faisons vite.

— J'ai préparé un plateau, docteur.

— Attachez la patiente.

Dans le couloir, pendant que Dara se débattait derrière la porte, j'interrogeai Noah.

— De quoi s'agit-il, à votre avis ?

— Pas de marques de piqûres, aucun signe de toxicomanie. Mais l'héroïne actuellement proposée sur le marché peut se fumer, ce qui dissimule les indicateurs d'utilisation prolongée de stupéfiants.

Noah fronça les sourcils d'un air pensif, et se mit à avancer en direction de la cafétéria. La salle était éteinte, mais il poussa la porte et s'approcha du distributeur de Coca. Il en acheta deux boîtes, m'en donna une, ouvrit l'autre et se mit à boire à longs traits. Je suivis son exemple, reconnaissant qu'il raisonnait de façon cohérente.

— Oui, je crois qu'elle est sous l'effet de drogues puissantes. A mon avis, quelqu'un a dû lui administrer quelque chose au moyen de la perfusion.

— Dans l'intention de la tuer ?

— A moins qu'une drogue qu'elle prend régulièrement ait eu des effets inattendus. Il pourrait s'agir d'un produit acheté à la sauvette et qui n'était pas pur…

Noah changea de distributeur et acheta deux paquets de beignets saupoudrés de sucre. Ses emplettes à la main, il leva les yeux au plafond.

— Non, cette théorie-là ne colle pas, murmura-t-il.

Il s'assit à une table, dans la pénombre, ouvrit un sachet et dégusta deux beignets. Puis il m'en offrit ensuite un, et je m'installai en face de lui à la petite table. La combinaison de caféine et de sucre me procura le coup de fouet dont j'avais besoin.

— Oh… il est possible qu'elle soit sujette à des crises d'épilepsie, disons, depuis l'enfance, et que sa famille ait pris l'habitude de lui administrer un remède à base de plantes.

— Ce qui expliquerait que l'on ait trouvé sur elle un paquet d'herbes ?

Noah fit oui de la tête, puis enfourna une autre bouchée et mâcha consciencieusement.

— Je commence tout juste à analyser le contenu du paquet. Après ce que je viens de voir, je m'attends à découvrir des plantes médicinales particulièrement actives. Dans ce cas de figure, on peut imaginer qu'un intrus lui ait ôté le tube pour lui donner quelque chose à boire — une décoction quelconque — tout en faisant brûler des herbes pour en augmenter l'effet. Mais la crise a commencé avant que le remède ait eu le temps d'agir. Ensuite, à cause du Valium, les plantes ont pu neutraliser l'effet du sédatif.

— Quel est le résultat de vos analyses sur les plantes découvertes dans les cendres du brasier ?

— J'ai trouvé un peu de tout. La plupart sont anodines ; certaines sont, effectivement, des plantes médicinales. Vous auriez pu avoir quantité de tachycardies et de problèmes respiratoires dus à la présence massive de digitale, de genêt à balais et de codonopsis — pour n'en citer que quelques-unes. J'ai aussi découvert un fort pourcentage d'herbes hallucinogènes telles que datura inoxia, datura stramonium et trichocereus pachanoi, dit-il, retournant machinalement au latin. Des herbes très dangereuses si on les utilise sans modération.

— Ainsi, nous sommes en présence d'une personne qui sait cultiver les plantes mais qui les utilise sans discernement.

— Quelqu'un de très dangereux, dit Noah d'un air pensif. Très, très dangereux.

20.

Constat déprimant et écureuils décapités.

Le soleil levant me fit cligner des yeux quand je traversai le parking, le vendredi matin, pour regagner ma voiture. Je m'efforçai de les garder ouverts en écoutant le chant des oiseaux. Je n'avais pas dormi de la nuit, et marchais d'un pas trébuchant, passablement assommée. Mes chiens seraient probablement déçus de ne pas aller courir, mais j'avais surtout envie de passer la journée au lit. Hissant mon grand sac sur l'épaule, je posai la main sur la poignée de la portière. A 7 h 10 du matin, le métal était déjà chaud sous ma paume.

— Elle est en danger !

Je fis volte-face en entendant ces mots prononcés à voix basse.

Un vieil homme voûté se tenait près de moi — beaucoup trop près, à mon goût. Il sentait fort, une odeur corporelle de personne négligée, âcre et repoussante. Comme il s'approchait encore, je lâchai la portière et fis un pas de côté, coupant involontairement ma retraite car j'étais, maintenant, prise au piège entre le bâtiment et ma voiture. Me sentant menacée, je levai la main pour l'empêcher de faire un pas de plus.

— Elle est en danger ! répéta-t-il.

— Qui ? murmurai-je d'une voix étranglée en reculant encore contre le mur.

— Dara. Sa vie est menacée.

C'est alors que je reconnus M. Faith : l'homme qui agitait l'encensoir lors des rassemblements, celui qui distribuait le pain et le vin de communion. Un peu moins effrayée, je m'efforçai de recouvrer mon souffle.

— Quelqu'un fait tout son possible pour ouvrir un portail, un passage vers les ténèbres.

Il avait le teint blafard d'un malade, le nez et les joues couverts d'énormes points noirs.

— Et les démons s'y engouffreront. D'abominables démons.

Du coin de l'œil, j'aperçus un vigile qui effectuait sa ronde, et levai vivement une main. Faith la saisit dans la sienne.

— Dara est pure. C'est elle qu'ils prendront. Elle sera sacrifiée quand ils auront réussi à se frayer un passage. Sauvez-la !

Ses ongles s'enfoncèrent dans ma paume, et je me dégageai d'une secousse.

— Trouvez quelqu'un qui puisse l'aider, insista Faith. Trouvez quelqu'un qui puisse la sauver !

Le vigile tourna la tête de notre côté et s'immobilisa.

— Eloignez-vous de moi. Allez-vous-en ! criai-je assez fort pour être entendue.

Le vigile s'élança en courant dans notre direction.

— Vous devez la sauver ! répéta obstinément Faith.

L'employé de la sécurité prit son talkie-walkie et se mit à parler sans ralentir le pas. L'un de ses collègues apparut à la porte des urgences.

— Je vous dis qu'elle est en danger !

— Nous faisons tout ce que nous pouvons pour elle, répondis-je enfin, réconfortée par l'arrivée des secours. Est-ce vous qui êtes entré dans sa chambre, hier soir ?

Il leva la tête et plongea son regard halluciné dans le mien.

— Lui avez-vous donné quelque chose ? poursuivis-je, dominant de mon mieux l'épouvante qu'il m'inspirait.

— Elle était possédée. Elle avait une crise.

— Une crise d'épilepsie ! Lui avez-vous donné quelque-chose ?

— De l'eau bénite et du vin aux herbes, comme d'habitude. Pour exorciser le démon.

Derrière lui, des pas approchaient sur l'asphalte.

— Sauvez-la ! me cria Faith.

Il pivota brusquement, posa une main sur le capot de mon cabriolet et prit son élan. Franchissant d'un bond ma petite voiture, il disparut à l'angle du bâtiment. Je me laissai choir sur mon sac de voyage, tremblant de tous mes membres.

— Ça va, docteur ?

— Oui, ça ira, dis-je en levant les yeux sur Jessie, un retraité de soixante-treize ans qui faisait des heures de surveillance à l'hôpital. Mais il faudrait que quelqu'un le rattrape !

Jessie repartit au pas de course, étonnamment alerte pour son âge. Toutefois, il n'était pas de taille à se mesurer au père de Dara. J'aurais parié que Faith se droguait à la PCP (phencyclidine), sans doute mélangée à d'autres stupéfiants. Mes réflexes médicaux revenaient, m'aidant à recouvrer mon sang-froid. Au loin, une sirène mugit. La police arrivait en renfort. Je me remis debout tant bien que mal, et attendis les flics.

Ils ratissèrent tout le périmètre, aidés des chiens policiers, mais Faith demeura introuvable. Ses pas se perdaient au-delà de l'enceinte de l'hôpital, dans les allées sinueuses du cimetière. L'empreinte de sa main sur mon capot était le seul indice qu'il eût laissé. Charlie — l'expert de la brigade criminelle — la releva avec soin.

Epuisée, trop lasse pour réfléchir, j'arrivai chez moi vers 9 heures, m'écroulai sur le lit et sombrai aussitôt dans un profond sommeil. Je n'avais pas même eu le temps de me dévêtir, de repousser l'édredon ni de me glisser entre les draps.

Je dormis huit longues heures et, à mon réveil, je trouvai Stoney qui ronronnait comme un poêle, couché en rond sur mon dos. C'était l'heure de donner à manger aux animaux. Je préférais ça à la sonnerie d'un réveille-matin.

J'allai prendre une douche en bâillant, revêtis ma tenue de travail, et défroissai, tant bien que mal, le dessus-de-lit pour éviter les remontrances d'Arlana.

Je donnai ensuite des croquettes aux chiens et au chat, renouvelai leur eau, pris un paquet de petits gâteaux à la noix de coco et l'ouvris en me dirigeant vers la porte, dans l'intention d'aller voir miss Essie. Je mordis avec appétit dans une boule blanche. Délicieux.

Mais, quand je voulus ouvrir la porte du fond, les chiens me barrèrent le passage, collés contre le vantail mobile. Peluche gémissait, et Belle grognait sourdement, comme pour m'avertir d'un danger. Songeant à ma rencontre matinale près de ma voiture, je m'arrêtai et allai jeter un coup d'œil dehors, par la fenêtre de la cuisine. Il me fallut près de trois minutes pour découvrir l'écureuil installé sur le tronc du vieux chêne, totalement immobile, et encore une seconde pour m'apercevoir qu'il n'avait pas de tête. L'animal était cloué sur le tronc. Je me mis soudain à trembler de la tête aux pieds.

Je parcourus le jardin du regard, me rappelant l'épisode du doigt coupé déposé à ma porte et celui de l'homme sauvagement attaqué par Na'Shalome. Ma gorge se serra. L'écureuil n'avait pas tellement saigné. Et le sang, de couleur brune, était déjà coagulé. L'individu qui l'avait cloué là était probablement déjà loin.

Belle, sentant mon désarroi, posa les pattes sur ma cuisse et appuya le museau sur mon ventre en continuant à gémir, comme pour m'empêcher de bouger. Elle ne voulait pas que je sorte. Je la repoussai, et elle recommença son manège, solidement campée sur ses pattes arrière.

— Allons, ce n'est qu'un écureuil, lui dis-je.

Mais elle enfonça son museau dans mon estomac sans bouger d'un pouce.

— Bon, d'accord, ma jolie. Je reste à l'intérieur.

Tout en caressant les oreilles veloutées de ma chienne, je décrochai le téléphone mural, appelai Mark sur son portable et lui racontai ce que je venais de découvrir.

— Tu crois que je peux sortir sans problème ? lui demandai-je en guise de conclusion.

— Non. Je ne crois pas que tu puisses sortir sans problème, répondit-il comme s'il s'adressait à une demeurée. Ne bouge pas. Je t'envoie une voiture et j'arrive tout de suite.

— C'est un écureuil décapité, pas un cadavre humain ! protestai-je, exaspérée et un peu honteuse de me ridiculiser ainsi. J'aurais dû aller le décrocher de là avec une pelle et l'enterrer, voilà tout.

J'entendis un bruit de sirène qui approchait. Belle me laissa et courut vers la porte en remuant la queue.

— J'entends les flics. A plus, dis-je à Mark avant de raccrocher.

Le fait que ma chienne reconnût le bruit d'une sirène de police et l'associât à l'arrivée des secours me parut plutôt déprimant. Quel genre de vie menais-je donc ?

Les flics déclouèrent l'écureuil à l'aide d'un marteau fendu, mirent le petit cadavre dans un sac et l'emportèrent à titre d'indice. Indice de quoi, je l'ignorais. Et il en fut de même pour toutes les questions qu'ils me posèrent et auxquelles je ne pus répondre.

— Avez-vous vu la personne qui a fait ça ? A quelle heure est-ce arrivé ? Avez-vous entendu des coups de marteau ? Les chiens ont-ils aboyé ? Avez-vous entendu une voiture ? Une moto ? Avez-vous vu quoi que ce soit ?

— Non. Rien du tout. Je dormais comme un loir.

Une déposition ne présente pas un grand intérêt quand on a ronflé pendant l'exécution du forfait. Mais, puisque Mark était content de faire son boulot, je feignis de coopérer jusqu'à ce que les flics lèvent le camp, convaincus de ne pas pouvoir trouver d'autre pièce à conviction que l'écureuil décapité.

— Fais gaffe, ma grande ! me recommanda Mark en me quittant. Il se passe de drôles de choses autour de toi.

Comme si je ne m'en étais pas déjà rendu compte !

Les chiens, rassurés, ne se souciaient manifestement pas du fait que Mark m'eût abandonnée aux mains d'un assassin d'écureuils qui pouvait m'épier encore, dissimulé dans les bois. Deux heures avant la tombée de la nuit, nous traversâmes tous les trois le ruisseau et le petit bois qui nous séparaient du jardin de miss Essie.

La vieille dame m'attendait, assise sur la terrasse, son châle mauve rejeté sur le dossier du fauteuil en hommage à la chaleur du jour, sa robe tablier déployée autour d'elle pour favoriser la circulation de l'air. Un plateau garni de tasses de thé et de tartines de confiture était posé sur la table.

— Qu'est-ce qui se passe encore chez vous ? Paraît qu'vous aviez un rat mort cloué à un arb' ?

— Un écureuil, pas un rat, rectifiai-je, sans même m'étonner qu'elle soit déjà au courant. Décapité. Mark suppose qu'il s'agit d'un avertissement quelconque, comme les runes.

Je pris le fauteuil qui m'était proposé, et bus à petites gorgées le thé incomparable de miss Essie.

— Il a, quelquefois, le chic pour dire des lapalissades, ce garçon.

Je mordis dans une tartine et opinai avec conviction.

— Et qu'est-ce qu'y va faire pour ça ?

— Il a pris ma déposition, dis-je en savourant le pain frais recouvert d'une copieuse couche de confiture de figues.

J'avais laissé les petits gâteaux dans ma cuisine ; ils me tiendraient lieu de dîner, de casse-croûte à minuit et de petit déjeuner. Je ne voyais plus tellement la différence, du reste.

La bouchée un peu trop grosse que je venais d'enfourner me contraignit un instant au mutisme.

— Miss Essie, repris-je enfin, il se passe beaucoup de choses étranges, sur lesquelles j'aimerais avoir votre avis.

— J'écoute. Buvez un peu de thé et mangez plus lentement. Sinon, vous allez finir par vous étrangler.

J'obtempérai, et fis à la vieille dame le récit des événements des jours précédents. Elle m'écouta en silence, se contentant de hocher la tête de temps en temps, l'air soucieux. Quand je lui racontai la scène du matin avec le père de Dara, répétant les mots qu'il avait prononcés, elle hocha vigoureusement la tête, comme si je venais de lui fournir la pièce maîtresse du puzzle. Elle se cala ensuite dans son siège et croisa les mains sur son ventre.

— Qu'en pensez-vous ? lui demandai-je.

— Et vous ?

— J'ai le sentiment que deux situations distinctes pourraient être en train de se recouper. Nous avons, d'une part, une jeune fille psychotique en liberté dans la nature et, de l'autre, une guérisseuse épileptique et droguée à l'hôpital. La jeune fille a peut-être entendu parler de Dara qui risque d'être sa prochaine victime.

Miss Essie hocha encore la tête, tout en pianotant sur la table.

— C'est vrai en partie. Vous citez des faits mais vous oubliez la lutte entre le bien et le mal. C'est là que le choc va se produire. Le spirituel et le scientifique vont aussi se heurter. Et vous, vous êtes le thème central, parce que vous ne croyez à rien.

Miss Essie fouilla consciencieusement sa poche, en sortit un petit morceau de papier plié en quatre et me le tendit.

— Cette femme viendra vous voir, ce soir, à l'hôpital. Vous serez prête.

Je dépliai le papier, le défroissai et déchiffrai les mots écrits à l'encre violette, de la main tremblante de miss Essie. « Sœur Simone-Pierre. »

— Comme Simon Pierre, dit la vieille dame, mais au féminin. Le souffle divin est en elle. Elle sait des choses. C'est une femme très influente. Ecoutez-la bien. Elle viendra en aide à ces deux filles. Elle vous aidera aussi, si vous la laissez faire.

— Simon était un disciple de Jésus ? demandai-je.

— Oui. Le Christ l'a baptisé Pierre — le fondement de l'Eglise. La sœur est exactement comme lui. Vous verrez.

C'était stupide. Absolument stupide. Et moi, j'étais encore plus stupide d'entrer dans ce jeu-là.

— Miss Essie, je ne crois pas aux miracles ni aux exorcismes et autres superstitions.

— A une époque, les gens ne voulaient pas croire non plus que la terre était ronde. Elle était pas plate pour autant.

Avec un soupir, je repliai le papier et le mis dans ma poche.

— D'accord, miss Essie. Mais je ne veux pas de réunions de prière aux urgences !

— Sœur Simone-Pierre est une personne prudente. Tâchez de l'être, vous aussi.

Je craignais, justement, que ce ne soit pas dans ma nature. Mais je m'abstins sagement de le préciser.

A la tombée du jour, je sortis de la salle des urgences déserte pour rejoindre les fumeurs en compagnie de Trisha Singletary et Fazelle Scaggs. Le soleil couchant animait de reflets roses et cuivrés les nuages étincelants sur un ciel lavande. Des hirondelles plongeaient et virevoltaient au-dessus des toits, évitant les courants d'air qui montaient des ardoises surchauffées. Le vrombissement d'un moteur puissant, d'abord lointain, se rapprocha rapidement. Avant même d'avoir aperçu la voiture de sport, je devinai qui c'était.

— Excusez-moi, mesdames, j'ai de la visite, dis-je en quittant le banc sur lequel j'étais installée.

— OK, doc, répondit Fazelle.

Intriguée, elle tordit le cou pour essayer de voir ce que je regardais. Trish ne dit rien. La tête dans les nuages, elle rêvait probablement à quelque amourette.

Je me dirigeai sans hâte vers le parking des médecins, les mains enfoncées dans les poches de ma blouse. La Porsche rouge vif, décapotée, arriva en trombe dans l'allée. La conductrice rétrograda bruyamment, et s'arrêta dans un crissement de pneus, juste à côté de mon petit cabriolet beige. J'avançai d'un pas traînant, les mains soudain moites au fond de mes poches. Shirley me regarda approcher.

Comme toujours, ses multiples nattes pendaient sur ses épaules, à demi dénouées par le vent de la course qui transformait la jeune femme en méduse échevelée. A la lueur du jour tombant, je discernai son regard ombrageux, et optai pour un accueil courtois, dans la plus pure tradition sudiste.

— Bonsoir, docteur Adkins. Quel temps de rêve, n'est-ce pas ?

Miss Dee Dee aurait été fière de moi.

— Je me fous pas mal du temps, figure-toi ! Qu'est-ce qu'il fabrique, cet empaffé de bâtard de merde ?

Le bâtard de merde en question, c'était Cam. Evidemment ! Mais j'avais entamé cette périlleuse conversation sur le mode raffiné, et je ne m'en départirais pas.

— Je te demande pardon ?

Shirl grommela quelque chose entre ses dents. Elle prit appui sur ses bras pour se soulever du siège, pivota et passa prestement par-dessus la portière. Elle portait un jean moulant, une chemisette en Lycra au décolleté vertigineux et des talons de dix centimètres. En un mois, elle avait perdu quelques kilos, et ça la rajeunissait. Perchée sur ces talons hauts, elle n'avait qu'à renverser légèrement la tête pour me regarder en face, d'un œil glacial.

Je reculai d'un pas et plaquai un sourire angélique sur mon visage.

— Salut, Shirl.

— Va te faire foutre !

— Ah… Bon, très bien…

J'étais vraiment en verve, ce soir.

— Tu as laissé un message de quatre mots sur mon répondeur, au petit matin !

— Ce connard de Cam m'a laissé une bonne douzaine de messages beaucoup plus loquaces, la pauvre chochotte ! Sur les trois derniers, j'aurais juré qu'il était rond comme une queue de pelle.

— Rond comme… quoi ?

— Comme une queue de pelle ! cria-t-elle. Une queue, tu sais ce que c'est ? Une pelle aussi ? Il t'en aurait pas roulé une, justement ?

J'avais rarement vu Shirley dans un tel état, sauf une fois, à la fac, quand un grand ponte s'était permis de lui faire des propositions douteuses en public. J'avais cru, un moment, qu'elle allait l'émasculer dans l'ascenseur. Aujourd'hui, c'était à moi qu'elle en voulait… Cam Reston s'était donc soûlé. Je me rappelai le tintement de bouteilles dans la poubelle, le jour où j'étais allée le trouver à l'aérodrome. Il venait sûrement d'appeler Shirl, l'imbécile !

— Pourquoi cette question ? demandai-je prudemment.

— Parce qu'il n'arrêtait pas de marmonner des excuses, de se traiter de tous les noms. Il disait qu'il avait tout gâché entre nous, qu'il regrettait de m'avoir perdue — ça, il a, effectivement, de quoi le regretter parce que je suis sûrement ce qui lui est arrivé de mieux, à cet empaffé ! Il se plaignait aussi d'avoir perdu sa meilleure amie. Et ça, c'est toi ! gronda Shirl en pointant un doigt accusateur sur ma modeste personne.

Elle remit les poings sur ses hanches, ce qui me rassura un instant. Mais mon répit fut de courte durée car elle ajouta presque aussitôt :

— Cet empaffé de merde a voulu te sauter, hein ?

Je réussis à conserver un flegme purement apparent.

— Shirley, hum… Est-ce que « empaffé » veut bien dire ce que j'imagine ?

314

Le grondement qu'elle émit pouvait passer pour un rire, mais je n'en aurais pas mis ma main au feu.

— C'est plus que probable. Mais je t'ai posé une question.

— Me sauter ? Eh bien, plus ou moins, avouai-je, jugeant que l'honnêteté serait, en définitive, le meilleur moyen de sauvegarder notre amitié.

— Plus ou moins ! glapit-elle. Plus ou moins ? Tu parles ! Avec Cam, c'est toujours plus que moins. Tu me prends pour une andouille ou quoi ? Chaque fois que Cam essaie de se faire une nana, il met le paquet.

Je ne pus m'empêcher de rire. Shirl jalouse et Cam malheureux, la situation ne manquait pas de sel. Du reste, si Shirley en venait aux mains, les talons de dix centimètres joueraient en ma faveur : d'une pichenette, je la ferais basculer sur son postérieur. Je m'adossai à la voiture, et posai les mains sur la carrosserie chaude et rutilante.

— Ça, c'est indiscutable, répondis-je en riant. Il a vraiment mis le paquet. Franchement, personne ne s'était jamais donné autant de mal pour me séduire.

Dans la pénombre du crépuscule, les yeux de Shirl lançaient des éclairs. Elle se redressa de tout son mètre soixante-deux (soixante-douze avec les talons), rejeta ses nattes en arrière et me toisa d'un air majestueux.

— Développe, je te prie ! lança-t-elle d'un ton glacial.

— Eh bien, Cam est venu me trouver à ma porte, vers minuit. Il s'est invité chez moi, il a préparé un petit en-cas, débouché une bouteille de vin, modifié ma sélection musicale en optant pour quelque chose de plus sensuel. Puis il m'a entraînée au milieu du salon.

— Tu as dansé avec lui ?

Elle avait posé sa question d'un ton précis, avec l'accent britannique, en me fustigeant du regard. Heureusement, ses vêtements la moulaient si étroitement qu'elle n'avait pas pu dissimuler une arme sur elle.

— Exact. Une rumba. Et ce mec-là n'est pas cul-de-jatte, crois-moi !

— Je n'ignore rien du talent de danseur de Cam Reston ni de l'effet que ce talent produit sur les femmes.

Je réprimai un sourire.

— Disons que ça vous chauffe le sang.

— Est-ce que…

Pour la première fois, les mots lui manquèrent.

— Est-ce que Cam et toi…

Je réfléchis un instant.

— Si ma mémoire est bonne, nous avons terminé la rumba et je l'ai renvoyé chez miss Essie en lui prescrivant une tisane calmante.

— Sans avoir…

Comme Shirley laissait sa phrase inachevée, je secouai la tête avec un sourire.

— Sans rien du tout.

Le souffle qu'elle retenait s'échappa bruyamment. Elle se détourna un instant, frissonna et fit rapidement volte-face.

— Quel enfoiré, ce type ! Merde, merde et merde ! chuchota-t-elle d'une voix brisée.

— Il m'a draguée uniquement parce qu'il savait que j'allais refuser. Et il ne l'a fait que pour se venger de toi. Il était sûr que tu serais au courant.

— Tu parles ! Il t'a draguée parce qu'il est plus ou moins amoureux de toi, depuis toujours.

Je n'en croyais rien, mais toute protestation de ma part risquait de sonner faux. Cam avait seulement eu envie de faire l'amour tout en prenant sa revanche sur Shirley. Avec moi, c'était pratique. Ah, les hommes…

Shirley frissonna encore, secoua la tête et desserra les poings. Je commençai à me détendre. D'une main, elle me décolla de sa précieuse voiture.

— Je viens de la faire laver ! m'expliqua-t-elle. Mais comment as-tu pu résister à ce type ? Il embraserait un bloc de glace.

Je haussai les épaules.

— J'accorde trop de prix à certaines relations pour les foutre en l'air à cause d'une vulgaire galipette.

— Certaines se damneraient pour une vulgaire galipette avec Cameron Reston.

— Tu tiens à me donner des regrets ?

Elle pouffa de rire, portant une main à sa bouche. Je m'aperçus qu'elle pleurait quand des larmes sur ses joues accrochèrent la lumière d'un réverbère.

— Qu'a-t-il fait pour que tu le plaques ? lui demandai-je. Il est malheureux. Vous êtes malheureux tous les deux.

— Tu ne l'as peut-être pas remarqué, mais Cam a un tempérament quelque peu volage. J'ai eu le sentiment qu'il commençait à scruter l'horizon à la recherche de sa prochaine conquête. Du coup, c'est moi qui en ai fait une.

— En somme, tu as plié bagage avant qu'il te fasse souffrir.

— C'est ça.

Shirley était d'une honnêteté totale, qui pouvait même friser la brutalité.

Je la pris par le coude et l'entraînai vers le sas des ambulances et vers la lumière, feignant de ne pas remarquer qu'elle s'essuyait les joues du revers de la main.

— A mon avis, tu devrais envisager de renouer avec lui.

— Peut-être. Mais, avant, je veux qu'il en bave vraiment.

— Tu veux le rendre malheureux à en crever ?

— N'exagérons rien ! Je me contenterai d'une apnée totale avec diaphorèse et bradycardie. Je veux le voir paralysé par la peur de me perdre.

Je poussai la porte du hall des urgences.

— Tu es une femme cruelle.

— Merci. Je prends ça comme un compliment… Oh, quelle merveille, cet air frais !

Elle souleva ses nattes pour se rafraîchir la nuque, et me demanda tout à trac :

— Est-ce que je fais partie des relations que tu ne voulais pas démolir ?

— Tu veux un Coca ?

— Sans sucre, s'il te plaît.

— La réponse est oui, dis-je en mettant deux pièces dans le distributeur.

— Super ! Bon, sur ce, je te quitte.

— Tu t'en vas ?

Je n'étais pas sûre d'avoir totalement réglé cette affaire, et son départ précipité m'empêchait de m'en assurer. Mais elle pivota sur ses hauts talons et reprit la direction du parking. Je ne pouvais pas la retenir de force.

— J'ai rendez-vous avec un chirurgien, dit-elle, tandis que je la suivais d'un pas moins énergique. Un rendez-vous dont j'ai pris soin de parler à miss Essie, bien entendu.

— Dis… tu étais vraiment jalouse de moi ?

J'avais très envie de me l'entendre dire.

— Je t'aurais volontiers arraché les yeux.

— Tu viendras faire un tour quand Marisa sera là ? Une petite virée entre nanas, ce serait sympa !

— Elle laissera les marmots à miss Essie ?

— Si on l'emmène se faire faire une beauté, elle acceptera sûrement.

318

— Donne-moi une date ; je m'arrangerai pour me libé-rer.

Shirley se remit au volant de sa Porsche, et fit rugir le moteur.

— Cheerio ! lança-t-elle en manœuvrant adroitement pour sortir du parking.

Je regardai la voiture s'éloigner dans la nuit. Sa visite m'avait soulagée d'un grand poids.

21.

Etranges phénomènes. J'avais horreur de ça.

A minuit, je m'interrogeais encore sur les subtilités des joutes amoureuses qui présidaient aux relations de Shirley et Cam. Fallait-il donc apprendre l'art de manier les reproches et le chantage pour vivre à deux ? Dans ce cas, je me sentais plutôt une âme d'ermite. Pour le moment, en tout cas, mes relations avec Mark ne s'étaient pas engagées dans cette voie périlleuse ; notre rivalité n'était, en somme, qu'une sorte de bras de fer assez puéril dans des domaines aussi anodins que celui de la course à pied.

Aux urgences, c'était le calme plat après la frénésie de la veille. Les infirmières en avaient profité pour mettre à jour la paperasse et ranger les médicaments. Désœuvrées, elles lisaient des romans ou étudiaient, en vue de quelque examen, dans la salle de détente.

Installée sur un banc, je savourais la douceur de cette nuit d'été en écoutant le chant d'un rossignol inspiré par le clair de lune. Il y avait quelque chose de candide dans l'air, comme un parfum d'enfance. Un oiseau de nuit passa — chouette ou chat-huant — dans un bruissement d'ailes à peine perceptible.

Je sentis soudain que je n'étais plus seule.

Elle était arrivée sans crier gare, comme par magie, et s'était assise en face de moi. Sa frêle silhouette se distinguait à peine de l'ombre. Trois croix accrochées à des chaînes se détachaient sur sa robe noire. Elle me dévisageait intensément de ses yeux sombres.

Nullement effrayée, j'esquissai un sourire.

— Sœur Simone-Pierre, je présume.

Elle inclina légèrement le front. Elle était vêtue d'une chasuble à plis plats ceinturée par une cordelette, avec d'amples manches d'où ses mains dépassaient à peine. Elle paraissait très âgée ; plus âgée encore que miss Essie. Son visage à l'ossature délicate, apparemment aussi fragile qu'une tête d'oiseau, était sillonné d'innombrables rides. Mais, quand elle parla, j'eus l'impression d'entendre la voix d'une jeune fille, limpide et musicale dans l'air du soir.

— C'est donc vers vous, mon enfant, que miss Essie m'a envoyée. Pourquoi ? Vous n'êtes pas chrétienne. Et vous n'êtes pas non plus en danger...

Elle inclina la tête.

— Ou indirectement, peut-être. Le danger rôde autour de vous, parfois en vous. Mais vous le traversez sans dommage, telle une pierre résistante au feu. Vous n'avez pas besoin de moi.

Elle parlait avec un accent indéfinissable — français, peut-être ?

— Miss Essie vous a envoyée vers moi pour que vous me fournissiez quelques renseignements, répondis-je. Et aussi pour vous permettre de voir Dara Devinna Faith.

— Ah oui, la jeune guérisseuse !

— Elle a besoin d'aide. Son père affirme qu'elle est menacée. Je suis de cet avis, moi aussi.

— Parlez-moi un peu d'elle.

Je croisai les mains autour de mes genoux.

— Est-ce vous qui avez aidé miss Essie à chasser le root de la région, il y a une vingtaine d'années ?

— C'est moi, en effet. Si vous me disiez plutôt en quoi je peux vous être utile ?

La loi fédérale n'autorise en aucune façon un médecin à discuter du cas d'un patient sans l'autorisation écrite dudit patient. J'hésitai un bref instant, la tête renversée vers le ciel étoilé, les yeux mi-clos. Le rossignol s'était tu, et un oiseau solitaire lançait, par intermittence, un appel qui évoquait le cri d'une mouette. Sans tergiverser davantage, je me mis soudain à parler.

— Nous supposons que cette jeune femme a des antécédents d'épilepsie non diagnostiquée et jamais traitée. Elle présente, en outre, un état de dépendance à quelque drogue issue d'une plante, commençai-je.

Je racontai tout, depuis l'accident qui avait fait apparaître Na'Shalome dans ma vie jusqu'aux étranges crises dont étaient victimes certaines personnes ayant assisté aux séances de guérison — crises semblables à celle de Dara Devinna Faith. Sœur Simone-Pierre demeura immobile comme une statue, seul le bruit de sa respiration indiquait qu'elle était en vie.

— Je veux voir les plantes que Mlle Faith avait sur elle quand les secouristes l'ont trouvée, dit-elle enfin. Ainsi que cette étrange poupée. Je veux voir également la guérisseuse épileptique, touchée si jeune par la grâce divine. Vous avez la poupée ?

— J'en ai une photo dans mon sac de voyage, en salle de repos.

— Ça me suffira pour le moment, dit-elle.

Nous nous levâmes ensemble, et je conduisis d'abord la religieuse jusqu'à l'estafette du Dr Ebenezer. Tout était éteint, et aucun bruit ne provenait de l'intérieur. Je frappai avant d'ouvrir la portière du fond, entrai et trouvai aussitôt le gros paquet de plantes, bien en évidence. Je le tendis à la sœur.

— Venez. J'ai besoin de lumière, me dit-elle.

Nous regagnâmes les urgences, et je débarrassai la table encombrée de tasses et d'emballages vides pour permettre à sœur Simone-Pierre d'examiner tranquillement le cliché.

Au bout d'un long moment, les yeux fixés sur l'étrange poupée avec ses membres de bois, métal et fil de fer entrelacés de fleurs et de rubans, elle se mit à trembler, comme si son grand âge venait subitement de la rattraper. Je l'entendis marmonner à voix basse, si basse que j'étais incapable de distinguer ses paroles. Cela ressemblait à une incantation. Puis elle laissa tomber la photo sur la table et, sans la quitter des yeux, fouilla dans les replis de sa chasuble. Elle en sortit deux petits flacons, les déboucha et versa quelques gouttes de leur contenu sur la photo, tout en répétant tout bas ses formules.

Sa concentration était si totale que j'aurais pu me dévêtir et danser toute nue sur la table sans qu'elle s'en étonne. Elle posa une main à plat sur la photo, cachant complètement la poupée sous sa paume, et se tut. Je supposai qu'elle priait, bien qu'il me parût étrange de prier sur un objet — et par l'intermédiaire d'une photo, de surcroît.

Cinq minutes s'écoulèrent ainsi, puis la religieuse rouvrit les paupières et croisa mon regard. Posément, les yeux rivés aux miens, elle prit le cliché et le déchira en deux. J'esquissai machinalement un mouvement pour l'en empêcher, et me ressaisis aussitôt. Quelle raison aurais-je eu de m'opposer à la destruction de cette photo ?

Elle la déchira ensuite en petits morceaux et les fit tomber dans une pochette en tissu fermée par un lien coulissant.

— Je les brûlerai plus tard, dit-elle en enfouissant de nouveau la pochette et les flacons dans les profondeurs de son vêtement. Cette poupée est un objet de transfert. Un passage entre deux mondes. Un outil de vengeance, créé dans un but maléfique. Vous dites que l'auteur de cette œuvre repoussante vous a vue, ainsi que la jeune guérisseuse qui se trouve ici ?

— Oui. Elle nous a vues toutes les deux. Et, chaque fois, elle a eu une réaction surprenante. Cela dit, je ne pense pas que Na'Shalome puisse avoir des réactions normales.

Sœur Simone-Pierre esquissa un sourire.

— Vous avez deviné juste. La jeune fille qui a fait cela cherche des mains — des mains qui soignent — pour l'aider. Elle a peut-être voulu utiliser les vôtres, et elle pourrait essayer encore, si elle n'obtient pas celles de Dara.

— Ma foi, cela me fait chaud au cœur, dis-je avec une ironie teintée d'amertume.

La sœur agita un index réprobateur.

— Cela devrait surtout vous inciter à la plus grande prudence.

Comme je ne réagissais pas, la religieuse ouvrit le sac de plantes sèches et étala son contenu devant elle. Elle entreprit ensuite de diviser les plantes en petits tas distincts, émiettant ou flairant les herbes, en goûtant quelques-unes, sans doute pour les classer selon l'odeur ou le goût.

A un moment donné, sœur Simone-Pierre fit une découverte qui parut l'intéresser tout particulièrement. Elle marqua une pause pour examiner de près un étrange spécimen gris et ratatiné. Au bout d'un long moment, elle leva les yeux.

— Vous devriez faire venir votre spécialiste, dit-elle. Je parie que ceci, il ne l'a encore jamais vu.

Je n'avais pas songé à avertir Noah que nous allions examiner les plantes, et me demandai comment il allait réagir à mon « emprunt » quelque peu cavalier. J'allai décrocher

324

le téléphone mural et composai le numéro de la chambre de garde que l'administration lui avait attribuée.

Bien qu'il fût 1 heure du matin, Noah semblait parfaitement éveillé. Derrière lui, j'entendis la voix du présentateur du dernier journal télévisé.

— Oui ?

— Noah, c'est Rhea. Excusez-moi de vous déranger mais je suis en salle de repos avec... hum, une personne qui s'intéresse beaucoup aux plantes. Je lui ai montré le sac d'herbes ; elle aimerait en parler avec vous.

Un silence suivit ma requête.

— Vous vous êtes introduite dans ma camionnette ?

— Elle n'était pas fermée à clé.

— Si, elle l'était. J'arrive tout de suite.

Il raccrocha.

Je regardai sœur Simone.

— Voilà de bien étranges phénomènes, lui dis-je. J'ai horreur de ça. Je ne crois pas aux miracles.

Elle secoua gentiment la tête.

— Vous ne pouvez pas avoir peur de choses auxquelles vous ne croyez pas. Si elles n'existent pas, vous n'avez rien à redouter d'elles.

— Si j'en ai peur, par contre, c'est qu'elles existent ?

Ce genre de raisonnement ne me plaisait pas tellement.

— La peur rend toute chose réelle, mon enfant. A l'instar de la foi. Mais la foi est bien supérieure à la peur. La foi donne accès à une force qui vous transcende, tandis que la peur vous ôte tous vos moyens.

Je gardai le silence, observant avec une sorte de fascination les petits tas d'herbes séchées qui grossissaient sous mes yeux.

Noah nous rejoignit cinq à dix minutes plus tard, drapé dans un grand peignoir blanc d'où dépassait un pyjama beige. Il s'immobilisa sur le pas de la porte et nous fustigea du regard, visiblement prêt à laisser exploser sa colère. La sœur renversa la tête et lui sourit avec une douceur angélique.

— Sœur Simone-Pierre, dit-elle de sa voix jeune et mélodieuse.

— Sœur… sœur Simone ?

L'expression de Noah se transforma comme par magie, et sa fureur céda la place à une stupéfaction teintée de déférence, puis à une sorte d'exaltation euphorique. Il entra et se laissa choir dans un fauteuil, comme si ses jambes se dérobaient sous lui. Quand il s'assit, le siège émit un craquement inquiétant, et l'air s'échappa du coussin dans un bruit explosif.

— Ma sœur, voilà une éternité que j'essaie de vous rencontrer. Je n'ai jamais réussi à vous joindre.

La vieille dame opina.

— Je l'ai su, en effet. Mais ce n'était pas encore l'heure.

Elle désigna les piles d'herbes — dont certaines s'étaient éparpillées dans un courant d'air au moment où Noah s'asseyait.

— Il fallait attendre le moment propice. Le voici arrivé. Qu'avez-vous découvert ?

— Rauwolfia serpentina, papaver somniferum, salvia divinorum et melissodora, lobelia inflata, turbina corymbosa, mucuna pruriens, deux espèces de brucea, entre autres. Bref, des plantes qui peuvent avoir de puissants effets.

— Je connais le rauwolfia, le pavot somnifère, la sauge divinatoire, la lobelia et le pois mascate, bien sûr, dit la sœur, traduisant une partie des noms latins. Mais que faites-vous de ceci ? demanda-t-elle à Noah en lui montrant l'étrange plante grisâtre, toute chiffonnée.

— Je l'ai analysée mais je ne suis pas parvenu à la situer, répondit-il. Ça ressemble à une espèce de champignon mais je n'en ai jamais vu de pareil.

326

Noah regardait sœur Simone comme un fan regarde son idole. J'aurais pu être sur la lune, il ne m'aurait prêté ni plus ni moins d'attention. Du coup, mon intrusion dans l'estafette semblait complètement oubliée.

— J'ignore le nom que lui donnaient les peuples antiques, reprit la sœur. Comme je n'ai trouvé aucune référence exacte à son sujet, je l'ai baptisé « mycopomme ». C'est une sorte de minuscule champignon qui ne se développe que dans l'étroite fissure d'un pommier stérile et feuillu où deux branches se rejoignent pour former une sorte d'abri bien protégé.

Elle le tendit à Noah pour le lui faire sentir, et l'approcha ensuite de mon nez. Je flairai, en effet, un vague parfum de pomme.

— Il a un effet sédatif et des propriétés hallucinogènes qui créent une forte dépendance. Ce sac en plastique en était plein, dit-elle en désignant une pile de ces spécimens.

Noah en préleva une portion minuscule, la posa sur sa langue et ferma les yeux. Sœur Simone fronça les sourcils, puis hocha la tête en signe d'approbation quand il ôta l'échantillon et le garda entre ses doigts en attendant le résultat.

Ses yeux s'arrondirent soudain.

— Aah ! C'est exquis, déclara-t-il. Et très intéressant.

Il fit rouler la chose entre ses doigts et la posa sur la table, comme à regret.

— Je vois ce que vous vouliez dire, ajouta-t-il en passant la langue sur ses lèvres.

Sœur Simone secoua la tête.

— Vous êtes trop gros pour tester les substances à la mode d'autrefois, lui dit-elle gentiment. Il faudrait vous mettre à la diète pendant quelque temps et commencer à perdre un peu de graisse avant d'entamer un processus de drainage qui détruirait les toxines accumulées dans votre organisme.

— Me feriez-vous l'honneur de m'enseigner vos méthodes, ma sœur ? J'aimerais beaucoup travailler à vos côtés.

— Je ne voudrais pas interrompre cette conversation ésotérique, mais j'ai deux questions à vous poser, leur dis-je. Premièrement, Noah, est-ce que vous cherchiez sœur Simone ?

Il hocha affirmativement la tête sans la quitter des yeux.

— Cela fait plus de deux ans, maintenant. J'ai parlé à sa sœur cadette et à ses cousins, j'ai laissé des messages chez ses proches. Elle ne m'a jamais répondu. Je comptais approfondir mes recherches dans la région après en avoir terminé ici.

— D'accord. Je ne crois pas aux coïncidences, mais admettons. Ensuite, qu'est-ce que ce… champignon peut provoquer, au juste ? Et, enfin, si Dara a développé une dépendance à cette substance, comment lui venir en aide ?

Sœur Simone se mit à rire.

— La jeunesse est toujours si impatiente ! C'est sa force mais aussi sa faiblesse.

Elle haussa légèrement les épaules.

— D'abord, il n'y a pas de coïncidences dans l'univers du Créateur. Ensuite, faites boire de l'eau à cette jeune femme. Beaucoup de liquide. Donnez-lui des calmants. Ce que vous faites est bien. Il va falloir du temps pour débarrasser l'organisme du mycopomme. Et, après cela, il faudra régler la question de l'épilepsie.

— Vous pensez donc que ce truc-là enrayait les crises d'épilepsie de Dara ?

Comme la sœur me faisait signe que oui, j'ajoutai :

— Alors, pourquoi ai-je eu autant de patients atteints de convulsions ?

— L'effet de l'accoutumance, justement ! Les personnes prédisposées qui en ont absorbé dans le vin ou par inhalation, lors des rassemblements, ont développé, en quelques soirées, un état de dépendance. Et quand les guérisseurs sont partis…

— Le sevrage brutal a provoqué des crises, conclus-je. Et, si les Faith vendaient leur vin aux herbes, les personnes qui en ont acheté finiront, un jour ou l'autre, par en manquer. Et nous serons confrontés à une nouvelle série de crises.

Une fois de plus, la religieuse acquiesça.

Je ravalai in extremis un juron. Nous ne disposions d'aucun traitement pour ces patients-là. Comme jadis, il faudrait compter sur le temps, l'absorption de liquides et les calmants. Génial. Absolument génial.

22.

Les anges se mettent-ils en colère ?

A 3 heures du matin, Noah et sœur Simone avaient énuméré plus de noms latins que je n'en avais entendu durant mes études de médecine. Ils avaient aussi passé en revue un nombre ahurissant de symptômes — sans compter ce qui pouvait se produire en associant plusieurs herbes. Le sac trouvé sur Dara par les ambulanciers contenait tout cela. Après avoir écouté leur conversation deux heures durant, je compris que nous aurions bien du mal à soigner Dara et les patients victimes de la même pathologie.

Le sevrage d'une substance qui crée un état de dépendance peut provoquer des hallucinations, une anxiété aiguë, des crises de paranoïa, un comportement agressif ou violent, des convulsions, des irrégularités du rythme cardiaque — et cette liste n'est pas exhaustive. La plupart du temps, il s'agit d'effets à court terme qui peuvent être traités en milieu hospitalier. Mais on ne doit jamais négliger l'éventualité de conséquences à plus long terme, dues à l'association de l'accoutumance elle-même et de l'épreuve physique et mentale que constitue l'état de manque. C'est au médecin de trouver le moyen le moins stressant de sevrer le patient, le meilleur étant d'administrer par voie IV de petites doses décroissantes de la drogue elle-même ou d'un produit de substitution. Mais, quand cette solution était impossible — comme dans notre cas, puisque nous n'aurions jamais assez de mycopomme pour traiter tout le monde —, il fallait recourir à un pis-aller en traitant uniquement les symptômes.

Tandis que les deux spécialistes continuaient à s'entretenir, je passai quelques coups de fil pour préparer l'équipe médicale aux difficultés qui s'annonçaient. Je laissai des messages sur le répondeur d'un responsable du DHEC (services de la santé et de l'environnement) et sur celui de Boka. Il était inutile de les réveiller ; il suffisait qu'ils soient alertés dès leur réveil sur l'éventualité d'une menace concernant la santé publique.

Quand je regagnai la salle de repos, Noah proposait à la sœur de l'emmener voir Dara.

— C'est une jeune femme absolument charmante. J'ai joué aux échecs avec elle, après dîner. Elle possède une intelligence remarquable, bien que sa mémoire à court terme semble avoir été affectée par le sevrage. Apparemment, ceci ne concerne que la mémoire des informations reçues. Elle reconnaît les gens.

— Sait-elle qu'elle a sans doute été droguée ? demandai-je.

Ils levèrent tous les deux les yeux sur moi, et j'eus l'impression d'avoir manqué quelque chose d'important. Mais quoi ?

— Est-il absolument nécessaire de le lui dire ? demanda sœur Simone.

— Je pense que oui. Il y a une distinction de taille entre avoir été drogué à son insu et faire soi-même usage de stupéfiants. Nous ignorons encore comment ces substances sont arrivées dans son organisme. Nous n'en sommes qu'aux hypothèses.

— Pfft ! dit Noah en agitant le doigt dans ma direction. Le raisonnement empirique suffit à le démontrer. Et cette jeune fille n'accepterait pas plus de se droguer que de s'empoisonner.

Personnellement, je ne voyais pas très bien la différence, mais je m'abstins de faire le moindre commentaire. Pour moi qui n'avais jamais su tenir ma langue, c'était un réel progrès.

Noah décrocha le téléphone, composa le numéro du service médical puis celui de la chambre 112. Après avoir parlé un instant avec Dara, il se tourna vers nous en souriant.

— La demoiselle est réveillée et souhaite nous voir.

— Allons-y ! dit sœur Simone.

Je les suivis à distance, un peu lasse de tout ce galimatias pseudo-scientifique. Une intuition me disait cependant qu'il valait mieux les accompagner, à tout hasard.

Un policier était assis dans un fauteuil pliant près de la porte de Dara, un journal ouvert à la main. Cela signifiait que la jeune femme était sous le coup d'une inculpation quelconque. Je me demandai si elle était au courant et si elle se souvenait de quelque chose. J'adressai au policier un léger signe de tête, puis allai me renseigner sur l'état de la patiente au bureau des infirmières.

Dans la chambre 112, Dara était assise dans son lit, calée contre les oreillers, les couvertures remontées jusque sous les bras. Elle avait l'air très jeune et complètement abandonnée, à la lumière crue de l'éclairage au néon qui faisait ressortir le réseau de veines bleues sous sa peau diaphane et le teint cireux de son visage. Son corps sous-alimenté était tout juste visible sous les couvertures. Elle avait deux perfusions au bras gauche ; une canule nasale était accrochée à la tête du lit, prête à servir au cas où la jeune femme aurait besoin d'oxygène.

En m'apercevant sur le pas de la porte, elle me lança un regard qui me cloua sur place. Noah et la sœur se turent instantanément. Dans le silence pesant de la pièce, je me demandai soudain si j'avais bien fait de venir.

— Allez-vous me dire pourquoi je suis ici ? demanda-t-elle de cette voix légèrement voilée qui savait galvaniser les foules sans l'aide d'un micro. Pourquoi y a-t-il un agent de police à ma porte ? Et que signifie ceci ?

Elle leva le bras en désignant les deux perfusions.

— Hum, fis-je, essayant stupidement de gagner du temps. Un agent de police ?

Elle me fustigea du regard, et j'eus envie de rentrer sous terre. Sa colère m'incita à opter pour la vérité, aussi brutale fût-elle.

— Très bien, je vais tout vous dire. Mais vous n'allez peut-être pas apprécier.

— Ça ne fait aucun doute, répliqua-t-elle sèchement. J'estime, cependant, être en droit de savoir.

Je dus admettre qu'elle n'avait pas tort.

— On vous a trouvée au bord d'un chemin, alors que vous étiez en proie à des convulsions de type épileptique. La crise s'est poursuivie de façon ininterrompue jusqu'à ce que les sédatifs produisent leur effet. Un effet qui n'était pas celui escompté, toutefois. Vous avez réagi de façon atypique en restant bien éveillée, parfaitement consciente, au lieu d'être assommée par les calmants. Vous souvenez-vous d'en avoir été informée ?

Dara secoua négativement la tête. Sa détermination céda la place à une expression plus indécise, mais elle garda les yeux plantés droit dans les miens.

— Selon l'infirmière qui s'occupe de vous et le Dr Ebenezer, ici présent, vous manifesteriez des signes de perte de mémoire à court terme. Cela vous a été expliqué à plusieurs reprises, mais, apparemment, vous l'oubliez aussitôt. Je suggérerai à l'infirmière de tout noter par écrit et de laisser la feuille à votre chevet ; cela pourrait vous aider à recouvrer la mémoire.

Je m'interrompis un instant, et désignai la seconde perfusion attachée à son bras.

— Outre le Valium et le Dilantin, nous vous injectons un maximum de liquide afin de débarrasser votre organisme des substances susceptibles de créer un état de dépendance. Les herbes que les secouristes ont trouvées sur vous peuvent agir comme de véritables drogues. Trop fortement dosées ou mélangées sans discernement, la plupart d'entre elles peuvent provoquer des crises convulsives. Est-ce que vous me suivez ?

Dara me fit signe que oui. Ses yeux gris s'assombrissaient comme un ciel d'orage. Sœur Simone me jeta un regard de reproche que j'ignorai délibérément.

— Quant à l'agent de police, repris-je, il est là à cause des plaintes qui ont été déposées à votre encontre. En effet, après avoir assisté à vos séances de guérison, certaines personnes ont été victimes de convulsions comparables aux vôtres.

Les lèvres de Dara s'entrouvrirent, et l'anxiété se peignit sur son visage exsangue.

— Des convulsions ? Est-ce que ces gens vont mieux, à présent ?

— Pas tous.

Je marquai une pause, hésitant à poursuivre. Mais Dara me fit signe de continuer.

— Quelques-uns sont décédés.

La jeune femme tressaillit, comme sous l'effet d'un coup. Sœur Simone secoua la tête et se tourna vers elle en joignant les mains pour prier.

— Prenez-vous régulièrement des médicaments, Dara ?

— Non. Jamais. Pas même de l'aspirine, murmura-t-elle.

— Consommez-vous des plantes médicinales ?

Comme elle ne répondait pas, je lui demandai gentiment :

— Votre père vous donne-t-il des infusions ? Des mélanges de plantes comme celui que contient son vin aux herbes ?

Dara baissa les yeux sur le drap qui couvrait ses jambes. Une larme unique roula le long de sa joue. Cette brusque transition de la colère aux pleurs pouvait être due à l'affaiblissement de son organisme.

— Vous en donne-t-il ? répétai-je avec douceur.

Elle hocha lentement la tête.

— Chaque jour, dans un peu de vin. Il dit que ça me fait du bien.

— Et vous n'avez pas de convulsions ?

— Je n'en avais encore jamais eu, répondit-elle dans un souffle. Pas à ma connaissance.

— Et le vin que vous buvez est-il le même que le breuvage distribué à l'assistance, lors des séances de guérison ?

— Oui, c'est le même.

Elle releva la tête.

— Des gens sont… morts ? dit-elle d'un air horrifié.

J'acquiesçai après un bref silence.

— Nous n'avons pas pu les sauver. Et la police souhaite vous interroger, vous et votre père.

Sœur Simone pivota brusquement vers moi et me jeta un regard chargé de rancœur. Je gardai, cependant, mon attention fixée sur Dara qui pleurait, maintenant, à petits sanglots étouffés.

La religieuse se leva et s'approcha de la fenêtre pour observer le ciel qui commençait à pâlir, les mains posées sur la vitre tiède. Dans cette posture, on aurait dit qu'elle avait des ailes, tel un ange en colère. Les anges se mettent-ils en colère ? Et, dans ce cas, que faisaient-ils ? Il faudrait que je pose la question à miss Essie... ou plutôt à Marisa car, à mon avis, miss Essie n'apprécierait pas tellement que j'aie contrarié la sainte femme. Elle risquait de me faire la tête pendant quelque temps.

Le Dr Ebenezer secoua la tête en regardant Dara essayer de récapituler les changements survenus dans sa vie.

— Ainsi...

Dara prit une inspiration entrecoupée, et croisa de nouveau mon regard.

—... je suis une droguée et une criminelle.

La brutalité du constat me fit frémir. C'était, pourtant, en d'autres termes, ce que je venais de lui dire. Les mots laissaient une étrange amertume dans ma bouche

— Merci de m'avoir dit la vérité, docteur.

Elle releva la tête, dévoilant ses joues inondées de larmes.

— Veuillez avertir la police que je coopérerai avec la plus grande sincérité. Mais je ne sais pas où se trouve mon père. Après chaque séminaire, il part à la recherche d'un autre emplacement où installer notre chapiteau. Ensuite, il revient me chercher. Cette fois, il a dû s'absenter trop longtemps, je suppose.

Je gardai un instant le silence. A en juger par l'expression réprobatrice de sœur Simone, dont j'apercevais le reflet sur la vitre, j'en avais déjà trop dit. Pourtant, je devais poser une dernière question à la jeune femme.

— Dara, est-ce que votre père boit le vin aux herbes que vous distribuez lors des séances ?

— Non, répondit-elle. Il se prépare une décoction spéciale, différente de la mienne. Je l'ai souvent vu faire. Il utilise d'autres plantes.

Sœur Simone se pencha et ferma vivement les persiennes. J'eus, cependant, le temps de voir une ombre bouger, dehors, à la limite du périmètre éclairé par la pièce. Une silhouette. Il y avait quelqu'un sous la fenêtre.

La religieuse se tourna vers moi.

— Allez-vous-en ! me dit-elle d'un ton brusque. Laissez-moi avec cette enfant. Elle a besoin de prières, pas de paroles sans âme.

J'obéis sans protester car ses yeux me disaient clairement : « Alertez le policier. Vite, qu'il aille voir dehors !

Etrange phénomène, pensai-je, tout en expliquant à l'agent qu'il y avait quelqu'un dehors. J'avais horreur de ça.

Deux véhicules de police arrivèrent à l'hôpital et deux flics inspectèrent les alentours, la main sur le holster, le faisceau de leur lampe balayant les lieux. Mais les recherches furent de courte durée. On ne trouva personne dans les parages, pas même des traces de pas sur le sol desséché, à proximité de la fenêtre de Dara. Après un bref conciliabule avec l'agent en faction et Jessie, le veilleur de nuit, les voitures bleues repartirent effectuer leur ronde dans le district endormi. L'agent de service reprit la lecture de son journal. Noah et sœur Simone sortirent ensemble sur le parking, et se dirigèrent vers l'estafette. Je me demandai si Noah s'était aperçu qu'il se promenait en pyjama.

Je chassai le remords que j'avais de m'être montrée cruelle envers Dara, sachant qu'il vaut mieux dire la vérité aux gens.

Mensonge et dissimulation ne font que retarder les échéances sans résoudre les difficultés.

De retour aux urgences, je vérifiai qu'il n'y avait rien de nouveau, puis allai trouver ma copine, l'ex-coiffeuse. En un clin d'œil et quelques coups de ciseaux, elle égalisa mes mèches folles. Après quoi, j'allai faire un somme dans ma chambre de garde. Il me restait presque cinq heures avant l'arrivée de l'équipe de jour, ce qui me permit de dormir assez correctement, cette nuit-là.

Le samedi matin, le ciel était nuageux et l'air, nettement plus frais. L'orage de la semaine précédente avait été bref, et les récoltes souffraient de la sécheresse. C'était le cinquième été de canicule, et les nappes d'eau souterraines s'amenuisaient dangereusement. Comme tout le monde, j'attendais avec impatience l'arrivée de la pluie.

A la maison, tout en préparant du café et en jouant avec mes chiens, je mis en route l'arrosage automatique des plates-bandes. J'emportai ensuite mon bol avec moi pour faire un peu de jardinage, tandis que Belle et Peluche m'aidaient à creuser pour les plantations.

Au bout d'une heure de travail, j'avais déjà mis en terre toutes les fleurs dont je me promettais, depuis une semaine, de faire un parterre. Décidément, le jardinage me rebutait infiniment moins que le ménage. Peut-être avais-je des ancêtres paysans ? Du côté de mon père, j'ignorais totalement mes origines.

Cam et miss Essie apportèrent le déjeuner et s'extasièrent sur le résultat de mon activité matinale. J'allai me laver les mains, et nous nous installâmes à l'ombre du porche pour déguster un pique-nique composé d'une salade de tomates au basilic avec des tartines de fromage de chèvre et un reste de soupe aux fèves bien épicée.

Miss Essie me donna de précieux conseils sur l'organisation des parterres, le choix des bulbes et des plantes vivaces ou annuelles, selon les emplacements qui leur convenaient le mieux. Je mémorisai quelques noms et acceptai la proposition qu'elle me fit de prendre des boutures dans son jardin. Nonchalamment allongé sur une chaise longue, Cam m'observait en silence, une lueur amusée et platonique dans l'œil. Ceci jusqu'au moment où miss Essie changea inopinément de sujet.

— Bon, puisque vous êtes là tous les deux, jeunes gens, je vais en profiter pour vous informer d'une chose importante. Cette maison a été attaquée par des forces maléfiques, et nous avons prié pour l'exorciser, sœur Simone et moi. Maintenant, elle est saine, protégée du malin. Y aura plus de runes gribouillées dessus, plus de menaces d'aucune sorte. Pas ici. Vous pouvez être tranquilles.

Cam me fit un clin d'œil en riant sous cape.

— C'est pas la peine de faire des grimaces à miss Rhea, mon garçon ! Je connais vos opinions sur la religion, Cameron Reston, mais c'est un pouvoir avec lequel il faut compter. Et je prie aussi pour vous, que ça vous plaise ou non.

— Je vous en suis reconnaissant, miss Essie, je vous assure, dit Cam en s'efforçant de garder son sérieux. En ce qui me concerne, les prières ne sont probablement pas superflues, de toute façon.

— Ça, c'est bien vrai. Vous arrêtez pas de coucher à droite et à gauche avec n'importe qui ! Une vraie vie de patachon que vous menez là. Et je suppose que ça va durer tant que vous serez pas casé avec miss Shirl. Vous avez pas honte ?

Cette remarque-là fit mouche, et Cam s'efforça, visiblement, de ne pas répliquer. Je détournai les yeux, réprimant mon hilarité. Miss Essie était lancée, et rien ne pourrait l'empêcher de dire ce qu'elle jugeait nécessaire. J'avais déjà essayé, par le passé, et je savais que c'était peine perdue.

— Ma petite Risa sera à la maison dans quelques jours. Si j'arrive pas à la faire changer d'avis, cette nounou anglaise arrivera vers la fin de l'année. D'ici là, Cam, vous serez raccommodé avec miss Shirl, et je vous invite tous les deux à venir fêter Noël chez nous.

— Shirley ?

Cam se redressa brusquement.

— Shirley m'a plaqué, dit-il.

— Alors, vous allez l'appeler et lui demander pardon de vous être conduit comme un imbécile. Vous arrêtez pas de penser à elle, depuis que miss Rhea vous a envoyé promener. Faut plus hésiter, maintenant. Cette fois, miss Shirley vous répondra au téléphone. Appelez-la ! ordonna la vieille dame.

Cam me jeta un regard noir, et je secouai la tête en contenant mon fou rire.

— Je n'y suis pour rien, je t'assure ! lui dis-je. Cette femme-là devine des choses que personne n'a pu lui dire. Elle affirme qu'un soir, en rentrant, tu avais complètement pété les plombs.

Mon ami plissa les yeux, et j'aurais pu jurer que ses joues s'empourpraient légèrement.

Miss Essie fit la sourde oreille et enchaîna comme si de rien n'était :

— Au début, j'ai eu des doutes sur cette relation, mais miss Shirley semble avoir la tête sur les épaules ; c'est sûrement la seule qui soit capable de vous tenir en main, une tâche difficile avec un joli cœur comme vous. A mon avis, vous êtes faits l'un pour l'autre, alors dépêchez-vous de lui téléphoner.

340

— Pas question ! dit Cam avec l'obstination d'un gamin de trois ans.

— Oh, que si !

L'air sévère, miss Essie drapa son châle mauve autour de ses épaules.

— Vous en avez envie, alors, foncez ! Et n'oubliez pas de faire amende honorable !

Cam croisa les bras avec une expression de défi. Ravie de voir miss Essie fourrer son nez dans les affaires d'un autre que moi, je m'allongeai à demi, m'appuyant sur les coudes pour ne pas perdre une miette de la scène.

— Et, quand vous ramènerez ma petite Risa de son centre de réadaptation, il faudra vous comporter en adulte. Il serait temps de grandir et d'agir comme un homme qui s'est choisi une femme, pas comme un petit garçon qui cherche à savoir combien de dames il pourrait bien s'offrir.

Le teint de Cam vira à l'écarlate. Il ouvrit la bouche et la referma presque aussitôt, se ravisant très vite. Miss Essie sortait rarement de ses gonds, mais, quand ça lui arrivait, c'était un véritable ouragan.

— Cet avion, il est réparé ?

— Oui, grommela Cam du bout des lèvres.

— Très bien. Miss Rhea ?

Aïe ! A en juger par l'approche, c'était à mon tour d'écoper.

— Vous allez vous entendre avec M. Mark pour qu'il se joigne à nous avec Mme Clarissa pour les fêtes. Arrangez-vous aussi pour que mon Arlana soit là avec son chéri.

— Mark, je pourrai peut-être le décider, mais…

— Ça fait près d'un an que vous tournez autour du pot, avec lui. Va falloir y aller avant qu'une petite mignonne qui saura ce qu'elle veut vienne vous le souffler sous le nez.

Voyant mon embarras, Cam reprit aussitôt du poil de la bête. Je haussai immédiatement le menton.

— J'en suis capable, miss Essie.

— Vous croyez ?

Elle n'avait pas besoin de prendre un air aussi étonné.

— Parfaitement. Je peux même fourrer mon nez dans la vie privée d'Arlana, si vous me le demandez. Mais je vous avertis : je n'ai aucune expérience en la matière.

— Vous vous débrouillerez très bien. Mais il vous reste encore une autre tâche qui sera peut-être un peu moins facile.

— Oh, non ! dis-je en me redressant.

— Vous allez appeler votre John et vous expliquer clairement avec lui. Il y a trop de choses qui ne sont pas encore réglées entre vous.

— Non.

— Non ?

— Non. Je n'appellerai pas John Micheaux. Il a pris une décision, et je…

— Alors, qu'est-ce que vous ferez quand ce garçon viendra vous voir ?

— John ne viendra jamais ici.

— Bien sûr que si ! C'est moi qui vous le dis. C'est vot'affaire, bien sûr, mais on se défile pas devant l'autel sans penser aux conséquences.

— Je ne me suis pas défilée.

— Mouais.

Miss Essie se leva, rajusta son châle sur ses épaules, et ramassa les assiettes et les couverts en plastique dans un silence pesant. Nous évitions soigneusement de nous regarder, Cam et moi.

— Sœur Simone retournera à l'hôpital, ce soir, reprit la vieille dame. Monsieur Cameron, venez donc m'aider à retraverser le ruisseau. Vous reviendrez ensuite dire au revoir à miss Rhea.

Cam obtempéra, et prit le panier des mains de miss Essie.

De mon côté, je contemplai mes parterres de fleurs en essayant de ne pas songer à John Micheaux, à Mark Stafford et aux fêtes de fin d'année.

23.

Opposer la raison aux élucubrations absconses.

Le samedi, soir de pleine lune, je partis travailler à 18 h 30. Il faisait encore jour, mais la face ronde de l'astre argenté jouait à cache-cache avec moi dans les trouées des épais feuillages, filant dans le ciel à la même allure que mon cabriolet. N'est-ce pas à la pleine lune que sorcières, génies et autres farfadets sortent de leurs repaires pour vaquer à leurs vilaines besognes ? Ou confondais-je avec les vampires ? Ou bien les loups-garous ? Il existait probablement un site susceptible de me renseigner sur Internet.

Un flux régulier de patients m'occupa sans discontinuer durant plusieurs heures, dont deux IM — l'un sans aucune couverture sociale — et une infection post-chirurgicale assez spectaculaire chez une femme d'une quarantaine d'années dont la cicatrice était couverte d'une épaisse couche de pus blanchâtre. Je diagnostiquai un organisme résistant à la plupart des antibiotiques et d'importantes complications : un cas particulièrement délicat. L'abus généralisé des antibiotiques depuis bon nombre d'années provoquait un véritable désastre. Les gens recommençaient à mourir de simples infections bactériennes impossibles à maîtriser.

Chacun sait que les antibiotiques sont totalement inefficaces pour soigner les infections virales, mais bon nombre de médecins en ont longtemps prescrit pour une grippe ou un simple rhume, afin de rassurer les parents.

On connaît aujourd'hui les conséquences de ce laxisme, mais il est trop tard pour corriger le tir.

Après avoir soumis ces cas sérieux à une série d'examens approfondis, je les fis hospitaliser tous les trois, et continuai à m'occuper des maux de gorge, toux opiniâtres, entorses et autres blessures bénignes.

Il était près de minuit quand les haut-parleurs diffusèrent une annonce dans tout l'établissement. Je reconnus le code correspondant à un événement imprévu, immédiatement suivi de l'alerte à la sécurité. Il y avait trop de monde aux urgences pour interrompre le travail, mais il me semblait nécessaire d'aller faire, au moins, un petit tour sur place. Agitant la main en direction des infirmières débordées, je m'éloignai au pas de course.

En approchant des services, j'entendis des cris, et accélérai l'allure. Il y avait du vacarme dans l'une des chambres. En découvrant que c'était celle de Dara, je me mis à courir à toutes jambes et tournai à l'angle du couloir. Près de la porte, un fauteuil était renversé par terre ; l'agent de police était étendu dessous, sans connaissance. Un filet de sang coulait de sa tempe jusqu'au sol. Je me penchai pour lui prendre le pouls. Il battait régulièrement et vigoureusement. L'homme respirait bien. Une infirmière s'agenouilla près de lui.

— Maintenez-lui les cervicales dans une minerve et emmenez-le aux urgences. Rachis complet.

L'infirmière opina et prit le relais, jetant des regards curieux vers la pièce d'où provenaient les cris. Un attroupement s'était formé sur le pas de la porte. Je pénétrai dans la chambre en jouant des coudes, et m'arrêtai brusquement, essayant de comprendre ce qui se passait.

Des dizaines de bougies brûlaient dans la pénombre. La climatisation était réglée au maximum et l'air froid de la soufflerie faisait vaciller les flammes. Je me frayai un chemin parmi les infirmières, et distinguai trois silhouettes à l'intérieur d'un cercle dessiné en rouge sur le sol.

L'une d'elles, Dara, était affaissée dans les bras d'une femme qui la maintenait prisonnière. Sa chemise d'hôpital était maculée de sang. La troisième silhouette, étendue inerte à leurs pieds, était celle de la poupée — la poupée qui aurait dû se trouver entre les mains de la police, en qualité de pièce à conviction.

Na'Shalome serrait contre elle la jeune guérisseuse dont le corps était renversé en avant, ses longs cheveux retombant sur son visage livide.

Je ne fus pas vraiment surprise de découvrir Na'Shalome, sa peau nue entièrement couverte de peinture dorée et d'inscriptions runiques rouge sang. Je m'attendais plus ou moins à la voir réapparaître un jour. Où se cachait-elle, la petite sorcière, entre deux forfaits ? Comment pouvait-elle passer inaperçue, ainsi déguisée ?

Pour l'heure, elle semblait prête à tout, et appuyait contre la gorge de sa victime une longue lame ensanglantée, légèrement recourbée. Dara saignait abondamment, et le cercle rouge dessiné sur le sol était, manifestement, tracé avec du sang. La poupée, aux pieds des deux jeunes filles, en était toute maculée. Sans doute Na'Shalome essayait-elle, depuis le début, de remplacer la peinture rouge par du sang véritable.

Tout en psalmodiant à mi-voix, elle rythmait son chant par un mouvement de va-et-vient de la lame contre le cou de Dara. La lumière des bougies faisait scintiller l'arête effilée.

— Sortez ! ordonnai-je à voix basse au personnel. Appelez police secours. Faites venir Statler et Boka.

Comme personne ne bougeait, je répétai un peu plus fort :

—Allez-vous-en !

La chambre se vida peu à peu.

Na'Shalome leva les yeux sur moi, tout en continuant son mouvement de va-et-vient.

— Ce n'est plus la peine, murmurai-je. Ton père est mort. Tes maléfices ont produit leur effet.

Na'Shalome cligna des yeux. Ses paupières étaient lourdes comme si elle n'avait pas dormi depuis des jours et des jours.

La lame s'arrêta presque sur le cou de Dara, toujours évanouie. Je me demandai combien de sang elle avait perdu.

— Il est mourant, repris-je. Ton père est mourant.

— Vengeance, chuchota Na'Shalome.

— En prison, les autres détenus se sont chargés de vous venger. Ils lui ont fait du mal… beaucoup de mal. Ton père agonise, en ce moment même.

Dara gémit faiblement. Reprenait-elle connaissance ? Elle remua les mains, et je vis que ses avant-bras portaient de longues entailles.

— Les mains qui soignent imitent Jésus, chantonna Na'Shalome.

— Certainement.

Elle hocha lentement la tête, le regard fixe, comme hypnotisée.

— Les mains du Mal mutilent et tuent, fredonna-t-elle d'une petite voix cristalline. Les mains qui soignent imitent Jésus.

Les yeux rivés aux miens, elle poursuivit en remuant à peine les lèvres :

— Œil pour œil et dent pour dent. Est coupée la langue qui ment. Mains, tête, cœur égalent trois. C'est la mort, chaque fois. Sang et souffle en mon pouvoir...

Dara tressaillit et se redressa brusquement dans l'étreinte de Na'Shalome. Elle leva une main vers la lame, tout près de son cou.

— Les anges et l'Esprit saint viennent à mon secours, murmura-t-elle. J'en appelle à vous...

— Je détiens un pouvoir, dit quelqu'un derrière moi. Le pouvoir de guérir qu'ont les âmes pures.

Je tournai légèrement la tête. Sœur Simone se tenait à un mètre de moi, les mains tendues.

— Laisse sortir Dara de ton cercle magique, et prends-moi à sa place, dit-elle à Na'Shalome.

— Les mains du Mal mutilent et tuent, répéta encore la jeune fille. Les mains qui soignent imitent Jésus.

— J'en appelle à vous, Raphaël, Asa, Kallum, Jeriah et Nohan ! Sauvez-moi, anges bienfaiteurs ! dit faiblement Dara en élevant ses mains ensanglantées.

— Je suis une élue, une femme d'influence. Je m'offre à toi pour épargner cette jeune femme.

— Votre père est mourant, répétai-je, à tout hasard, jouant la carte de la raison face à ces élucubrations absconses.

Un courant d'air balaya la pièce, faisant vaciller les flammes des chandelles. L'air froid devint brusquement glacial.

Ce n'était que la soufflerie de la clim, naturellement. J'essayai, du moins, de m'en persuader. Mais tout cela n'était pas très rassurant.

— Un sacrifice consenti en vaut dix, assura la sœur.

— Tirez vos épées ! Défendez-moi !

348

D'une secousse, Na'Shalome attira Dara plus près d'elle, orientant la lame de manière à lui taillader la gorge.

Soudain, une détonation retentit, et la vitre de la fenêtre vola en éclats derrière les deux femmes. Une sorte de piqûre aiguë à la tempe me fit tressaillir. Je me protégeai le visage avec les mains.

Dara et Na'Shalome s'effondrèrent sur le sol dans un bain de sang. Un autre coup de feu suivit, et je tombai à plat ventre, déséquilibrée. Sœur Simone trébucha sur moi. J'entendis des gens hurler de toute part. L'air chaud de la nuit s'engouffra dans la pièce, et les bougies s'éteignirent. Levant les yeux, je vis des trous dans la cloison éclairée par la lune, en face de la fenêtre.

La sœur me tira sous elle comme pour me faire un rempart de son corps. Une troisième détonation, plus proche que les précédentes, plongea la pièce dans l'obscurité totale.

Puis ce fut le silence, entrecoupé de sanglots et de gémissements. Un bourdonnement assourdissant, séquelle de l'explosion, m'emplissait les oreilles. Je poussai la sœur, et elle s'écarta de mon dos.

— Vous n'avez rien ? lui criai-je.

— Non, Dieu soit loué ! Et vous ?

Le bourdonnement continu m'empêchait de l'entendre, mais je déchiffrai les mots sur ses lèvres.

— Moi ? Oh, c'est la grande forme !

Nous rampâmes toutes les deux jusqu'aux deux femmes qui baignaient dans le sang. D'un coup de pied, sœur Simone envoya la poupée rouler dans un coin. Puis elle se redressa sur les genoux, sépara un corps de l'enchevêtrement de membres et le tira à la lumière du couloir. J'attrapai l'autre et suivis, laissant une traînée de sang dans notre sillage.

— Quelqu'un a-t-il appelé police secours ? demandai-je à tue-tête, au milieu du personnel visiblement traumatisé.

349

— Oui. Ils ne vont pas tarder à arriver, répondit quelqu'un plus calmement.

Dans le couloir, le policier gisait toujours par terre, inconscient. Quelqu'un lui avait mis une minerve pour maintenir ses cervicales.

— Compresses et pansements ! Hémostatiques ! lançai-je. Installez une perf sur chacun des trois patients. Et triage immédiat !

Il était important d'agir et de raisonner en termes purement médicaux, sans laisser la peur nous désorganiser. Réprimant le tremblement de mes mains, je me penchai sur le corps que j'avais traîné hors de la chambre. Na'Shalome, touchée par un projectile, poussait des cris de douleur entre deux halètements plaintifs. En ressortant, la balle avait formé un orifice où je pouvais enfoncer le poing, dans l'angle supérieur droit du thorax, juste au-dessous de la clavicule. C'était l'œuvre d'une carabine, pas d'un fusil de chasse car, dans ce cas, une partie du thorax aurait été emportée. Des jets de sang artériel giclaient à chaque battement de cœur. Un organe important avait été touché.

— Où sont ces pansements ? Il me faut des gants !

Quelqu'un ouvrit un paquet de compresses stériles et me le tendit. Une autre main m'offrit les gants en latex que j'enfilai aussitôt. J'enfonçai ensuite une compresse stérile dans la plaie, et la recouvris d'un tampon plus épais de gaze non stérile. Je devais arrêter l'hémorragie afin de voir l'artère endommagée et de la clamper. Je pesai de tout mon poids sur la blessure.

— Voies aériennes, respiration, circulation, famille, dis-je, rappelant aux infirmières les priorités concernant les patients grièvement blessés.

Quelqu'un se pencha sur Na'Shalome pour examiner ses voies aériennes. Une infirmière lui prit le pouls.

350

— Vous, tenez-moi ça ! demandai-je à un aide-soignant.

Il s'approcha et positionna ses mains sur les miennes.

— Il me faut un appareil d'aspiration et des clamps. Je ne peux pas m'occuper d'elle ici. Emmenez-la illico aux urgences. Perf de sérum avec une aiguille de gros calibre.

Je soulevai le corps agité de la jeune fille, à la recherche d'autres blessures. L'orifice d'entrée de la balle se trouvait dans le dos, au milieu de l'épaule droite. Sans doute avait-elle transpercé le poumon, au passage. J'allongeai de nouveau Na'Shalome sur le sol, tandis qu'elle poussait des râles plaintifs.

Anne vint s'agenouiller près de moi.

— Je peux l'emmener, dit-elle. J'ai un lit roulant.

— Très bien. Elle a une hémorragie. L'axillaire est peut-être touchée. Et il semble que la balle a traversé le poumon. Emmenez-la dès que possible. En attendant, il me faut trois perfs, un plateau d'intubation. Et faites-lui un sérum anti-tétanique, à tout hasard.

Anne acquiesça, toujours calme et efficace dans la tempête.

Les bras et la gorge de Dara, tailladés en plusieurs endroits, saignaient abondamment. Pour elle, la situation était moins urgente, car il ne s'agissait pas de sang artériel. Des infirmières appliquaient des pansements sur toutes ses blessures. Elle tourna vers moi de grands yeux meurtris, ouvrant et refermant la bouche de façon convulsive, sans une larme, sans un cri. Elle respirait correctement, son pouls battait un peu trop vite, à en juger par le mouvement visible de la carotide, mais sans aucun jaillissement artériel. C'était une chance ; il m'aurait été difficile de traiter simultanément deux hémorragies majeures.

— Biochimie standard pour tous les trois.

— On s'en occupe, répondit Kendrew, le technicien de labo.

Il arrivait en compagnie de Lita, poussant un chariot garni de tout le matériel nécessaire pour les prises de sang. J'ajoutai divers examens de labo, et chargeai Anne de demander des radios, comptant sur la mémoire phénoménale de cette précieuse assistante.

L'agent de police affublé d'une minerve respirait toujours, et son pouls battait correctement. Sa blessure à la tempe évoquait la présence d'un hématome sous-dural, mais ses pupilles symétriques et réactives étaient plutôt de bon augure.

Des sirènes mugirent au loin.

— Statler et Boka ont-ils été prévenus ?

— Ils sont tous les deux en route.

— Quel est le nom de celle-ci ? demanda quelqu'un.

— C'est cette malade mentale qui s'était sauvée d'ici. Personne ne se rappelle son nom ? demanda une infirmière, tout en installant une perf.

— Il suffit de chercher Na'Shalome dans les fichiers de l'ordinateur ; ils vous renverront à son vrai nom et à son dossier, suggérai-je. De toute façon, il faut l'emmener tout de suite aux urgences. C'est elle qui est le plus gravement atteinte.

Sœur Simone, sa robe noire tout éclaboussée de sang, vint me rejoindre auprès de Na'Shalome. La religieuse avait perdu sa coiffe blanche au cours de ces péripéties, et je découvris qu'elle était complètement chauve, avec un petit crâne grisâtre sillonné de veines bleues.

— Vous pouvez placer la civière ici, dit-elle en indiquant l'emplacement à l'aide-soignant qui poussait le lit roulant.

Deux infirmières plièrent à demi un drap dans le sens de la longueur, et le glissèrent sous Na'Shalome afin de pouvoir la hisser sur le lit. Puis nous partîmes au pas de course vers les urgences. Tout en marchant, sœur Simone maintenait le pansement de Na'Shalome à la tête du lit. Voyant que je l'observais, elle m'expliqua qu'elle avait travaillé pour la Croix-Rouge, durant la Seconde Guerre mondiale.

— Je vois que vous n'avez pas tout à fait perdu la main, lui dis-je avec un sourire.

Au bout du couloir, nous prîmes la direction de la salle de soins intensifs où se trouvait tout ce qu'il me fallait pour tenter de sauver la jeune fille. Tandis que nous avancions, Na'Shalome tendit le bras vers la sœur, et lui agrippa le poignet. Sœur Simone la regarda avec un sourire très doux. Les yeux de la jeune fille s'emplirent de larmes, et elle se mit à pleurer, comme si sa détresse l'emportait sur la douleur physique.

— Je suis là pour toi, mon petit, lui dit la sœur. Je suis là.

Statler nous attendait au bout du couloir, les bras croisés devant lui, la mine renfrognée.

— Je vous apporte encore du joli boulot ! annonçai-je en suivant la civière en salle de trauma et en aidant les infirmières à bloquer les roues pour renverser le lit en Trendelenburg. Blessure par balle, avec entrée derrière l'épaule gauche. Vu les dimensions de l'orifice de sortie, ce devait être une carabine. Hémorragie artérielle, peut-être axillaire ; impossible à discerner sur le moment. A mon avis, la balle a dû briser l'omoplate et emporter la partie supérieure du poumon. Rien d'autre à signaler.

— Pourquoi est-elle badigeonnée de peinture dorée ? demanda le chirurgien en enfilant un tablier en papier et un masque transparent.

— Magie noire, je suppose. Elle joue à l'apprentie sorcière. Ça ne lui a pas réussi.

— Simple curiosité... Vous me gâtez tellement, docteur Lynch !

— C'est la moindre des choses, docteur Statler.

— Anne, aspiration, s'il vous plaît ! demanda-t-il, entamant les opérations.

— Voilà, docteur.

— Dès que cette hémorragie sera endiguée, il me faudra deux plateaux de thoracotomie et un cliché thoracique. Gaz du sang, groupe rhésus et hémogramme.

— Le labo a déjà prélevé le sang sur place.

— Très bien. Dites-moi ce qui s'est passé, demanda Statler.

Je laissai Anne et Statler s'occuper de Na'Shalome, et emmenai la sœur voir Dara en salle de cardio. La jeune guérisseuse avait elle-même besoin de soins et, de préférence, ceux d'un chirurgien. Une vilaine entaille à sa gorge saignait abondamment ; le muscle était sectionné, l'avulsion assez profonde pour nécessiter une intervention. Le cas n'était, certes, pas aussi grave que celui du patient victime d'un coup de hache, mais il y avait tout de même du travail.

Quant aux lésions qu'elle avait aux bras, elles étaient superficielles ; des pansements spéciaux suffiraient à les refermer. Le derme profond n'était atteint qu'en quelques endroits où il faudrait faire des points de suture.

— Quel est le second chirurgien d'astreinte ? demandai-je à Coreen.

— Le Dr Derosett. Voulez-vous que je lui demande de venir ?

— Oui. Et dites-lui de se dépêcher. Il me faudra ensuite une NFS et une hémoculture. Je voudrais savoir combien de sang elle a perdu. Elle a l'air un peu traumatisée : réchauffez-la et ouvrez au maximum la perf de sérum. Rajoutez-en une, et faites-lui un sérum antitétanique.

354

— Entendu.

Coreen alla décrocher le téléphone mural, et composa un numéro. Pendant qu'elle parlait, l'agent de police arriva sur un lit roulant. De loin, je remarquai que ses pupilles n'étaient plus symétriques. M'approchant du lit, je les examinai rapidement avec ma petite lampe de poche. La pupille de l'œil le plus proche de la blessure réagissait mollement. Or, un changement de réaction pupillaire était un signe alarmant.

— Encéphalogramme et scanner du crâne, demandai-je, tout en réduisant l'écoulement de la perf.

Dans son cas, il fallait à tout prix éviter d'augmenter le volume sanguin. Un patient victime d'un œdème au cerveau devait être envoyé dans un établissement doté d'un service de neurochirurgie. Je regrettai que Cam fût parti, après avoir, finalement, réussi à réparer son avion. Il aurait pu se rendre utile. Décidément, ce garçon n'était jamais là quand on avait besoin de lui.

— Tout bien réfléchi, ajoutez donc un rachis cervical pendant qu'il sera entre les mains du radiologue.

— Rhea ?

Je tournai la tête et découvris Mark sur le pas de la porte. Il était en tenue de week-end, et souriait d'un air décontracté.

— Décidément, cette couleur te sied à merveille, me dit-il.

Une fois de plus, j'avais les bras et le torse couverts de sang. Peut-être aurais-je dû prendre le temps d'aller me changer ?

— Vous avez attrapé le coupable ? demandai-je.

— Oui, on l'a eu.

Je m'approchai et pointai le menton en direction de la salle de repos.

— Alors ?

— C'était Joshua Faith, le père de la guérisseuse. Il se tenait immobile derrière la fenêtre, son revolver à la main, comme s'il nous attendait. Il a jeté son arme et s'est rendu sans opposer la moindre résistance. L'interrogatoire est en cours. Les experts de la crim sont en train de relever des empreintes sur les lieux, dehors et dans la chambre. Qu'est-ce qu'il y a comme sang, là-dedans ! On dirait que quelqu'un a égorgé un bœuf. Ça pourrait bien être toi !

J'esquissai un sourire.

— Il y avait un cercle tracé avec du sang sur le sol. Il a fallu le franchir en rampant pour récupérer les deux filles tout ensanglantées.

J'ouvris le robinet de l'évier, et entrepris de me rincer les bras.

— Pourrais-tu me dire où est passée la poupée ? Nous la gardions dans un placard du commissariat. Elle s'est retrouvée ici, je ne sais trop comment. Et maintenant, elle a encore disparu.

— La poupée de Na'Shalome ?

— La première fois, je l'ai enregistrée moi-même comme pièce à conviction. Tout à l'heure, je l'ai emballée, puis je l'ai donnée à l'un de mes hommes qui l'a enfermée dans le coffre du fourgon de police. Elle s'est encore volatilisée, et personne n'a rien vu.

— Ce n'est pas moi qui l'ai prise. Je n'ai pas la moindre envie d'y toucher. Elle a peut-être décidé de se lever et de déguerpir. Ou bien une sorcière est passée par là et l'a emportée sur son balai ?

— Des sorcières, j'en connais, mais aucune ne prétend savoir voler sur un balai. Bon, je reviens dans une heure pour prendre ta déposition.

— Ça tombe bien : je n'avais pas prévu de sortir.

— Si jamais tu es couchée, pourrais-je venir te réveiller dans ta chambre ?

— Non, répondis-je en réprimant un sourire amusé. Je ne te le permets pas. On se verra demain matin.

Il se laissa choir dans l'un des fauteuils rembourrés, et me demanda d'un air presque innocent :

— Offrirais-tu une tasse de café à un pauvre homme éreinté ? Le jus de l'hôpital n'est pas aussi efficace que celui du commissariat, mais j'ai vraiment besoin d'un petit coup de pied aux fesses pour repartir.

— La petite jeune femme que je suis se fera un plaisir de servir le grand puissant macho de son cœur, répondis-je du tac au tac.

A quel jeu jouait-il ? Je n'avais pas suivi les cours d'économie domestique où les filles s'entraînent à devenir de bonnes ménagères en mijotant des petits plats pour l'équipe de foot du lycée !

Bon, enfin, pour une fois...

Nos doigts se touchèrent autour de sa tasse et s'entrelacèrent.

— Tu es sûre que tout va bien ? me demanda-t-il, une lueur d'inquiétude dans les yeux.

— Mais oui ! Ça va très bien.

— Alors, pourquoi est-ce que tu saignes ?

De sa main libre, il toucha ma tempe droite.

Je me rappelai la sensation de piqûre dans l'obscurité, et portai les doigts à l'endroit qu'il m'indiquait. Je les retirai maculés de sang.

— Je m'occuperai de ça tout à l'heure. J'ai dû recevoir un éclat de verre quand ce type a tiré à travers la vitre.

— Tu devrais prendre soin de toi, ma belle.

— Je m'y efforce.

— Ben voyons ! dit-il en riant.

*
**

Une heure plus tard, mon travail était terminé et Mark avait consigné ma déposition. Je sirotais mon troisième café dans un fauteuil de la salle de repos, tout en songeant aux événements de la soirée. Dara et Na'Shalome étaient en chirurgie. Le policier blessé, frappé par un objet contondant, avait une fracture de l'os pariétal ; l'hélico du Samu allait l'emmener ailleurs d'ici peu. C'était le calme plat. Nous avions prévenu l'hôpital psychiatrique du retour de Na'Shalome ; une chambre capitonnée, entièrement aveugle, fermée par une double porte et surveillée en permanence l'attendait là-bas. A mon sens, elle allait y passer un bon bout de temps.

J'aurais dû me douter que les mauvais présages de miss Essie se concrétiseraient essentiellement à la pleine lune, point culminant des activités diaboliques. A présent, c'était terminé. Dans les films, toutes les catastrophes s'achevaient avec la pleine lune.

Après le départ de l'agent en hélicoptère, je me sentis trop énervée pour aller dormir, et me repassai inlassablement le film des événements. Sœur Simone était arrivée comme une apparition — à minuit, bien sûr — pour s'offrir en sacrifice à la place de Dara. Cercle magique, sang, poupée vaudoue, bougies, maléfices consommateurs d'organes humains... J'avais horreur de toutes ces bizarreries.

Plusieurs fois, au cours de sa vie, ma mère s'était plongée dans ces absurdités. A la fin, elle ne jurait plus que par les prédicateurs qui vociféraient sur les ondes pour impressionner les foules crédules et se remplir les poches. Quand elle était jeune, elle se passionnait déjà pour l'astrologie, le Oui-ja, les tarots, et même l'envoûtement, le tout généralement dirigé contre ma grand-mère qu'elle espérait expédier en enfer. Tout en faisant mes devoirs, je la regardais brûler de l'encens en marmonnant des incantations ou planter des épingles dans une poupée vaudoue. Du haut de mes dix ans, je jugeais tout cela parfaitement débile. Au demeurant, la vieille Rheaburn lui avait survécu. Mais je continuai à penser aux présages, aux phénomènes surnaturels et à Venetia Gordon retrouvant l'usage de ses membres.

Je ne dormis pas de la nuit.

24.

Avec quoi ? Un char d'assaut, peut-être ?

A 7 heures du matin, je me changeai et quittai l'hôpital dans un état de fatigue indescriptible. Je contournai l'hôpital en voiture pour aller voir le lieu du crime. La fenêtre démolie avait été bouchée avec du contreplaqué, et un ruban jaune délimitait la zone d'investigation qui comprenait un arbre, quelques haies et un parterre de fleurs. L'endroit était désert.

Dans les bois, une centaine de mètres plus loin, j'aperçus un autre périmètre matérialisé, lui aussi, par du ruban jaune, et vis la Jeep de Mark garée à côté du véhicule de la brigade criminelle. Je m'arrêtai et descendis de voiture dans l'intention d'inviter Mark à venir prendre son petit déjeuner avec moi à la gare routière. Il devait être éreinté, lui aussi.

Tout en marchant, je reconnus la silhouette de Skye, la jolie petite nana qui faisait partie du groupe d'experts. Elle tendait quelque chose à Mark en riant. Sa main gauche s'attarda un peu trop sur le bras de Mark, et il lui répondit avec un haussement d'épaules. Elle inclina la tête, exposant un cou gracieux d'une manière que l'on pouvait qualifier d'allumeuse. Le vent m'apporta son rire cristallin.

Une sorte de morsure, tout au fond de moi, me fit tressaillir, et j'envisageai un instant de rebrousser chemin. Je ne m'étais jamais battue pour un homme. J'ignorais comment m'y prendre, et je n'avais aucune envie d'apprendre. Si Mark voulait Skye, c'était son affaire…

Mais on m'avait vue. Je ne pouvais plus m'éclipser.

Skye agita la main dans ma direction, puis se retourna vers Mark et lui prit de nouveau le bras. L'étrange morsure se raviva, et l'image du couple formé par John Micheaux et Betty Boops me vint brusquement à l'esprit.

Je compris alors le sens des avertissements de miss Essie. Si j'avais moi-même remarqué l'intérêt que Skye portait à Mark, ce n'était sans doute déjà plus un secret pour personne.

Le rire cristallin de la jeune femme résonna encore dans les bois.

Mon rire était nettement moins léger. Et je ne savais pas flirter.

Je me forçai à avancer jusqu'au couple qui se tenait à l'intérieur du périmètre délimité par le ruban. Skye dit encore quelque chose, et Mark s'esclaffa tout en venant à ma rencontre. Je rassemblai mon courage, enfonçai les mains dans mes poches et franchis la distance qui nous séparait.

Une odeur nauséabonde m'atteignit dès que j'eus traversé le sentier du parcours de santé qui encerclait les terrains de l'hôpital. Je compris pourquoi la police était là. Des corps en décomposition se trouvaient dans les parages.

— Bonjour ! lançai-je quand nous fûmes à portée de voix. Tu t'es levé tôt ou tu ne t'es pas couché ?

— Pas couché. Que dirais-tu d'un petit déjeuner ? Je vais à la brasserie de la gare routière avec Skye et toute la bande de la crim', histoire de prendre des calories avant de nous écrouler.

Avec Skye ? Peut-être souhaitait-il que nous sympathisions, elle et moi ?

— Non, je n'en peux plus, répondis-je. Je passais juste te faire un petit coucou... Dis donc, ça pue, par ici !

— Un gars de la brigade a découvert ça hier soir, pendant qu'on finissait de relever les empreintes autour de la fenêtre démolie. Il dit que c'est son nez qui l'a guidé.

— Qu'est-ce qu'il a trouvé ?

— Deux cadavres, un homme et une femme, planqués au fond d'un fossé. Ils étaient là depuis un bon moment. L'état de putréfaction est très avancé. Pour les mettre dans des sacs, ça n'a pas été une partie de plaisir !

— Depuis un bon moment... c'est-à-dire ?

— Le médecin légiste parle de plusieurs jours, à en juger par le nombre d'asticots et d'insectes. Ça pullulait littéralement.

La chaleur avait sans doute contribué à l'accélération du processus de décomposition. Je me félicitai de ne pas être partie une demi-heure plus tôt, car je n'aurais pas pu échapper au transfert des cadavres.

— Encore un coup de votre tueur en série ? demandai-je sans sortir les mains de mes poches.

Pour tout dire, je ne savais pas trop quoi en faire. Mark ne remarquait peut-être pas le manège de Skye, mais elle, en revanche, était tout à fait consciente de mon malaise... Un petit sourire flottait sur ses lèvres quand elle se remit au travail.

Mark atteignit le cordon en même temps que moi, et baissa la voix pour me répondre :

— On dirait bien. Il n'y avait plus ni main ni tête, et la position des corps respectait le rituel habituel. Le shérif a appelé le FBI. Et les médias s'apprêtent à venir nous enqui-

quiner. Viens prendre le petit déj' avec nous, me souffla-t-il
à l'oreille.

— Skye ne sera pas contente.

Les mots m'avaient échappé, et j'eus envie de rentrer
sous terre.

Les yeux verts de Mark scintillèrent au soleil.

— La petite Skye a le béguin classique de l'élève pour son
maître, mais ce n'est pas réciproque. La réciproque serait
impossible, même si l'inspecteur en avait envie — ce qui
n'est pas le cas.

Je m'efforçai de dissimuler mon plaisir jusqu'au moment
où il ajouta :

— C'est contraire au règlement. Allez, viens avec nous.
J'aimerais que tu racontes aux gars ce que tu as vu dans la
chambre quand tu as traîné Na'Shalome dans le couloir.

Il voulait parler boulot. Rude coup pour mon ego !

— Non, vraiment, lui dis-je. Je suis trop épuisée pour faire
la bringue, et le récit du transfert des corps grouillant de vers
dans les sacs à cadavres risque de me couper l'appétit.

— Ma foi, tu es bien délicate, pour un toubib ! Moi qui
vous croyais tous complètement blasés… Ecoute, je serais
vraiment content que tu viennes. La nuit n'a pas été de tout
repos. Il y a eu d'autres cadavres ; j'ai envoyé une seconde
équipe.

— Ah bon ?

Je feignis de m'intéresser à ce qu'il disait, mais, après
m'être trahie de façon aussi ridicule, je n'avais plus qu'une
seule envie : aller me coucher.

— Henry Duncan et sa nouvelle épouse ont fait une tentative de meurtre-suicide réussie, hier soir.

Mark posa un pied sur une souche qui servait de piquet
au ruban jaune. Apparemment, il ne me laisserait pas partir
avant d'avoir fini son discours.

— Qui est Henry Duncan ?

— Le père de Mattie et Carol Duncan.

Comme je haussais les sourcils, il précisa :

— Le père de Na'Shalome et de votre petite inconnue. Il est mort. Ça se serait passé après minuit.

— Il a tué sa femme ? demandai-je, reprenant mes esprits.

A minuit ?

— Non. C'est elle qui l'a tué avant de se donner la mort. Avec un couteau de cuisine. Elle l'a d'abord égorgé, puis elle s'est tailladé les veines. C'est un voisin qui a donné l'alerte.

La synchronisation des événements était un peu trop étrange à mon goût. Je me dandinai d'un pied sur l'autre et enfonçai plus profondément les mains dans mes poches.

— Si je comprends bien, au moment même où Na'Shalome pratiquait un rite sacrificiel de magie noire dans la chambre de Dara, l'homme qu'elle voulait tuer serait mort assassiné, à minuit ?

— Non, j'ai dit « après minuit ». Il était 4 heures du mat'.

— Ah…

— Tu as de drôles de réactions. Serais-tu perturbée par toutes ces histoires à dormir debout ?

— Tu n'as jamais fêté Halloween ? demandai-je en guise de réponse.

Il opina d'un air étonné, et je poursuivis :

— Quand j'avais dix ans, c'était tous les jours Halloween, chez nous. Ma mère faisait du spiritisme et plantait des aiguilles dans des poupées vaudoues. Il y avait même des messes noires avec la bande d'alcoolos qu'elle fréquentait. J'en ai vu des bizarreries, tu peux me croire. Mais, la plupart du temps, ces bizarreries sont le fruit d'inventions humaines, agrémentées parfois d'un soupçon de coïncidences.

— Comme la nuit dernière.

— Exactement. Dans la mesure où ça ne s'est pas produit à minuit, je peux m'en accommoder.

Mark esquissa un sourire.

— Alors, viens prendre le petit déj' avec nous.

— Non, répondis-je, campant sur mes positions. Je vais aller voir miss Essie : il faut qu'elle sache ce qui s'est passé. Après ça, j'irai me coucher.

J'essayai de respecter ce programme. Après avoir déposé mes sacs dans le couloir, j'empochai mon portable et pris les chiens dans l'intention d'aller saluer miss Essie. Mais nous ne sortîmes pas du bois. En traversant le ruisseau, je vis, par une trouée dans le feuillage, que ma voisine n'était pas seule. Elle se tenait dans un coin du jardin, en compagnie d'une autre femme ; à sa coiffe blanche qui ondulait sous la brise matinale, je reconnus aussitôt sœur Simone. Quelque chose m'intrigua dans leur attitude.

Je retins Peluche par son collier, et rappelai Belle à mi-voix. Avançant avec précaution, je trouvai un endroit où me dissimuler pour mieux voir. Tout au fond du jardin, les deux femmes étaient penchées sur une sorte de bûcher formé de broussailles et de branchages. La poupée de Na'Shalome gisait en travers du bûcher, et la sœur s'employait à la recouvrir d'herbes fraîches issues du potager de miss Essie — romarin, sauge et autres plantes moins courantes — tout en psalmodiant des formules incompréhensibles.

Mark allait être furieux. Cette poupée était une pièce à conviction essentielle. Je devais intervenir, les empêcher d'y toucher. Je devais appeler Mark, lui dire que j'avais retrouvé la poupée…

L'air chaud du matin m'apporta des effluves de romarin et des échos du cantique de sœur Simone. Inexplicablement, au lieu de sortir mon portable de ma poche, je pris le collier de Belle dans ma main libre et attirai les chiens plus près de moi.

Miss Essie, qui me tournait le dos, ramassa un bol qui se trouvait à ses pieds, et versa un liquide jaune clair, presque transparent, sur l'horrible poupée. Un parfum de roses flotta dans l'air. La sœur se baissa à son tour, prit un autre bol et en vida également le contenu sur le bûcher. Puis elle sortit une bougie de sa poche, et miss Essie gratta une allumette. Ensemble, elles approchèrent la flamme du pantin désarticulé. Quelques secondes plus tard, une fumée chargée de senteurs puissantes parvint jusqu'à moi. La brise légère dispersa le reste dans le ciel.

Pendant que la poupée se consumait sur le brasier, sœur Simone ramassa encore un objet du côté du bûcher caché à ma vue. Elle l'éleva devant elle, et je la vis agiter lentement une cloche argentée accrochée à une petite chaîne. Un carillon grave et pur résonna dans l'air du matin.

Je n'appelai pas Mark, et restai cachée dans les bois à regarder miss Essie et sœur Simone réduire en cendres l'objet maléfique.

L'idée qu'il était interdit d'allumer du feu en été ne me vint à l'esprit qu'une fois l'opération achevée. Les pompiers surveillaient en permanence les alentours, depuis leurs tours de contrôle. Normalement, un camion aurait dû arriver à toute allure dans un mugissement de sirènes. Mais rien ne vint troubler la paix de cette matinée d'été, comme si toute la ville était assoupie, à l'exception d'un trio de femmes et de deux chiens.

Je regagnai ma maison en catimini, Belle et Peluche sur mes talons. Tout en nourrissant mes animaux et en remplissant leurs gamelles d'eau, je m'interrogeai sur ce qu'il convenait de faire. Sans écouter le message signalé sur mon répondeur — ce ne pouvait être que des ennuis supplémentaires —, j'optai, finalement, pour une solution de compromis. Je posai les jambes sur la table de la cuisine, et composai le numéro du portable de Mark, tout en grignotant des biscuits chocolatés. Ravi de l'aubaine, Stoney sauta sur mes genoux et se mit à ronronner comme un bienheureux. Je caressai distraitement sa fourrure angora, en attendant que Mark réponde.

Il était encore à la brasserie de la gare routière. Avant qu'il eût parlé, j'entendis Doris transmettre une commande à son mari, Darnel, qui s'occupait du gril.

— Aaallôô…

— A l'huile et au parfum, avec un goût de cendres, répliquai-je, fidèle à notre petit jeu.

— Au parfum, tu vas m'y mettre tout de suite parce que je donne ma langue au chat que j'entends ronronner, d'ici.

— Eh bien, voilà : miss Essie et sœur Simone-Pierre risquent de se retrouver en prison.

— Ce serait l'émeute assurée dans le patelin ! Qu'est-ce qui peut bien brûler avec de l'huile et du parfum ?

Je pris une profonde inspiration.

— Ceci doit rester entre nous.

— Pourquoi donc ?

— Si tu veux savoir ce que j'ai à dire, il faut me promettre la confidentialité totale. Un point, c'est tout. Promets !

— D'accord. Ça restera confidentiel.

Les bruits de fond s'atténuèrent, et j'en déduisis que Mark s'éloignait de son petit groupe.

— Miss Essie et sœur Simone viennent de réduire en cendres la poupée que tu cherchais.

— Quoi ?

— Ne crie pas comme ça !

— Elles l'ont brûlée ? Mais comment est-elle tombée entre leurs mains ?

— Si tu veux mon avis, la sœur a dû profiter de l'effervescence qui régnait pour la subtiliser.

— Où et quand cela s'est-il passé ?

— A l'instant, dans le jardin de miss Essie. Je les observais, cachée dans le bois avec les chiens.

— Raconte.

— Tu ne pourras pas rédiger de rapport.

— Oh, que si !

— Impossible ! Parce que je suis le seul témoin et que je ne signerai aucune déposition. Je t'ai averti que c'était une information strictement confidentielle, n'est-ce pas ?

— Mais cette poupée est un indice !

— Un indice de quoi, dis-moi ?

Mark resta silencieux un instant. Il devait enrager mais aussi réfléchir. Et je savais qu'il aboutirait aux mêmes conclusions que moi.

— Cette fille, Na'Shalome, a-t-elle des chances de guérir ? me demanda-t-il enfin.

— Aucune. Elle ne sera jamais en mesure d'être jugée. A mon avis, la psychose dont elle est atteinte la rend inapte à toute forme de vie en société, et ce de façon irrémédiable. Au mieux, on peut espérer qu'elle soit placée, à long terme, dans un centre de réadaptation. Le temps qu'elle sorte de l'asile, tes témoins auront disparu, et les pièces à conviction seront perdues ou disséminées dans la nature…

— Ou brûlées.

— Par exemple.

— Et tu les as regardées sans intervenir ? Pourquoi n'as-tu pas cherché à les empêcher de faire ça ?

368

Je m'esclaffai de bon cœur.

— Avec quoi ? Un char d'assaut, peut-être ? Il aurait fallu leur tirer dessus pour les arrêter. Si je te raconte ça, c'est uniquement pour t'éviter de perdre ton temps à chercher cette poupée. Elle s'est envolée en fumée.

— Il faudra que j'en parle à miss Essie.

— Sans mentionner mon nom, souviens-toi : information confidentielle.

— Ecoute, Rhea… Attends, ne quitte pas !

Mark s'interrompit, et j'entendis quelqu'un parler près de lui.

— Je vais au stand de tir avec deux ou trois gars ; vous venez avec nous ?

C'était la voix suave de Skye.

— Une autre fois, peut-être. Je suis crevé. Amusez-vous bien.

— Vous ne vous entraînez pas assez, inspecteur.

J'entendis Mark soupirer.

— Ouais, c'est vrai. D'accord. Je vous retrouve là-bas dans une demi-heure.

— Super ! A tout à l'heure.

Je ne connaissais pas grand-chose au petit jeu masculin-féminin, mais j'aurais parié gros que personne d'autre que Skye n'irait au stand de tir… Mais qu'est-ce que j'en savais, au juste ? C'était peut-être réglo, après tout. Pour une fois, je gardai mes réflexions pour moi. Tant pis s'il s'agissait d'un rendez-vous.

— Bon. Où en étions-nous ? me demanda Mark.

— Nulle part. Moi, je vais me coucher. Je suis crevée.

J'esquissai une grimace en prenant conscience que j'utilisais les mêmes mots que lui.

— Je devrais en faire autant, dit-il, mais j'ai quelques trucs à régler, avant.

C'est ce que j'avais cru comprendre, mais je m'abstins de tout commentaire.

— A un de ces quatre, alors ! lançai-je avant de raccrocher.

Je finis le paquet de biscuits, remis Stoney sur le carrelage et me glissai bien vite entre les draps. J'avais toute la journée pour récupérer.

25.

Faites qu'il n'y ait pas de serpents ni d'araignées !

Il faisait noir dans ma chambre quand je m'éveillai. Je roulai tant bien que mal sur le dos, les muscles raidis par l'immobilité, et découvris le museau de Belle à dix centimètres de mon visage. Peluche, lui, ronflait sur le pas de la porte, et Stoney devait vadrouiller dans le jardin car je ne le vis nulle part. Jetant un coup d'œil sur le cadran éclairé du radioréveil, je vis que j'avais dormi près de dix heures. Un point rouge clignotait sur mon répondeur, signalant que j'avais un nouveau message. Je remis l'écoute à plus tard, le cerveau encore trop embrumé pour me préoccuper de ce qui avait pu se passer pendant mon sommeil.

Je m'extirpai du lit et passai directement sous la douche, comptant sur l'eau chaude pour me détendre un peu. J'avais vraiment besoin de courir. Après ma toilette, j'enfilai une tenue de jogging et entrepris d'effectuer quelques élongations, le plus lentement possible. Au bout de quelques minutes, mes muscles commencèrent à se décrisper. L'esprit enfin dégourdi, je m'assis sur le lit pour écouter mon message. L'appel provenait d'un certain Dr Danthari, du CHU de

Charlotte, en Caroline du Nord. Je ne voyais pas de qui il s'agissait. Jusqu'au moment où il prononça le nom de sa patiente : Venetia Gordon. Le neurochirurgien de la jeune fille parlait d'une voix nette et précise, avec une pointe d'accent anglo-indien.

— Docteur Lynch, il doit y avoir un malentendu à propos de Venetia Gordon. Nous ne parlons certainement pas de la même personne. Il existe peut-être une chance sur un million pour que ma patiente retrouve un jour une sensation limitée au niveau des extrémités supérieures, mais elle ne marchera jamais plus. La colonne vertébrale a été très gravement atteinte. Rien ne fonctionne plus en dessous de C4. Elle a une paralysie flasque totale avec abolition des réflexes ostéotendineux. J'ai d'abord attribué cela à la sidération médullaire consécutive au choc mais, comme il n'y a pas eu de changement au cours des trois premiers mois, j'ai dû en déduire qu'il ne restait plus aucun espoir d'amélioration. Pardonnez-moi ma brusquerie mais vous devez faire erreur.

Il me laissait ses coordonnées et ajoutait en guise de conclusion :

— Veuillez me rappeler à mon cabinet avant 14 heures, car je pars donner une conférence à Baltimore et je ne serai pas de retour avant la fin du week-end. Si cette jeune fille parvenait à bouger ne serait-ce qu'un doigt, ce serait un miracle.

Miracles. Tours de passe-passe. Présages et superstitions. Eh bien, ce brave Dr Danthari se trompait. Venetia marchait pour de bon. Je l'avais vue de mes propres yeux.

Un peu sonnée, je sauvegardai le message et contemplai fixement le petit point lumineux sur l'appareil. J'avais laissé passer 14 heures, et je ne pourrais pas le joindre avant plusieurs jours. *Si cette jeune fille parvenait à bouger ne serait-ce qu'un doigt, ce serait un miracle.* Je me laissai aller en arrière sur l'édredon, et contemplai fixement le plafond, la tête enfouie dans le duvet moelleux de mon oreiller. *Si cette jeune fille parvenait à bouger ne serait-ce qu'un doigt, ce serait un miracle.*

Un miracle ! Tandis que je réfléchissais, Stoney arriva tranquillement et sauta sur la table de chevet, à côté du répondeur. La queue en panache, il m'observa un instant de son regard énigmatique, avant de venir s'installer délicatement sur l'oreiller, à côté de ma tête. Le point lumineux attira de nouveau mon regard, et je sentis le doute et l'hésitation m'envahir en songeant aux propos du Dr Danthari. Il me sembla qu'un vide se creusait en moi. Mes certitudes, issues de la science et de l'expérience, cédaient la place à des zones d'ombre, arides et dépourvues de sens.

La voix posée du neurochirurgien résonnait encore à mon oreille. *Il doit y avoir un malentendu. Nous ne parlons certainement pas de la même personne.* Je me relevai lentement, et respirai profondément. Je rappellerais le Dr Danthari la semaine prochaine, et nous dissiperions ensemble ce malentendu.

« Personne ne voulait croire que la terre était ronde, mais elle n'était pas plate pour autant », disait miss Essie.

J'écartai délibérément l'image de la vieille dame. Il devait y avoir un malentendu, en effet. Sinon… eh bien, je verrais ça plus tard : quand Marisa serait de retour. Après tout, ceci ne concernait qu'elle.

Je me levai d'un bond, fixai ma gourde et mon portable à ma ceinture, et mis Peluche en laisse avant de sortir.

Débordants d'énergie, les chiens seraient volontiers partis tout de suite au galop, mais, après un aussi long sommeil, je préférai démarrer en douceur. J'entrai donc dans les bois et longeai le ruisseau à une allure tranquille, espérant que la température baisserait un peu à la tombée de la nuit. Le disque orange du soleil suspendu au-dessus de l'horizon balayait d'une traînée d'or la cime des arbres, et dardait ses derniers rayons entre les troncs élancés. La lune, au-dessus de nous, semblait encore pleine dans le ciel éteint du pré-crépuscule. Derrière moi, j'entendis d'autres joggeurs ; leurs voix me parvenaient à travers les bois. C'était une soirée idéale pour courir.

Belle faisait des allers-retours incessants, nous devançant au galop et revenant avec ces jappements brefs qui sont une sorte d'invite au jeu. Peluche tirait sur sa laisse que j'avais enroulée à mon poignet gauche. A l'approche du pré où j'avais couru avec Mark, j'accélérai l'allure. Belle aboya joyeusement, une seule fois, comme pour dire : « Enfin ! » Elle vint se placer à côté de Peluche, tandis que j'allongeais ma foulée, et nous distançâmes aisément les autres joggeurs.

Nous traversâmes le pré, dépassâmes le vieux tracteur abandonné, puis un cabanon en ruine, et franchîmes d'un bond le petit ruisseau qui alimentait une mare servant d'abreuvoir.

Un troupeau de bovins contournait un bosquet pour regagner l'étable en meuglant doucement. Je m'arrangeais toujours pour éviter les vaches. Ce pré était leur territoire, et j'avais conscience d'y commettre une intrusion.

En courant, je sentis mon corps s'assouplir progressive-ment. Je courus pendant trois quarts d'heure, ne m'arrêtant que deux fois pour laisser boire les chiens ; même là, je continuai à effectuer des mouvements sur place pour éviter de perdre la cadence.

Le soleil se couchait quand nous commençâmes à rebrous-ser chemin. Les ombres s'étiraient sur la terre rougeâtre ; le hululement d'une chouette résonnait par intermittence, à travers le pâturage. L'odeur âcre d'un feu de camp qui brûlait quelque part, malgré l'arrêté prohibitif en vigueur, flottait dans l'air du soir.

J'adore courir au crépuscule. Le déclin du jour procure une sensation de solitude apaisante et la saine fatigue du sport, une sorte d'euphorie tranquille. Un jogging par un soir d'été serait un moment de rêve sans l'inévitable harcèlement des moustiques.

Au premier bruissement d'insectes, j'entraînai les chiens vers un raccourci à travers champs pour rejoindre le bois.

Je remarquai soudain qu'à l'odeur lointaine du feu se mêlait celle, plus précise et légèrement musquée, de la fumée d'une cigarette. Je distinguai une ombre mouvante parmi les ombres du soir. Une silhouette avançait rapidement dans ma direction.

Je fis un brusque écart sur la gauche et trébuchai sur Peluche. Surpris, il émit un jappement bref, et s'éloigna en zigzaguant. Quelque chose heurta mon épaule droite et atterrit à mes pieds. Peluche tira violemment sur sa laisse. Déséquilibrée, je me tordis les chevilles pour me remettre d'aplomb, et basculai vers le chien qui reçut mes genoux dans le flanc. Il se dégagea tant bien que mal avec un couinement plaintif, et nous repartîmes au pas de course.

Devant nous, Belle grogna d'un ton menaçant. J'entendis quelqu'un jurer.

Des flammes apparurent entre les arbres. Désorientée, je cherchai à me repérer. J'avais perdu de vue le chemin.

Noire comme l'ébène dans la pénombre, Belle gronda en se dressant sur ses pattes arrière, puis elle percuta quelque chose. Où plutôt quelqu'un, avec qui elle roula sur le sol. Belle grognait férocement ; des vociférations résonnèrent dans l'air du soir.

Peluche gémit, tirant désespérément sur sa laisse. Une détonation retentit. Un chien hurla. Peluche fit une sorte de pirouette en l'air et retomba. Emportée par mon élan, je culbutai sur lui dans la pénombre. La laisse me freina, m'empêchant de rouler plus loin, et j'agitai vigoureusement le poignet pour m'en libérer. Immobile, silencieux, Peluche formait une tache claire sur l'herbe du pré. D'un bond, je me remis debout et m'enfonçai au pas de course dans l'obscurité.

Derrière moi, d'autres jurons et vociférations entrecoupés des grognements de ma chienne.

— Sale bête ! Débarrasse-moi de ça !

Un bruit de coup, mat, effroyable. Je suffoquai, ravalai un sanglot. Dans ma tête, un leitmotiv incessant : *Qu'est-ce que c'est que cette histoire ? Mais enfin, qu'est-ce qui se passe ?*

— Rattrape-la !

J'essayai de reprendre mon souffle, de garder l'équilibre, de continuer à courir. Un élancement, au niveau de la hanche, me fit grimacer. J'entendis des pas résonner sur la terre compacte, derrière moi, puis le bruit s'estompa, absorbé par l'herbe du pré. Tant bien que mal, je réussis à inhaler un peu d'air. J'accélérai l'allure.

Quelqu'un me poursuivait. Quelqu'un avait blessé mes chiens. J'obliquai brusquement sur la gauche, où l'ombre était plus dense.

J'entendis des crépitements, et jetai un coup d'œil vers la droite. Des flammes rougeoyaient derrière une rangée d'arbres. Le feu se répandait dans les bois, de l'autre côté du pré.

Mon T-shirt blanc m'empêchait de me fondre dans l'obscurité ; je l'arrachai sans cesser de courir, et le lançai au pied d'un arbre. Mes chiens avaient besoin de secours au plus vite ; je devais appeler la police.

Les derniers reflets du couchant m'aidant à m'orienter, je bifurquai aussitôt à droite, puis à gauche, m'enfonçant dans l'obscurité. Je sortis mon portable de la pochette agrafée à ma ceinture.

— Qu'est-ce que c'est ? demanda quelqu'un.

— Son T-shirt, répondit une voix.

Deux ! Ils étaient deux à me poursuivre !

Je les entendis jurer encore, d'un ton menaçant.

— Je vais l'étriper vive !

Le numéro de Mark était préenregistré ; j'appuyai sur le 2, et il se composa automatiquement. Je n'avais pas vraiment envie de finir ma journée *étripée vive*. Réprimant un fou rire nerveux, je contournai un bosquet de cèdres, le téléphone collé à l'oreille. Mark répondit tout de suite.

— Allô ! lança-t-il d'un ton enjoué.

Il y avait du bruit autour de lui.

— Ils ont blessé mes chiens, murmurai-je d'une voix étranglée.

— Rhea ?

L'étonnement perçait dans sa voix. Encore ce bruit indistinct… un rire étouffé ?

— Tais-toi et écoute, chuchotai-je. Je suis dans le pré où nous sommes allés courir, l'autre jour. Deux individus, au moins, sont à ma poursuite. Ils ont blessé mes chiens !

— Tu n'as rien ? demanda-t-il d'une tout autre voix.

— Non. Mais je crois qu'ils ont tiré sur Peluche et assommé sa mère. J'ai déguerpi. Et il y a un incendie entre ma maison et moi.

— La voilà !

Derrière moi, à gauche…

— Attrape-la !

Vers la droite…

— Un feu de broussailles ? demanda Mark.

— Oui. Mais il a pris dans les bois, maintenant.

— Où es-tu, exactement ?

— Je ne sais pas… Attends !

Je déviai de nouveau ma trajectoire. Une forme sombre apparut devant moi.

— J'arrive au tracteur abandonné.

— C'est bon.

— Ils savent où je suis.

— On arrive ! Ne raccroche surtout pas !

Le téléphone entre les dents, je courus me réfugier derrière le tracteur, et me baissai vivement en écartant les hautes herbes.

— Mon Dieu, faites qu'il n'y ait pas de serpents ou d'araignées, là-dessous ! murmurai-je, tout en rampant sous le ventre de l'épave.

Juste au-dessous, les herbes étaient tassées sur une surface d'un mètre carré, environ. Un animal se cachait peut-être là pour dormir pendant la journée.

Je m'accroupis, hors d'haleine, et laissai le téléphone choir sur mes genoux. Ayant cessé trop brutalement de courir, je fus prise de crampes épouvantables dans les jambes. J'entendis Mark m'appeler au téléphone, et appuyai l'appareil contre ma poitrine pour étouffer le son.

Ma peau trempée de sueur attirait des nuées de moustiques. Je dus enfouir mon visage dans mes mains pour éviter de les inhaler. Je ne pouvais pas me permettre de tousser ou de faire le moindre bruit.

Les voix s'approchèrent. Un bruit de pas foulant régulièrement l'herbe, à proximité. Leur cadence ralentit.

— Continuez, murmurai-je. Je suis partie vers les bois. Vers les bois…

Au loin, j'entendis un aboiement plaintif. Je devais retourner là-bas.

Les pas s'arrêtèrent un instant. J'entendis mes poursuivants haleter, échanger quelques mots à voix basse. Ils revenaient vers moi. Le chien jappa de nouveau.

Il me fallait une arme quelconque. Rajustant le téléphone à ma ceinture, je promenai les mains autour de moi, cherchai à tâtons dans l'herbe, assaillie par les moustiques qui se collaient à mes bras, ma nuque, mon dos nu. Mes doigts rencontrèrent enfin un objet solide, métallique, partiellement enfoui dans le sol. La surface exposée était incurvée, avec un rebord arrondi où le métal formait une sorte d'ourlet. En tirant des deux mains, je parvins sans difficulté à dégager l'autre côté, nettement plus abîmé et rouillé. Il y avait aussi un bord tranchant à l'endroit où la pièce avait été cassée.

Un jour, j'avais remarqué une aile du tracteur, détachée de la carcasse et qui pendait au bout d'un fil de fer, évoquant vaguement la forme d'une omoplate. C'était une grosse pièce qui devait peser plus de dix kilos.

Les voix se rapprochaient. Le vent m'apporta une bouffée de fumée. On entendait le crépitement des flammes — beaucoup trop près.

Je saisis fermement le morceau d'aile rouillé. Les pas se séparèrent, de part et d'autre du tracteur. Il y eut un déclic. Puis un autre. Une petite flamme éclaira l'espace qui se trouvait devant moi, la flamme d'un briquet brandi par un homme dont je reconnus le visage.

Julio Ramos.

Son regard me trouva. Il sourit.

Je soulevai l'aile métallique et me relevai d'un bond en projetant mon corps en avant.

Pris au dépourvu, Julio ouvrit la bouche. Il reçut l'aile cassée en pleine mâchoire. J'imprimai un mouvement de torsion à l'objet tranchant, élargissant le sourire de mon agresseur. Un cri étranglé s'échappa de sa gorge. Le briquet lui tomba des mains et s'éteignit dans l'herbe. Julio tituba et vomit à mes pieds.

Je fis aussitôt volte-face et contournai le tracteur à pas de loup, ramassée sur moi-même. Il faisait complètement nuit, maintenant. Sans un bruit, je me dirigeai vers l'autre silhouette qu'on devinait au clair de lune.

— Zayvee ?

C'était une voix de femme ; je ne l'avais pas encore remarqué.

Elle était à quelques pas de moi, vêtue d'une légère robe blanche dont l'ourlet frôlait ses chevilles. Elle me tournait le dos. J'entendis gémir l'un de mes chiens, au loin. La fumée tourbillonnait autour de nous.

— Zay ?

Julio s'agita par terre dans un froissement d'herbes, et émit une sorte de gargouillis en guise d'avertissement.

Sa compagne leva une main. Elle était armée d'un petit revolver chromé qui brillait dans l'obscurité. J'avançai encore, tout en levant mon arme à bout de bras.

Quelque chose, dans l'herbe, craqua sous mon pied. La femme pivota brusquement. Je m'élançai sur elle et l'atteignis en pleine poitrine. Le coup de feu partit en l'air.

Déséquilibrée par le poids de mon corps, elle tomba à la renverse, et je m'écroulai sur elle en continuant à taillader son torse. La femme hurla. Je soulevai mon arme improvisée, et lui en assenai un coup de toutes mes forces. Elle essaya de me repousser, les bras levés vers moi, les mains vides. Dans la bagarre, le revolver avait disparu. La robe blanche était toute maculée de sang.

Pantelante, le souffle rauque, je relevai la tête et jetai un coup d'œil autour de moi. Julio rampait dans notre direction. La lune éclaira un instant son visage. Sa bouche n'était plus qu'une plaie béante dans son visage café au lait. Je regardai de nouveau la femme qui gémissait, recroquevillée sur le côté. Blonde, une vingtaine d'années... Je l'avais déjà vue quelque part, elle aussi !

— Si vous avez tué mes chiens, dis-je froidement, je reviens vous achever tous les deux.

Je jetai mon arme en regardant attentivement où elle atterrissait, puis m'éloignai en courant vers le sentier, guidée par les plaintes de mon chien blessé.

26.

Vous avez passé un mauvais quart d'heure.

Je n'avais rien pour m'éclairer. La nuit était tombée et la lune, à demi cachée par une colline surmontée d'un bosquet, n'émettait qu'une clarté indirecte. Heureusement, Peluche remuait, ce qui me permit de le repérer. Gêné par sa laisse, il essayait d'attraper quelque chose sur son dos. Je me précipitai vers lui et m'agenouillai dans l'herbe et les cailloux.

— Voilà, voilà, mon bonhomme ! murmurai-je, essoufflée. Tout doux. Je suis là.

Quand j'avançai la main, il fit mine de me mordre. J'eus un mouvement de recul.

— Doucement, Peluche : c'est moi. T'en fais pas, mon bonhomme, ça va aller.

Je me plaçai sous le vent pour qu'il puisse sentir mon odeur et m'entendre un peu mieux.

— Tu vois ? C'est moi. Tout doux, petit père.

Il cessa un instant de se débattre, et émit un gémissement plaintif. J'avançai de nouveau la main pour la lui faire renifler, puis la posai sur sa tête et le caressai doucement. Je glissai ensuite les doigts sous son collier et découvris qu'il l'étranglait un peu ; le mouvement brusque que j'avais

382

eu pour me dégager de la laisse, tout à l'heure, avait dû le resserrer autour de son cou.

Je promenai les doigts autour du collier, trouvai la boucle et le desserrai.

— Voilà, voilà, mon toutou. Ça va aller mieux, maintenant.

Quelque peu rassuré, Peluche geignit encore douloureusement. Je palpai son corps à la recherche d'une blessure, et retirai mes doigts gluants de sang. Je continuai à chercher, et finis par sentir un amas compact de chair et de poils. Le trou était petit et ne saignait pas tellement. De deux choses l'une : ou la blessure était sans gravité ou la balle, profondément enfoncée, avait provoqué une hémorragie interne.

Je poursuivis délicatement la palpation. Il n'y avait pas de fracture mais une petite tuméfaction. Une dizaine de centimètres plus loin, mes doigts rencontrèrent une boule dure, juste sous la peau. Une balle de revolver.

— Petit calibre, murmurai-je en caressant mon chien, soulagée. Heureusement, la balle est restée en surface. Ça va aller, bonhomme.

Je le serrai dans mes bras, et approchai mon visage pour qu'il puisse me lécher le menton. Langue pendante, il se mit à haleter plus régulièrement. Quand il commença à se détendre un peu, je m'éloignai de lui. Il geignit de nouveau, essayant de se traîner vers moi.

— Reste là, lui dis-je. Je vais chercher Belle.

Sa tête retomba sur ses pattes.

En m'enfonçant dans l'obscurité, j'entendis le bruit sourd d'un battement de queue sur le sol.

— Belle, où es-tu, ma Belle ?

Son pelage sombre, contrairement à celui de Peluche, était impossible à distinguer dans le noir. J'avançais pliée en deux, laissant mes pieds traîner dans l'herbe avec l'espoir de buter sur elle. Les crampes, dans mes cuisses, redoublaient d'intensité.

Mes orteils heurtèrent quelque chose dans les broussailles. Cherchant à tâtons ce que c'était, je trouvai ma gourde qui avait dû rouler là quand j'étais tombée. Je dévissai le bouchon et avalai une gorgée d'eau. J'aurais volontiers tout bu, mais Belle aurait peut-être besoin de se désaltérer, elle aussi.

— Belle ? Belle ?

Une rafale de vent rabattit sur moi une épaisse fumée âcre. Des flammes crépitèrent soudain, un peu plus loin. Sur ma gauche, un grand cèdre s'embrasa brusquement comme une torche ; je sentis l'air brûlant me frôler.

— Belle !

Je hurlai le nom de ma chienne.

Quelque chose toucha ma jambe et je sursautai. Peluche cogna sa tête sur ma cuisse. Je le saisis par son collier.

— Belle !

Peluche m'entraîna vers le cèdre et s'arrêta à quelques mètres du brasier. C'est alors que je la vis, étendue sous l'arbre en flammes.

Des étincelles jaillissaient du cœur de la fournaise. Une branche tomba, et je reculai d'un bond, ordonnant à Peluche de rester assis. Il obéit sans quitter des yeux la forme noire allongée sur le sol.

J'ouvris ma gourde et la vidai sur ma tête. Cheveux et épaules trempés, je me précipitai sous les flammes, attrapai Belle par les pattes de devant et la traînai à reculons jusqu'au pré. Une centaine de mètres plus loin, je m'arrêtai et m'agenouillai près d'elle pour vérifier que son pelage n'avait pas pris feu. Découvrant plusieurs brûlures encore chaudes, j'appliquai mes cheveux mouillés à chaque emplacement. L'opération terminée, mon crâne sentait un peu le roussi.

Un autre arbre prit feu, avalé par les flammes en moins d'une seconde. Le souffle chaud m'atteignit de plein fouet. Le vent qui s'était levé attisait le feu. Des brindilles commençaient à s'enflammer autour de nous, et la fumée s'épaississait. L'incendie n'allait pas tarder à prendre dans l'herbe sèche du pâturage. Ce n'était plus qu'une question de minutes. Je devais retourner à la mare. Je m'accroupis, soulevai Belle dans mes bras et la hissai tant bien que mal sur mes épaules.

— Peluche ! Viens !

Je fis demi-tour et m'éloignai du feu au pas de course, en direction de l'eau, tandis que Peluche trottait docilement à mon côté. M'orientant d'après le bosquet de cèdres, je ne tardai pas à retrouver la mare. L'incendie avait atteint le champ. L'herbe asséchée par la canicule s'enflammait par plaques successives. Courant toujours, je gravis une petite côte, et trébuchai en arrivant au sommet. Nous roulâmes le long de la pente jusque dans la mare, Belle et moi. Déconcerté, Peluche resta perché sur le promontoire et suivit des yeux notre dégringolade.

— Ici, Peluche !

Avec un jappement joyeux, il dévala la pente et plongea. Je m'écartai prestement, et le chiot fit un superbe plat à la surface de l'eau. Ma chienne évanouie dans les bras, je m'enfonçai plus avant dans la mare. L'eau était fangeuse ; je savais que le bétail s'abreuvait ici mais, du moins, nous serions protégés de l'incendie. Le feu ravageait maintenant les bois, les broussailles des futaies et une grande partie du pré. Heureusement, la chaleur avait tendance à monter, ce qui nous permettait d'avoir un peu d'air frais. Belle était inconsciente mais respirait encore. Je sentais les mouvements réguliers de son thorax sous mes mains et son haleine contre ma joue.

Peluche nagea allègrement pendant quelques instants avant de se lasser de cette nouvelle expérience et de venir me rejoindre. J'avais de l'eau jusqu'à la taille, les pieds enfoncés dans la vase. Pour rester à ma hauteur, il dut se redresser, les pattes de devant appuyées contre moi.

Au bout d'un temps qui me parut atrocement long, j'entendis enfin des sirènes mugir dans le lointain. Soutenant le poids mort de ma chienne, je résistai tant bien que mal aux crampes atroces en attendant l'arrivée des secours. Un bruit de moteur, puis des voix résonnèrent enfin à proximité. Un engin quelconque essayait, apparemment, de se frayer un chemin jusqu'à la mare, labourant le sol enflammé.

— Rhea !

La voix de Mark.

— Ici !

Mon cri ressemblait à un coassement. Peluche s'élança en direction de Mark, labourant ma hanche de ses ongles. En quelques bonds, il atteignit le sommet de la pente et se mit à japper joyeusement. Mark apparut derrière lui, silhouette sombre se découpant sur un mur de flammes. Tant bien que mal, je sortis de la mare et m'écroulai au bord avec ma chienne, dans la terre fangeuse.

Mark glissa le long de la pente et s'agenouilla près de moi.

— Tu n'as rien ?

Je secouai la tête.

— Non, répondis-je d'une voix éraillée. Moi, ça va. Tu as une lampe ?

Un déclic, et Mark me tendit sa lampe torche allumée.

— Eclaire-moi, s'il te plaît ! Ce type a assommé Belle avec je ne sais quoi. Elle a reçu un sacré coup sur la tête.

Mark dirigea le faisceau lumineux sur la chienne, et nous trouvâmes la bosse, juste derrière l'oreille. Je ne connais pas grand-chose au cerveau des chiens mais, chez l'homme, cet emplacement est celui du tronc cérébral ; un endroit dangereux pour un hématome. Je levai les yeux sur Mark et m'éclaircis la voix.

— Il faut l'emmener chez le véto.

— Pas de problème. On va te sortir de là tout de suite.

— Comment avez-vous fait pour me trouver aussi vite ?

— C'est ton portable qui nous a renseignés. Tu n'arrêtais pas de crier ; ça nous a permis de savoir ce que tu faisais. Tu as parlé de la mare une bonne dizaine de fois. Nous avons écouté jusqu'à ce que ton bain coupe la communication.

Il esquissa un sourire mal assuré.

— Tu m'as flanqué une de ces trouilles ! murmura-t-il. Il ne faut plus faire des trucs pareils.

— C'était Julio Ramos et Fazelle Scaggs : des infirmiers intérimaires. Vous les avez attrapés ?

Je déposai Belle près de moi, dans la boue, et pliai les genoux pour frictionner mes mollets perclus de crampes. La douleur m'arracha un gémissement. Mark orienta la lampe vers moi. De sa main libre, il entreprit de me masser la jambe. C'était une sensation divine.

— Oh oui, on les a eus ! dit-il d'une drôle de voix. Ils sont en route pour l'hôpital en attendant la prison. Enfin, la prison, ce n'est pas pour tout de suite.

Comme je haussais les sourcils d'un air interrogateur, il ajouta :

— Ils sont dans un état pitoyable. Les chirurgiens vont avoir du boulot.

— Oh ! Oui, bien sûr...

Je revis la plaie béante de Julio qui élargissait son sourire jusqu'aux oreilles, les bras et la robe ensanglantés de Fazelle.

— Quand tu leur as dit que tu reviendrais les achever si tes chiens étaient morts, tu parlais sérieusement, n'est-ce pas ?

Je haussai les épaules. Sur le moment, bien sûr, je le pensais. Mais, à la réflexion…

— J'étais hors de moi, répondis-je enfin.

Un homme apparut au sommet de la pente.

— Ça va, inspecteur ?

— Moi, oui. Mais il va falloir venir chercher le Dr Lynch : elle ne peut plus marcher, et son chien est blessé.

— Le fermier a dit qu'on pouvait emprunter son camion pour revenir à la ferme. L'incendie n'est pas encore maîtrisé, du côté du ruisseau. Quelques habitations sont menacées, par là-bas : impossible d'y retourner avant un bon moment.

Mark se redressa et souleva Belle dans ses bras. Ma chienne avait les yeux mi-clos et sa langue pendait, inerte. Je me redressai péniblement sur les genoux, puis essayai de me mettre debout. Comme s'il devinait mon problème, Peluche se précipita vers moi et se plaça de manière à me permettre de prendre appui sur son dos. Grâce à son aide, je parvins à gravir la pente.

Les pompiers s'affairaient autour de trois camions dans la lumière stroboscopique des gyrophares, lances déroulées au milieu du pré roussi. A l'orée du bois, la plupart des arbres étaient déjà calcinés, mais la barrière de flammes avait considérablement reculé.

Toujours appuyée sur le dos de mon grand chiot, je regardai Mark installer Belle sur le plateau arrière du camion de la ferme. Nous grimpâmes ensuite avec elle, Peluche et moi. Mark n'émit aucune objection. S'il s'était agi de son chien, lui aussi serait monté à l'arrière.

Le chemin de terre qui menait à la ferme était particulièrement cabossé, et je posai la tête de Belle sur mes genoux pour lui faire un coussin. Peluche humait l'air de la nuit, éveillé et attentif ; il semblait avoir totalement oublié sa blessure.

Les appels des pompiers s'estompèrent peu à peu dans le lointain. Par les fenêtres ouvertes de la cabine, j'entendis Mark demander par radio qu'un véhicule vînt nous chercher. Un quart d'heure plus tard, nous atteignions les premiers bâtiments de la métairie, l'un des plus importants domaines de la région.

Une voiture de police nous rejoignit. Sans regarder qui venait nous chercher, je sautai à terre avec Peluche. Mark monta prendre Belle et me la mit ensuite dans les bras. Elle pesait une tonne, sentait le chien mouillé et le roussi, mais elle respirait encore. J'enfouis mon visage dans son pelage noir et la serrai contre moi.

— On dirait que vous avez passé un mauvais quart d'heure.

Je tournai la tête vers la femme qui me parlait. C'était Skye, en tenue civile — jean moulant et T-shirt noir, ses cheveux blonds rassemblés en queue-de-cheval. Maquillée de frais. Mignonne à croquer.

— Vos cheveux ont brûlé ? dit-elle encore d'un ton stupéfait.

— Le feu avait pris dans le pelage de Belle, dis-je, me remémorant la scène. J'ai roulé ma tête humide dedans. Est-ce que c'est moche ?

— Horrible.

— Skye ! cria Mark.

J'étouffai un rire dans le pelage de Belle. Effectivement, je ne devais pas être jolie à voir avec ma peau noircie par la fumée, mes jambes couvertes de boue et mes cheveux roussis. Mais je m'en fichais pas mal. Si Mark voulait Skye, ça ne concernait que lui.

— Quoi ? C'est vrai ! répliqua la jeune femme.

— Viens, Rhea. Emmenons les chiens chez le véto.

Mark me reprit Belle, l'allongea à l'arrière du véhicule de police, et nous quittâmes la ferme, laissant le camion dans la cour.

Belle reprit connaissance pendant le trajet et se blottit étroitement contre moi. Elle geignit une seule fois, comme pour s'assurer que j'avais conscience de ses malheurs. Je lui caressai le museau en lui disant qu'elle était épatante. Des larmes roulèrent librement sur mes joues.

Nous passâmes un bon moment chez le vétérinaire, qui commença par effectuer des radios. Le résultat étant rassurant, il me laissa ramener les chiens à la maison après avoir extrait la balle du crâne de Peluche et l'avoir affublé d'un superbe pansement. J'allais devoir leur donner des antibiotiques pendant une dizaine de jours.

Il était plus de 11 heures quand Mark gara son 4x4 devant la maison. Sans me demander s'il pouvait entrer, il alla chercher Belle à l'arrière et la porta jusqu'au perron pendant que je cherchais ma clé dans sa cachette, sous un pot de fleurs. Dix minutes plus tard, mes deux chiens, nourris et désaltérés, étaient couchés dans leurs paniers exceptionnellement installés au pied de mon lit. Ils sentaient le désinfectant, avec un vague relent de fumée… Non. Cette odeur-là, c'était moi.

— Mark, il faut que je me lave.

— Vas-y, me dit-il. Je vais te préparer une bonne soupe et des sandwichs. Veux-tu un verre de vin ?

— Oui, bonne idée. Plus un bon litre d'eau.

J'examinai mon corps nu sous la douche sans découvrir d'autre blessure que des brûlures superficielles aux bras, aux mains et sur le cuir chevelu. J'avais de la Biafine dans mon armoire à pharmacie : ça ferait parfaitement l'affaire.

Malgré moi, j'éclatai brusquement en sanglots. J'avais voulu tuer deux personnes. J'en avais vraiment eu l'intention et, si j'avais mis mon projet à exécution, je n'en aurais certainement pas éprouvé de remords. Et puis, j'avais failli perdre ma chienne. Si je n'étais pas arrivée à temps, Belle aurait péri dans l'incendie. Accablée, je secouai la tête. Ça faisait vraiment trop d'épreuves à la fois.

Je restai longtemps sous le jet apaisant de la douche, et passai ensuite vingt bonnes minutes à m'épiler les jambes puis à m'enduire de crème hydratante. Tout en me dorlotant de cette façon, ce qui ne m'était pas arrivé depuis bien longtemps, je songeai que, sans Peluche, je n'aurais probablement pas retrouvé Belle. C'était lui qui nous avait sauvé la vie et qui avait reçu la balle à ma place. Peluche n'était plus un chiot, désormais. Peut-être faudrait-il lui trouver un nom plus adapté à un animal adulte, un animal exceptionnel.

En fait, il pourrait rendre de grands services à Marisa, au terme du séjour de mon amie au centre de réadaptation fonctionnelle. Il existait des écoles de dressage spécialisées pour l'aide aux personnes handicapées — l'unique ombre au tableau étant la perspective de me séparer de lui durant quelque temps. J'essuyai encore quelques larmes en maudissant ma sensiblerie.

Après avoir passé de la crème sur toutes mes brûlures et avalé un cachet d'aspirine, je mis un soupçon de rouge à lèvres et m'efforçai de discipliner mes cheveux. L'effet était un peu gâté par les plaques de pommade blanche. J'enfilai ensuite une jupe et un polo en maille de soie que je n'avais pas portés depuis près d'un an, optai pour des sandales rouges à la place de mes sempiternelles chaussures de sport, et déposai un peu de parfum sur mes épaules.

Belle me regarda du coin de l'œil pendant que je m'habillais devant le miroir de ma chambre.

— Bon, d'accord, murmurai-je en prenant soudain conscience de ce que je faisais. Mais je ne vais quand même pas céder la place à cette fille sans me battre !

Avec un petit grognement satisfait, Belle referma les yeux et posa sa grosse tête sur ses pattes. Je lui caressai encore une fois les oreilles, chassai Stoney de mon oreiller et m'assis au bord du lit pour écouter mes messages. Il y en avait quatre nouveaux : un de Shirley qui m'annonçait sa réconciliation avec « cette canaille de Cam », un autre de l'hôpital, me demandant de venir travailler — mais ils devraient attendre. Miss Essie me demandait ensuite de la rappeler si je rentrais avant 10 heures, et Mark, enfin, m'annonçait que les cadavres découverts à proximité de l'hôpital étaient ceux des véritables Fazelle Scaggs et Julio Ramos. Les deux individus qui avaient pris leur place à l'hôpital n'étaient donc que des imposteurs.

Après avoir raccroché, je choisis délibérément un fond musical romantique, et regagnai la cuisine. Mark avait dressé la table et allumé des bougies. Les bols de soupe fumants et le plateau de sandwichs à la dinde me mirent l'eau à la bouche. Il y avait aussi du vin blanc frais dans mes verres en cristal. J'étais sûre de n'avoir jamais eu de vin blanc dans mes placards. Mark avait dû aller le chercher chez lui pendant que je faisais ma toilette.

En me voyant, il me gratifia de ce sourire désinvolte et lumineux qui hantait parfois mon sommeil.

Je m'installai à table et lui rendis son sourire.

— Oublions tous les soucis, dit-il en s'asseyant en face de moi. Mangeons et bavardons tranquillement.

— Avant d'accepter ta proposition, j'aimerais savoir qui sont les deux individus qui m'ont agressée. As-tu appris quelque chose ?

Mark hocha affirmativement la tête.

— Ils s'appellent Zavon et Esméralda Duncan. Le frère et la sœur aînés de Na'Shalome. Dans leur foyer d'accueil, ils avaient pu suivre des cours et obtenir leurs diplômes d'infirmiers. Deux jours après la libération de leur père, ils quittaient leur travail et disparaissaient dans la nature.

Je gardai un instant le silence, puis demandai :

— Ils comptaient sur moi pour achever de réaliser leurs projets ?

— Exactement. Ils ignoraient encore qu'Henry Duncan était mort. Nous avons découvert l'origine de l'incendie de forêt : un feu de camp entouré d'un cercle blanc, avec toute une panoplie de couteaux bien aiguisés. Des couteaux de boucherie. Il y avait aussi toutes sortes de potions « magiques ».

Mark marqua une pause et soupira.

— Ils devaient t'épier depuis quelque temps. Ils connaissaient tes habitudes. Tout était prêt pour le sacrifice.

— Les mains qui soignent… C'était mes mains qu'ils voulaient.

— Oui.

Je pris une profonde inspiration et bus une gorgée de vin, un chardonnay fruité et gouleyant qui flatta mon gosier comme un nectar. Mais, comme j'étais complètement déshydratée, j'avais surtout besoin d'eau. Le vin allait me monter illico à la tête… Je n'en avais cure.

— Cette soupe est appétissante.

— Toi aussi.

Je portai une main à mes cheveux brûlés. Mark l'intercepta au passage, le regard ardent.

— Tu es belle, Rhea. Même s'il ne te restait plus un cheveu sur la tête, tu serais toujours aussi belle.

Le cœur battant, je dissimulai mon trouble en prenant mon verre pour porter un toast. Mark m'imita, attendant la suite.

— A Peluche, pour avoir sauvé la vie de Belle. Et à Mark, pour avoir sauvé la mienne… une fois de plus.

— Tu t'es sauvé la vie toute seule. Je n'ai fait que te raccompagner chez toi, rétorqua-t-il. Mais, pour une fois, j'accepterai cet éloge ; il flatte ma virilité.

Nous fîmes tinter nos verres et bûmes une gorgée de vin.

Le téléphone portable de Mark sonna sur la table — petit tintement provocant, totalement intempestif.

Il le regarda du coin de l'œil sans faire un geste.

— Tu ne réponds pas ? lui demandai-je.

Avec un soupir, Mark posa son verre, appuya sur une touche et porta l'appareil à son oreille.

— Enfin merde, je suis de repos !

Je ris tout bas, et abandonnai mon vin au profit de l'eau. Un glaçon tinta dans mon verre, tandis que je buvais. Mark ne lâchait jamais de gros mots en présence d'une dame. Il devait être très contrarié.

— Combien ?

Il attendit la réponse.

— Pourquoi moi ?

Encore une pause.

— Oui, bon sang, j'ai des projets !

La pause suivante se prolongea. J'en profitai pour entamer ma soupe, qui était délicieuse avec ses morceaux de tomate fondants. Certains potages en conserve valent presque une préparation maison.

— Très bien. Qu'elle passe me prendre ! dit Mark d'un ton exaspéré.

Il fourra l'appareil dans sa poche.

— Tu dois repartir au feu ?

— Je les ai laissés tomber. Le vent s'est levé. Tout un quartier est menacé par les flammes. Les incendies de forêt ne sont pas très fréquents dans la région.

Il avait l'air de réciter une leçon, mais son regard rivé au mien était plus éloquent qu'un discours.

— Ils sont littéralement submergés.

— Mange un peu de soupe : tu as besoin de prendre des forces.

Il avala quelques cuillerées de potage avant de lever de nouveau les yeux sur moi. La flamme des bougies animait ses prunelles vertes d'un reflet changeant.

— Je comptais prendre des forces pour tout autre chose.

J'inclinai la tête avec un sourire.

— A cette heure-ci, je n'ai pas l'intention de sortir. Et je ne travaille pas demain. Il y a une clé sur le bar.

— Je risque de rentrer tard.

Mark prit son bol de soupe, avala le reste d'un trait et enveloppa trois petits sandwichs dans une serviette en papier.

— Je risque de dormir, répliquai-je.

Il se leva et vint m'embrasser tendrement dans le cou.

— Je risque de te réveiller, me chuchota-t-il à l'oreille.

— J'y compte bien.

Nous échangeâmes un baiser plein de promesses.

Quelques instants plus tard, Mark était parti — avec ma clé dans sa poche.

Note de l'auteur

En ce qui concerne la région de Dawkins :

La plupart des médecins qui passent par le petit hôpital de province où je travaille sont enrôlés pour des week-ends de garde aux urgences. En constatant la faible densité de population dans cette région essentiellement rurale, ils s'attendent à passer une fin de semaine reposante avec un éventuel accident de la route et quelques otites ou maux de gorge bénins. Ils découvrent en fait les ravages provoqués par un taux d'alcoolisme incroyablement élevé, la toxicomanie, les grossesses d'adolescentes, les MST, les maladies infantiles devenues rarissimes dans le reste du pays et dues à l'omission des vaccinations élémentaires, les accidents de chasse ou d'engins agricoles et ainsi de suite – la liste serait interminable. Beaucoup repartent traumatisés. Les habitués dans mon genre esquissent un sourire en disant : « Ce sera encore pis la semaine prochaine, vous verrez ! » Et, dans les couloirs des urgences, on entend fréquemment cette petite phrase : « Oh ! là, là, ma belle, je pourrais te raconter de ces trucs… »

A propos de la poupée :

On me demande souvent dans quelle mesure ce que j'écris est influencé par ma propre vie ; or, certains faits de ce roman sont réels. La poupée que j'ai décrite a été apportée une nuit, vers 2 heures du matin, par Dan Thompson, un infirmier des urgences. Son fils l'avait achetée lors des festivités de mardi gras à La Nouvelle-Orléans. Celle du livre est sa copie conforme, à l'exception d'un bras et de la cavité rectale, inventés pour les besoins de l'histoire. Cette poupée-pantin décore aujourd'hui le salon du Dr Jason Adams, en Floride.

A propos de Rhea :
Bon nombre d'entre vous sont tombés amoureux du Dr Rhea Lynch. Je l'adore, moi aussi ! Elle a mes yeux, elle est aussi vivante que moi, avec les mêmes angoisses existentielles, la même énergie, les mêmes enthousiasmes que moi. Bien que nous ne nous ressemblions pas du tout et qu'elle soit un personnage entièrement fictif, je la reconnaîtrais à coup sûr si elle entrait dans la pièce. Beaucoup de lectrices m'ont fait la même réflexion.

Pour ceux d'entre vous qui m'ont posé la question, Rhea vieillit d'un an à chacun de mes romans. A partir du troisième livre, elle restera une fois pour toutes dans la tranche d'âge des trente-cinq ans. Quant à sa vie sentimentale, je ne sais pas encore comment elle va évoluer ! J'hésite autant qu'elle entre les deux hommes de sa vie. Et puis… reste encore le problème de John, son ex-fiancé…

Grâce à vous, Rhea va continuer à exister pendant longtemps ! (Oui, son nom se prononce « Rai », comme un rai de lumière, bien qu'elle déteste son surnom de « Rayon de soleil ».)

A propos de la médecine :
Nos connaissances médicales évoluent si rapidement que même les spécialistes les plus éminents ont parfois du mal à

suivre le rythme. Quand vous lisez un roman médical, bon nombre de méthodes utilisées par les personnages ne tarderont pas à être dépassées, démodées et jetées aux oubliettes. J'espère que vous ne l'oublierez pas en lisant les aventures du Dr Lynch.

Le supplice des deux sœurs et l'incident de la langue coupée sont fondés sur de véritables faits divers. J'ai simplement changé les détails tels que les noms des lieux et des personnes afin de respecter la vie privée des patients. Bien souvent, la réalité est, hélas, plus terrible que la pire des fictions.

A propos de l'auteur :
Si vous souhaitez en savoir davantage sur moi, je vous donne rendez-vous sur mon site – gwenhunter.com – ou sur la page qui m'est consacrée à mirabooks.com. Je répondrai rapidement à tous les messages qui me parviennent directement par mail électronique. Les lettres qui sont adressées à mon éditeur prendront un peu plus de temps. Et si vous oubliez de préciser votre adresse, vous ne recevrez pas de réponse du tout !

Merci à toutes et à tous,

GWEN HUNTER

INTRIGUE

Tournez vite la page
et découvrez en avant-première
un extrait du roman
LE CŒUR D'UNE AUTRE
de Amanda Stevens.

A paraître dès le 15 septembre

Extrait *Dans le cœur d'une autre*
d'Amanda Stevens

A paraître le 15 septembre 2004 dans la collection
INTRIGUE

Le front plissé par la concentration, le Dr Michael English souffla un peu d'air chaud sur le stéthoscope avant de l'appliquer, à plusieurs endroits, sur le dos de sa patiente, puis sur sa poitrine.

Le cardiologue eut l'air satisfait.

— Comment vous sentez-vous actuellement ? demanda-t-il.

— Là, tout de suite, comme si je venais de subir le baiser d'un vampire ! plaisanta Anna Sebastian, en portant la main à son cou pour toucher le pansement qui dissimulait la petite incision de la biopsie qu'on venait de pratiquer sur elle.

Le médecin rangea son stéthoscope, s'assit à son bureau, jeta un coup d'œil aux feuilles d'analyse et releva la tête.

— Prenez-vous bien tous vos médicaments, Anna, et aux heures indiquées ?

— Oui, Michael. Je sais que le moindre écart de ma part pourrait être fatal.

— Pas de fièvre ? demanda-t-il, en griffonnant une note dans le dossier.

— Non.

— Pas de problèmes respiratoires, pas de vertiges, pas d'irrégularité cardiaque ?

— Non, non et non, répondit Anna avec un soupir d'impatience. Après une année sans complication majeure, êtes-vous obligé de me poser toutes ces questions à chacun de nos rendez-vous ?

Le Dr English leva les yeux et regarda la jeune femme d'un œil sévère.

— Anna...

Au ton de sa voix — celui du praticien s'adressant à un patient déraisonnable — Anna devina qu'elle allait avoir droit à une leçon de morale.

— Ce n'est pas parce que votre nouveau cœur bat sans problème depuis un an que vous êtes hors de danger. Un phénomène de rejet est toujours possible. Vous savez, comme moi, que je dois contrôler votre état général une fois par mois pour m'assurer que vous n'avez pas de symptômes inquiétants, et...

— ... et ce jusqu'à la fin de mes jours, acheva Anna pour le médecin. Oui, je sais, Michael, mais j'en ai assez de vivre comme une malade qui doit surveiller ses moindres faits et gestes. J'aimerais reprendre très vite une activité professionnelle normale.

Le Dr English glissa son stylo dans la poche de sa blouse blanche, referma le dossier et décocha à Anna un grand sourire.

— Laissez-moi vous rassurer, Anna. Vous êtes en pleine forme et vos résultats sont excellents. Continuez ainsi, et je vous autoriserai à reprendre votre profession d'avocat dans... disons, trois mois.

Il se leva. La consultation était terminée.

Anna inspira profondément et regarda le cardiologue droit dans les yeux. Si elle devait lui raconter ce qui la tourmentait, c'était maintenant ou jamais.

— Michael, déclara-t-elle d'un ton grave, je crois qu'un membre de la famille du donneur sait qui je suis.

Le cardiologue leva un sourcil étonné.

— Voyons, Anna, c'est impossible ! Dans le cas des transplantations d'organes, l'identité du donneur et celle du receveur restent strictement anonymes. Les chirurgiens eux-mêmes n'ont pas accès à l'état civil du donneur. C'est mon cas. Nous savons seulement, vous et moi, que celle qui vous a permis de vivre était une jeune femme de trente-neuf ans. Sa famille n'a eu aucun moyen de savoir que c'est vous qui avez reçu son cœur.

— Tout cela est vrai en théorie, Michael. Mais comment expliquer ce qui m'arrive ?

— Ce qui vous arrive ? Que voulez-vous dire ?

Le médecin la regarda d'un air inquiet.

Anna eut une légère hésitation avant de répondre :

— Vous allez me prendre pour une cinglée, mais depuis quelque temps, je reçois des appels téléphoniques la nuit. Plusieurs fois. Personne ne parle, mais j'entends chaque fois à l'autre bout du fil le même refrain, enregistré, d'une chanson traditionnelle : « *En prenant mon cœur, tu m'as volé mon âme…* ».

Une lueur étrange dans le regard, le chirurgien la dévisagea avec insistance.

— Etes-vous certaine qu'il ne s'agit pas de rêves ou de cauchemars, Anna ? Vous avez traversé de terribles épreuves physiques, bien sûr, mais aussi psychiques. En l'espace de quelques mois, votre vie s'est trouvée entièrement bouleversée et parfois…

Anna l'interrompit.

— Non, Michael, je vous assure que je n'ai pas rêvé. Et je suis sûre, même s'il ne s'agit que d'une intuition, que ces appels anonymes ont un rapport avec ma greffe.

— Quand bien même, concéda le médecin, cela ne signifierait pas pour autant que ces appels de très mauvais goût proviennent de la famille du donneur. Il pourrait très bien s'agir d'une de vos connaissances. Quelqu'un qui vous en veut et joue avec vos nerfs…

Anna avait déjà songé à cette éventualité. Le mordant avec lequel elle prenait la défense de ses clients en sa qualité d'avocate spécialisée dans les divorces lui avait attiré plus d'une fois l'inimitié — et certaines menaces — de quelques conjoints. Mais son instinct lui soufflait que ces appels étranges n'avaient rien à voir avec ses activités professionnelles.

— Ecoutez, reprit Michael. Je vous interdis de vous torturer à ce sujet. Vous n'avez nul besoin d'un stress supplémentaire.

— Michael, je ne suis *pas* stressée. J'ai juste pensé que vous jugeriez utile de signaler l'éventualité d'un piratage du système d'accès à la Banque de dons d'organes.

— C'est une éventualité plus qu'improbable, affirma le chirurgien d'un ton péremptoire.

— Bien, convint Anna avec lassitude. J'ai sans doute tort de m'inquiéter.

— J'en suis sûr. Ne vous mettez pas dans tous vos états à cause de ces appels stupides. S'il le faut, débranchez votre téléphone, la nuit. Au bout d'un moment, ce mauvais plaisantin finira par se lasser pour passer à autre chose.

Passer à autre chose… ou se révéler plus menaçant encore ? C'était justement ce qui faisait peur à Anna.

Ne manquez pas le 15 septembre,
Dans le cœur d'une autre,
d'Amanda Stevens

INTRIGUE N° 41

Emilie Richards

Promesses d'Irlande

De Cleveland…
Depuis cinq générations, le pub irlandais de Whiskey Island fondé
par les ancêtres de Megan, Casey et Peggy Donaghue est le théâtre
de tous les événements — drames, joies et tourments — qui
façonnent l'histoire de la famille. C'est d'ailleurs à Whiskey Island
que se prépare le mariage de Megan, peu après celui de Casey. Peggy,
elle, partage ces moments de bonheur familial avec ses sœurs, avant
de s'envoler pour le comté de Mayo, de l'autre côté de l'Atlantique
— vers le berceau de leurs ancêtres.

… en Irlande
C'est le message d'une vieille parente qui est à l'origine de ce voyage
impromptu. Aucune des trois sœurs ne connaît Irene Tierney, qui
vit seule dans un cottage retiré. Pourtant, quand celle-ci leur écrit
dans l'espoir d'apprendre toute la vérité sur la mort de son père
survenue à Cleveland plus de soixante-quinze ans auparavant, Peggy
voit là une réponse à ses propres soucis. Elle vient de laisser tomber
son diplôme de médecine en découvrant que son fils Kieran est
autiste, et le cottage d'Irene lui promet un havre de paix pour elle
et son enfant.

Le voyage du cœur
Mais si les deux femmes s'entendent au premier regard, les gens du
village regardent d'un mauvais œil arriver une étrangère parmi eux.
Et le Dr Finn O'Malley n'est pas le moins hostile à l'intrusion de
Peggy dans la vie de sa patiente. Une hostilité mêlée de passion…

Emilie Richards poursuit la saga commencée dans Le Refuge irlandais,
qui rattache les sœurs Donaghue à leurs racines irlandaises.

BEST-SELLERS N°26

À PARAÎTRE LE 1ER NOVEMBRE 2004

Heather Graham

La griffe de l'assassin

Ashley Montague est sur le point d'achever sa formation de flic, quand elle découvre un corps abandonné sur l'autoroute. Levant les yeux, elle surprend un inconnu qui observe la scène, le visage dissimulé derrière une cagoule. L'enquête aussitôt lancée ne tarde pas à révéler de surprenantes similitudes avec un autre crime commis à des kilomètres de là.

A des kilomètres de là, au cœur des Everglades, le détective Jake Dilessio fixe le corps mutilé d'une femme — portant une «signature» qu'il reconnaît bien. C'est celle du leader d'une secte que Jake a jeté en prison cinq ans plus tôt. Ce nouveau crime n'est-il qu'une vulgaire imitation ou s'est-on trompé de coupable quelques années plus tôt ?

Tandis qu'ils essaient de démêler le vrai du faux chacun de son côté, Ashley et Jake se retrouvent à suivre une même piste. Une piste semée d'embûches qui ne tarde pas à menacer leur vie...

BEST-SELLERS N°27

À PARAÎTRE LE 1ER NOVEMBRE 2004

Sharon Sala

SANG de GLACE

Décembre à Manhattan. La neige recouvre la ville… et le cadavre d'une femme assassinée. Sur le visage de sa victime, le tueur a laissé sa marque — une balafre en forme de croix.

Du haut de son élégant appartement, l'auteur de suspense à succès Caitlin Bennett tremble de peur, en tenant à la main une lettre écrite à l'encre rouge sang — une de plus —, en provenance d'un «fan» dérangé. Incapable de supporter plus longtemps l'angoisse grandissante, Caitlin se résout à engager pour veiller sur elle l'ex-flic Connor McKee.
Sous la protection de son garde du corps, Caitlin commence à se sentir de nouveau en sécurité. Mais lorsque deux nouvelles victimes sont découvertes, et que Caitlin se rend compte qu'elles lui ressemblent étrangement, la sinistre vérité s'impose : c'est elle qui est visée. Qui peut lui vouer tant de haine ? Quel mobile secret peut-il pousser quelqu'un au meurtre ? Avec toute son imagination de romancière, Caitlin ne peut soupçonner la vérité. Une vérité qui risque bien de lui être révélée trop tard — lorsque le meurtrier viendra réclamer sa dernière victime…

BEST-SELLERS N°28

À PARAÎTRE LE 1ER NOVEMBRE 2004

Jasmine Cresswell

La menace du passé

La nuit de son mariage, Anna Langtry vole la voiture de son mari et s'enfuit. Poussée par le désespoir, elle n'a qu'un but : échapper au cauchemar qu'elle vient de vivre au sein de sa communauté du Colorado, une communauté aux mœurs archaïques qui approuve les unions forcées et la polygamie.

Quinze ans plus tard, Anna travaille à Denver comme avocate chargée des condamnés en liberté surveillée — elle lutte en faveur des plus faibles et des opprimés. Mais son dernier client en date, bien que les preuves les plus accablantes soient réunies contre lui, n'a rien d'une victime.

Accusé de détournement de fonds, Joe MacKenzie réclame avec détermination que justice soit faite. Et Anna, convaincue de son innocence, se laisse entraîner dans un monde qui semble la ramener des années en arrière, vers le passé qu'elle a voulu fuir. Un monde qui peut à tout moment les prendre au piège de ses filets mortels...

BEST-SELLERS N°29

À PARAÎTRE LE 1ER NOVEMBRE 2004

Dallas Schulze

Un goût de scandale

Lorsque Luke Quintain est lâché par sa fiancée à quelques semaines du mariage, Catherine Lang comprend que l'occasion ne se présentera pas deux fois. Amoureuse de Luke en secret, elle décide que c'est elle qui remplacera la fiancée en fuite. Le mariage prévu n'était-il pas avant tout un contrat d'affaires destiné à assurer son héritage à Luke ?

Si Catherine a des atouts physiques incontestables, ce n'est pas ce qui pousse Luke à accepter la proposition de la jeune femme. Ce qu'il veut, c'est se venger de son grand-père, qui l'a soumis à un ignoble chantage à l'héritage en l'obligeant à se marier au plus tôt.

Car son union avec cette jeune beauté qui n'a jamais connu son père et a vécu une enfance vagabonde ne peut que faire scandale dans le milieu huppé et guindé des Quintain.

De fait, la flamboyante Catherine commence par y semer la zizanie. Mais, contre toute attente, c'est un vent de changement salutaire qu'elle promet d'apporter avec elle, révélant chez les uns et les autres des facettes qu'eux-mêmes ne soupçonnaient pas et amenant chacun à affronter sa propre vérité, même la plus intime…

BEST-SELLERS N°30

À PARAÎTRE LE 1ER NOVEMBRE 2004

Composé et édité par les
éditions Harlequin
Achevé d'imprimer en août 2004

BUSSIÈRE

GROUPE CPI

à Saint-Amand-Montrond (Cher)
Dépôt légal : septembre 2004
N° d'imprimeur : 43649 — N° d'éditeur : 10777

Imprimé en France